LABYRINTHES

Grande admiratrice de Jane Austen, Stephanie Barron a réalisé un vieux rêve en faisant vivre à cet auteur pré-victorien, à l'existence en apparence très tranquille, des aventures où interviennent de nombreux personnages historiques. Elle vit à Evergreen, dans le Colorado.

Du même auteur,
dans la même collection

JANE AUSTEN ET LE RÉVÉREND
JANE AUSTEN ET L'ARLEQUIN
JANE AUSTEN À CANTERBURY
JANE AUSTEN ET LA SORCIÈRE DU DERBYSHIRE
JANE AUSTEN ET LE PRISONNIER DE WOOL HOUSE
JANE AUSTEN ET LES FANTÔMES DE NETLEY
JANE AUSTEN ET L'HÉRITAGE DU COMTE

www.lemasque.com

Stephanie Barron

Jane Austen à Scargrave Manor

Traduit de l'anglais (États-Unis)
par Corinne Bourbeillon

ÉDITIONS DU MASQUE
17, rue Jacob 75006 Paris

Titre original
Jane and the Unpleasantness at Scargrave Manor

ISBN : 978-2-7024-9561-2

Ce livre est affectueusement dédié à la mémoire
de Cass Sibre ; c'est dans sa bibliothèque que,
à l'âge de 12 ans, j'ai découvert Jane Austen.

Avant-propos

Durant le printemps de l'année 1995, je rendis visite à mes chers amis Paul et Lucy Westmoreland. Les Westmoreland sont une ancienne famille de Baltimore dont la lignée remonte jusqu'à un fondateur de l'État du Maryland, et leur demeure, Dunready Manor, date de la période georgienne. Ils venaient d'achever la restauration d'une dépendance du manoir, occupée autrefois par le régisseur, dans le cadre d'un vaste projet de réfection et de reconstruction de l'ensemble du bâtiment.

Sauvegarder les robustes fondations de pierre fut une tâche de grande ampleur. Il fallut d'abord vider de tout son contenu noirâtre l'immense salle aux parois rocheuses du sous-sol, utilisée depuis des décennies – peut-être même depuis plus d'un siècle – comme cave à charbon, pour pouvoir la décaper à la sableuse, puis la cimenter. On installa de nouveaux piliers de soutènement, de nouvelles portes et cages d'escaliers et, progressivement, les antiques fondations retrouvèrent leur beauté et leur charme d'autrefois. Mais surtout, sous les divers gravats – débris de charbon, ossements de rats, planches jetées au rebut et autres chiffons peu identifiables –, l'on découvrit plusieurs boîtes contenant de vieilles archives familiales. Les Westmoreland les remisèrent dans un hangar de la propriété et n'y pensèrent plus, occupés comme ils l'étaient par l'aménagement de leur nouvelle cuisine. Mais au printemps, lors de mon séjour chez eux, nous mîmes à profit un après-midi pluvieux pour aller examiner ces archives ; après avoir délicatement feuilleté les fragiles papiers jaunis, nous arrivâmes à la conclusion que la seule solution était de nous adresser à un conservateur professionnel.

Car ce jour-là, nous avions découvert rien moins qu'une série complète de manuscrits, qui nous semblaient être de la main de Jane Austen, parente éloignée de la famille des Westmoreland. L'une des filles de James Austen, frère de Jane, s'était en effet mariée avec un homme dont la sœur avait épousé un Westmoreland britannique ; par cette voie détournée, les manuscrits s'étaient retrouvés entre les mains de la famille pour arriver, au bout du compte, dans la branche américaine des Westmoreland. On les avait alors mis à l'abri dans la cave, où les générations suivantes les avaient recouverts de charbon.

Les Westmoreland les confièrent à un conservateur de leur connaissance, spécialiste des livres anciens et qui habitait la région, afin qu'il les restaure ; ils débattirent la question d'en faire don, ou non, à la Johns Hopkins University Library. De nombreuses bibliothèques (celle des collections d'Austen à l'alma mater de Paul, celle du Williams College, et bien d'autres encore à travers tout le pays, sans oublier l'Oxford Bodleian Library) prétendaient également à cette faveur. Dans l'intervalle, cependant, une fois les manuscrits restaurés, les Westmoreland choisirent de se tourner vers moi.

Paul et Lucy sont des gens dotés d'une imagination fertile et d'un goût pour les plaisirs de la vie, parmi lesquels figure en bonne place la lecture des romans policiers. Ils furent particulièrement frappés par le fait que ces manuscrits, manifestement rédigés par Jane Austen en personne, relatent des épisodes de sa vie que les spécialistes de la romancière ignoraient jusqu'alors. Comprenant des journaux intimes et des lettres à sa sœur Cassandra, ces écrits, originellement destinés à ses nièces, ne devaient nullement être publiés. Ce sont en effet des récits personnels faisant état d'énigmes rencontrées et résolues par Jane Austen pendant sa courte vie.

Je leur répondis que la personne la plus indiquée pour mettre en forme ces documents à des fins éditoriales ne pouvait être qu'un spécialiste de l'auteur. Les Westmoreland protestèrent. Connaissant mon intérêt pour la littérature policière et estimant que la découverte des manuscrits était aussi un peu la mienne, ils me demandèrent de préparer ces journaux intimes afin de les faire publier.

Pour un femme dont l'œuvre perdure depuis presque deux siècles, Jane Austen elle-même demeure pour une grande part un mystère. Ce que l'on sait de sa vie provient pour l'essentiel de sa correspondance ou de mémoires rédigés par des membres de sa famille après sa mort, et dont plusieurs chercheurs ont tiré de remarquables biographies. Comme nombre de ces lettres étaient adressées à sa sœur Cassandra qui en détruisit la plupart après la mort de Jane en 1817, des pans entiers de la vie de l'auteur nous sont demeurés inconnus. La présence de lettres inédites à Cassandra, insérées dans ces journaux intimes dont j'ai entrepris la publication, nous ouvre de nouvelles perspectives sur le vécu de la romancière

Jane Austen est née le 16 décembre 1775, six mois après le début des hostilités dans les colonies britanniques d'Amérique, et à l'apogée du règne de Sa Majesté George III. Fille d'un clergyman formé à Oxford et de condition modeste, elle grandit entourée de six frères et d'une sœur au petit presbytère de Steventon, dans le Hampshire. Pendant les quarante-deux années que dura sa vie, la France fut ébranlée par la Révolution, puis vit Napoléon se hisser rapidement au pouvoir, tandis qu'en Angleterre, George III sombrait peu à peu dans la folie, si bien que la régence revint bientôt à son fils, George IV. Durant cette période agitée de l'histoire britannique, les Austen, de sensibilité tory (conservatrice et royaliste), ne jouèrent pas un moindre rôle. Frank, l'un des frères de Jane, marin depuis sa prime adolescence, servit sous les ordres de Horatio Nelson lors de la bataille de Trafalgar et monta en grade jusqu'à accéder au titre de Premier lord de l'Amirauté, à l'âge de 89 ans ; le frère cadet de Jane, Charles, mena aussi une brillante carrière navale, sans atteindre toutefois une distinction aussi élevée. Jane était, par la force des choses, parfaitement au courant de ces questions de politique, ainsi que le prouvent sa correspondance avec sa famille et la plupart de ses plus célèbres ouvrages ; ainsi évoque-t-elle, par exemple, la turpitude morale des officiers de marine dans *Mansfield Park* (qu'elle jugeait comme la plus ambitieuse de ses œuvres), roman où sa plume caustique aborde aussi les thèmes de la réforme de l'Église et de l'esclavage aux Antilles. Ces ouvrages lui furent, entre autres, inspirés par les événements de sa propre vie ou les expériences de certaines personnes de son entourage, ainsi qu'en témoignent les diverses réflexions consignées dans le journal qui suit.

Les principaux romans de Jane Austen ont été écrits, sous leur forme initiale, entre sa dix-neuvième et sa vingt-cinquième année ; elle les retravailla et les publia finalement sous la Régence (qui commence officiellement en 1810), soit près de huit ans après les événements rapportés ici. La Régence en Angleterre fit pendant à l'apogée de l'Empire napoléonien en France et, malgré la guerre entre les deux nations, les modes et idées politiques françaises traversèrent la Manche et influencèrent grandement les mœurs anglaises. Faire montre de sa richesse personnelle devint peu à peu une attitude de bon ton au royaume britannique, et les femmes se virent pour leur part accorder davantage de libertés qu'elles n'en auraient sous le règne de Victoria à la fin du siècle. Cette évolution des mœurs marqua l'époque de Jane Austen : les toilettes étaient moins austères, les rapports entre hommes et femmes plus permissifs, et l'idée qu'une dame écrivît des romans – ou se mît à jouer les détectives – plus communément admise.

Tous, dans l'entourage de Jane, s'accordaient à la reconnaître comme une femme extrêmement intelligente. Le rôle encore restreint dévolu à son sexe dans la société de son temps était pour elle une source de grande frustration – laquelle transparaît de façon visible dans ce journal, comme dans nombre de ses écrits. Sur le plan de l'éducation, son père s'efforça pourtant de traiter ses filles à l'égal des garçons : il envoya Cassandra et Jane – alors âgée de sept ans – à Oxford, où elles reçurent une instruction privée ; mais Jane se déclara néanmoins « à demi éduquée », parce qu'elle n'avait point bénéficié de l'enseignement du grec et du latin auquel ses frères, eux, avaient eu droit.

Je prévois que nombre de gens seront choqués de découvrir Jane Austen sous les traits d'un fin limier ; mais il n'est guère étonnant qu'une femme dotée comme elle d'une grande intelligence et d'une remarquable compréhension de la nature humaine, se soit plu à essayer de démêler les intrigues ourdies par un cerveau criminel, quand l'aventure se présenta à elle. Son génie pour percer à jour les desseins cachés d'autrui, son sens de l'observation et la justesse de ses impressions – sa fertile imagination lui donnant à voir ce qui s'était *peut-être* passé tout comme ce qui était *réellement* arrivé – constituaient des atouts essentiels pour élucider une affaire criminelle. Ayant passé la majeure partie de son existence à la campagne, où le maintien de l'ordre était assuré par un juge de paix – et, de façon plus informelle, par la gentry, investie d'une certaine autorité locale –, Jane Austen n'hésitait pas à solliciter l'assistance de ses puissantes relations dès lors qu'il s'agissait de punir les coupables et de rendre justice aux innocents. Femme et célibataire, dotée en outre de revenus modestes, elle était contrainte de s'appuyer sur son entourage masculin pour ce faire, car l'accès des hommes aux mondes du commerce, de la loi et de la politique, leur donnait plus de pouvoir qu'elle n'aurait jamais pu en avoir pour servir la cause de la justice. Le fait qu'eux-mêmes acceptaient de mettre à contribution ses compétences intellectuelles dans ce genre d'affaires témoigne de l'excellence de leur jugement.

Ce qui suit est, pour autant que nous puissions en juger, la toute première des aventures « policières » de Jane Austen. Elle débute en décembre 1802, juste après qu'elle eut accepté puis refusé (dans un intervalle de vingt-quatre heures) la demande en mariage de Harris Bigg-Wither. Au cours de ce récit, elle franchit le cap des 27 ans, et il semble que la perspective de rester vieille fille l'ait cruellement hantée à cette époque, d'autant qu'elle venait de repousser Bigg-Wither. L'invitation d'Isobel Payne, survenant au faîte de cette période de crise qui fut sûrement difficile à traverser, fournit à Jane une heureuse occasion de fuir ses soucis ; mais cette distraction ne l'empêcha cependant pas de se livrer à un douloureux exercice d'introspection. La narration qui suit a cela de remarquable qu'elle mêle récits criminel et personnel, l'auteur y retraçant sa quête passionnée de la justice tout en se livrant à une investigation intime de ses propres rêves ou désirs.

Éditer Jane Austen est une rude tâche. Je ne prétends pas posséder son talent. J'espère seulement que ces pages restitueront fidèlement l'esprit du manuscrit original, avec toute la subtilité de leur brillant auteur.

Stephanie Barron,
Evergreen, Colorado,
juin 1995.

Préface de Jane

Le 17 mars 1803,
4, Sydney Place, Bath

Lorsqu'une jeune dame du monde désargentée a le bon sens de répondre favorablement à l'affection qu'elle inspire à un aristocrate d'âge avancé, veuf et pourvu en outre d'une belle situation financière, l'on observe en général que l'union est fort intelligemment assortie pour les deux parties. La dame accède à un rang qui suscite tant la jalousie que les félicitations de ses amies, tandis que le gentleman se voit offrir pour ses vieux jours les présents de la jeunesse, de la joie de vivre et de la beauté. On le dit le meilleur et le plus généreux des hommes ; et chacun s'accorde à la reconnaître comme un ange qui mérite pleinement sa bonne fortune. La maturité du premier et son expérience du monde viendront tempérer les élans plus frivoles de la deuxième ; l'esprit et la douceur des charmes de la jeune épouse sauront alléger les soucis du mari, liés aux responsabilités de son rang. Avec de la patience, de la bonne humeur et de la sensibilité de part et d'autre, un niveau de bonheur tout à fait acceptable peut être atteint.

Mais lorsque le vénérable gentleman décède brutalement d'un malaise gastrique, laissant à sa maîtresse de trois mois une fortune considérable, qui doit être partagée entre son héritier et elle, et lorsque l'héritier en question bafoue les règles de la bienséance en prodiguant ses attentions à la veuve !... le ton des commentaires de la société ne tarde pas à se faire malveillant.

Le bonheur du défunt, jugé auparavant comme digne de rivaliser avec celui des dieux, est alors vilipendé. Le voilà devenu aux yeux de tous un bien triste personnage, un pauvre vieillard sénile, séduit par la jeunesse et aveuglé par les flatteries, quand probité et bon sens eussent été de bien meilleur aloi. Quant à la dame, elle est désormais l'objet de tous les soupçons au lieu d'inspirer la pitié générale ; on fustige ses vêtements de deuil comme une insulte à la bienséance ; sa présence est indésirable dans les assemblées mondaines ; on va jusqu'à plaindre les notaires chargés de la gestion de ses affaires ; et une rumeur fielleuse circule parmi les *habitués* * des loges d'opéra et des salles de cartes.

Sa bonne étoile s'est bel et bien éteinte.

Tel a été le sort de ma pauvre Isobel. Qu'une dame bien née, intelligente et douée de discernement, puisse ainsi se retrouver mêlée à un scandale doit être pour nous tous matière à réflexion. Nul ne peut être certain que le vent de la fortune soufflera toujours du bon côté ; de fait, nous passons la majeure partie de notre vie à essayer de nous mettre à l'abri de ses caprices. Les femmes, dont les vertus s'accompagnent d'une fragilité épargnée au sexe fort, sont plus exposées à être les victimes des bourrasques du hasard. En me remémorant

* Tous les mots suivis d'un astérisque sont en français dans le texte original. (N.d.T.)

tous les événements survenus à la fin de l'année dernière, je serais presque tentée de me répandre en injures contre mon Créateur qui inflige des souffrances aux êtres les moins capables d'endurer l'infortune, tant celle-ci fut libéralement déversée. Mais ce serait une attitude bien mesquine de la part d'une fille de clergyman, et par trop amère pour mon esprit. J'ai donc préféré me tourner vers les consolations de mon journal et de ma plume, dans l'espoir de mieux comprendre ces faits singuliers qui ont marqué de leur empreinte l'anniversaire de ma vingt-septième année.

J'ai l'impression de n'avoir jamais vraiment analysé une émotion, ni pleinement vécu le plus insignifiant des événements, tant que je ne les ai pas couchés dans mon journal ; ma plume est ma plus fidèle confidente, elle passe en revue les passions et déceptions qui m'étreignent et que je n'ose pas même partager avec Cassandra, ma sœur adorée. C'est donc ici, dans mon petit cahier, que je pourrai peut-être mieux comprendre tout ce à quoi j'ai réchappé ces dernières semaines. Je me suis même rendue exprès en ville, à pied, afin de ramener cette liasse de feuillets vierges, dans l'espoir qu'en remettant au clair les événements que j'avais annotés dans mon journal – en leur donnant la force narrative et l'agencement ordonné d'un roman – je pourrais ramener un peu de paix dans mon esprit, en proie à une inhabituelle décomposition. Ce récit ne sera jamais livré à la lecture du public, même si je devais modifier les noms des personnes et déguiser les lieux ; car, exposer ainsi au commerce vulgaire des boudoirs et des comptoirs de modistes le plus douloureux épisode de l'existence de ma chère amie Isobel serait une trahison ignoble. Mieux vaut d'ailleurs que je récupère auprès de Cassandra les lettres que je lui avais envoyées de Scargrave concernant ces événements, et que je les insère dans les pages de ce nouveau journal. Il demeurera dans ma penderie, et ne sera ouvert que pour l'édification de mes chères nièces, qui sauront ainsi quelles forces maléfiques ont façonné de si désastreuse manière la fortune et l'existence d'Isobel, ce qui leur servira peut-être de guide moral pour la conduite de la leur.

L'histoire qui suit, consignée dans mon journal et mes lettres, est celle de la tragédie de Scargrave Manor. Puisse cette triste demeure connaître pour l'année nouvelle des heures plus agréables que celles que j'y ai vécues l'an dernier.

1

Le glas

Début du journal,
11 décembre 1802, à l'aube

— Que vous en semble-t-il, Jane ? me demanda la comtesse de Scargrave tout en m'étreignant douloureusement le coude.

Je contemplai la forme allongée de son mari avec consternation. Frederick, lord Scargrave[1], était décidément fort mal en point – si mal en point que l'on m'avait fait appeler à son chevet une heure avant l'aube, intrusion que le comte n'eût jamais permise s'il avait été en pleine possession de ses moyens. Je serrai le col de ma robe de chambre autour de mon cou et posai ma main libre sur celle de la comtesse.

1. Isobel ayant épousé Frederick Payne, comte de Scargrave, est devenue comtesse de Scargrave. Elle est appelée lady Scargrave ; étant roturière de naissance, elle ne peut être désignée sous le nom de lady Isobel, ceci étant une marque de politesse réservée à la fille d'un pair. Le comte est appelé lord Scargrave, appellation dérivée de son titre et non de son patronyme. Lord Payne désigne, dans ce récit, son héritier Fitzroy, qui est vicomte.

— Je crois que votre mari est mourant, Isobel, lui répondis-je franchement.

Ses doigts se glissèrent convulsivement sous les miens et se figèrent.

— *Mourant*, fit-elle d'une voix blanche. Quand bien même me le répéterait-on une centaine de fois, je refuserais de le croire !

J'observai mon amie avec une pitié muette, ne sachant que répondre à sa détresse. La transformation qui s'était opérée sur les traits de son mari à l'agonie était extraordinaire – et n'avait pris que quelques heures. Ce même soir, le comte avait en effet mené la danse au bras de la comtesse dans la salle de bal de Scargrave, et s'était grandement diverti parmi la compagnie venue fêter leur bonheur à tous deux. Malgré ses 48 années, il rayonnait de l'éclat d'une seconde jeunesse, se mouvant avec élégance et vivacité, chacun de ses membres exprimant la grâce de sa noble lignée. Il s'était certes plaint de troubles dyspeptiques au cours de la soirée, mais la crise qui s'était emparée de lui avait été si soudaine – et si violente – qu'on ne pouvait guère l'imputer à un simple excès de pudding et de clairet.

— A-t-il bu ou mangé un peu ces dernières heures ? demandai-je.

Mon amie secoua la tête.

— Juste un verre de lait chaud et des sucreries que la bonne lui a apportés lorsqu'il s'est retiré. Mais je ne crois pas qu'il ait vraiment eu le temps d'y toucher.

La maladie du comte se signalait par la puanteur émanant de ses draps souillés que les femmes de chambre n'avaient pas changés, de peur d'aggraver ses souffrances. Son souffle n'était plus qu'un râle de fond de gorge et il gisait sans force, épuisé par des nausées et de violents vomissements comme on n'en voit d'ordinaire qu'après l'administration d'un purgatif. Ses yeux étaient révulsés dans l'oubli du sommeil, sa peau blafarde, ses traits bouffis. Le spectacle de telles souffrances était en soi une épreuve ; les endurer devait être effroyable.

Isobel et moi le regardions donc, assises à son chevet, attendant le médecin que l'on avait fait quérir en toute hâte à Londres, lorsque le comte poussa soudain un terrible gémissement, se redressa en frissonnant et s'empara de la main de sa femme.

— Canailles ! lança-t-il d'une voix étranglée. Ils veulent m'anéantir de l'intérieur.

Puis il retomba sur sa couche, inconscient, et ne parla plus.

Isobel réagit avec une efficacité remarquable ; elle se saisit sur-le-champ d'une compresse, prodigua ses soins à son malheureux époux, et le spasme violent qui s'était emparé du corps du moribond un instant plus tôt ne revint plus le tourmenter.

La mort ne m'est pas inconnue. J'ai assisté à de trop nombreuses et pénibles fins aux côtés de mon père, qui juge nécessaire la compagnie d'une femme pour le soutenir aux heures les plus morbides de son ministère de clergyman ; mais ceci était une agonie comme je n'en avais encore jamais vu.

Un courant d'air froid, provenant du grand couloir de l'autre côté de la porte, s'engouffra soudain dans la chambre. Je tournai la tête, espérant voir entrer le médecin, mais ce n'était que Marguerite, la femme de chambre d'Isobel.

— Milady, murmura la jeune créole, quittant sa maîtresse des yeux pour jeter un regard furtif à l'effrayant visage du comte, le médecin vient d'arriver.

Elle était pâle, manifestement terrifiée, et je la vis faire hâtivement le signe de croix papiste à hauteur de son front avant de s'esquiver.

Je me sens bien incapable de reprocher à la femme de chambre la sottise de son attitude. C'est une fille simple, native, comme Isobel, de la Barbade ; elle a suivi sa maîtresse lorsque celle-ci s'est installée en Angleterre, il y a de cela deux ans. La pauvre Marguerite a en outre été cruellement privée de sommeil, cette nuit – c'est elle qui est venue me chercher en toute hâte peu avant l'aube pour me conduire auprès de la comtesse. Moi-même, bien qu'anglaise de souche et *a priori* dotée de ce sang-froid typiquement britannique censé me rendre moins sensible aux divagations terrifiantes de l'imagination, je dois avouer que j'ai souffert d'insomnie durant ces dernières heures. Il faut dire que le comte a poussé de tels cris et gémissements tout au long de la nuit, qu'il eût été bien difficile d'ignorer son agonie ; tous ceux qui logent à Scargrave Manor ce soir ont certainement eu toutes les peines du monde à trouver le sommeil.

— Lady Scargrave, fit la voix du médecin, brisant le fil de mes pensées.

Il claqua les talons et s'inclina en direction d'Isobel. C'était un homme jeune et son visage reflétait la plus vive inquiétude.

— Dr Pettigrew, répondit la comtesse d'une voix éteinte, en portant la main à sa gorge. Dieu merci, vous voilà !

Comment Isobel pouvait-elle supporter cette situation ! Perdre son époux au bout d'à peine trois mois de mariage, n'est-ce pas là le coup du sort le plus cruel qui soit ? Mais elle n'en demeura pas moins calme, droite et posée devant le médecin, attendant avec cette terrible force d'âme des femmes de connaître l'issue de tant de souffrances.

Le Dr Pettigrew me jeta un regard et me salua d'un signe de tête, puis brossa la neige de son manteau et le tendit à Marguerite, qui fit une petite révérence tremblante et s'en fut sans demander son reste. Je voulus essayer de lire ses pensées lorsqu'il s'empressa au chevet du comte ; mais son regard m'était caché par ses lunettes et ses lèvres serrées dessinaient une inexpressive ligne droite, si bien que je ne pus rien deviner derrière son visage juvénile. Il saisit le poignet du comte, et le pauvre lord Scargrave se mit brusquement à gémir et à s'agiter sur son oreiller.

— Laissez-nous à présent, ma chère Jane, me pria Isobel en me caressant la joue d'une main glacée. Je vous rejoindrai dès que je le pourrai.

Me voici donc condamnée à attendre, cloîtrée dans ma chambre, une pièce haute de plafond, aux murs tendus de tapisseries dans le style du siècle dernier, et pourvue d'un immense lit en bois d'acajou. Ayant remonté mes genoux contre ma poitrine et tiré ma robe de chambre jusqu'à mes orteils, je fixe pour la centième fois le visage de quelque aïeule de Scargrave, à jamais jeune, charmant et d'une pâleur phtisique, qui me toise depuis sa place au-dessus du manteau de la cheminée. C'est une chambre solennelle, une pièce propre à terrifier un enfant et à en imposer à une bonne ; une chambre qui convient parfaitement à mon humeur présente. Le feu brûle doucement et diffuse une lueur rougeâtre ; la flamme de ma chandelle ne m'éclaire que faiblement, tremblotant dans l'air tranquille comme si des ailes invisibles la frôlaient – celles de l'Ange de la Mort, peut-être, qui plane au-dessus de la grande bâtisse. À mon arrivée, Isobel m'avait raconté la légende de Scargrave : lorsque l'un des membres de la famille est condamné au trépas, le spectre du premier comte vient arpenter la galerie qui se trouve derrière ma porte, en tenue de soirée et l'air particulièrement sombre. Il se pourrait bien que le fantôme du manoir rôde dans les parages cette nuit, même si j'ai peine à croire en son existence.

Et voici que, dans l'aube enneigée, retentit soudain le faible écho des cloches ; elles égrènent neuf coups tandis que je tends l'oreille pour ne pas en perdre le compte – il s'agit du glas de l'église de Scargrave Close, annonçant à tous que le comte vit ses dernières heures. Neuf coups pour l'agonie d'un homme ; un silence suit ; puis le glas sonne de nouveau, quarante-huit fois d'affilée, pour chacune des années de la vie du comte. Prise d'un frisson subit, je m'empare de mes feuillets, de ma plume et du petit pot d'encre que j'emporte partout avec moi. Bien des choses se sont produites depuis mon arrivée à Scargrave, il y a deux jours ; et il risque fort de s'en produire beaucoup d'autres encore. Consigner le souvenir des derniers événements que j'ai vécus ici m'aidera peut-être à passer le petit matin.

Je suis venue à Scargrave Manor en ce dernier mois de l'année sur invitation de la maîtresse de céans, Isobel Payne, comtesse de Scargrave, avec qui j'entretiens d'étroits liens d'amitié depuis dix-huit mois. Quand je me remémore notre première rencontre – nous avons été présentées à la salle des Eaux de Bath et nous étions à l'époque toutes deux célibataires –, j'ai peine à admettre le présent revirement de sa destinée. Comment est-il possible qu'Isobel, toujours joyeuse et insouciante, récemment bénie par la fortune en la personne du comte, ne soit plus maintenant qu'une pitoyable créature, accablée de douleur et de chagrin ! Pourquoi le sort s'acharne-t-il ainsi sur elle, qui n'est que bonté et générosité ? C'est intolérable. Bien que notre amitié soit encore jeune, j'entends faire tout ce qui est en mon pouvoir pour soutenir dans cette terrible épreuve ma chère Isobel – si charmante, et si désespérée.

J'éprouve envers la comtesse autant de gratitude que d'estime. Je ne sais que trop bien qu'il lui serait facile de m'ignorer à présent qu'elle est devenue une dame de haut rang. Une ville thermale comme Bath est propice aux rencontres, amitiés éphémères le plus souvent, que l'on s'empresse d'oublier dès la fin du séjour. Mais Isobel, elle, soutenait que j'avais *une personnalité à part*, et ceux qui avaient compris cela, affirmait-elle, ne pouvaient m'oublier si facilement. Quoi qu'il en soit, dédaignant les attentions complaisantes des amis mondains de son mari, mon amie est restée fidèle à ses anciennes relations, plus modestes ; j'ai ainsi écrit et reçu nombre de lettres, et partagé bien des confidences avec elle depuis ce jour, pas si lointain, où nous avons commencé à nous appeler mutuellement par nos noms de baptême [1].

1. L'emploi du prénom était à l'époque un signe de grande amitié et d'estime mutuelle, et un privilège ordinairement réservé au cercle familial ; entre un

La comtesse n'est rentrée de son voyage de noces que depuis quinze jours ; elle a épousé Frederick, lord Scargrave, il y a trois mois, et tous deux sont partis immédiatement après la cérémonie sur le Continent. Le comte étant décidé à donner un bal en l'honneur de sa jeune femme à leur retour, Isobel m'a alors invitée à me joindre à la fête – bonté qui, je ne le nierai pas, m'a mis du baume au cœur en un moment où j'avais bien besoin de consolations. Cette visite à Scargrave me promettait des distractions bienvenues ; je songeais que je pourrais peut-être rencontrer un ou deux agréables cavaliers à l'occasion du bal et, dans la frivolité de la danse, oublier un tant soit peu certain faux pas consternant que j'avais commis sciemment au vu et au su de mes proches moins de quinze jours plus tôt. Peu m'importait que le manoir du comte fût la troisième demeure en laquelle j'allais séjourner depuis cette date ; il est des moments où l'intimité du giron familial devient bien pesante, et la société d'étrangers vous fait dès lors l'effet apaisant d'un baume.

Bref, je suis donc partie pour le Hertfordshire, fuyant des fiançailles rompues et la pitié maladroite de ceux qui me sont les plus chers au monde. Je n'espérais trouver ici que de frivoles dissipations féminines – causeries passionnées ou indifférentes sur la mode et le voisinage, grandes promenades hivernales à travers la campagne –, ne songeant plus qu'à fêter joyeusement le Nouvel An en compagnie d'une amie intime récemment mariée. Je n'aspirais nullement à de brillantes conversations, ni à la société de gens d'esprit ; non, pour une

homme et une femme sans lien de parenté, cela ne se faisait qu'après que des fiançailles avaient été prononcées.

fois, je désirais exactement l'opposé de ce qui m'attire d'ordinaire.

Je fis le trajet depuis Bath dans l'attelage de Scargrave. Aucun signe annonciateur d'une tragédie à venir ne marqua mon voyage ; nulle ombre noire n'obscurcit le ciel à mon arrivée, quand les chevaux, après avoir péniblement traversé le parc enneigé, s'arrêtèrent enfin devant les lourdes portes de chêne du manoir, soufflant de la vapeur par leurs naseaux. Non, l'imposante façade de pierre percée de nombreuses fenêtres était riante et accueillante, et son aspect fort engageant sous la lumière hivernale blafarde – le visiteur se sentait cordialement invité à entrer pour se reposer et se restaurer à l'abri de ses murs épais. J'avoue que je descendis de l'attelage sans éprouver la plus petite appréhension.

De même, je n'eus pas le moindre mauvais pressentiment en me préparant hier soir pour le bal du comte. Isobel m'avait prêté sa femme de chambre, Marguerite, qui, s'étant déjà occupé de la toilette de sa maîtresse, allait donc tenter d'embellir un tant soit peu la mienne. Mais le contraste entre Isobel et moi, tant dans notre physique que dans nos atours, était considérable, croyez-moi ; aussi, laissant Marguerite se lamenter et gémir devant ma robe chiffonnée – conséquence inévitable du voyage –, je pris ma plume et entrepris d'écrire à ma chère sœur Cassandra. Mais je crains de devoir finalement mettre cette lettre de côté sans la poster – car il me faudra bientôt lui faire part de nouvelles bien tristes, au regard desquelles ma missive ne paraîtrait rien moins que frivole.

Ma chère Cassandra,

Je suis arrivée sans encombre en Hertfordshire et je

suis plus que ravie à l'idée d'assister au bal que le comte de Scargrave donne en l'honneur de son épouse. Il me faut reconnaître que l'invitation d'Isobel est tombée de façon bien opportune dans la foulée de mes propres problèmes. Pardonnez-moi, je vous prie, ma fuite soudaine ; mais je ne pouvais demeurer plus longtemps avec notre frère James – vous savez combien j'apprécie peu l'ennui de ces tête-à-tête * *avec Mary – en particulier dans mon état présent de confusion mentale et d'abattement moral. Je n'irai pas jusqu'à dire que notre frère m'a reproché d'avoir repoussé Mr Bigg-Wither ; mais j'ai tout de même dû subir, une demi-heure durant, une pénible leçon sur le sort des vieilles filles qui se retrouvent sans le sou. L'on m'a fait comprendre que je ne devais ma nourriture et ma respectabilité (soit vingt livres par an !) qu'à la bonne santé de notre père, et que le jour où le brave homme passerait, je vivrais sur les maigres ressources de mes frères, faute de mari. Suite au sermon de James, je suis maintenant plus que déterminée à poursuivre la publication de mon petit livre*[1]*, car je dois gagner quelque indépendance ; et je préfère encore faire commerce de littérature que de mariage, car épouser quelqu'un par intérêt est à mes yeux la chose la plus méprisable qui soit.*

Mais laissons là notre frère James et sa malheureuse épouse – je dois m'interrompre, car la femme de chambre entend maintenant me coiffer pour le bal ; j'avoue avoir peine à imaginer ce que l'on peut faire aujourd'hui que j'ai presque 27 ans pour arranger mes

1. Ce « petit roman » avait pour titre initial *Susan*. Achevé et vendu à un éditeur pour 10 livres en 1803, il n'avait toujours pas été publié en 1816. Réintitulé N*orthanger Abbey*, il fut publié en 1818, après la mort de Jane Austen.

cheveux, que l'on n'ait déjà tenté quand j'en avais 18... Vous serez choquée d'apprendre que j'ai troqué mon confortable bonnet pour les séductions d'une plume, glissée dans un bandeau de perles qui m'enserre le front ; deux masses de boucles me pendent comme des grappes devant les oreilles, à la* *Diane chasseresse. J'ai sans doute l'air un peu ridicule, mais rien que pour cela, ce changement est le bienvenu. Et maintenant, ma chère sœur, je dois vous dire bonne nuit et* adieu*.

Très affectueusement,
J. A.

Vêtue de ma robe de soie jaune à motifs – la plus élégante toilette que je possède, bien qu'elle soit, il faut le reconnaître, assez démodée –, je pénétrai la tête haute dans la salle de bal à la suite d'Isobel. La grande pièce était illuminée par de nombreuses chandelles, disposées dans des candélabres dorés, fixés aux glaces de trumeau ornant les murs sur toute leur longueur, si bien qu'on eût dit que nous avancions entre de grands arbres pourvus d'un feuillage de flamme. Nous nous retrouvâmes parmi une rutilante assemblée de gentlemen et de ladies, une centaine de personnes au moins, venues pour la plupart du Hertfordshire et des environs, et certaines même d'aussi loin que Londres. Il est assurément impossible à quelqu'un de ma condition de rivaliser avec la grandeur de Scargrave et moins encore avec le cercle de connaissances du comte ; mais je repris courage en me rappelant que je pouvais compter sur la gentillesse d'Isobel, et bravai ainsi les regards de tous ces gens.

La comtesse de Scargrave était superbe dans sa robe de soie d'un vert profond, toilette récemment acquise à Paris. Mon amie a toujours possédé une indéniable distinction ; mais elle peut en outre prétendre aujourd'hui aux moyens de son élégance – et l'immense fortune du comte ne saurait guère être mieux dépensée. Isobel est de grande taille et fort bien faite de sa personne ; c'est une belle jeune femme, mince et élancée ; mais l'on s'accorde généralement à dire que le plus extraordinaire de ses charmes réside dans son épaisse chevelure, d'un roux profond et lustré, qui ne manque jamais d'attirer les regards. Pour ma part, ce sont ses yeux qui me paraissent être son plus bel atout – ils sont couleur de sherry et frangés de longs cils bien fournis. Mais tous les charmes de sa personne ne seraient rien sans la douceur et la grâce de ses manières, qui rendent son maintien si aimable. Ce soir, au milieu de ce bal à elle dédié, circulant parmi les invités et renversant la tête en arrière quand elle riait, elle était vraiment admirable.

Je m'aperçus aisément que les autres vouaient une égale admiration à la beauté et au grand charme d'Isobel, et je me fis un bref instant l'effet d'une ombre bien pâle dans son sillage. Mais si l'on veut oublier ses soucis dans la gaieté d'un bal, il est impératif de *danser* ; et pour ce faire, il faut un cavalier. À l'âge avancé de presque 27 ans, je commence déjà à redouter la concurrence des femmes plus jeunes. Lors du dernier bal auquel j'avais assisté à Bath, j'avais dû endurer le supplice de demeurer assise plusieurs danses d'affilée, tandis que des gamines de 15 ans valsaient et tournoyaient à cœur joie sur la piste ; et un sentiment de jalousie, dont je ne suis pourtant guère coutumière, m'avait bel et bien gâché le plaisir de la soirée. Je craignais fort de devoir connaître un sort similaire à Scargrave, mais Isobel se montra aussi bonne que je m'y attendais et me présenta sans tarder à plusieurs gentlemen de sa connaissance.

Le premier d'entre eux était Fitzroy Payne, vicomte et neveu de son mari. Lord Payne est le fils unique du frère cadet du comte, décédé il y a de nombreuses années ; si lord Scargrave et Isobel devaient ne pas avoir d'enfants, il hériterait du titre de comte à la mort de son oncle. Célibataire et jouissant d'une belle fortune, le vicomte doit assurément songer à prendre femme ; nombre de regards féminins dans l'assemblée de Scargrave convergeaient d'ailleurs vers lui hier soir, pleins d'espoirs et de calculs.

Mais pour autant que je puisse en juger, il me semble que j'avais autant de chances que n'importe quelle autre dame présente dans la salle d'être honorée par les attentions de Fitzroy Payne. Il ne paraît en effet guère facile de pouvoir toucher son cœur – et je le soupçonne même de l'avoir déjà offert à une autre. Lord Payne, 26 ans, est un gentleman au visage grave, qui, bien que bel homme, affiche une telle réserve qu'il ne m'inspira, lors des présentations, aucun sentiment susceptible d'améliorer mon humeur. Lorsque Isobel prononça mon nom, il fixa son regard à une quinzaine de centimètres au-dessus de ma tête, claqua vivement des talons et s'inclina profondément – sans daigner m'offrir le moindre mot de salutation.

Il me fallut ensuite endurer les présentations avec le fils aîné de feu la sœur du comte, Mr George Hearst, gentleman de 27 ans aux manières pondérées. Il est pour l'instant régisseur de la ferme de la propriété, fonction qui, d'après ce que m'a laissé entendre Isobel, ne lui plaît guère. Il souhaite en effet entrer dans les ordres, projetant d'obtenir la prochaine vacance de l'une des trois cures[1] du domaine du comte. Pâle et émacié, le regard sombre et la mine soucieuse – s'imaginant sans doute qu'il s'agit là d'une contenance tout ecclésiastique –, il fait l'effet d'un homme en longue conversation avec Dieu. Son aspect mélancolique et ses regards hostiles jettent sur son entourage immédiat un froid, auquel je fus moi-même fort sensible, bien qu'étant étrangère parmi eux. Mr George Hearst m'accorda un hochement de tête indifférent, puis replongea dans ses pensées morbides – ou du moins est-ce ce que je supposai, le voyant ainsi rester de marbre.

Isobel s'empressa alors de me présenter le lieutenant Thomas Hearst, frère cadet de l'ecclésiastique, et aussi différent de ce dernier que peuvent l'être deux hommes issus de la même union.

Tom Hearst assume le commandement d'un excellent régiment de cavalerie, possède un visage enjoué et rieur, des boucles indisciplinées qui lui retombent sur le front quand il s'incline pour faire le baisemain, et un charme qui a sans nul doute dû réduire plus d'une demoiselle élégante aux soupirs et aux larmes. Le lieutenant a vraiment fière allure dans son uniforme bleu foncé, et danse avec davantage de fougue que de talent, ainsi que je puis en témoigner. Lorsque Isobel me présenta à lui, il s'inclina comme je l'ai décrit plus haut et m'invita aussitôt pour la prochaine danse ; j'oubliai

1. Le terme de « cure » ou « bénéfice » désigne le patrimoine attaché à la fonction de clergyman (son traitement et sa demeure), lequel se transmettait soit par don du propriétaire du domaine où se trouvait la cure, soit, si le clergyman en poste avait acheté lui-même le bénéfice, par sa vente avant son décès.

dans l'instant ma nervosité et formai alors le projet d'en apprendre davantage sur le caractère de mon futur cavalier.

Je n'eus pas à chercher bien loin… Le regard attiré par l'éclat d'une blonde chevelure à quelques pas de moi et les narines assaillies par un parfum de violettes, je fis soudain volte-face et me retrouvai nez à nez avec miss Delahoussaye, resplendissante dans une robe bleu paon, avec un décolleté du plus grand effet sur sa poitrine généreuse. La demoiselle se mit à rire, un peu essoufflée – conséquence, sans nul doute, d'une excessive dépense d'énergie et d'un lacet de corset trop serrée –, et leva une main potelée vers sa coiffure.

— Vous avez donc fait la connaissance de ce fripon de Tom Hearst, déclara-t-elle en me lançant un clin d'œil appuyé.

Miss Fanny est la cousine d'Isobel et vient elle aussi de la Barbade ; c'est un beau brin de fille, à la jeunesse exubérante, mais à qui la raison fait tristement défaut.

— Il a jeté son dévolu sur vous pour une danse ou deux, je parie, poursuivit-elle, et maintenant il va falloir que j'aille mendier un cavalier. Je suis sûre que Tom m'aurait monopolisée toute la soirée, si sa délicatesse ne lui avait fait craindre de paraître trop effronté, ajouta-t-elle, exhibant un élégant petit carton noué à son éventail, déjà surchargé des noms de nombreux chevaliers servants.

— Le lieutenant Hearst serait-il donc un homme délicat ? m'enquis-je, soudain bien plus intéressée par miss Delahoussaye que je ne l'avais été jusqu'alors.

— Oh, mon Dieu, non ! s'exclama-t-elle. Il n'y a pas plus téméraire coquin que ce coquin-là. Mais Tom a tellement peur de Maman (ce disant, elle rejeta ses boucles blondes en direction de madame Delahoussaye), qu'il se montre extrêmement prudent. Je suis sûre que moi-même je n'aurais pas moitié aussi peur que lui. Ce n'est tout de même pas comme si j'avais un frère qui pourrait se battre avec lui ou l'envoyer promener.

— Pourquoi voudrait-on se battre avec le lieutenant ? fis-je, un peu éberluée.

— Mais voyons, parce qu'il est épris de moi, bien sûr, déclara Fanny en me donnant de petits coups d'éventail sur l'épaule, alors qu'il est loin d'être aussi fortuné que moi ! Si j'avais en effet un frère capable de se battre avec lui, ce serait vraiment terrible pour nous ; car vous n'êtes pas sans savoir que Tom est venu à Scargrave après avoir tué un homme dans une affaire d'honneur[1].

Miss Delahoussaye éclata de rire devant mon air stupéfait.

— Je m'étonne que vous n'ayez pas eu vent de cette histoire, dit-elle. Mon Dieu, mais tout le monde ici ne parle que de cela ! Il a provisoirement quitté son régiment à Saint-James en attendant que le scandale soit un peu oublié ; mais je suis certaine qu'il ne se serait point battu en duel s'il n'avait été cruellement offensé.

Disant cela, miss Delahoussaye s'efforça d'avoir l'air grave, mais ses yeux bleus pétillaient d'approbation pour le terrible lieutenant.

— Indubitablement, répondis-je, bien que nous ne sachions point ce qui s'est passé exactement.

1. Vers la fin du XVIIIe siècle, les autorités fermaient parfois les yeux sur certains duels autrement considérés comme des meurtres – en particulier parmi les militaires, pour qui l'honneur était une notion aussi importante que la fortune ou la naissance. Comme le lieutenant Hearst est officier de cavalerie, on aura probablement laissé ses supérieurs hiérarchiques décider de son sort.

— J'entends bien le découvrir, rétorqua miss Fanny avec détermination, car les affaires des officiers sont les plus romantiques qui soient au monde ! N'êtes-vous point de cet avis, miss Austen ? Un officier n'est-il pas préférable entre tous les hommes ?

— Je ne les ai jamais considérés comme pourvus de mérites particuliers…, commençai-je, mais elle me coupa au milieu de ma phrase.

— Alors vous ne pouvez apprécier Tom comme je l'apprécie, et je ne redouterai donc pas le pouvoir de vos charmes plus longtemps. Il est complètement fou de moi, miss Austen ; tâchez de vous en souvenir quand vous danserez avec lui.

Et sur ces belles paroles, Fanny Delahoussaye s'en fut dans une envolée de jupes bleues, me laissant attendre le retour de l'élu de son cœur.

Il n'était que 9 heures et un buffet léger avait été dressé dans le petit salon attenant à la grande salle ; une foule de gentlemen et de ladies circulaient autour de la longue table, en quête de glace et de champagne, de morceaux de dinde froide et de friandises en tout genre – une abondance stupéfiante de mets avaient été préparés dans les cuisines de Scargrave, sans regard aucun pour la dépense. J'observai cette masse de gens inconnus, certains d'une extrême distinction et, l'espace d'un instant, regrettai de ne pas être restée dans ma chambre, avec un bon livre pour toute compagnie ; mais Isobel m'avait déjà pris le bras, n'entendant pas me laisser battre en retraite si facilement.

— Voyez ce que c'est que d'être une femme mariée, Jane, me dit mon amie avec un sourire malicieux. L'on est obligée de se priver du buffet pour que les autres puissent danser ! *Vous* pouvez vous permettre de manger tout votre content, ma chère, mais je vais devoir, *moi*, laisser maintenant mon mari me conduire sur la piste si je ne veux point souffrir le mépris de mes hôtes.

Isobel s'esquiva donc au bras du comte, et tous deux se dirigèrent vers le bout de la salle ; d'autres personnes, désireuses de s'amuser, vinrent s'aligner deux par deux derrière eux, et les musiciens inclinèrent leurs archets.

L'absence de Tom Hearst me pesa, bien je ne susse s'il fallait ou non désirer le retour d'un homme tel que lui. Mais mon désarroi fut de courte durée. De la foule émergea une tête aux cheveux bouclés qui s'inclina hardiment devant moi, et je me retrouvai soudain au beau milieu de la salle face au lieutenant, séparée d'environ quatre autres couples du comte et de sa dame, toute à l'ivresse joyeuse d'une première danse.

Sachant que le lieutenant Hearst avait tué un homme, je ne parvenais à songer à rien d'autre ; mais l'on se doit, lorsqu'on enchaîne les figures, de causer un tant soit peu avec son partenaire ; je me mis donc l'esprit à la torture, désespérant de trouver un mot pour engager la conversation. Rougissante – j'en ai peur – et les yeux obstinément baissés, je dus lui faire l'effet d'une vraie petite oiselle, lui offrant ainsi une image de ma personne probablement aussi imparfaite que le portrait que miss Delahoussaye m'avait dressé de lui. Lui-même, devant mon mutisme embarrassé, hésitait à prononcer une syllabe ; et nous persistâmes péniblement dans ce silence d'une profonde sottise pendant près de la moitié du temps que dura la danse. Mais s'il est une chose que je déteste par-dessus tout, c'est bien de me retrouver flanquée d'un cavalier muet ; aussi, surmontant mon horreur des coups de pistolet à l'aube, je me réfugiai dans la légèreté d'un badinage féminin.

— J'ai profité de votre absence, lieutenant, pour me renseigner sur votre caractère, lançai-je.

Levant un sourcil, il me jeta un regard amusé.

— Et suis-je digne de toucher votre gant ?

— J'ai appris qu'en tous lieux l'on vous considère comme un homme plein de charme et d'intelligence ; que vous êtes un officier célèbre pour sa bravoure et sa promptitude à s'emporter ; que vous passez une bonne partie de votre temps à cheval dans le parc ; et que vous préférez la selle de mouton au rôti de bœuf, ce en quoi vous avez été déçu ce soir.

— Non ! s'exclama-t-il en riant, la tête renversée. Et pouvons-nous également connaître la pointure de mes bottes et le nom de mon tailleur préféré ?

— Ce sont là des renseignements que, par délicatesse, l'on ne m'a point permis de savoir, répondis-je. Mais si vous vous avisez de disparaître encore avec la même alacrité, je suis certaine de réussir à l'apprendre.

De fort bonne humeur, le lieutenant engagea alors la conversation sans réticence aucune, m'interrogeant sur ma vie à Bath et la situation de ma famille avec un intérêt grandissant. Pour ma part, j'appris bientôt que Julia, sa mère, la sœur de lord Scargrave, était décédée quand il était tout petit, et que son père était un gredin et un débauché. Ayant réduit sa femme à la misère (du moins est-ce ainsi que j'interprète les mots plus charitables du lieutenant), Mr Hearst père avait eu le bon sens d'abandonner ses fils à son frère lorsqu'il était parti pour le Continent, où il était mort quelque temps après dans les bras de sa maîtresse. Lord Scargrave se chargea donc pendant vingt ans de l'éducation des deux garçons ; et cela n'avait donc rien d'étonnant qu'ils le considérassent comme un père.

Le lieutenant ajouta que l'étude le lassait déjà lorsqu'il n'était encore qu'à Eton, et qu'il avait dédaigné Oxford pour rejoindre les rangs plus brillants de la carrière militaire ; qu'il était à présent membre de la Garde montée royale, résidait à Saint-James et était venu à Scargrave passer les fêtes de Noël ; il omit toutefois de préciser qu'il s'agissait d'un séjour *forcé*, dû au fait qu'il avait récemment tué un homme.

Mais à dire vrai, ayant passé quelque temps en compagnie du lieutenant Hearst, force est de me demander si les idées romantiques de miss Delahoussaye, étant donné le manque de bon sens qui la caractérise, ne sont pas pures affabulations de sa part. Tom Hearst me semble en effet aussi peu capable de violence que mon cher frère Henry.

Amateur de plaisanteries, prodigue en sourires, incapable d'offenser quiconque, le lieutenant me fit d'abord l'effet d'un rayon de soleil ; mais comme le soleil, il peut vous brûler au moment où vous vous y attendez le moins… Nous étions depuis près d'une demi-heure dans la danse, qui approchait de son terme, lorsqu'il fit dévier la conversation sur Isobel, avec quelque impertinence de manière :

— Je me réjouis du mariage de mon oncle, maintenant que je découvre que ma tante possède une amie si délicieuse, dit-il, reprenant ma main comme j'échangeais de place avec ma voisine.

— Vous ne vous en réjouissiez donc pas, avant mon arrivée à Scargrave ?

Il me gratifia d'un regard inquiet, comme s'il craignait d'en avoir trop dit, puis rit avec affectation.

— Pour ma part, répondit-il, le bonheur de mon oncle est ma seule et unique préoccupation. Mais d'autres pourraient avoir des sentiments moins désintéressés.

— Je ne vous saisis pas.

Lui tournant momentanément le dos pour suivre une figure, j'accrochai au passage le regard d'Isobel qui remontait la file des danseurs.

— Il faut que vous vous rendiez compte, miss Austen, reprit Tom Hearst, qu'un homme âgé sans descendance directe risque fort de décevoir sa famille s'il décide soudain de se remarier et de se doter d'héritiers.

— Mon propre père ayant plus de 70 ans, je ne qualifierais pas d'*âgé* un homme de 48 ans ! répondis-je, revenant face à lui.

— Oh ! Assurément ! Ce n'était qu'une façon de parler. Néanmoins, je ne doute pas que mon cousin le vicomte (ce disant, il jeta un coup d'œil à lord Payne, qui faisait face à Fanny Delahoussaye et qu'un seul couple séparait de nous) ne soit tenaillé par des sentiments contradictoires à ce sujet, et bien plus préoccupé que moi par cette nouvelle situation. Fitzroy Payne a beau vouer une profonde affection à la comtesse, il ne peut guère ignorer la menace qu'elle représente pour lui. Si elle donne à mon oncle un héritier, ce sera un sacré revers de fortune pour lord Payne.

— Votre sollicitude à l'endroit de la bourse de votre cousin a de quoi désarmer tout reproche, lui dis-je, mais le bonheur de votre oncle devrait compenser tous ces soucis matériels.

Il n'est nul besoin d'insister sur le fait que je m'étonnais de le voir confier des choses de nature si personnelle à une parfaite étrangère ; mais cela me dissuada de poursuivre plus avant la conversation.

— Oh, le bonheur de mon oncle, répéta le lieutenant, tournant son regard vers lord Scargrave qui riait aux éclats tout en menant son élégante épouse d'une figure à l'autre. Il n'est pas permis d'en douter. Si seulement nous pouvions tous connaître la même félicité à 48 ans… Mais nous avons le bonheur de n'avoir que la moitié de son âge, miss Austen, aussi finissons-en avec ces propos sérieux et parlons d'autre chose. Venez-vous souvent dans le Hertfordshire ?

Recouvrant subitement ses esprits, à ce qu'il semblait, le lieutenant déploya un grand charme tout au long de la conversation et s'inclina profondément sur ma main gantée à la fin du morceau. Après m'avoir instamment priée de lui accorder la faveur d'une autre danse et entendue prétexter les exigences de la fatigue, il s'en fut, en quête d'un verre de punch.

Je le suivis du regard quelques instants, retournant ses paroles dans mon esprit, puis secouai la tête et décidai de ne plus penser à lui. Tout compte fait, Tom Hearst me semble être tout à la fois un coquin, un coureur et peut-être même un individu dangereux, avec son visage aimable, son énergique façon de danser et ses manières affables ; un homme capable de faire d'une femme ce que bon lui semble, une fois qu'il a conquis son cœur.

2

Lord Harold entre en scène

11 décembre 1802, suite

Le plus curieux de tous les incidents dont je fus témoin hier soir se produisit suite à l'arrivée d'un homme – un gentleman que je ne connaissais pas, mais d'allure si malveillante que je frissonne à l'idée qu'il se trouve encore sous ce toit tandis que le comte agonise. S'il est une chose que j'aimerais comprendre des mystères de Scargrave, c'est bien la raison de sa présence ici ; et c'est auprès de mon amie Isobel que je dois quêter une explication, puisque c'est elle qu'il est venu voir.

J'étais en train d'observer le lieutenant Hearst qui s'éloignait en direction du punch, lorsque Isobel surgit à mes côtés. Elle avait les joues roses, ce qui lui seyait bien, et ses yeux noisette étincelaient.

— Ma chère Jane ! N'est-ce pas un bal admirable ? Et une société distinguée ? Et pourtant, j'ai dû prier mon mari de bien vouloir me laisser m'échapper, de façon à pouvoir passer quelques instants en votre compagnie, déclara-t-elle en me prenant la main. Venez dans ce coin et racontez-moi tout ce qui vous est arrivé, car depuis que vous êtes à Scargrave je n'ai pas eu le loisir de m'occuper de vous.

Elle me conduisit à un canapé commodément placé dans l'alcôve d'une fenêtre, d'où elle pouvait surveiller l'évolution de son bal et causer sans être dérangée. La conversation et l'enthousiasme du lieutenant Hearst m'ayant un peu fatiguée, je l'avoue, je m'affalai sur le siège avec soulagement.

— J'avais espéré pouvoir vous prodiguer mes vœux de bonheur, ma chère Jane, commença Isobel, mais vous avez résolu de me priver de ce plaisir. Non, ne vous sauvez pas, ajouta-t-elle, voyant mon air blessé ; ne craignez pas mes reproches – au contraire, je vous admire. Oui, insista-t-elle comme je voulais protester, j'admire votre courage. Il est rare de trouver une femme qui fasse passer son bonheur personnel avant ses craintes pour l'avenir. Vous avez repoussé Mr Bigg-Wither, repoussé le foyer, la famille qu'il vous offrait, ainsi que la situation confortable que ceux-ci vous assuraient, pour conserver votre indépendance ; et ce, en dépit des conseils de tous ceux qui n'aspiraient qu'à votre bien-être et se prononçaient en faveur de cette union. Quelle fermeté !

— Si vous connaissiez Mr Bigg-Wither, vous m'admireriez moins, dis-je. Il n'est pas *deux* hommes dans le pays qui aient autant de probabilités de se voir éconduits. Mais le plus remarquable de l'histoire, c'est que j'ai bel et bien accepté sa demande, même si mon consentement ne dura qu'une soirée. L'idée d'un éternel *tête-à-tête** au coin du feu avec Mr Bigg-Wither, la pensée de voir à jamais trôner sur la table la théière de Mr Bigg-Wither et l'éventualité d'une progéniture de petits Bigg-Wither, tous aussi ennuyeux que leur père, me causèrent nombre de cauchemars et suffirent à me refroidir dès le petit matin.

— Mais au moins vos cauchemars auront été de courte durée, Jane, dit Isobel, lissant les élégants plis de sa robe de soie verte, comme une ombre passait sur son visage. Il est tant de dames, hélas, qui les doivent endurer tout le temps d'une union malheureuse… Mieux vaut repousser un soupirant que de devoir à jamais passer des nuits blanches, envahie par le sentiment d'avoir commis une irréparable erreur.

— En effet. Eussé-je uni ma destinée à celle de Mr Bigg-Wither, l'alliance aurait été brève de toute manière : je serais certainement morte d'insomnie avant la fin de la semaine.

Je cherchais à faire un peu d'humour, mais ma décision de repousser Mr Harris Bigg-Wither de Manydown Park, moins de vingt-quatre heures après avoir accepté sa demande en mariage – consentement qui avait fait la joie de mes chères amies, ses sœurs –, m'avait en vérité grandement affligée et cruellement mortifiée. Ledit gentleman héritera de vastes domaines dans le Hampshire, et son rang comme sa fortune font de lui une conquête des plus enviables, en particulier pour une dame telle que moi, dont la situation financière est loin de valoir la sienne et qui n'est déjà plus dans le printemps de sa jeunesse. En dépit de toutes ces préventions contre ma personne, Mr Bigg-Wither avait jeté son dévolu sur moi, aspirant à me voir devenir la compagne de sa vie, quasiment dès l'instant où j'avais franchi le seuil de Manydown House, quelques semaines auparavant. Bref, sa proposition était plutôt flatteuse, d'autant qu'elle arrivait sans même le prétexte d'une cour préliminaire. Dans un élan de gratitude – non, je dois et vais me montrer honnête – dans un élan de *vanité*, je consentis à l'épouser.

Mais, de six ans mon cadet, cet individu gauche et mélancolique est affligé d'un bégaiement prononcé ; et sa belle situation ne saurait faire de lui un homme différent. Comme j'eusse assurément tenté de corriger ce que la nature avait condamné Mr Bigg-Wither à devenir, je n'aurais pu que lui faire du mal en acceptant sa demande. Mon instinct de conservation, ma conviction qu'un mariage sans amour est la pire forme d'hypocrisie qui soit me donnèrent la force, après une nuit sans sommeil, de l'informer que j'avais commis une erreur en encourageant ses avances et de lui assurer que j'étais la femme la moins capable de lui apporter la félicité conjugale. Je quittai Manydown House moins d'une heure après, dans un grand abattement, certaine d'avoir non seulement perdu un soupirant, mais aussi des amies qui m'étaient très chères.

— Et vous voici à Scargrave, désireuse d'oublier vos soucis dans un tourbillon de frivolité, dit Isobel, abandonnant son expression pensive pour reprendre ma main. Nous allons tout faire pour qu'il en soit ainsi. Je vais vous trouver un jeune chevalier servant ; il dansera avec vous, saura vous flatter et vous tourner la tête, et renverra Mr Bigg-Wither et son bégaiement dans les régions les plus reculées de votre mémoire.

— Non, Isobel, protestai-je, ne vous donnez donc pas cette peine. Je crois que le lieutenant Hearst fera amplement l'affaire. Il est bel homme, il a du charme, sans pour autant paraître animé de sentiments bien profonds, et ne possède pas un penny qui lui appartienne. Voilà qui conviendra parfaitement à une fille de clergyman sans dot. Nous pouvons d'ores et déjà augurer qu'il causera ma perte, avant de s'en aller mourir de sa belle mort sous le feu du canon de Bonaparte ; à ce stade de la romance, j'irai me jeter dans le bief d'un moulin, et puis l'on chantera et boira à ma gloire. Y a-t-il un moulin à Scargrave, Isobel ?

— Faites attention, Jane, me dit mon amie, s'efforçant tant bien que mal de garder son sérieux. Tom Hearst est un coquin, certes plutôt aimable, mais capable aussi de causer bien du mal pour cette même raison. J'aimerais le voir croiser moins souvent la route de ma cousine Fanny, car il a si bien réussi à lui tourner la tête qu'elle est capable de passer pour une jeune fille des plus impudiques, à l'occasion – et rien, comme vous le savez, n'est plus éloigné de sa nature.

— Assurément, renchéris-je, bien qu'animée d'une confiance moins absolue à l'endroit du tempérament de Fanny. Mais cessons de parler de mes problèmes.

J'observai mon amie, qui avait décidément tout d'une véritable comtesse, des rangs de perles enserrant sa sombre chevelure au décolleté de son corsage soulignant avec élégance la finesse de son buste. Je n'en avais vu de semblable qu'une fois auparavant – dans un journal londonien, où figurait un portrait de l'épouse de Bonaparte, Joséphine. Isobel semblait née pour porter ce genre de toilette. Mais, comme j'étudiais son visage, je fus peinée de voir que la fatigue cernait ses yeux adorables – comme si elle avait eu du mal à trouver le sommeil ces derniers temps, elle qui, de toutes mes amies, aurait pourtant dû être la moins sujette à l'insomnie. Adopter la condition sociale de son mari avait peut-être été une tâche fort rude.

— Parlez-moi plutôt de vous, Isobel, lui demandai-je gentiment. Comment se sont passés ces trois mois de mariage ?

— Que pourrais-je bien vous dire sur moi ? répondit-elle avec un entrain forcé que je n'eusse pas cru nécessaire. Je suis telle que vous me voyez : une femme mariée depuis un certain temps déjà, dont les aventures appartiennent désormais au passé.

— Vous paraissez comblée.

— Je suis contente de vous l'entendre dire, déclara-t-elle tandis qu'une ombre, de nouveau, traversait son visage ; car c'est justement l'impression que je m'efforce de donner. Je ne tiens pas à ce que mon mari s'imagine que je ne suis pas heureuse ; et j'y consacre toute mon énergie.

— Isobel, fis-je, en proie à une soudaine appréhension. Que signifie cela ? Rassurez-moi : vous possédez *l'essence* du bonheur et pas seulement son apparence, n'est-ce pas ?

Mais elle parut ne pas entendre mes paroles, absorbée comme elle l'était par certain mouvement à l'autre bout de la salle.

— Jane ! chuchota-t-elle en me saisissant le bras, les yeux soudain écarquillés et le visage blême. *Il* est là. Il a l'insolence de se montrer sous mon toit, aux premiers jours de mon retour, et sans y être invité ! À moins que Frederick…

Elle se tourna, cherchant du regard son mari, qui était invisible. Vive comme un oiseau, elle reprit contenance, et ses yeux se fixèrent de nouveau sur leur objet premier.

— Seigneur Dieu, ne serai-je donc jamais débarrassée de lui ?

Je suivis la direction de son regard et découvris, non sans un mauvais pressentiment, le visage qui lui inspirait pareille frayeur. Il s'agissait d'un homme assez grand, d'âge indéterminé et plutôt maigre, comme quelqu'un s'adonnant à de fréquents exercices en plein air. Le teint hâlé, la mise élégante, il parcourait le fond de la salle avec une décontraction visible, les mains jointes dans le dos et les yeux errant dans la foule. Je sus avec une absolue certitude que c'était Isobel qu'il cherchait, et mon premier mouvement fut de tenter de la dissimuler à sa vue. Il y avait un je-ne-sais-quoi d'inquiétant dans l'aspect de ce gentleman – ses paupières tombantes sous l'angle aigu de l'arcade sourcilière, les mèches de ses cheveux argentés, la longue cicatrice qui lui coupait l'une des joues ? L'on voyait que c'était un homme parfaitement maître de lui ; de ce genre d'hommes qui aspirent à se rendre maîtres du monde entier.

— Mais qui est-ce ? demandai-je à mon amie dans un murmure comme si l'ouïe du gentleman pouvait percevoir les confidences échangées à l'abri de notre alcôve.

— Lord Harold Trowbridge, répondit Isobel dont les doigts s'enfoncèrent douloureusement dans mon bras, frère du duc de Wilborough. Il est déterminé à racheter Crosswinds, le domaine de mon père à la Barbade, qui a connu de tristes revers ces dernières années ; il ne m'accorde aucun répit, ni le jour ni la nuit.

— Je crois qu'il nous a vues, dis-je, sentant les battements de mon cœur s'accélérer comme les yeux noirs de l'individu se posaient sur Isobel.

Un sourire se dessina lentement sur les lèvres minces de lord Harold et, d'un pas souple et gracieux, il traversa la salle pour se diriger vers l'endroit où nous étions assises. Toute fuite était impossible ; nous étions dos au mur et lui se trouvait devant nous.

— Comtesse, fit-il en s'inclinant bas sur la main d'Isobel. C'est un immense plaisir pour moi que de vous souhaiter la bienvenue dans votre nouvelle demeure.

— Je crains qu'il ne faille intervertir les rôles, lord

Harold, répondit Isobel en faisant effort pour sourire. C'est à *moi* qu'il revient de *vous* souhaiter la bienvenue. J'ai également l'honneur de vous présenter une amie très chère, miss Austen, de Bath.

— Tout l'honneur est pour moi, dit lord Harold qui me gratifia d'un regard pénétrant en me faisant la révérence.

— Avez-vous trouvé tout le nécessaire à votre confort ? s'enquit poliment Isobel.

— Certes oui, répondit-il. Je suis arrivé ici il y a une heure à peine, suite à l'invitation de lord Scargrave, et Mrs Hodges a veillé à m'installer confortablement pour la nuit.

À l'expression de surprise de mon amie, je compris qu'elle ne s'attendait pas à ce qu'il résidât au manoir ; mais l'impudence de cet homme dépassait tout ce que l'on pouvait imaginer…

— J'avoue que je n'aurais manqué pareille occasion pour rien au monde, poursuivit lord Harold. Voir une dame faire un mariage aussi heureux et avantageux est un spectacle qui a de quoi réjouir le cœur de tous ceux qui se faisaient jusqu'alors du souci pour son avenir et sa sécurité matérielle.

Sa voix, bien que douce et polie, était teintée d'une note moqueuse qui ne nous échappa ni à Isobel ni à moi.

— Je suis ravie de vous l'entendre dire, répliqua-t-elle en se levant, comme pour signifier son désir de partir, car j'étais convaincue depuis longtemps que ma sécurité était de fait le cadet de vos soucis.

La brusquerie délibérée de ces paroles me causa un choc ; mais Trowbridge, lui, n'en parut pas affecté. Planté devant nous aussi solidement qu'un arbre, son grand corps barrait le passage à Isobel de la plus discourtoise manière qui fût.

— Comtesse, dit-il d'une voix tendue et incisive comme une corde d'archet, j'aimerais vous parler en privé.

La bouche d'Isobel s'était durcie, et les mots qui jaillirent de ses lèvres tombèrent comme des pierres.

— Vous ne pouvez rien avoir à me dire, lord Harold, qui ne puisse attendre demain matin. Un bal n'est guère un moment propice pour causer affaires.

— Et la journée de demain s'achèvera, sans nul doute, sans que ce moment ne se soit présenté, répondit-il d'un ton neutre. Sachez que je n'attendrai pas indéfiniment, *milady*, ajouta-t-il en souriant.

— Vous attendrez aussi longtemps qu'il me plaira, rétorqua Isobel sans cesser de le regarder droit dans les yeux. Tâchez de vous en souvenir, *milord*.

Deux points rouges embrasaient les joues de mon amie, mais le reste de son visage était d'une pâleur extrême, me faisant craindre de la voir défaillir d'un instant à l'autre.

Ce fut lord Payne, le neveu du comte, qui mit un terme à l'affrontement alors au faîte de sa tension, en surgissant comme une ombre derrière l'épaule de lord Trowbridge. Tous deux font la même taille, mais la gravité de son maintien confère à lord Payne un avantage certain sur Trowbridge ; et la courtoisie qu'il déploya fut peut-être d'autant plus blessante qu'elle était exquise.

— Lord Harold, dit lord Payne en s'inclinant bas, quelle chance de vous avoir parmi nous ce soir ! Mais je crains de devoir vous arracher à la douce compagnie de ces dames sur ordre de mon oncle. Il m'a en effet chargé de vous prier de le rejoindre dans son cabinet ; en ceci, comme en toutes choses, j'exécute donc sa requête.

Quelques phrases seulement, mais prononcées sur un tel ton, qu'elles firent mouche sur l'instant. Lord Harold se contenta de jeter un regard à lord Payne, s'inclina devant Isobel et moi, et disparut aussi silencieusement qu'il était apparu.

— Quel monstre d'impertinence ! s'écria Isobel en saisissant la main de Fitzroy Payne. Il me pourchassera donc jusqu'aux confins de la terre !

— Nous pouvons espérer un bref moment de répit pour ce soir, dit le neveu du comte, mais j'aimerais vraiment pouvoir l'éloigner de vous définitivement.

Il retint un instant la main de la comtesse dans la sienne, contemplant Isobel avec une expression empreinte de sollicitude et d'inquiétude, puis recouvra ses esprits.

— Vous semblez ne pas vous sentir très bien, Isobel. Si vous le voulez, j'informerai mon oncle que vous êtes momentanément indisposée et que vous avez regagné vos appartements pour vous reposer.

Il était déjà en soi surprenant qu'il appelât la femme de son oncle par son prénom, mais ce fut surtout la tendresse de son regard, dès qu'il posait les yeux sur elle, qui me frappa le plus. Dès lors, je ne doutai plus qu'il ne fût animé à son égard d'un sentiment peu commun entre parents d'une même famille, même aussi proches ; me revinrent alors en mémoire les propos badins émis par Tom Hearst un peu plus tôt dans la soirée. Il avait dit que Fitzroy Payne vouait une profonde affection à la comtesse ; et ce que le lieutenant avait cherché à insinuer, je ne le comprenais à présent que trop bien : le taciturne neveu du comte, sous ses dehors réservés et insondables, dissimulait le feu brûlant d'une passion ; lord Payne connaissait donc le sens du mot « aimer ».

— Oui, veuillez avertir Frederick de ma part, je vous prie, acquiesça Isobel d'une voix éteinte, se détournant pour partir. Mais dites-lui bien que je ne me retire que pour un court instant. Je ne voudrais pas que Trowbridge s'imagine qu'il me tient entre ses griffes.

Comme si elle venait seulement de se rappeler ma présence depuis la retraite de lord Harold, elle me regarda et parvint à me sourire ; après quoi, elle nous quitta.

Il me faut coucher ici mes impressions sur le vicomte Fitzroy Payne, car c'est le type même de personnage dont j'ai besoin pour l'un de mes romans [1]. Il est grand, bien proportionné et remarquablement beau. Il a des yeux gris ardoise et des pommettes saillantes ; mais le plus étonnant chez cet homme de 26 ans, ce sont ses cheveux, déjà gris, ce qui lui donne un style qui sied plutôt bien à la gravité de son expression. Le charme de sa personne doit toutefois être nuancé par sa manière d'être – car Fitzroy Payne affiche une telle réserve qu'on pourrait aisément la prendre pour du dédain ou de l'orgueil. Il est vrai qu'il possède les immenses domaines légués par son père, et qu'à la mort du comte, il héritera probablement du titre et de la fortune de ce dernier ; de ce fait, tous les familiers de la salle de bal

1. Il est possible que Fitzroy Payne ait finalement inspiré l'un des plus célèbres personnages masculins de Jane Austen, Fitzwilliam Darcy, dans *Orgueil et préjugés*, roman qui subit une première révision substantielle à la fin de 1802 ou au début de 1803, soit peu après le séjour de l'auteur à Scargrave.

de Scargrave lui accordent bien volontiers le droit à l'orgueil, mais les silences hautains de lord Payne ne suscitent en revanche aucune admiration chez ces gens, qui jugent que cette morgue n'a d'autre cause que sa suffisance. Bien des personnes ce soir-là désiraient visiblement s'attirer les bonnes grâces du vicomte, mais je me trouvai bien en peine d'en trouver une seule dans l'assemblée qui *l'aimât* sincèrement ; aussi n'en appréciai-je que plus les moments passés en sa compagnie. Me distinguer par la singularité est l'un des caprices de mon caractère ; je préférerais de loin passer une heure parmi des gens de sulfureuse réputation que deux minutes en compagnie de médiocres.

— Je dois vous remercier, sir, de m'avoir tirée d'une situation désespérée, lui dis-je. J'avoue que je n'étais pas de taille à me mesurer à lord Harold pour défendre Isobel, ignorante comme je l'étais des détails de leur différend.

— Ne pas être de taille à affronter lord Harold ne vous déshonore aucunement, déclara Fitzroy Payne.

Son regard errait au-dessus de ma tête, cherchant, supposai-je, le reflet roux d'une chevelure ondoyant au-dessus d'une audacieuse robe du soir verte ; mais Isobel avait quitté la salle de bal.

Après quelques instants de silence, passés à observer la danse qui venait juste de reprendre, je fis une autre tentative.

— Je suppose que l'on doit la présence de lord Harold à lord Scargrave, puisqu'il désirait s'entretenir avec lui dans sa bibliothèque – Isobel était quant à elle très surprise de voir ce gentleman.

— Même si elle avait été prévenue plusieurs heures à l'avance de l'arrivée de Trowbridge, croyez bien qu'elle en serait encore tout aussi bouleversée, dit lord Payne d'un ton amer.

— Vous partagez l'aversion de la comtesse, observai-je.

Ma remarque ne provoqua d'autre réponse qu'un froncement de sourcils et une gravité accrue.

— Peut-être devrions-nous faire appel au lieutenant Hearst et lui demander de défier lord Harold en duel, suggérai-je, m'efforçant à des propos plus légers. Le lieutenant pourrait ainsi tout à la fois se distinguer dans une affaire d'honneur et rendre service à une dame – deux domaines dans lesquels j'ai cru comprendre qu'il excelle.

Suivit un sourire glacial, mais encore une fois, il demeura bouche cousue.

— Je crois discerner une ressemblance entre nos états d'esprit respectifs, vicomte, insistai-je ironiquement, un peu exaspérée. Nous sommes tous deux taciturnes et peu prolixes de nature, dirait-on ; aussi vaut-il sans doute mieux que nous nous taisions jusqu'au moment où nous serons en mesure de tenir des propos capables d'étonner la terre entière.

Ces mots me valurent la lueur d'une brève étincelle dans ses yeux gris et la récompense inespérée d'une réponse.

— Connaissant bien mieux que quiconque ma propre sottise, miss Austen, je me dois de garder le silence ; mais en ce qui vous concerne, je vous crois volontiers capable de prendre grand plaisir à étonner autrui.

— Nous y voilà ! m'exclamai-je. Mon hypothèse se confirme. Même lorsque vous émettez une *critique*, vous ne pouvez faire autrement que de la bien formuler.

— J'entendais vous complimenter, point vous critiquer, aussi mon propos ne pouvait-il être que bien tourné, dit-il, tournant ses yeux gris vers moi pour me jeter un regard pénétrant. Le désir d'étonner ne peut être considéré comme un vice que lorsque l'esprit lui fait défaut pour se réaliser ; or l'esprit, miss Austen, est de toute évidence une qualité que vous avez l'heur de posséder. Mais je dois, hélas, vous abandonner maintenant pour accomplir la mission qui m'incombe : informer mon oncle de l'indisposition de ma tante.

Il s'inclina ; je le saluai d'un signe de tête ; et comme un gentleman se présentait pour m'inviter à danser au même moment, j'oubliai aussitôt le vicomte et le laissai se frayer un chemin parmi la foule joyeuse. Mais au cours de la soirée, je finis rétrospectivement par lui trouver bien des attraits, car mes cavaliers consécutifs se montrèrent bien moins brillants dans leur conversation, et moins provocants encore dans leurs silences, que lord Payne par le truchement d'une seule phrase.

Après un échange particulièrement ennuyeux avec l'un d'entre eux, il me prit l'envie d'aller prendre un rafraîchissement et, non sans soulagement, je me séparai de ce douteux prétendant pour diriger mes pas vers la galerie qui reliait la salle de bal au petit salon où était dressé le buffet. Comme les musiciens venaient à l'instant d'attaquer la dernière danse, j'eus l'heur de ne rencontrer âme qui vive pour entraver ma progression vers le punch. J'avais presque passé la première des portes réparties le long du hall, lorsqu'un violent éclat de voix tout proche me figea sur place. Je me retournai et avisai l'entrée de la bibliothèque du comte, à l'intérieur de laquelle lord Harold avait disparu près d'une heure plus tôt. De derrière la porte close, émanaient les voix de deux hommes, engagés dans une vive querelle. Lord Scargrave et Trowbridge ? Ce ne pouvait être qu'eux. Peut-être me pardonnera-t-on ma curiosité toute féminine si j'avoue ici que, me trouvant parfaitement seule en cet instant, je décidai de traîner un peu en chemin.

Leurs propos ne tardèrent pas à me devenir intelligibles.

— Vous n'avez pas à prononcer le nom de Rosie Ketch, s'écria l'un des gentlemen. Vous l'avez déjà suffisamment salie par vos discours.

— Comme c'est risible, sir, venant de vous.

— Vous ne m'apporterez donc pas votre soutien ?

— Jamais, sir.

— En ce cas, je ne puis être tenu pour responsable des conséquences. Vous m'obligez à avoir recours aux dernières extrémités. Que Dieu me pardonne ! je sais maintenant ce qu'il me reste à faire.

Les voix se faisaient plus fortes, comme si l'un des hommes, ou les deux, se rapprochait de la porte ; je regardai autour de moi, cherchant un endroit où me dissimuler et avisai les lourdes tentures qui pendaient devant les hautes fenêtres. Je ne m'étais pas plus tôt faufilée derrière leurs plis, mettant à mal ma coiffure et ma toilette, que la porte s'ouvrit brutalement, livrant passage à un gentleman hors de lui, dont la violence des vociférations n'avait d'égale que l'énergie avec laquelle il se rua dans la galerie.

Je risquai un œil derrière le bord du rideau, persuadée de voir lord Harold et découvris, à ma grande surprise, qu'il s'agissait de George Hearst, le frère aîné du lieutenant. Que cela pouvait-il bien signifier ? Le mélancolique ecclésiastique était donc en réalité un homme violent de caractère ?

Mr Hearst venait à peine de disparaître que le comte en personne surgit à son tour dans le hall, le visage empourpré comme sous l'effet d'une crise d'apoplexie. Je me remémorai alors l'inquiétude d'Isobel pour la santé de son mari et souris. Ce n'étaient pas tant ses excès de clairet qui indisposaient lord Scargrave qu'une indigestion d'ordre familial ; et de cela, personne ne le pouvait guérir.

Le comte repartit vers la salle de bal et, après m'être arrêtée quelques instants pour redresser ma plume et remettre en place mes grappes de boucles le long de mes joues, j'emboîtai le pas à mon hôte. J'arrivai juste à temps pour le voir lever son verre devant l'assemblée à la santé de sa jeune épouse, le boire jusqu'à la lie, et se plier soudain en deux sous le coup d'une violente attaque de dyspepsie. Protestant et déclarant qu'il allait très bien, notre hôte fut porté jusqu'à sa chambre sur les robustes épaules de deux valets de pied, entraînant une Isobel angoissée dans leur sillage ; et ainsi s'achevèrent les réjouissances.

L'apparition d'Isobel à ma porte me ramena au présent.

— Jane, déclara-t-elle avec le plus grand calme, la crise est passée.

— Dieu soit loué ! m'exclamai-je, laissant retomber ma plume.

— Vraiment ? dit-elle en me jetant un regard étrange. Vous vous méprenez sur mes paroles. La crise est passée, ma chère Jane, et le comte est mort.

Je me précipitai vers elle sur-le-champ, le visage

empreint de tristesse, et pressai sa tête contre ma poitrine. Mais Isobel ne pleurait pas ; ses superbes yeux couleur sherry étaient vides et aveugles, et son corps aussi rigide que la froide dépouille du comte gisant dans leur lit conjugal. Je desserrai mon étreinte sans mot dire, envahie par la sensation pénible que mon cœur allait se briser, et la regardai s'éloigner à pas lents dans le corridor.

Je suis maintenant à ma fenêtre, dont j'ai soulevé les lourds rideaux à l'odeur de moisi pour regarder dehors et découvrir le spectacle d'une aube désespérément morne. Nul œil humain ne verra le soleil se lever aujourd'hui ; le monde entier est drapé d'une brume blanchâtre, d'un impénétrable nuage froid et humide qui glace le cœur comme il gèle la terre. L'immense parc de Scargrave dérive dans le brouillard, ses arbres noirs se découpant comme des spectres sur le gris du ciel matinal. Je songe à Frederick, comte de Scargrave – à son âme, emportée trop tôt, loin des bonheurs terrestres, par ce jour glacial – et je me ronge de chagrin pour tous les mortels. Que sont les réjouissances de la nuit dernière, ses frivolités et petits triomphes, comparés à l'inéluctabilité de la tombe ? Je laisse retomber les tentures devant la fenêtre enneigée, frissonnant dans ma chemise de nuit.

J'étais venue dans le Hertfordshire en quête de distractions ; mais j'y ai rencontré la Mort, sous une forme plus saisissante et plus horrible encore que celle que je lui connaissais. Peut-être est-ce là la punition de ma lâcheté – les pires élans de la nature finissent toujours par se payer – que d'avoir dû assister à l'agonie du comte de Scargrave, désespérément impuissante à en inverser le cours.

3

La plume empoisonnée

14 décembre 1802

Les vivants se sentent toujours mal à leur aise quand il est un mort en la demeure.

J'avais résolu de repartir pour Bath au lendemain matin du décès du comte, estimant n'avoir pas ma place dans ce deuil familial ; mais j'ai cédé aux instances d'Isobel, qui tient à ce que je reste. Je me trouve donc encore à Scargrave, à errer dans son labyrinthe de corridors sur la pointe des pieds, espérant me faire remarquer le moins possible. Avec une plus grande familiarité des lieux, il s'avère que le manoir est une demeure lugubre, impression que ne tempèrent en rien son mobilier d'une époque révolue ni son atmosphère de silencieuse décrépitude. J'ai arpenté les planchers d'un nombre infini de pièces sinistres, qui ne reflètent ni la joyeuse humeur ni le bon goût du maître de céans ; lord Scargrave n'a certainement dû passer que peu de temps dans cette maison, qu'il a maintenant quittée à jamais.

Le comte sera mis en terre demain. Depuis deux jours, sa dépouille gît dans le hall, un vaste endroit plein de courants d'air où trônent les portraits de ses ancêtres, comme si tous les défunts de Scargrave s'étaient rassemblés pour cette veillée mortuaire. D'énigmatiques visages d'huile contemplent la bière de Frederick avec les sourires du siècle de Charles, ou les mines austères du temps de Cromwell, tandis que des armures datant d'une époque plus lointaine encore se blottissent dans les coins, attendant l'heure de jouter contre la Mort. Le hall se trouve au cœur même de la grande bâtisse, et tous les principaux couloirs y débouchent ou en partent, si bien que tout passage par le rez-de-chaussée donne inévitablement lieu à une promenade macabre. Une multitude de cierges de cire, disposés dans des chandeliers en argent à plusieurs branches, entourent le corps immobile du comte, et des souverains d'or reposent sur ses paupières ; l'on ne rend certes pas hommage à un pair avec des chandelles de suif et des piécettes de cuivre.

Sous cette lumière jaune et tremblante, le visage de lord Scargrave présente les mêmes traits ravagés que sous le pâle éclairage de sa chambre d'agonie ; ce n'est certainement pas le visage sous lequel un homme tel que lui aurait aimé rester dans les mémoires. N'eût été l'esprit superstitieux des gens du comté venus présenter leurs respects en file silencieuse, Isobel aurait donné l'ordre qu'on refermât le cercueil ; mais il fallait que tout le pays environnant vît que le comte de Scargrave était vraiment mort, avant que son héritier reprît le titre. Ainsi se doit-on de sacrifier la délicatesse sur l'autel de la convention…

J'avoue avoir été moi-même prise d'un frisson ou deux en traversant le hall ; je voudrais pouvoir chasser au plus vite de ma mémoire le souvenir de l'expression terrifiée du comte, figée par la mort dans la chair de son visage torturé. Peut-être arriverais-je alors à bannir par la même occasion les soupçons qui assaillent mon esprit avec une redoutable force de conviction, et que les assurances du Dr Pettigrew, le médecin londonien, ne sont guère parvenues à apaiser. Le brave praticien prétend avoir déjà observé semblable cas de dérangement intestinal, et l'idée que cette violente crise pourrait être l'œuvre d'une main malveillante ne l'a même pas effleuré ; il impute celle-ci au vin et au bœuf consommés en grande quantité par le comte, recette qui, selon moi, présente plus de risques d'apoplexie que de dyspepsie [1].

Je ne puis oublier que la fatale maladie du comte, ainsi que je l'ai écrit précédemment, présentait des symptômes semblables à ceux que l'on observe après administration d'un fort purgatif ; ses vomissements étaient trop violents à mes yeux pour être dus au clairet. Mais Isobel paraît satisfaite de l'explication du médecin, si tant est que ce mot puisse décrire son état d'abattement silencieux ; et les hommes de la maison de Scargrave, unis dans le deuil, ne la remettent pas davantage en cause. Mon savoir de provinciale doit donc s'effacer devant la supériorité de l'expérience du praticien londonien.

Isobel demeure cloîtrée dans sa chambre, réaction bien naturelle ; Fitzroy Payne dans la bibliothèque, où il passe en revue avec des notaires de Londres les nombreux documents relatifs aux biens du comte. Lord Harold Trowbridge, à qui le sens des convenances aurait dû dicter de partir, partage son temps entre lord Scargrave [2] et la salle de billard. Les frères Hearst, bien qu'ils dînent au manoir tous les soirs, ont choisi de pleurer le défunt dans l'intimité de leur pavillon du parc ; j'ai pu voir George Hearst arpenter l'allée ennei-

1. Au XIXe siècle, « apoplexie » était le terme usité pour désigner une attaque cérébrale, tandis que la « dyspepsie » était une indigestion.

2. À la mort de Frederick, comte de Scargrave, Fitzroy Payne est devenu à son tour comte, huitième du nom. C'est la raison pour laquelle Jane Austen l'appelle maintenant lord Scargrave et non plus lord Payne.

gée, les mains noués dans le dos et l'air absent, visiblement plongé dans la contemplation de ses gouffres intérieurs, tandis que le lieutenant consacre le plus clair de son temps à dresser un cheval de chasse particulièrement rétif, auquel il n'a de cesse de faire sauter une même série de haies.

La tante d'Isobel, madame Delahoussaye, et sa fille Fanny constituent donc ma seule société. Je doute qu'un terme si heureux, chargé de tant de connotations prometteuses – conversation agréable, sympathie mutuelle, distinction de bon ton – ait jamais été employé avec un tel manque d'à-propos. Que l'on se représente trois femmes confinées dans un salon à cause du mauvais temps, penchées sur des travaux d'aiguille ou des livres qui, de fait, ne leur inspirent qu'un intérêt médiocre, tandis que, de l'autre côté de la porte, gît la dépouille du comte ! La chose devient un supplice intolérable au bout de quelques heures.

Madame Hortense Delahoussaye est la sœur de la mère d'Isobel, décédée il y a bien longtemps, et originaire comme elle des Antilles. Madame a fait du lancement dans le monde de « ses deux jeunes filles », ainsi qu'elle les appelle – à savoir sa fille Fanny et sa nièce orpheline Isobel –, l'affaire de sa vie. Elle épuise tout le monde par ses bavardages incessants ; c'est à se demander si son mari, décédé deux ans plus tôt, n'est pas mort d'avoir trop subi la conversation de sa femme. Je l'écouterais toutefois de bonne grâce si ses manières étaient celles de sa nièce ; mais l'orgueilleuse madame Delahoussaye n'aime rien tant que faire sentir aux autres la supériorité de son rang. Lorsque j'apparus à l'ouverture du bal aux côtés d'Isobel, la tante eut tôt fait de jauger la qualité et le prix de ma robe, apprit ensuite que mon père était simple clergyman, et préféra dès lors réserver l'éclat de sa personne à d'autres invités, manifestement plus favorisés par la fortune.

Loin de se laisser accabler par le tragique coup du sort qui a frappé sa nièce, madame Delahoussaye a fort bien su s'occuper depuis la mort du comte, en envoyant des ordres à ses maisons de couture préférées à Londres en prévision du deuil que tous les gens de la maison vont devoir porter; elle est encore vêtue, pour l'instant, de la robe qui rendit hommage à son défunt mari douze mois[1] durant, mais il va de soi que la coupe démodée de cette toilette la contrarie grandement. Elle ne se prive pas de donner son avis sur tout : sur le comte, qui aurait mieux fait de s'en tenir à la citronnade qu'elle lui avait elle-même conseillée pour sa santé; sur les honoraires du médecin londonien, dépense bien inutile; et sur Isobel, qui devrait quitter Scargrave au plus vite après les funérailles pour aller s'installer en ville, ce qui permettrait à Fanny de profiter pleinement de la saison mondaine – la pauvre enfant n'étant malheureusement pas en train de rajeunir.

Ayant évoqué les perspectives de mariage de Fanny, Madame se met inévitablement à parler chiffons, s'appesantissant sur les dernières modes en matière de toilettes de deuil en France – nation qui, me sens-je alors obligée de souligner, a eu plus qu'amplement l'occasion d'approfondir cet art vestimentaire grâce à Bonaparte. Mais toute observation d'ordre historique ou politique échappe invariablement à madame Delahous-

1. À la mort d'un membre de la famille, l'usage voulait que les dames portent des vêtements de deuil pendant un certain laps de temps, variable selon les cas – au moins un an pour un mari ou un enfant, et seulement six semaines pour des parents plus éloignés.

saye et sa fille ; leurs têtes ne sont point faites pour les discours profonds ou les débats sérieux. Miss Fanny prête la plus grande attention aux recommandations de sa mère, et passe tout son temps à dresser des listes, dont le seul but doit être d'engraisser une multitude de modistes pour la nouvelle année. Ne possédant ni leurs considérables moyens pécuniaires ni leur instinctive faculté d'élégance au milieu du malheur, je dois me contenter pour l'occasion d'une banale robe de mousseline grise que j'avais emportée avec moi ; et pour ma part, tout effort d'endeuillement s'arrêtera là.

Mais je me montrerais injuste envers Fanny Delahoussaye en omettant de préciser qu'elle sait effectivement s'habiller avec une remarquable élégance. Elle se plonge des heures durant dans les pages du *Beau Monde*[1] et on ne la voit jamais vêtue d'une toilette qui ne soit pas à couper le souffle. Bien que portée sur les couleurs vives pour ses tenues de soirée, elle préfère adopter des tons plus naturels pour une jeune dame dans la journée – mousseline ou batiste blanches –, consciente du fait que la perfection rose et or dont la nature l'a dotée n'en paraîtra que plus évangélique. Et comme pareilles images de perfection me rendent malade et m'affligent, j'ai résolu de laisser de côté ma propre robe de batiste blanche pour la durée de mon séjour à Scargrave, afin de ne pas favoriser d'éventuelles comparaisons entre miss Austen et miss Delahoussaye – comparaisons qui seraient forcément vexantes pour moi.

Née comme Isobel aux Antilles, Fanny a été élevée

1. Revue en vogue à l'époque, représentant les tout derniers modèles de la mode féminine et masculine.

et éduquée à Londres. À 19 ans, se doter d'un mari semble être sa préoccupation majeure. Mais la mère et la fille ont naturellement des vues divergentes sur la question : madame Delahoussaye se prononce en faveur du nouveau comte, Fitzroy Payne, comme toute mère le ferait, tandis que Fanny affiche une très nette préférence pour un coquin sans le sou comme Tom Hearst. Quant à savoir s'il est probable, sinon possible, qu'elle séduise l'un ou l'autre gentleman ou non, c'est un point sur lequel elles ne s'interrogent jamais ; il va de soi que sa beauté saura conquérir le cœur de l'élu. Mais je ne partage pas cet optimisme. Ses jolies robes et sa fortune mises à part, Fanny ne se différencie guère de bien des jeunes femmes possédant comme elle de blonds cheveux, de grands yeux vides et un profond décolleté. Elle incline la tête avec une grâce exquise, mais est incapable de prononcer un mot sensé ; pareille débauche d'élégance ne peut être que le fruit d'une éducation au sein de la plus courue des institutions pour jeunes filles. Je ne doute pas qu'elle parle italien et soit une demoiselle accomplie – dans l'art de peindre des paravents, de confectionner des franges ou de tenir la pose devant la couturière.

Mais mes mots sont probablement teintés de mauvaise humeur et d'irritation – je reconnais là mon démon, la jalousie. Recevoir la fortune et l'apparence de Fanny Delahoussaye, mais être en échange privée de la raison et de l'esprit que je me flatte de posséder, me serait assurément intolérable ; mais quand je vois la certitude avec laquelle elle forme des projets de mariage, et les facilités qui sont les siennes pour accéder à l'état conjugal, j'avoue que j'aimerais bien être à sa place, au moins pour quelques heures. J'ignore ce qu'il en est d'être à la fois belle et riche ; je ne dois mes conquêtes qu'à la vivacité de mon esprit et à mon caractère enjoué, lesquels m'ont permis de vaincre bien des préventions à mon endroit. Mais quelle femme se satisferait de bonne grâce de ce genre de victoires, s'il lui faut comme moi rester célibataire, tandis que d'autres jouissent du privilège de la beauté et de la fortune ?

Plus tard dans la journée

Cela ne faisait pas une heure que je me trouvais dans le salon quand un valet de pied se présenta, m'informant qu'Isobel désirait me voir. Je me hâtai donc d'aller la rejoindre.

— Chère Jane ! s'écria mon amie, en me tendant sa blanche main depuis la chaise longue où elle se reposait. Je vous ai demandé de rester à Scargrave et je n'ai fait que vous délaisser pour me réfugier dans la solitude. Je crains de m'être montrée bien piètre hôtesse…

Je jetai des regards étonnés autour de moi dans la chambre à coucher d'Isobel ; dans cette pièce-ci, au moins, les reliques moisies de Scargrave avaient été bannies. Prévoyant d'y installer sa jeune épouse, le comte avait rénové la suite avec goût et élégance ; le mobilier était léger et agréable, du papier peint neuf embellissait les murs, un feu crépitait joyeusement dans l'âtre, et le portrait de Frederick, lord Scargrave, serti dans un cadre doré, contemplait sa femme au-dessus du manteau de la cheminée. Un livre et une tasse de thé tenaient compagnie à Isobel sur une table à côté d'elle ; le calme et l'ordre régnaient. Je comprenais à présent pourquoi elle n'aimait guère fréquenter les pièces glaciales de l'étage inférieur. Mais le confort de son boudoir ne paraissait guère avoir contribué à lui remonter le moral ; une langueur qui ne lui était pas coutumière émanait de tous ses membres ; et à ses traits tirés, je compris que le sommeil l'avait fuie ces dernières nuits.

— Jamais je ne pourrais vous en blâmer en un moment si douloureux, dis-je, m'agenouillant à côté d'elle. Ne vous faites aucun souci. Votre famille proche a été aux petits soins pour moi. Mais dites-moi, Isobel, en quoi puis-je vous être utile ? Peut-on espérer soulager ce chagrin qui est le vôtre ?

— Jane, n'essayez pas de me décharger du fardeau de ma peine, répondit la comtesse d'un ton amer. C'est bien le dernier hommage que sa femme puisse rendre à l'infortuné Frederick.

Elle tourna son regard vers le foyer, laissant ses cheveux roux dénoués retomber comme un rideau devant son visage et, toute à sa souffrance, se tut quelques instants. Puis elle chercha ma main qu'elle agrippa et serra avec force dans la sienne.

— En sus de mon chagrin, ma très chère Jane, j'ai peur qu'il ne me faille supporter un autre fardeau plus lourd encore. Et c'est pour celui-ci que je me suis prise à espérer que vous pourriez effectivement me rendre service.

J'étais au comble de la curiosité. Isobel me tendit un morceau de papier.

— Cet infâme billet est arrivé aujourd'hui par le courrier du matin. Je ne sais trop ce que cela signifie ; et j'aimerais avoir votre avis.

La lettre avait été cachetée avec le genre de cire bon marché que l'on trouve dans les tavernes ; elle était adressée à Isobel et remarquablement mal écrite.

Vous vous imaginer peut-être que vous êtes à l'abri du soupçon*, *milady, vous et le grand lord toujours silencieux qui me regarde avec ses yeux bizarres ; mais la pendaison, s'est encore trop bon pour vous. Je préfère me mettre sous la protection de mon Sauveur car personne n'est en sécurité en votre compagnie ; alors je suis partit ce matin et vous ne me trouverez pas dans les parages. La prochaine lettre, elle ira au brave sir William ; et alors nous verrons ce qui arrivera à ceux qui assassine.*

— Il n'y a pas de signature, observai-je.

— Ce n'est pas la moindre des monstruosités de cette lettre, soupira mon amie.

— Laissons de côté, pour le moment, les accusations qu'elle contient, dis-je en jetant un regard à Isobel pardessus le bord du papier. Nous devons nous efforcer de voir ce que ce billet en lui-même peut nous apprendre. Il a été à l'évidence rédigé par une personne de rang subalterne, sur du papier ordinaire, avec de l'encre bon marché ; une personne peu douée dans l'art d'écrire, à en juger par la manière dont sont tracées les lettres, et dont l'anglais n'est certainement pas la langue maternelle. Vu la prose de ce message, nous pouvons en conclure que son auteur est d'origine française ; le mot « soupçon » employé en lieu et place du terme anglais « suspicion » en étant l'indice le plus révélateur. Quant à l'allusion au Sauveur, j'en déduis que l'écrivain est une femme, probablement catholique romaine – car il est peu plausible qu'un homme se montre si pieux en accusant de meurtre la maîtresse qu'il a servie.

— Jane ! s'exclama Isobel, en se redressant dans son siège. Mais vous vous en tirez merveilleusement bien !

Je pourrais presque penser que vous avez écrit cette lettre vous-même.

— Et pourtant non. Mais je crois pouvoir deviner qui l'a écrite.

— Je vous en prie, faites-moi part de vos soupçons, fit mon amie d'une voix vibrant d'impatience.

— Marguerite, votre bonne, répondis-je posément. L'avez-vous vue depuis que vous avez reçu cette lettre ?

Le visage de la comtesse s'empourpra violemment, puis une pâleur mortelle envahit ses traits.

— Non, répondit-elle d'un ton mal assuré. Marguerite s'est occupée de moi ce matin et n'a pas reparu depuis. J'ai supposé qu'oppressée par le malheur de cette triste demeure, elle avait préféré me quitter et me laisser seule avec mon chagrin.

— Je crains qu'elle n'ait mûri de bien pires projets.

Je jetai un coup d'œil à la pendulette de voyage posée sur le manteau de la cheminée ; il était presque 5 heures, l'heure du dîner, et la nuit de décembre était déjà tombée.

— Nous ne la trouverons pas dans les parages à cette heure-ci, dis-je.

— Mais Jane, mais qu'est-ce qui a pu pousser Marguerite à m'accuser d'une trahison aussi ignoble ? (Les beaux yeux bruns d'Isobel se remplirent de larmes.) Moi, la meurtrière de mon mari ! C'est impossible !

— Vous n'êtes pas la seule et unique personne en cause, ma chère, dis-je avec lenteur. Elle fait également allusion à un autre individu.

— Le grand lord, articula tant bien que mal Isobel. Elle doit vouloir parler de Trowbridge.

— Pour quelle raison ?

— Pour quelle raison fait-elle seulement tout cela ?

— Elle n'a pourtant pas dû le rencontrer souvent, objectai-je avec bon sens.

— Non, cela est vrai.

— Alors, ma chère, nous devons considérer que c'est une autre personne qu'elle désigne ainsi, lançai-je d'un ton abrupt, attendant, un peu nerveuse, de voir quel effet allait avoir mon insinuation.

Suivit un moment de silence durant lequel Isobel parut méditer le sens de mes paroles. Puis elle leva les yeux vers moi, avec une parfaite maîtrise d'elle-même.

— Fitzroy Payne ? dit-elle.

— Je pense que c'est fort probable. Il fait partie de la maison et, à ce titre, a davantage eu d'occasions de croiser le chemin de la bonne.

— Vous devez avoir raison, fit la comtesse en tortillant nerveusement la fine dentelle de sa robe de chambre, comme si le fait d'en démêler le fil allait lui permettre de débrouiller l'énigme de la lettre anonyme. Cela ressemble bien à Marguerite d'ajouter ce petit aparté personnel sur les « yeux bizarres » de Fitzroy. Je l'ai plus d'une fois vue faire le signe de conjuration du mauvais œil lorsque son regard tombait par hasard sur elle ; elle se méfiait de lui à cause de ses cheveux gris, qu'elle jugeait suspects chez quelqu'un d'aussi jeune ; elle m'a même confié qu'il s'agissait de la marque du Diable.

— Votre bonne était-elle donc à ce point sujette à toutes ces peurs chimériques ?

— Marguerite a toujours été une enfant superstitieuse et un peu sotte ; c'est là le fruit de son éducation insulaire, expliqua mon amie, en me fixant d'un regard inquiet. Je suppose qu'elle s'est méprise sur la violence de la dernière crise de mon mari et a acquis, après coup, la terrible conviction qu'il s'agissait de l'œuvre d'une main malveillante.

— C'est indubitablement ce qui a dû se passer dans la tête de votre femme de chambre, répondis-je avec douceur, mais les conséquences risquent de porter gravement atteinte à votre réputation et votre bien-être, Isobel. Elle menace d'en informer un certain sir William. Qui est donc ce monsieur ?

— Sir William Reynolds, dit Isobel. Le magistrat [1].

— Pas sir William, autrefois membre de la cour du Banc du Roi [2] ?

Isobel haussa les épaules d'un air décontenancé.

— Je ne saurais vous le dire, Jane. Je ne connais point cet homme. Mais vous-même, vous connaissez donc un gentleman de ce nom ?

— En effet, et depuis fort longtemps, déclarai-je d'une voix pleine de ferveur. L'homme de loi auquel je faisais allusion est un très bon ami de mon père – ils se sont connus du temps où ils étaient encore célibataires et novices dans leurs professions respectives. Mais le nom est tellement commun que *mon* sir William et le *vôtre* n'ont peut-être rien à voir l'un avec l'autre. Habite-t-il depuis longtemps dans la région ?

1. Le terme de « magistrat » désigne, dans l'Angleterre de l'époque, des individus affectés au maintien de l'ordre dans les grandes villes et payés pour ce faire. En réalité, lord Reynolds est « juge de paix » – charge non rétribuée, habituellement accordée à un membre de la gentry de province. Dans les zones rurales, les deux titres étaient souvent employés de façon interchangeable, puisque le juge de paix remplissait également les principaux devoirs d'un magistrat.

2. Trois cours à Londres se partageaient le règlement des affaires judiciaires : le Banc du Roi jugeait les affaires criminelles, l'Échiquier traitait les litiges financiers avec la Couronne (taxes douanières, impôts, amendes) et la cour des Plaids communs tranchait les cas de moindre importance.

Isobel réfléchit en fronçant les sourcils.

— Non, je ne crois pas. L'octroi de sa fonction est en effet relativement récent. Frederick – mon défunt mari – était lord lieutenant du comté [1], et c'est lui qui a nommé sir William à ce poste il y a près d'un an. Mais, Jane, si jamais il s'avère que le juge est cet homme que vous connaissez si bien, croyez-vous possible de l'amener à considérer mon cas avec bienveillance ?

— Même si j'étais une parfaite étrangère pour sir William, c'est lui que j'irais voir pour résoudre mes problèmes, répondis-je sans hésiter, car toute personne en quête de justice est sûre de la trouver auprès de lui.

— Que me conseillez-vous de faire, Jane ? me demanda avec simplicité la comtesse.

— Nous ne pouvons empêcher la bonne de faire parvenir un billet tout aussi venimeux que celui-ci au magistrat, aussi serais-je d'avis que nous anticipions son geste, en contactant sir William sans perdre un instant. Il est de son ressort de faire taire ce genre de rumeur malveillante avant qu'elle ne cause plus de tort – ou bien d'ouvrir une enquête sur cette affaire, si l'hypothèse criminelle s'avérait fondée.

— Jane ! Est-ce ce que vous pensez ?

— Non, ma chère, je ne vous prendrai jamais pour une meurtrière, dis-je, repliant le billet de la femme de chambre pour le lui rendre. Mais un autre que vous ? Tout est possible en ce bas monde, où se font et se défont les fortunes des hommes ; et celle du comte, vous l'avouerez, était considérable.

1. Charge habituellement accordée à un pair de haut rang. Le lord lieutenant désignait les magistrats et juges de paix du comté et pouvait lever une troupe en cas d'invasion.

— Mais Fitzroy Payne est le seul qui puisse en bénéficier, objecta-t-elle, froissant la perfide lettre dans sa main. Et il est tout bonnement impensable que Fitzroy commette un tel acte de violence.

— Isobel, dis-je gentiment, je crains que vous ne m'ayez pas dit *toute* la vérité sur ce gentleman.

Mon amie garda le silence et détourna les yeux, mais son teint pâle se colora d'une rougeur subite.

— Si vous agréez mon projet d'aller informer sir William de la nature de cette lettre, il ne manquera pas de poser des questions afin d'éclaircir les propos allusifs de la bonne, observai-je.

Isobel me prit la main, l'air profondément accablé.

— Jane, Jane… il faut que vous me protégiez ! Je n'en puis plus. La douleur causée par la mort de Frederick… cette horrible lettre… et maintenant, la menace qui pèse sur la réputation de Fitzroy… je ne peux pas le supporter !

— Pour vous aider, ma chère, dis-je en m'agenouillant à ses pieds, je dois savoir où nous en sommes. Il faut que vous me disiez ce qu'il vous est possible de me dire, Isobel, car le moindre détail peut avoir son importance.

— Avez-vous peur pour moi, Jane ?

— J'ai peur pour nous tous.

4

La complainte de la veuve

14 décembre 1802, suite

— Vous aurez observé sa sollicitude à mon égard, déclara Isobel.

Elle avait abandonné sa chaise et se tenait devant l'âtre, la main posée sur le manteau de la cheminée, ses beaux yeux tournés vers moi. Dans son élégante robe de chambre en dentelle de Valenciennes, sa sombre chevelure enflammée par le rougeoiement du feu, elle était superbe. Comment Fitzroy Payne aurait-il pu ne pas l'adorer ?

— L'attitude de Fitzroy Payne révèle une certaine tendresse à votre endroit qui semble aller au-delà de l'affection qu'un homme serait susceptible de témoigner à sa tante par alliance, répondis-je prudemment.

— Même une tante de quatre ans sa cadette ? lança-t-elle en éclatant d'un rire amer. A-t-on jamais vu famille aussi mal assortie !

— Vous n'ignoriez pas l'âge du comte lorsque vous l'avez épousé, Isobel. Il n'y a rien d'étonnant à ce qu'un homme de vingt-six ans votre aîné compte un ou deux neveux dans sa famille.

— Mais un neveu tel que Fitzroy ? Le parangon des hommes ?

Elle se mit à aller et venir devant le feu, bras croisés sur sa poitrine comme pour se protéger, l'air profondément accablée.

— L'homme avec qui, Jane, l'eussé-je connu plus

tôt, j'aurais fait un mariage d'amour et pas seulement d'argent.

— J'ignorais que vous aviez accepté la demande en mariage du comte pour des motifs intéressés, Isobel.

J'avoue que j'étais choquée ; mais notre conversation sur l'état conjugal, dans la petite alcôve, le soir du bal, me revint subitement à l'esprit.

— Parce que vous ne savez pas dans quelle situation étaient les affaires de mon père à sa mort, dit la comtesse, faisant volte-face pour se tourner vers moi. Vous vous rappellerez qu'il s'est éteint un an avant mon arrivée en Angleterre. En vérité, sa fortune avait considérablement diminué. Les plantations de Crosswinds – la maison de mon enfance – ont, de fait, connu bien de graves difficultés, dues pour partie à la chute du cours du café ainsi qu'à la maladie qui s'est attaquée aux arbres, et, pour une large part, aux révoltes des esclaves qui travaillent sur la propriété. Si l'ombre de lord Harold Trowbridge hante cette demeure, c'est parce que nos possessions sont dans un état extrêmement critique.

— Avez-vous eu récemment des nouvelles des plantations ?

— Par Trowbridge lui-même. Il est rentré il y a six mois d'une tournée d'inspection de ses divers investissements aux Antilles, auxquels il espère bientôt adjoindre Crosswinds. Moins d'une semaine après son retour en Angleterre, il a commencé à me harceler.

— Mais quel moyen de pression a-t-il sur vous, Isobel, qu'il n'avait point choisi d'exercer sur votre père ?

— Lord Harold est mon principal créditeur, Jane. Il a racheté toutes les dettes de mon père, ce qui lui a permis d'obtenir une escompte considérable, et *maintenant* il me réclame le remboursement de son prêt sur quelque trente années – à un taux d'intérêt exorbitant, m'expliqua mon amie en se tordant les mains de désespoir. Je n'ai d'autre recours, m'affirme Trowbridge, que de lui céder la propriété pour me décharger des dettes de mon père.

— Je ne me doutais aucunement que vos affaires étaient si mal en point.

— Comment auriez-vous pu ? dit Isobel d'un ton malheureux. Je ne tenais guère à ébruiter la chose. Mais la peur de perdre Crosswinds a dicté mes actions depuis la mort de mon père. J'ai résolu de m'installer en Angleterre, il y a deux ans, dans l'intention première de trouver un mari qui me convienne – un homme solide et fortuné qui pourrait redresser mes affaires chancelantes. Je croyais l'avoir trouvé en la personne de ce cher Frederick.

Isobel leva les yeux vers le portrait de son défunt mari, le visage débordant de tendresse.

— Je puis vous avouer qu'il connaissait mes difficultés avant de m'épouser, Jane, poursuivit-elle en ramenant son regard sur moi. Jamais je n'aurais uni ma pauvre fortune à une fortune comme la sienne sans tout lui révéler. Lord Scargrave m'aimait d'un si grand amour… (À ces mots, l'émotion la submergea, l'empêchant de parler pendant quelques secondes.) … qu'il ne désirait rien tant que m'aider. Tout ce qui était en son pouvoir de faire, il le fit ; il alla même jusqu'à inviter Trowbridge au bal donné pour notre noce.

— Et vous, Isobel ? Ressentiez-vous pour lui le même amour ?

— Je croyais que l'on pouvait donner ce nom au

sentiment que j'avais pour lui, répondit mon amie d'une voix éteinte, en portant la main à sa gorge. Peut-être me suis-je dupée moi-même, à force de désirer cette sécurité qu'il m'offrait si noblement. Oh, comment vous décrire l'homme qu'était mon mari, Jane ?

Elle retourna à sa chaise longue, où elle s'effondra, l'air profondément abattue.

— Il donnait l'impression d'un respectable gentleman, observai-je.

— Jane, Jane ! Quelle froideur pour ce pauvre Frederick ! s'exclama-t-elle comme ses yeux se remplissaient de larmes. Lord Scargrave n'était certes pas tout jeune, comme vous l'avez constaté vous-même, ce qui ne l'empêchait pas d'avoir l'esprit vif et d'être plein d'énergie quand il s'agissait de mener à bien les projets qui lui tenaient fort à cœur. C'était un homme chaleureux et gai, mais également doté d'un tempérament de fer, hérité de ses ancêtres, et qu'il pouvait laisser ressurgir à l'occasion. J'admirais Frederick, je le respectais, je ressentais pour lui une gratitude immense que je ne pouvais m'empêcher de lui exprimer – je *l'estimais*, Jane, comme une fille peut estimer son père. D'ailleurs, il m'arrive parfois de me demander si ce n'est pas un deuxième père que je cherchais lorsque je me suis mise en quête d'un mari.

— Mais l'amour, Isobel ? insistai-je.

Elle demeura silencieuse, l'air pensif, perdue dans la contemplation des flammes. Soudain, elle frissonna, et je m'empressai de la couvrir de son plaid.

— Il ne faut pas que vous preniez froid, ma chère, nous avons déjà eu plus que notre compte de maladies fatales.

La comtesse sourit tristement et secoua la tête.

— Ce n'est pas un rhume qui m'emportera, Jane, mais un immense regret.

— Pour votre époux ?

— Et pour moi-même, répondit-elle d'une voix douce, en croisant mon regard. Je n'ai jamais su ce qu'était véritablement l'amour étant jeune. Certes, les flirts ne m'ont pas manqué – c'est chose inévitable à cet âge tendre. Mais le jour de mon mariage avec le comte, j'ai enfin compris ce qu'était ce sentiment plus profond et, que Dieu me pardonne, ce n'était pas l'homme que j'épousais qui me l'inspirait.

Si douloureux aveu rendait toute parole impossible. Pareille anxiété ne connaissait pas de réponse – cette anxiété qui tenaillait Isobel, qui l'avait tenaillée toute la durée de son bref mariage, et dont elle était incapable de se débarrasser, même à présent que son mari n'était plus de ce monde. J'imaginais sans peine que la mort prématurée du comte avait accru et non supprimé sa détresse, renforçant en elle le pénible sentiment de lui avoir causé un tort terrible – et désormais irréparable.

— Le comte ne l'a-t-il jamais soupçonné ?

Je m'installai sur une chaise face à elle, près de la chaleur réconfortante des flammes. Le parc de l'autre côté des fenêtres de la comtesse était maintenant plongé dans une complète obscurité et le froid glacial du mois de décembre cernait la bâtisse de toutes parts. Isobel secoua la tête.

— Je prie Dieu que non. Sa bonté de cœur était telle ! Il n'aurait pas supporté de se sentir trahi. Par égard pour lui, je veillai à observer la plus stricte convenance ; et Fitzroy fit de même. Le déshonneur ne devait pas toucher l'homme qu'il vénérait presque à l'égal d'un père, et il s'appliqua à agir en ce sens. Mais nous avons dû trahir nos sentiments d'une multitude de petites façons ; je n'en doute point quand je vois cette ignoble lettre, déclara-t-elle en désignant le billet de Marguerite. Parmi toutes les émotions que celle-ci me cause, il en est une, et non des moindres, qui me fait frémir : la peur d'avoir cruellement blessé les nobles sentiments de mon mari. Si *elle*, qui n'est qu'une servante, s'est aperçu de certaines choses, je n'ose songer à ce que *lui* a pu remarquer, et qu'il a dû garder pour lui sans jamais m'en parler.

Je me hâtai de rassurer mon amie.

— La servante d'une dame est plus souvent aux côtés de sa maîtresse que ne l'est son époux, Isobel. Vous savez que c'est vrai. Marguerite ne peut faire que des conjectures, même si elle a effectivement vu juste. Mais quand je songe à la bonne humeur de votre mari, il y a deux jours, je suis persuadée qu'il ne doutait pas d'être un homme heureux et d'avoir gagné toute votre affection.

— Vous parlez avec conviction, Jane, me dit Isobel d'un ton plein d'espoir. Vous-même, n'y avez-vous vu que du feu ?

— Oui, jusqu'au moment où lord Payne est venu congédier ce démon de Trowbridge. Le vicomte a alors laissé paraître une inquiétude quant à votre bien-être, qui m'a semblé excessive de la part d'un neveu pour sa tante par alliance, entrée depuis peu dans la famille… Oh, Isobel, comment deux personnes probes et sensées comme vous ont ainsi pu oublier les règles les plus élémentaires de la bienséance ?

Une bûche, éclatant soudain dans l'âtre, projeta des braises incandescentes à nos pieds, faisant tressaillir

Isobel qui leva les yeux vers le portrait de son mari. Je me penchai pour me saisir du tisonnier et m'affairai auprès du feu. Mon amie leva une main tremblante à ses lèvres.

— Oui, cela paraît insensé, je l'avoue, répondit-elle, mais cette folie est à la mesure de notre amour.

Elle inspira profondément, et peut-être cela lui donna-t-il le courage de poursuivre.

— Fitzroy est le vrai compagnon de mon âme, Jane ; les mêmes pensées nous traversent au même moment, comme si nous ne formions qu'un seul esprit ; et quand nous ne pouvons nous parler, il nous suffit d'un regard pour nous comprendre et nous réconforter.

Ses paroles eurent le don de me porter un coup au cœur, tant elles me rappelaient ce que je me disais jadis à propos d'un autre jeune homme, devenu depuis à jamais inaccessible. Je laissai maladroitement le tisonnier m'échapper des mains, et je dissimulai ma confusion en me penchant pour le ramasser.

Isobel remarqua mon désarroi et, se méprenant sur son origine, poursuivit d'un ton plus mordant :

— Mais je doute que vous puissiez jamais comprendre toute l'intensité du sentiment que j'éprouve ; j'oubliai que notre pragmatique Jane n'a pas pour habitude de s'abandonner à l'émotion ! Fort bien… il suffira que vous sachiez comment tout cela est arrivé.

J'étais blessée, je l'avoue, car il y eut un temps où je ne vivais que pour ce seul sentiment ; mais cette époque est révolue. Je résolus donc de ne point reprocher à Isobel ces cruelles paroles qu'elle avait laissé échapper au milieu de son trouble, et m'efforçai de laisser mon amour-propre de côté.

— J'aimerais beaucoup entendre votre histoire, ma

chère, lui dis-je en regagnant ma chaise, si toutefois cela ne vous dérange pas de me la raconter.

Isobel eut la grâce de paraître confuse devant ma gentillesse et en vint sans autre préambule à sa malheureuse aventure.

— J'ai rencontré Fitzroy au plus fort de la saison mondaine à Londres, déclara-t-elle. Mes noces avec le comte étaient déjà fixées, et ma tante et ma cousine Fanny m'avaient rejointe dans un meublé en ville.

— Je me souviens de vos lettres à cette époque. Vous n'y laissiez paraître aucune tristesse, mais bien au contraire une vive impatience à l'idée des mois à venir.

— Comment pouvait-il en être autrement ! s'écria mon amie. Nous nous apprêtions à nous lancer dans la plus frivole et insouciante occupation féminine qui soit : l'acquisition de ma robe de mariée. Ma tante connaît fort bien les meilleurs magasins, comme tous ses discours en matière de vêtements de deuil ont dû vous le faire comprendre ; et son concours m'était donc extrêmement précieux pour me constituer un vrai trousseau de comtesse. Quoi qu'il en soit, je ne l'aurais certes pas privée de ce plaisir ; notre entreprise n'étant jamais qu'une répétition générale avant le mariage de sa propre fille, projet qui lui tient particulièrement à cœur.

— Je puis m'estimer heureuse d'avoir une mère moins matérialiste à cet égard, observai-je d'un ton sec, car elle serait assurément au désespoir avec moi.

Ayant souvent rencontré ma mère quand elle séjournait à Bath, Isobel ne put réfréner un sourire ; mais elle reprit sans attendre le fil de sa triste histoire :

— Lord Payne venait de s'installer en ville chez son oncle, ayant quitté son domaine du Derbyshire pour la saison. Fitzroy devint immédiatement l'objet des plus fervents espoirs de ma tante ; car lorsqu'une union survient au sein d'une famille et que ses divers membres se fréquentent davantage en cette occasion, il est aisé d'imaginer qu'il s'en puisse former une autre. Dès lors, ma tante n'eut d'autre objectif que de faire de sa fille l'héritière présomptive du titre dont j'allais être investie, se disant que le neveu de mon mari ferait un fort beau parti pour Fanny.

— Objectif qu'elle n'a d'ailleurs toujours pas perdu de vue, ne pus-je m'empêcher de dire. L'autre soir, il s'en est fallu de peu que je ne me trouve évincée de la danse par madame Delahoussaye, qui tenait âprement à réserver lord Payne à sa fille.

— Et cela, malgré le fait que Fitzroy ait, sur ma demande, fait danser Fanny à l'ouverture du bal, aux côtés de son oncle et de moi-même. Il ne déteste rien tant que danser, quand bien même il excelle dans cet art ; et il considère comme une punition d'avoir Fanny pour partenaire. Il eût préféré être votre cavalier, ma chère Jane – il me l'a dit lui-même.

— J'en suis flattée. Mais nous nous écartons de notre propos.

— À Londres, mon futur époux était fréquemment sollicité par ses hommes d'affaires, ce qui ne lui permettait pas de m'escorter aussi souvent qu'il l'aurait souhaité ni de profiter des diverses réjouissances de la saison. Frederick ne vit aucun inconvénient à ce que Fitzroy jouât les chaperons à sa place, et de son côté, ma tante se montra plus que disposée à laisser Fanny nous accompagner dans nos sorties. (Isobel s'interrompit subitement, submergée par ses souvenirs.) Nous passâmes ainsi tous trois d'innombrables heures à flâner dans Bond Street, Fanny et moi chacune à un bras du vicomte ; ou à prendre l'air dans le parc, dans notre attelage, Fitzroy face à moi et ma cousine à sa droite. Peu à peu, ces promenades nous devinrent un tourment ; son esprit et le mien étaient trop complices pour ne point profiter de la moindre opportunité de conversation ; nous nous trouvâmes une foule de points communs qui ne laissaient pas de nous transporter et de nous émouvoir ; et pourtant, derrière la félicité grandissante que nous procurait la compagnie l'un de l'autre, un sentiment de désespoir commençait à germer. Car l'échéance de mon mariage approchait inéluctablement – et déshonorer l'homme qui avait tant fait pour chacun de nous était chose impossible. Plus d'une fois, ces douloureuses pensées nous assaillirent, sans que nous n'en soufflâmes mot à l'autre ; jamais nous n'osâmes nous avouer l'existence de ce sentiment qui nous submergeait… mais je n'ai nul besoin de vous en convaincre. Ce genre de confidences ne pouvait que nous faire du mal.

Elle se tut, en proie à un profond abattement.

— Jusqu'au jour où ? insistai-je.

La comtesse hésita, comme si elle ne tenait guère à exprimer en mots ses imprudences passées.

— Jusqu'au jour où Fanny souffrit d'une légère indisposition, due à la gloutonnerie dont elle avait fait preuve au dîner de la veille pour les hors-d'œuvre froids.

— Cela l'empêcha donc de vous accompagner le lendemain ?

— En effet. Nous avions formé le projet de visiter Hampton Court, en remontant la Tamise en barque, et c'est ce que nous fîmes… mais rien que tous les deux, sans Fanny, déclara ma chère amie, dont le visage s'illumina. Quelles heures délicieuses nous passâmes, Jane ! Quelle heureuse et insouciante journée ! Que de rires, de silences éloquents, et comme ma main trembla lorsque je lui pris le bras pour faire notre promenade ! Nous traversâmes des salles majestueuses et des jardins en terrasses, imaginant qu'ils étaient nôtres et que nous parcourions notre royaume. Quel jeu merveilleux ! Pendant un moment, nous fîmes ainsi semblant d'être ce que nous ne pourrions jamais être.

L'émotion d'Isobel, communicative, m'étreignit à mon tour, et je m'astreignis tant bien que mal au calme.

— Et c'est alors que vous avez parlé de l'avenir ?

— Comment aurions-nous pu l'éviter ? répondit-elle, tandis que son expression joyeuse s'assombrissait. Mais nous gardâmes cette conversation pour le déclin du jour, lorsque les ombres s'allongèrent, signifiant la fin de notre liberté et la perte de notre paradis. L'idée que nous allions devoir bientôt rentrer et feindre de nouveau l'indifférence, était plus que Fitzroy n'en pouvait supporter ; et, à l'ombre d'un grand arbre de Court Gardens, il me prit dans ses bras et… m'embrassa.

La pitié et l'horreur me rendirent muette.

— Le souvenir de ce baiser me brûle encore les lèvres, poursuivit Isobel, posant un doigt sur sa bouche. Il allait m'embraser le cœur toute la soirée durant, alors que je dînais en compagnie de ce pauvre Frederick et de Fitzroy – le vicomte était assis face à moi, comme changé en pierre.

Mon amie s'empara de ma main et la serra avec force dans la sienne.

— Vous est-il jamais arrivé, Jane, de ressentir une écrasante tristesse tout en étant envahie par une euphorie enivrante ?

Je me contentai de secouer la tête, peu désireuse de lui faire part des pauvres joies que j'avais connues.

— C'est donc que vous n'avez jamais été amoureuse, déclara Isobel, catégorique. Et vous avez très bien fait de repousser Mr Bigg-Wither.

— Mais que s'est-il passé ensuite, ma chère ? insistai-je. N'avez-vous donc jamais envisagé de tout révéler à lord Scargrave ?

— Non, Jane. C'était impossible. Nous nous déclarâmes notre flamme, nous fîmes appel à notre sens de l'honneur et à l'estime que nous vouions au comte, et finîmes par nous résigner à notre sort, le cœur déchiré. Je ne pouvais anéantir Fitzroy en jetant l'opprobre sur son oncle – car cela l'eût à coup sûr anéanti. Agir ainsi aurait plongé toute la maison du comte dans la disgrâce et entaché de regrets et de griefs la pureté de nos sentiments.

— Mais comment avez-vous pu continuer ainsi ? m'exclamai-je, complètement sidérée.

Isobel parut confuse.

— Je sais que *vous* n'auriez pas agi ainsi, ma chère Jane. Avec la force et la raison qui *vous* caractérisent, vous auriez rompu les fiançailles et vous seriez retirée de la scène, fit-elle, hésitant à poursuivre, comme si les mots qu'elle s'apprêtait à prononcer lui faisaient mal. Mais je ne pouvais faire fi de Crosswinds, ni de toutes les promesses de lord Scargrave qui s'était engagé à m'aider. Par respect pour la mémoire de mon père, je résolus d'épouser le comte.

— Et lord Payne ? Qu'a-t-il fait ?

— Nous jugeâmes qu'il valait mieux nous séparer jusqu'à cette date fatidique. Fitzroy fournit un prétexte au comte et se retira à la campagne. Je me mariai moins de deux semaines plus tard, passai ensuite près de trois mois en voyage de noces sur le Continent, puis revins à Scargrave pour les fêtes de Noël.

— Je me demande comment vous pouvez supporter cela, dis-je.

— N'avez-vous pas vu le changement qui s'est opéré en moi ? ! s'exclama avec virulence Isobel. Vous, l'amie qui m'est la plus chère au monde – ne vous êtes-vous donc pas aperçue que j'étais en proie à quelque terrible tourment ?

— En vérité non, Isobel, répondis-je, maudissant ma propre sottise. Je vous croyais seulement un peu fatiguée par les devoirs de votre nouveau rang. Et après tout, c'est tant mieux, ma chère, car si je n'ai rien perçu de votre affliction, vous pouvez être certaine que votre mari était pareillement aveugle.

— C'est chose terrible, murmura la comtesse, que l'on puisse considérer l'ignorance d'un mari comme une bénédiction.

— Et vous ne vous êtes donc point revus, vous et le vicomte, jusqu'au soir du bal ? repris-je.

Elle secoua la tête.

— C'est la raison pour laquelle je vous ai priée de venir, ma chère Jane. J'avais cruellement besoin du soutien d'une amie en un tel moment. Fitzroy ne pouvait décemment pas se dérober à l'invitation de son oncle ; cela eût paru étrange s'il était resté à l'écart. Malheureusement, il n'est point parvenu à maîtriser son émotion en me revoyant. Et je crois bien que le passage de ces quelques mois n'a en rien modifié ses sentiments – ni les miens, d'ailleurs.

— Isobel, lançai-je, me levant brusquement pour aller me poster devant le feu, la main crispée sur la lettre de la bonne, il nous faut à présent songer à ce que nous devons faire. Marguerite prétend qu'elle ira trouver le magistrat ; or nous avons décidé de lui exposer l'affaire nous-mêmes, de façon à la priver du bénéfice de la surprise. Si nous voulons étouffer cette histoire, cela semble le seul moyen. Mais ensuite ? Accepterez-vous de révéler à sir William la vérité quant à vos sentiments pour Fitzroy ?

Isobel se leva d'un bond de sa chaise, les joues en feu et les yeux étincelants d'indignation.

— C'est impossible ! À tous égards, impossible !

— Vous la dissimulerez donc ?

— Je dirai que ce que la femme de chambre semble insinuer ne constitue qu'une ineptie de plus – tout aussi peu crédible que son accusation de meurtre, rétorqua-t-elle finement.

— Mais alors, quels mobiles pourrons-nous lui prêter pour expliquer sa lettre ? Nous devons réfléchir à cette question. (Je m'arrêtai devant le portrait du comte et le contemplai pensivement.) Il faut que nous disions à sir William que nous soupçonnons Marguerite de vouloir vous faire chanter, poursuivis-je. Qu'elle souhaite vous effrayer pour vous forcer à acheter son silence – mesquin procédé d'une mesquine servante. L'explication devrait lui paraître sensée.

Isobel s'empressa d'aller à son bureau pour y chercher une plume et une feuille de papier.

— Certainement, Jane. Cela tient debout. Je vais immédiatement sonner un valet de pied ; il se chargera de porter mon billet à sir William. Si nous devons lui parler demain, mieux vaut que nous allions le voir après les funérailles, ne croyez-vous pas ?

— La bienséance nous conseillerait de même.

— Il en sera donc ainsi.

— Isobel…, fis-je.

Je m'interrompis, hésitante. Pourquoi remuer davantage le couteau dans la plaie qui avait déjà causé d'inimaginables souffrances ?

— Oui, Jane ?

— Êtes-vous *certaine* en votre âme et conscience que votre mari est bien décédé de mort naturelle ?

— Assurément. Pourquoi ne le serais-je point ?

— Oui, pourquoi ?…

5

Retrouvailles avec un vieil ami

15 décembre 1802

Ma très chère Cassandra,

Vous me demandâtes de vous écrire quand lord Scargrave serait enterré et de vous narrer les détails de la cérémonie. Je m'exécute donc.

L'aube se leva sur un ciel de tempête et bientôt il se mit à neiger abondamment, si bien que nous dûmes nous entasser dans des voitures fermées pour effectuer le trajet jusqu'à la petite église de Scargrave Close afin d'assister au service du révérend Samuel. C'est un homme âgé, aux traits tirés et au regard de myope ; on le dirait phtisique et son esprit semble être des plus défaillants, car à plusieurs reprises il appela le défunt du nom de son père, et même une fois de celui de son frère, dont les deux âmes ont quitté ce bas monde bien avant celle du comte. La médiocre santé du célébrant comme ses manières confuses expliquent que l'on ne recherche guère sa société à Scargrave ; elles laissent même à présager que George Hearst devrait rapidement hériter du bénéfice, si toutefois les dispositions figurant dans le testament du comte sont telles que Mr Hearst a des raisons de l'espérer.

Le panégyrique du brave révérend n'eût, comme on le peut imaginer, rien de très remarquable. Ce fut une solennelle énumération des faits ayant marqué le passage du comte sur cette terre, qui semblait davantage inspirée de la chronique d'un journal londonien que d'une connaissance intime du caractère du défunt. Je trouve qu'il n'y a rien de plus triste que ce genre de cérémonie, lorsque la personne décédée est évoquée avec indifférence et ignorance. Mieux vaut recevoir l'hommage de gens que l'on a connus et aimés qu'un éloge funèbre tel que celui-ci, prononcé à la va-vite par un quasi-étranger – peu sympathique au demeurant, tant dans son caractère que dans ses manières – et que l'on n'a jamais fréquenté plus que ne l'exigeaient les futilités des obligations sociales. Mais tel fut néanmoins le destin du comte de Scargrave.

Comme le veut la coutume, seuls les gentlemen de la famille suivirent le corbillard emportant sa dépouille jusqu'au grand caveau de Scargrave, où repose déjà sa première épouse ; comme il neigeait toujours à gros flocons, je confesse que, pour une fois, je fus heureuse de me résigner au sort réservé à mon sexe. Les femmes s'en retournèrent donc au manoir, où elle purent enfin s'abandonner à leur chagrin, avec cette outrance que l'on juge nécessaire chez toute dame dotée de savoir-

vivre et de sensibilité ; vous connaissez ma sensibilité et, mieux encore, mon savoir-vivre ; aussi n'ai-je nul besoin de vous préciser que je versai donc quelques larmes. J'avoue cependant m'être longuement recueillie en silence, songeant au caractère subit du trépas du comte, ainsi qu'à l'entretien que nous allions avoir cet après-midi avec sir William Reynolds – oui, sir William Reynolds, notre vieil ami, qui, à sa retraite, a quitté Londres pour s'établir dans le Hertfordshire où il exerce désormais les fonctions de magistrat.

Je vous fis part des détails de la lettre de la femme de chambre Marguerite dans ma dernière missive[1]*, en omettant toutefois de vous répéter en toute franchise l'ensemble des propos qu'Isobel me tint ce jour-là, réserve que vous devez me pardonner. Ce qu'il m'a été donné d'entendre fut dit dans le secret de la confidence, aussi ne puis-je rien ajouter de plus. Il me suffira de vous dire que nous attendons avec impatience l'après-midi ; nous avons hâte de montrer à un homme de loi ce que nous considérons comme une lettre de chantage, et bon espoir que notre initiative fasse taire cette rumeur malheureuse.*

J'ai peur que ce Noël à Scargrave ne soit bien sinistre, et je n'aimerais rien tant que revenir à Bath auprès de ma sœur chérie, si ma présence ne semblait tellement réconforter Isobel.

Je vous embrasse, et vous prie de faire part à mon père et à ma mère de mes tendres pensées pour eux.

Avec toute l'affection de votre

J. A.

1. Cette lettre, vraisemblablement celle dans laquelle Jane annonce à sa sœur la nouvelle du décès du comte, ne se trouvait plus dans le journal.

Plus tard, ce même jour

Nous étions réunis pour le thé dans le grand salon de Scargrave lorsque Cobblestone, le vieux majordome au dos voûté, vint nous annoncer l'arrivée de sir William. Malgré la mine inquiète d'Isobel, je fus soulagée de constater que nul autre membre de la famille ne paraissait s'étonner outre mesure de sa visite.

— Je suppose qu'il est venu nous offrir ses condoléances, dit lord Payne.

— Et s'assurer les bonnes grâces du nouveau comte, sans aucun doute, déclara Tom Hearst comme Cobblestone se retirait.

Le lieutenant planta brusquement le tisonnier dans une bûche qui brûlait trop lentement à son goût, et en fit jaillir une gerbe d'étincelles.

— Ces petits juges de province sont bien tous les mêmes, poursuivit-il. Ils s'accrochent fermement à leur sinécure, engloutissent avec appétit gigot d'agneau et pintes d'ale aux *fêtes* * locales, et ne se soucient guère de tout ce qui n'a pas trait à leur bourse.

— Défaut qu'ils ont en commun avec les petits notables de province, lança une voix sépulcrale.

Tous les regards se tournèrent vers Mr George Hearst, engoncé dans son fauteuil placé dans le coin le plus reculé de la pièce, un volume des *Sermons de Fordyce* ouvert sur ses genoux.

— Il ne nous faut pas attendre de l'homme que nous avons nous-mêmes désigné à ce poste, qu'il soit meilleur que nous, ajouta-t-il. Cela tiendrait du miracle que sir William ne cherchât point à briguer les faveurs du manoir ; car c'est assurément une chose que vous et moi, mon frère, avons tenté d'obtenir notre vie durant.

— Je crois que vous vous méprenez, mon cousin, protesta d'un ton énergique mais courtois le nouveau comte. Sir William est un ancien membre du Banc du Roi, c'est un juriste réputé pour sa sagacité ; Scargrave Close n'offre sans doute à son intellect que peu d'affaires passionnantes, comparé à la vaste turpitude humaine de Londres, mais il n'en est pas moins soucieux de sa charge pour autant.

Fitzroy Payne se tourna vers lord Harold Trowbridge qui, assis à l'écart dans une bergère à oreilles, observait attentivement la scène de son regard d'oiseau de proie.

— Je crois que vous avez des raisons de vous méfier des talents de sir William, lord Harold, dit le nouveau comte de Scargrave. Vous l'avez rencontré plus d'une fois lorsqu'il était à l'Échiquier, n'est-ce pas ?

Un sourire se dessina lentement sur le sombre et maigre visage de l'intéressé.

— Il a connu ses heures de bonne fortune, à mes dépens, répondit-il. Et j'ai eu les miennes à ses dépens.

— Un avocat à la retraite ! Mais c'est formidable ! s'exclama ironiquement le lieutenant. Mes camarades du « Cock and Bull » ont tout intérêt à surveiller leur nombre de pintes et à trouver un autre lieu où faire ribote, maintenant que nous avons un représentant de la loi à Scargrave.

— Si la présence de sir William réussissait à réfréner votre propre intempérance, Tom, nous pourrions en effet la considérer comme une bénédiction, renchérit George Hearst.

Il s'ensuivit un silence pénible que nul ne voulut se risquer à rompre. Mais il est probable que Mr Spinoza songeait à Fanny Delahoussaye en déclarant que la nature a horreur du vide, car on la vit alors prendre la défense de son préféré avec plus de hâte que de discrétion.

— Le barreau, de toutes les professions, est de loin la plus vulgaire, confessa-t-elle, en regardant Tom Hearst dans son uniforme bleu. La médecine laisse à deviner une plus noble vocation, malgré ses dehors commerçants, en ce qu'elle sauve des vies ; l'Église, elle, se rédime par le caractère sacré de ses intentions ; quant à la carrière militaire, c'est bien entendu la plus préférable de toutes, de par la bravoure et le courage qu'elle exige.

Le charmant discours de Fanny fut interrompu à cet endroit par un reniflement de mépris de sa mère, qui darda sur Tom Hearst un regard venimeux. Le lieutenant se contenta d'adresser un grand sourire à Madame, et s'inclina en direction de sa fille.

— Mais comment pourrions-nous faire l'éloge du barreau ? poursuivit cette dernière, nullement décontenancée. Quelle vile activité que celle qui consiste à s'immiscer dans les affaires des débiteurs, des assassins et des escrocs – la fange de la société – pour des honoraires que l'on fait mine de ne pas empocher en envoyant sa note par l'intermédiaire de ses notaires [1] ! Je n'épouserai un avocat pour rien au monde !

— Un avocat, ma chère, lança lord Harold de son coin, serait assurément bien mal avisé de *vous* épouser.

Sir William fit son apparition dans l'instant qui suivit cette cassante remarque. Il salua tout d'abord le nouveau comte en vertu de son rang, supérieur à tous ceux

1. Les notaires soumettaient les affaires aux avocats afin que ces derniers engagent un procès, et faisaient office d'intermédiaire pour le versement des honoraires ; de ce fait, ils étaient considérés comme des commerçants, alors que les avocats préservaient leur statut de gentlemen.

des autres personnes présentes dans la pièce, puis s'inclina vers la comtesse. Il se contenta ensuite d'adresser un signe de tête à lord Harold Trowbridge ; s'il se souvenait de ses affrontements avec le frère du duc, sir William n'en laissa toutefois rien paraître. Quand il eut échangé les politesses d'usage avec les Delahoussaye et les Hearst, je me levai pour le saluer à mon tour, la main tendue, et déclarai avec un plaisir sincère :

— Sir William ! Quel bonheur de vous revoir après tant d'années !

— Miss Austen, par exemple ! s'exclama-t-il ; et le sourire qui fendit son visage ridé mais plein de gaieté me fit l'effet d'un rayon de soleil dans cette atmosphère jusqu'alors orageuse. Je n'eusse jamais espéré ce plaisir ! ajouta-t-il. Et comment va votre cher père ?

— Il allait fort bien, sir, la dernière fois que je l'ai vu. Je serai heureuse de lui envoyer des nouvelles tout aussi bonnes vous concernant.

— Vous connaissez donc sir William, miss Austen ? intervint le comte, étonné.

— En effet, milord, depuis mon enfance.

— J'étais à Oxford avec son père, expliqua le brave homme, le visage rayonnant, et je suis le parrain de l'un de ses frères. Que devient donc ce garnement ?

— Charles prend du galon dans sa carrière navale, bien que Frank, son aîné, continue de le devancer.

— Parfait ! Parfait ! s'exclama sir William qui, souriant à la ronde, se rappela soudain la raison de sa présence ainsi que le deuil de la maison, et adopta une gravité plus décente.

L'amitié de sir William Reynolds est, de par son don pour la repartie, sa bonne humeur, son naturel chaleureux et sa subtile intelligence, une relation franche et stimulante. Il avait quitté ses fonctions au barreau et les clercs du Banc du Roi près de cinq mois plus tôt, reçu le titre de chevalier, et choisi Scargrave Close pour y couler ses derniers jours, tout comme mon père à sa retraite avait décidé de s'installer à Bath. Le fait d'avoir été élevé à ce titre honorifique n'altérait en rien ses manières cordiales ; sir William n'était pas homme à faire montre d'un orgueil déplacé dans ces circonstances, mais bien au contraire d'une courtoisie accrue – qualité au demeurant fort utile dans l'exercice de ses fonctions de juge de paix. J'étais tout à fait certaine que son bon sens saurait résoudre les problèmes d'Isobel dans les plus brefs délais.

— Mes plus profondes et sincères condoléances, milady, dit le magistrat, en s'inclinant vers mon amie.

— Merci, sir William.

Isobel porta la main à sa gorge, geste qui m'était devenu familier. Je craignis un instant qu'elle ne s'évanouît et voulus venir près d'elle pour la soutenir ; mais Fitzroy Payne me précéda. Il lui avança aussitôt une chaise et lui jeta un regard tendre qui laissait à voir toute son inquiétude pour elle.

Depuis le décès du comte, Isobel est changée, fort différente de la femme qu'elle était auparavant. Ses traits portent les marques d'une extrême fatigue, qui est moins la conséquence de ses devoirs funèbres de la matinée que de ses nuits sans sommeil. En l'absence de Marguerite, elle ne souffre pas qu'on la coiffe, aussi les jolies boucles qui ornaient autrefois son front sont-elles à présent sévèrement tirées en arrière. Le style démodé, datant d'au moins trois ans, de sa robe de deuil laisse deviner qu'il s'agit de celle qu'elle porta en hommage à son défunt père ; Isobel n'a, de toute façon, ni le temps ni l'envie de consulter un couturier pour se faire confectionner une toilette neuve. Avec sa pâleur immuable et ses yeux rougis par les larmes, mon amie est loin d'être à son avantage ; et pourtant, sa pitoyable affliction lui confère une sorte de beauté désespérée.

— Vous êtes bien bon, sir William, de vous risquer dehors dans cette neige pour rendre hommage au défunt comte, déclara Fitzroy Payne qui, me dis-je, tentait par ces mots de rompre le silence gêné qui s'était instauré.

Sa remarque me causa une vive appréhension, car je savais que sir William était venu sur l'invitation d'Isobel et devait sans nul doute s'interroger sur le motif de celle-ci.

— Vous plaisez-vous à Scargrave Close, sir William ? m'enquis-je pour détourner la conversation. Est-ce un endroit agréable à vivre ?

Une expression amusée éclaira le visage du vieil avocat, qui inclina la tête dans ma direction.

— Fort agréable, miss Austen, fort agréable. Le défunt comte était un homme qui avait le sens de la probité et de la discipline, et la région environnante porte l'empreinte de sa main. Vous vous attaquez à une tâche difficile, lord Scargrave, en assumant désormais les devoirs de votre oncle.

— Je ne le sais que trop bien, sir, répondit avec émotion Fitzroy Payne, dont les yeux gris s'embrumèrent de tristesse. Et j'espérais pouvoir profiter de longues années d'apprentissage avant de reprendre le flambeau de Scargrave. L'un des plus vifs regrets que m'inspire la mort de mon oncle est celui d'avoir perdu à jamais toute chance de bénéficier de son enseignement, d'autant que mes compétences actuelles sont encore bien imparfaites.

— L'homme est toujours surpris par la mort comme un enfant par le sommeil, répondit le juge ; elle vient toujours trop tôt, et il n'a de cesse de la déplorer…

George Hearst l'interrompit. Sa voix sépulcrale, s'élevant d'une chaise près du feu, me résonna aux oreilles comme le timbre sinistre du glas.

— Nous sommes pétris de regrets, aussi est-ce toujours à regret que nous quittons cette vie terrestre.

Fanny Delahoussaye roula les yeux, histoire d'attirer l'attention de Tom Hearst et, voyant le gentleman lui retourner un sourire, reposa brusquement son ouvrage et se leva de sa chaise.

— Je me sens un peu indisposée, Maman, déclara-t-elle avec le plus angélique des sourires, en esquissant une révérence à l'adresse d'Isobel. Je crois que je vais regagner ma chambre.

— Fanny, lança madame Delahoussaye avec une note d'avertissement dans la voix, sir William vient juste d'arriver. Vous oubliez vos bonnes manières, ma chérie.

— Mais non, je ne les oublie point. Si tel était le cas, je resterais des heures durant en compagnie de sir William, Maman, répondit l'intéressée d'une voix plaintive. C'est précisément parce que je ne veux pas faire preuve d'impolitesse qu'il me faut dire maintenant *adieu* * à sir William.

— Je crois qu'une promenade dans le parc vous ferait le plus grand bien, suggéra le lieutenant Hearst.

— J'en suis certaine, approuva Fanny qui, se détournant sans plus de cérémonie, se hâta en direction de la porte.

— Fanny !…

Madame reposa son ouvrage, fixant du regard Tom Hearst, qui abandonnait son poste devant la cheminée.

— Ne vous dérangez pas, chère madame, déclara le lieutenant en s'inclinant galamment sur sa main. Je veillerai à ce qu'il n'arrive aucun mal à votre fille.

— Mais il neige ! s'écria madame Delahoussaye, qui ne songeait déjà plus à sir William.

Elle arracha sa main à celle de Tom Hearst qu'elle gratifia d'un regard peu amène, et se précipita derrière Fanny.

Le lieutenant renversa la tête en arrière et partit d'un rire sonore, qui eut le don de consterner Fitzroy Payne et, à en juger par sa mine, d'amuser grandement lord Harold Trowbridge. Le gentleman avait laissé son journal de côté afin d'observer tout à son aise les facéties de Tom Hearst. Imitant madame Delahoussaye, il se leva à son tour et assena une tape sur l'épaule du lieutenant.

— Venez plutôt jouer aux cartes avec moi, mon brave, lui dit Trowbridge. Et laissez la petite à sa maman.

— Je dois vous présenter mes excuses, sir William, déclara Fitzroy Payne avec une gravité redoublée, tandis que Trowbridge et le lieutenant, s'étant inclinés, tournaient les talons et s'éloignaient vers le hall. La confusion règne au sein de notre maison, j'en ai peur. Le décès du comte nous a rendus fort différents de ce que nous sommes habituellement…

— Ou peut-être bien plus fidèles à ce que nous sommes réellement, observa George Hearst, qui referma son livre et se leva dans l'intention de suivre son frère. Je crains, sir William, que cette épreuve ne nous ait rappelé à tous que nous ne sommes pas immortels. Aussi nous voyez-vous probablement tels que nous serons quand nous sentirons se rapprocher l'ombre de la Faucheuse – résolument frivoles, indifférents à autrui et rongés de regrets.

— J'en suis navré, répondit sir William. J'ai pour ma part toujours espéré que je me retrouverais face à mon Créateur l'estomac plein et l'esprit dispos, après une bonne nuit de repos.

Mais l'humour de mon vieil ami échappa à Mr Hearst.

— En ce cas, vous aurez vraiment de la chance, observa gravement l'aspirant pasteur, chance qui est rarement accordée à nos semblables. Je suis sûr que mon oncle avait le même désir que vous – et caressait en outre l'idée que sa rencontre avec la mort, pour inévitable qu'elle fût, n'eût lieu que dans un lointain avenir. Voyez combien ses espérances étaient vaines. Ni son pouvoir ni ses richesses n'ont permis au comte de Scargrave de réclamer ni d'obtenir une heure de vie supplémentaire.

— Assurément, dit sir William, en jetant un regard gêné à la comtesse.

Les yeux bruns d'Isobel paraissaient plus grands que de coutume dans son visage livide et fixaient Mr Hearst de manière inquiétante.

— L'exemple de votre oncle vous a sans nul doute beaucoup appris, ajouta l'avocat.

— Le comte aimait enseigner aux autres, sir William, quand bien même ses élèves méritaient peu sa leçon.

Ayant prononcé ces derniers mots d'un ton particulièrement amer, George Hearst serrait maintenant les lèvres d'un air dur. Je le regardai, songeant qu'il ressemblait décidément bien peu à son frère ; alors que les yeux du lieutenant étincelaient, ceux de Mr Hearst étaient caves ; le modelé agréable de la figure du cavalier militaire contrastait avec les traits sévères et anguleux de l'ecclésiastique. Comme j'étudiais sa physionomie, je lui vis soudain prendre une expression préoccupée et, nous saluant d'un bref signe de tête, Mr Hearst quitta à son tour le salon. Sir William laissa alors échapper un gros soupir, comme s'il eût peiné sous quelque charge écrasante dont on venait de le soulager, puis se tourna vers lord Scargrave avec un grand sourire.

— Eh bien, milord, si le spectre de la mort nous a effectivement révélé votre nature véritable, voilà qui nous promet de continuer à couler des jours tranquilles dans le comté que vous régissez. Car en ce qui vous concerne, lord Payne – je veux dire lord Scargrave –, cette épreuve n'a contribué de toute évidence qu'à renforcer votre habituel bon sens, votre admirable retenue et la politesse de vos manières. On a rarement vu gentleman se comporter avec pareille dignité au milieu de tant de… confusion.

Fitzroy Payne se contenta d'incliner la tête, mais j'applaudis pour ma part silencieusement mon vieil ami ; il avait parfaitement décrit le nouveau comte. Plus j'observe l'amant d'Isobel, plus je me sens bien disposée en sa faveur. Fitzroy Payne préfère souffrir en silence que déshonorer son oncle ; et la force de caractère que cela exige ne manque pas de m'émouvoir. Je laisse pour l'instant de côté toutes les questions concernant la *bienséance* de sa sollicitude pour Isobel ; il me suffit de savoir qu'il est capable de dominer ses sentiments quand la chose est vraiment nécessaire, afin de préserver l'honneur de mon amie autant que le sien.

Reste que le comte n'étant plus de ce monde, Isobel

est libre à présent… Mais toutes ces réflexions attendront que sir William apprécie de lui-même la situation, me dis-je ; une servante jouant les maîtres chanteurs court toujours, et le plus léger parfum de scandale autour des Scargrave serait de nature à anéantir bien de douces espérances.

— Ah, du thé ! fit sir William en voyant Fetters, le valet de pied, entrer dans la pièce avec un plateau. Exactement ce qu'il faut à un vieil homme qui a besoin de se réchauffer.

Il se pencha ensuite sur sa tasse, cessant tout discours.

— Lord… Scargrave, dit Fetters à Fitzroy Payne. Mr Cobblestone m'a prié de vous dire que les notaires viennent d'arriver.

— Encore ? Et le jour même des funérailles de mon oncle ? C'est intolérable.

— Je les ai installés dans la bibliothèque, milord.

— Très bien, Fetters. Je vais m'occuper d'eux immédiatement.

Fitzroy Payne regarda Isobel pour se donner du courage, mais mon amie fixait le feu d'un air absent, et cela m'aurait paru tenir du miracle qu'elle eût seulement entendu un mot de la conversation.

Le nouveau comte s'inclina devant sir William et se retira silencieusement ; quand la porte se referma, Isobel sursauta et regarda autour d'elle.

— Je ne veux point abuser de vos forces, milady, déclara sir William en se levant de sa chaise. Il serait malséant de mettre plus longtemps à l'épreuve la patience d'un si grand chagrin. Je vous prie donc d'accepter mes excuses et mes *adieux* *.

— Non, sir William, vous n'êtes point fautif. C'est

moi qui suis à blâmer car je vous ai mandé ici d'urgence pour finalement n'avoir point le courage de parler.

— Auriez-vous des ennuis, milady ?

Les beaux yeux d'Isobel soutinrent le regard pénétrant du magistrat et scrutèrent pensivement son visage. Puis elle se tourna vers moi sans lui répondre.

— Jane, dit-elle, j'aimerais vous dire deux mots en particulier.

Je la suivis dans le hall, où la dépouille de son mari gisait peu de temps avant ; un lourd parfum de fleurs fanées et de cire d'abeille flottait encore dans l'air.

— Puisque le magistrat est un de vos amis, déclara Isobel d'un ton un peu nerveux, ne pourriez-vous pas lui expliquer ce qui s'est passé ? J'aurais l'esprit plus tranquille si une personne connaissant bien son caractère lui exposait la situation ; car je vous avoue que cet homme est pour moi un parfait étranger, Jane.

— Mais bien sûr, Isobel, dis-je, lui prenant la main et constatant avec effarement qu'elle était glacée. Je vais m'arranger pour le raccompagner dans son attelage à Scargrave Close, en prétextant que je désire présenter mes respects à lady Reynolds.

— Oh, Jane ! s'écria Isobel dont les yeux se remplirent de larmes. Par ce temps ! (Elle tourna son regard vers la fenêtre derrière laquelle la neige continuait à tomber.) Vous êtes bien bonne pour moi.

— Comment est-il possible de ne pas l'être ? répondis-je en serrant affectueusement ses doigts gelés. Ne vous tourmentez pas pour un peu de vent et d'humidité, Isobel. Je vais lui parler. Vous pouvez même considérer que c'est déjà chose faite.

Tout se déroula comme je l'avais prévu. La confortable voiture de sir William ne s'était pas plus tôt ébranlée sous la neige qui tombait toujours et voltigeait autour des lanternes allumées en prévision de l'obscurité, qu'il s'éclaircit la gorge et aborda la question qui nous travaillait tous deux.

— À présent, ma petite Jane, vous pouvez peut-être me dire pourquoi la comtesse a fait sortir un vieillard par ce temps pour finalement se retirer dans sa chambre sans quasiment prononcer un mot. Je serais presque tenté de croire que le billet qu'elle me fit parvenir hier n'était qu'un subterfuge de votre part pour renouer avec une vieille connaissance !

— En vérité, sir, elle vous a sollicité pour des raisons autrement plus graves et, sans vouloir offenser lady Reynolds, je puis vous avouer que je ne vous aurais point raccompagné chez vous ce soir si je n'avais été précisément chargée de vous les révéler.

— Ah ! Voilà qui rend les choses plus intéressantes, déclara le magistrat d'un ton vibrant de satisfaction. Parlez !

Je lui tendis le morceau de papier sur lequel Marguerite avait rédigé son message et laissai les mots mal écrits parler d'eux-mêmes.

Sir William fouilla les diverses poches de son pardessus avant de trouver ses lunettes, et il lui fallut encore un moment pour les ajuster sur son nez. Dans l'obscurité qui régnait à l'intérieur de la voiture, il déchiffra tant bien que mal le gribouillage de la servante.

— Très curieux, dit-il au bout de quelques minutes de lecture attentive. Quand avez-vous reçu cela ?

— Hier.

— Avez-vous une idée de son auteur ?

— Nous soupçonnons la femme de chambre d'Isobel, une jeune créole répondant au nom de Marguerite. Elle a filé et demeure introuvable, bien que la comtesse ait lancé des gens de confiance à sa recherche lorsqu'on s'est aperçu de son absence la nuit dernière.

— Et la comtesse a pris peur, dit lentement sir William, à l'idée que de mauvaises langues puissent propager la rumeur dans le pays. Une bien vilaine affaire pour une femme mariée depuis si peu de temps.

— Ou veuve depuis si peu de temps, soulignai-je. C'est là ce qui l'inquiète le plus, et elle aimerait faire cesser ces ignobles médisances.

— Cette lettre contient deux accusations, observa sir William, visiblement étonné. D'une part, la comtesse aurait pris un amant appartenant à la pairie, et de l'autre, elle se serait débarrassée de son mari, avec ou sans l'aide du premier. À première vue, il paraît malaisé d'accomplir autant de choses en si peu de temps… elle n'est rentrée de son voyage de noces que depuis quelques jours, il me semble ?

— Une quinzaine seulement.

— Il faut donc qu'elle ait connu le gentleman en question avant son mariage et l'ait revu à son retour de voyage. Il ne doit guère y avoir d'individus répondant à ces critères à Scargrave, en dehors des membres de la famille.

Disant cela, sir William parut soudain comprendre le sens de ses propres paroles, et s'abîma dans ses réflexions. Il n'y avait plus qu'un lord au sein de la famille, maintenant que le septième comte de Scargrave était décédé ; et le magistrat eût tôt fait de deviner à qui Marguerite faisait allusion.

— Mon Dieu, mon Dieu ! s'exclama-t-il, en fixant

une nouvelle fois le billet du regard, voilà qui complique désagréablement les choses.

— Marguerite veut attirer notre attention sur un lord, dis-je, mais elle ne nous dit pas lequel. Il peut tout aussi bien s'agir de lord Harold que de lord Payne.

— Lord Scargrave, vous voulez dire ; c'est ainsi que nous devons l'appeler à partir d'aujourd'hui. Mais parlez-moi de Trowbridge – le défunt comte le connaissait-il bien ?

— Ils s'étaient rencontrés très récemment, je crois.

— Et il demeure au manoir, alors que, ne pouvant se targuer de liens affectifs privilégiés avec la famille, comme vous-même, il aurait dû partir depuis longtemps déjà ! Mais cette impudence lui ressemble bien.

— Oui, c'est fort singulier, renchéris-je.

Je ne voyais effectivement pas pour quelle raison Trowbridge continuait à imposer sa présence, alors que tous les habitants du manoir semblaient la trouver indésirable.

— Certes, dit sir William. Mais Trowbridge est un individu singulier. Il a plus d'une fois réussi à berner la Couronne sur les taxes douanières des cargaisons de sucre qu'il importait des Antilles. Aux dernières nouvelles, il soutenait financièrement des trafiquants d'opium qui faisaient contrebande de thé en mer de Chine méridionale. Je n'aurais jamais imaginé le retrouver ici à Scargrave, surtout en tel moment ; je croyais que la mort était la seule chose que cet homme redoutait. Pouvez-vous conjecturer le motif de son indélicatesse ?

— J'ai cru comprendre qu'il attendait que la comtesse se décidât à traiter avec lui de quelque affaire.

— Ainsi donc, lord Harold est une relation *de la*

comtesse ! Et son partenaire en affaires, qui plus est. Voilà qui donne à réfléchir.

— Je crois que le terme *partenaire* est fort inapproprié, sir William, rétorquai-je d'un ton sec. Lord Harold sollicite la comtesse, mais il est bien loin de conclure la moindre affaire avec elle.

Sir William me scruta attentivement, mais s'abstint de tout commentaire. Il tapota la pernicieuse lettre et fit la moue.

— Si lord Harold est l'homme en question, nous devons nous demander ce que la femme de chambre savait exactement des affaires de sa maîtresse. Elle pouvait être au courant de bien des choses, ou de presque rien, selon qu'il s'agissait d'une fille curieuse ou pas. Qu'en pensez-vous, Jane ?

— Je pense que Marguerite a fabriqué un tissu de mensonges, répondis-je d'un ton plus convaincu que je ne l'étais moi-même.

Une fille de clergyman peut faire preuve d'esprit de temps à autre, et de candeur chaque fois que cela est nécessaire ; mais quand elle s'essaie délibérément à la mystification, elle a toutes les chances de se trahir.

— Et dans quel but ? s'enquit le magistrat.

— Afin d'extorquer de l'argent contre son silence.

— Je ne lis pourtant aucune exigence d'ordre pécuniaire, objecta sir William.

— Je serais très étonnée si cela n'apparaissait pas dans la prochaine lettre.

— Celle que je suis censé recevoir ?

— C'est ce qu'elle nous dit.

— Mais ce ne serait guère malin de sa part, non ? Ce n'est tout de même pas *moi* qui vais la payer.

— C'est une fille sotte, répondis-je maladroitement.

— Ah… si vous le dites, marmonna le magistrat d'un ton peu convaincu, tout en rangeant le papier dans son pardessus. Vous étiez présente lors du décès du comte, je crois ?

— Pas au moment même de sa mort, mais j'ai assisté à une partie de son agonie.

— Et quelle conclusion en tirez-vous ?

J'hésitai, faisant ainsi malgré moi l'aveu de mes incertitudes quant à la maladie du comte.

— Allons, Jane, allons ! me tança sir William. Vous n'êtes pas une fillette rougissante, encline aux minauderies et aux soupirs ; vous préférez vous servir de votre cervelle, chose que j'ai toujours approuvée, et vous êtes plus prompte que bien des gens que je connais à vous former une opinion quand certaines choses curieuses vous sautent aux yeux. Était-ce une mort que vous imputeriez à des causes naturelles ?

— En vérité, sir, je dois confesser que non, bien que le médecin affirmât le contraire, répondis-je. Jamais encore il ne m'avait été donné de voir une crise de cette violence, sauf sous l'effet d'un purgatif très puissant.

— Tiens donc, fit sir William d'une voix douce. Tiens donc… Et l'on a pourtant qualifié cette crise fatale de « dyspepsie ». J'ai moi-même eu quelques angoisses en apprenant la nouvelle du décès de Frederick ; j'avais juré de ne plus toucher au clairet il y a près d'un an, mais ma résolution n'a pas tenu deux jours. Le caractère subit de son trépas m'a fortement impressionné. Cela vous a-t-il également troublée ?

— Je ne puis le nier, même si j'étais la seule à Scargrave à trouver la chose inquiétante.

— Cela n'a rien de très étonnant, ma chère, rétorqua sèchement sir William. Vous seule n'avez rien à hériter.

Je m'arrêtai chez sir William le temps de saluer sa chère épouse, de prendre des nouvelles de leurs trois filles et quatre fils qui, du fait de leurs obligations conjugales et professionnelles, avaient depuis longtemps quitté le giron familial, de pousser des exclamations admiratives devant les arrangements intérieurs de leur nouvelle demeure, et de leur donner à mon tour toutes les nouvelles que j'étais en mesure de leur fournir sur ma propre famille à Bath. Après quoi, sir William eut la gentillesse de mander son attelage devant la porte, en dépit des protestations de sa femme qui voulait que je passe la nuit chez eux au lieu de me risquer une nouvelle fois dehors par ce temps.

— Il faut plus que de la neige pour arrêter notre Jane ! dit affectueusement sir William en m'aidant à monter dans la voiture. Je vous contacterai dès que j'aurai reçu la lettre, me promit-il.

La dernière vision que j'eus de lui, debout sur le perron, ses cheveux blancs étoilés de flocons de neige comme un saint Nicolas d'antan, me réconforta tout le long de mon retour solitaire vers Scargrave. Il est bon de pouvoir compter un ami dans le voisinage, quand un meurtrier se trouve peut-être parmi les gens de votre maisonnée.

6

Le démon

16 décembre 1802

Je consacrai l'essentiel de la soirée d'hier à la rédaction de mon journal, blottie sous mes couvertures dans la pénombre de ma chambre où le feu brûlait doucement, alors que la plupart des habitants du manoir devaient déjà dormir. Je n'arrivais pas à me laisser glisser vers le sommeil bien que la grande horloge du hall en dessous eût sonné 11 heures, puis le quart et la demie. Je finis par me résoudre à souffler ma chandelle et à essayer de me reposer un peu, sachant néanmoins que les doutes et frayeurs qui m'avaient assaillie durant mes heures de veille allaient revenir me remplir le crâne de leur clameur bruyante.

Je venais de faire le noir dans la chambre et de poser ma tête sur l'oreiller quand j'entendis l'horloge sonner minuit ; tandis que l'écho du douzième coup mourait, je perçus un craquement soudain, lequel se répéta à intervalles réguliers, comme si quelqu'un marchait à pas mesurés sur le parquet grinçant de la galerie derrière ma porte. À ce bruit – qui fût passé inaperçu en pleine journée –, je me raidis de peur et retins mon souffle. En cette heure fatale de la nuit, l'on est facilement enclin à l'épouvante, et je commençais à me convaincre qu'il s'agissait du spectre du premier comte de Scargrave, venu pleurer Frederick, son descendant ; car ces pas traînants, au lieu de cesser au passage d'une porte ou d'un couloir, comme cela eût été le cas s'ils avaient été produits par un habitant mortel de Scargrave, continuaient curieusement à se faire entendre [1].

Je restai allongée, toute pensée suspendue, pendant un moment qui me sembla une éternité, avant de me dire subitement que mieux valait sur-le-champ mourir de peur à la vue d'une apparition que de continuer à transpirer de la sorte dans mon lit, pétrifiée par de sottes imaginations. Je repoussai les couvertures, posai un pied glacé sur le sol et marchai à pas de loup jusqu'à la porte. Il ne me resta plus qu'à tourner doucement le bouton, entrebâiller le battant d'un centimètre ou deux, et couler un regard de l'autre côté.

Dans la semi-obscurité du couloir, je le vis : grand et décharné, habillé de vêtements passés de mode depuis près de deux siècles. Un voile arachnéen couvrait sa tête, coiffée d'une longue perruque aux boucles noires retombant en cascade ; il portait des souliers à talons et à bouts pointus, comme à l'époque du Roi-Soleil – souverain depuis longtemps disparu – sur lesquels il était si haut perché qu'il donnait l'impression de marcher sur la pointe des pieds, malgré son pas pesant. Des toiles d'araignées étaient accrochées à ses doigts et à l'ourlet de son habit de satin, et il était couvert de poussière comme un mannequin de couturière récupéré au fond d'un grenier. C'était bel et bien le fantôme du premier comte de Scargrave, revenu d'entre les morts pour pleurer Frederick ; mais, Dieu soit loué, le spectre avait

1. Le ton de ce passage n'est pas sans rappeler le suspense morbide des romans gothiques fort populaires à l'époque, sortes de contes macabres destinés à faire frissonner un public essentiellement féminin. Bien que Jane Austen ait souvent tourné en dérision ce type de littérature – *Northanger Abbey* est dans une certaine mesure une parodie de ces romans –, il semble que ce soir-là, elle ait été un peu influencée par ces lectures.

passé ma porte et s'éloignait de moi en me tournant le dos. Je me préparai déjà à le voir traverser le mur au bout de la galerie, mais il s'arrêta devant la porte close d'une autre chambre et demeura immobile, écoutant le silence, sans bouger un seul muscle de son visage macabre. J'eus soudain la chair de poule à l'idée de me faire remarquer. Pourvu qu'il n'allât pas tourner la tête de mon côté et darder ses yeux terribles sur ma silhouette en chemise de nuit ! Mais peut-être avait-il déjà senti le poids de mon regard ; pour quelle autre raison aurait-il ainsi interrompu sa marche ? La porte devant laquelle il se tenait menait aux appartements de Fitzroy Payne ; je me mis à prier que le gentleman fût réveillé et effrayât le fantôme, l'obligeant à retourner dans son monde éthéré, avant de me rappeler que lord Scargrave était encore penché sur les papiers de son défunt oncle dans la bibliothèque. La gorge nouée, j'inspirai une petite goulée d'air et, ce faisant, troublai le silence ; je vis alors le spectre commencer à tourner la tête.

Je m'aplatis en un éclair derrière le montant de la porte, le souffle court et le cœur battant à tout rompre, m'attendant à voir le courroux du revenant s'abattre sur la porte de ma chambre ; mais tout demeura silencieux – nul gémissement des lattes du parquet, nul frôlement fantomatique le long du corridor. Le spectre n'avait pas bougé. Faisant appel à tout mon courage, je risquai de nouveau un œil derrière la porte et constatai avec soulagement que le premier comte de Scargrave avait disparu. Le seul fait de bouger suffisait sans nul doute à chasser un esprit ; mais je ne me souciai guère de vérifier l'efficacité de mon exorcisme. Je poussai le verrou du battant de chêne, courus à mon lit et tirai les couvertures sur ma tête ; et lorsque le parquet se remit à grincer, peu de temps après, je me contentai de me terrer encore plus profondément sous les draps.

Et me voilà donc arrivant au terme de ma vingt-septième année avec les yeux hagards et le teint blafard de quelqu'un ayant mal dormi. L'aube qui s'est levée pour mon anniversaire ne brille guère par sa gaieté : le ciel est d'un gris démoralisant et un vent glacial secoue les arbres dénudés. Je confesse que je me sens vieille ce matin, malgré les galanteries du lieutenant Tom Hearst. Le fait d'avoir 25 ans, ou même 26 ans, me causait une appréhension bien moindre que celle que j'éprouve aujourd'hui. Il y a un je-ne-sais-quoi de tellement *inéluctable* dans le chiffre 27 ; à cet âge, une dame est déjà bien engagée du mauvais côté de la décennie, en particulier si elle est encore célibataire. Mais nul ici à Scargrave ne sait que c'est aujourd'hui mon anniversaire, et je préfère n'en rien dire à personne ; des affaires autrement plus graves réclament notre attention.

Ayant fini par sombrer dans un sommeil profond après la visite du fantôme, c'est avec une bonne demi-heure de retard que je descendis pour le petit déjeuner. Chez moi, l'on prend d'ordinaire son chocolat et ses petits pains à 10 heures, mais à Scargrave, la table est dressée une heure plus tôt, ainsi qu'il sied à une maison de campagne, dans une charmante salle réservée au petit déjeuner. Supposant que tout le monde serait déjà sorti de table, je me réjouis à l'idée d'être seule ; après cette nuit agitée, j'allais au moins avoir la consolation d'un peu de tranquillité dans cette pièce agréable, pourvue de murs jaune vif et de rideaux de mousseline neufs – l'une des rares touches de gaieté dans la décoration solennelle du manoir.

Mais j'eus la mauvaise surprise d'y trouver encore madame Delahoussaye, qui s'attardait devant le thé et les toasts.

— Ma chère miss Austen ! s'exclama-t-elle en scrutant mon visage pâle. J'ai la nette impression que vous avez fort mal dormi.

— J'ai hélas souffert de cauchemars, dis-je.

— Cela est écrit sur votre figure, *ma pauvre**. On croirait presque que vous avez vu un fantôme.

Je la dévisageai, craignant qu'elle ne se moquât de moi ; mais l'expression affable et les yeux noirs et brillants de Madame étaient dépourvus de toute malice.

— L'on m'a laissé entendre qu'il y avait effectivement un fantôme à Scargrave, déclarai-je, tandis qu'un valet de pied avançait ma chaise ; mais étant fille de clergyman, Madame, je ne crois guère aux revenants.

— Je suis ravie de l'apprendre, répondit tranquillement ma compagne en remplissant de nouveau sa tasse de thé, car votre chambre se trouve sur le trajet de la promenade habituelle du premier comte de Scargrave. L'essentiel est de réussir à vous endormir avant minuit ; aucune apparition ne peut espérer vous déranger dès lors que vous êtes plongée dans un sommeil paisible.

L'entrée de Daisy, l'une des servantes de la maison, m'empêcha de lui répondre. C'est la petite-fille de Mrs Hodges et elle n'a que 16 ans, jeunesse qui semble l'embarrasser du fait de sa récente promotion dans la hiérarchie domestique – en l'absence de Marguerite, Daisy a été affectée au service d'Isobel et s'efforce tous les jours d'être tant bien que mal à la hauteur de sa tâche. Supposant que sa maîtresse l'avait envoyée me chercher, je m'empressai de jeter ma serviette sur la table.

Daisy salua Madame d'un signe de tête puis se tourna vers moi pour s'incliner pareillement, faisant joliment voler les rubans de son bonnet.

— S'il vous plaît, miss, me dit-elle, un peu essoufflée, milady me fait vous dire qu'elle a reçu un billet de sir William, lui annonçant qu'il passerait la voir à 11 heures. Si vous vouliez bien rejoindre milady à ce moment-là, miss, dans le petit salon ?

— Bien sûr, Daisy. Vous pouvez dire à votre maîtresse que j'en serai ravie.

Je tâchai de ne pas avoir l'air inquiet, bien que, je l'avoue, une foule de pensées se bousculassent dans ma tête. Sir William devait avoir reçu une lettre de Marguerite – seule une affaire particulièrement urgente pouvait ainsi le ramener au manoir si peu de temps après sa première visite.

— Je suppose que le magistrat désirera vous voir le plus souvent possible, tant que vous serez à Scargrave, miss Austen, dit madame Delahoussaye.

Je me tournai pour observer son expression ; son visage ne reflétait que la plus modérée des curiosités.

— Sans doute le fait d'avoir retrouvé ici une vieille connaissance a-t-il accru sa galanterie, ajouta-t-elle. Je suppose qu'il n'a *aucune autre raison* pour s'imposer de la sorte dans une maison en deuil ?

— Sir William est tellement respectable et ses intentions si aimables, Madame, répondis-je d'un ton un peu cassant, que sa présence à Scargrave ne pourra nous apporter que du réconfort. Le fait que la comtesse n'hésite pas à le recevoir suffit d'ailleurs à le recommander favorablement.

Elle inclina la tête et le valet de pied me servit du chocolat chaud ; je m'efforçai alors de causer de choses et d'autres, histoire de faire passer plus vite le petit déjeuner. Il me restait encore deux heures à patienter avant de savoir ce que sir William avait à nous dire – ce qui me laissa plus qu'amplement le temps de découvrir que Daisy n'aimait rien tant que bavarder, et de déplorer que les jeunes filles de 16 ans ne fussent pas moins dotées d'ingénuité et plus douées de *discrétion*.

Lorsque Cobblestone, le majordome, ouvrit enfin la porte du salon en annonçant sir William, ce fut avec un soulagement presque violent que je vis surgir derrière lui la tête argentée du magistrat. Il faut dire que ma patience avait été mise à rude épreuve toute la matinée durant – épreuve dont j'ai résolu de faire l'offrande à mon Créateur en expiation de douze mois de péchés.

Fitzroy Payne était cloîtré dans sa bibliothèque à étudier diverses lettres d'affaires, les frères Hearst reclus dans leur agréable pavillon de célibataires à l'autre bout de l'allée, et Fanny Delahoussaye enfermée dans le salon du haut en compagnie de sa mère et de son carnet d'esquisses – horrifiée d'avance, vraisemblablement, par la visite d'un avocat à la retraite. Quant à Isobel, je ne m'attendais pas à la voir apparaître avant 11 heures précises. Assise tranquillement au coin du feu, les mains occupées par mon ouvrage et les yeux rivés sur l'horloge, je dus endurer un *tête-à-tête** d'une heure avec lord Harold Trowbridge. Ayant ainsi eu l'occasion de le mieux observer, je puis déclarer que les manières fourbes de cet homme ne m'inspirent que du *mépris*.

La plupart des habitants de Scargrave supportent sa présence en lui témoignant une politesse distante, signe d'une profonde antipathie, et préféreraient le voir parti ;

mais lord Harold semble parfaitement imperméable à cette hostilité générale. On dirait presque qu'il est en vacances chez des amis et que nul événement funeste n'a perturbé son séjour ; il rôde dans le manoir comme un oiseau de malheur, sans égard aucun pour l'intimité et le chagrin de la famille. Je m'étais jusqu'à présent débrouillée pour l'éviter et me réjouissais fort de toujours avoir réussi à lui échapper ; mais ce matin, ne sachant visiblement pas à quoi occuper son temps, il ne trouva rien de mieux que d'abuser de ma déconvenue lorsque je me retrouvai avec lui dans le salon.

J'étais installée depuis près d'un quart d'heure sur le canapé près du feu quand il ouvrit la porte ; puis, ayant jeté rapidement un regard alentour pour s'assurer que j'étais seule, il entra tranquillement mais résolument dans la pièce. Je le saluai froidement d'un petit signe de tête, histoire de lui faire comprendre que je l'avais vu, espérant bien qu'en me voyant absorbée par mes travaux d'aiguille et peu disposée à converser, il ne tarderait pas à s'en aller. Je me penchai donc sur mon ouvrage, sans daigner regarder de quel côté du salon il se dirigeait ni même chercher à savoir ce qu'il y comptait faire. Mais ma studieuse application fut bien mal récompensée. Posant bruyamment son livre sur la table, lord Harold vint s'affaler sur le canapé à côté de moi et fit mine de s'intéresser à ma tâche en scrutant avec attention chacun de mes gestes derrière la mince fente de ses paupières – comme un amoureux transi admirant sa dulcinée. Au bout de quelques secondes, incapable de supporter plus longtemps cette situation grotesque, mais ne désirant rien moins qu'abandonner le salon à cet homme, je mis mon ouvrage de côté et le gratifiai d'un regard peu amène. Tout *gentleman* aurait compris son incorrection et se serait empressé de mettre fin à mon supplice ; mais pas lord Harold.

— C'est bien ce que je pensais, déclara-t-il, s'adossant effrontément dans le canapé et étendant ses longues jambes sur la carpette protégeant le sol devant la cheminée. Vous méprisez secrètement ce genre d'occupation féminine profondément insipide et l'abandonnez dès que l'occasion se présente. Dois-je vous accabler de mon dédain, miss Austen, pour n'être point aussi accomplie que vos pareilles, ou bien vous témoigner une admiration plus profonde encore, parce que vous ne craignez pas de montrer combien ces travaux d'aiguille sont en réalité ennuyeux ?

— Sachez que vous ne me faites ni honneur ni injustice, lord Harold, en prétendant que j'offense mon sexe et ses activités, rétorquai-je. En revanche, m'eussiez-vous dit que la proximité d'un regard insistant et ce genre d'intrusion dans mon intimité semblaient m'incommoder, je vous aurais probablement donné raison.

— Selon vous, il est donc peu probable que nous voyions jamais les choses du même œil, miss Austen ?

— J'ai la nette impression, lord Harold, que nos deux regards sont bien au contraire tournés dans des directions opposées – tant sont dissemblables et dissonantes nos préoccupations respectives.

— Je vois que vous vous êtes déjà forgé une opinion sur ma personne, alors que nous venons tout juste de faire connaissance !

— Aussi est-il inutile d'essayer de nous mieux connaître dans l'espoir d'améliorer mon point de vue.

Reprenant mes fils de soie et mon aiguille, je quittai le canapé pour aller m'installer sur une chaise à quelque distance de lord Harold – et par la même occasion, hélas, du feu. Scargrave est un endroit plein de courants d'air et le salon une pièce fort mal chauffée.

— Miss Austen ! Si je ne savais point que vous êtes une femme sociable, au caractère plutôt aimable, je pourrais imaginer que vous cherchez à vous débarrasser de moi.

À ma grande consternation, il traversa la pièce à son tour et vint se pencher sur le dossier de ma chaise – dans l'intention, je suppose, d'accroître encore mon embarras. Je n'y pouvais rien faire : je devais soit battre en retraite dans ma chambre, soit tirer le meilleur parti possible de ce purgatoire. Lord Harold ne demeurait à Scargrave que pour une seule et unique raison : arracher Crosswinds des mains tremblantes d'Isobel. Cette canaille ne méritait pas qu'on usât de courtoisie à son égard. Une attaque en bonne et due forme s'imposait donc.

— Je m'étonne que vous ayez la bonté de passer Noël auprès de la famille Scargrave, lord Harold, répondis-je. Un homme de votre rang doit avoir tant d'obligations et d'invitations du fait de ses nombreuses relations, que le fait de consacrer un temps aussi long à une seule d'entre elles ne manquera pas d'être ressenti comme un honneur singulier.

— Je ne doute point que l'on considère ma présence ici comme singulière, dit-il en souriant d'un air pincé. Mais en la matière, nous sommes logés à même enseigne, miss Austen, car je constate que vous paraissez tout aussi peu désireuse que moi de retourner dans votre foyer, auprès de votre propre famille.

— Je serais déjà partie, n'eût été la comtesse, répondis-je, cherchant un bout rouge dans mon tas de fils, afin de broder la poitrine d'un rouge-gorge.

— Comme c'est charmant ! Et comme c'est amusant que je puisse justement vous dire la même chose : n'eût été la comtesse, je m'en serais allé depuis plusieurs jours déjà. J'aurais bien aimé que nos buts fussent pareillement nobles et désintéressés, miss Austen ; mais hélas, rien n'est plus impossible. À cause de la comtesse, nous voici donc dressés l'un contre l'autre, vous et moi : vous êtes son ange gardien, résistant fermement à l'assaut furieux du démon que j'incarne.

Il se dirigea vers le feu et demeura planté devant la cheminée, perdu dans la contemplation des flammes. Leur lueur dansante accentuait ses traits anguleux et plongeait dans l'ombre ses orbites, rendant l'expression de son visage encore plus lointaine et impénétrable, si tant est que la chose fût possible. En le regardant, je me sentis pour la première fois vraiment effrayée.

— J'avoue que j'ai peine à saisir votre propos, milord, réussis-je à lui répondre, tout en m'appliquant à mon ouvrage.

— Je crois pourtant que vous me comprenez fort bien, miss Austen, rétorqua-t-il calmement, et je vous avoue que je suis déçu de vous voir vous retrancher ainsi derrière les barrières de la convention. Cela est indigne de votre intelligence et de votre sagacité.

— Que pouvez-vous savoir de l'une ou de l'autre, milord ?

— Bien des choses, lorsque l'occasion de vous observer se présente à moi. Mais trop souvent vous préférez fuir dès que je vous approche et me priver du bonheur de votre brillant esprit.

— Vous faites erreur, lord Harold, je préfère tout simplement opter pour une meilleure compagnie.

— Bravo, miss Austen ! Vous répliquez coup pour

coup. Il me plairait que la comtesse montrât la même habileté à croiser le fer avec moi.

— Lord Harold, je ne puis prétendre tout connaître des détails du différend entre vous et lady Scargrave. Il est d'ailleurs normal que je demeure ignorante d'une affaire si délicate et si litigieuse. Mais, poursuivis-je, rassemblant tout mon courage, j'aimerais néanmoins savoir, milord, pourquoi vous persistez dans vos efforts, malgré l'aveu que vous venez de faire de leur nature démoniaque ? Comment se fait-il que votre honneur, la noblesse de vos sentiments, toutes les qualités qui font de vous un pair et un gentleman, ne suffisent point à vous convaincre de renoncer à harceler la comtesse ?

En guise de réponse, il rejeta la tête en arrière et éclata de rire, tandis qu'au même instant, Cobblestone, mon vénérable sauveur, faisait son entrée. Derrière le majordome, apparurent sir William Reynolds et Isobel.

— Lord Harold, dit sir William, en s'inclinant vers la cheminée. Miss Austen. La comtesse et moi-même aimerions vous parler en particulier, ma chère Jane, aussi me faut-il prier lord Harold de bien vouloir nous laisser.

— Je crois que j'ai de toute manière déjà trop abusé de la patience de miss Austen, déclara Trowbridge avec un sourire moqueur, avant de s'incliner profondément vers moi. Mais j'attends avec impatience de pouvoir la mettre de nouveau à l'épreuve, dès que l'occasion se présentera.

Puis, saluant sir William d'un signe de tête et Isobel d'une courbette polie, il se dirigea vers le hall, me laissant en proie à un sentiment de contrariété et de soulagement mêlés.

— Jamais encore je n'ai rencontré plus effronté que

cet homme-là ! m'exclamai-je, quand il fut parti. Son seul divertissement consiste à tourmenter et blesser autrui, comme un chat s'amuserait à malmener un oiseau entre ses pattes avant de le tuer.

— Voilà une image fort juste, ma chère Jane, murmura Isobel, en jetant un regard vers la porte derrière laquelle son ennemi avait disparu. Je suis bien placée pour le savoir. J'aurais voulu vous épargner sa compagnie.

Je rassemblai mes fils de soie et mon canevas et tapotai le siège à côté de moi.

— Si cela peut l'empêcher de rôder à votre porte pendant un petit moment, Isobel, sachez qu'il m'est bien égal d'endurer cet ennui.

— Trowbridge vous importune-t-il donc, milady ? s'enquit sir William, comme si notre conversation à propos de ce gentleman, la veille dans sa voiture, n'avait jamais eu lieu.

Il était resté près de la porte, attendant, comme le voulaient les convenances, qu'Isobel prît un siège avant de s'asseoir lui-même ; le visage ridé de mon vieil ami reflétait la plus parfaite innocence. Sans doute désirait-il savoir jusqu'à quel point la comtesse était prête à lui faire confiance. Isobel lui fit un pâle sourire et s'installa à côté de moi.

— Lord Harold est incapable d'être autre chose qu'un importun, sir William, mais je crains qu'il ne faille remettre ce commérage-ci à un autre jour. Votre message paraissait dicté par l'urgence. Pour quelle raison avez-vous décidé de quitter ainsi votre agréable demeure par une matinée d'hiver si froide ?

Un sourire fugitif fendit le visage de sir William et disparut – avec l'espoir de gagner la confiance d'Isobel, peut-être. Il s'avança à pas lents, la main dans la poche et la démarche gênée par ce que je jugeai être la goutte.

— J'ai reçu une lettre anonyme, milady, répondit-il en tendant un bout de papier à Isobel ; et, jugeant inutile de la conserver plus longtemps par-devers moi dans l'espoir de démasquer son auteur, je me suis empressé de venir vous voir afin de vous en faire connaître le contenu.

Il ne fallut qu'une minute à Isobel pour lire la lettre ; puis elle me la donna, et je penchai la tête pour la déchiffrer à mon tour.

Très grassieux Sir, mes salutations,

J'étais avant de la maison de Scargrave et je veux vous dire les vilenies qui se trament là-bas. Je ne fait pas cela pour mon bénéfice personel, mais pour que la justice * *soit rendu au pauvre homme qui git sous terre. Milord, il a été empoisoné, et c'est le lord aux cheveus gris qui l'a assassiné, comme le voulait ma maîtresse. Voilà, je l'ai dis, pour l'amour de Dieu. Je m'en remet à votre bonté et au pouvoir de votre main.*

Ainsi que sir William nous en avait informées, la lettre n'était pas signée ; et elle ne réclamait nul paiement en échange du silence de son auteur – fait plutôt malheureux, étant donné mes assertions de la veille.

— Le lord aux cheveux gris, murmura Isobel, tout en pressant contre ses lèvres un mouchoir brodé à son monogramme ; sa peau très pâle contrastait avec le noir défraîchi de ses vêtements de deuil, au point de paraître presque translucide. Elle peut vouloir parler de Fitzroy comme de Trowbridge, ajouta-t-elle.

— En effet, renchérit sir William.

Son maintien était grave, et la gaieté que j'avais été habituée à voir sur son visage bienveillant avait totalement disparu.

— Je vous avoue, milady, poursuivit-il, que je suis perplexe. Comment expliquer l'obstination de cette fille, qui ne semble même pas vouloir retirer un bénéfice personnel de cette histoire ?

Isobel et moi échangeâmes un regard. La comtesse déglutit et baissa les yeux.

— Je n'avais sans doute pas compris qu'elle me haïssait tant. J'ai probablement dû lui causer quelque tort immense, sir William, bien que sans le vouloir ; car seul un cruel ressentiment peut la pousser à tant de malveillance.

Suivit un silence durant lequel sir William considéra longuement la figure blême de mon amie. Je me pris soudain à regretter de ne pas avoir gardé mon ouvrage à portée de main ; le canevas est pour une dame un ami secourable lorsque l'anxiété la ronge et la plonge dans l'embarras de ne savoir que faire de ses dix doigts. Je nouai finalement mes mains sur mes genoux, m'efforçant au calme.

— Depuis combien de temps était-elle à votre service, milady ? s'enquit le magistrat.

— Marguerite faisait partie de la domesticité de ma tante, madame Delahoussaye, à la Barbade. J'avais 17 ans et elle trois années de moins quand elle est devenue ma servante attitrée, déclara Isobel tout en procédant à un rapide calcul mental. Je dirais donc que cela fait environ cinq ans.

— Et les relations entre vous ont-elles toujours été cordiales ?

— Toujours – ou du moins, toujours avant notre arrivée en Angleterre. Qui remonte à dix-huit mois maintenant.

Sir William commença à faire les cent pas dans la pièce, afin de mettre de l'ordre dans ses pensées ; mais son attitude rappelait malencontreusement celle d'un avocat devant la barre, interrogeant un témoin récalcitrant.

— Vous avez donc ramené Marguerite des Antilles avec vous ? demanda-t-il pour confirmation.

— C'est bien cela, répondit Isobel en suivant du regard ses allées et venues sur le tapis. Je ne me serais jamais embarquée pour un tel voyage sans ma femme de chambre, sir William. Elle est d'ailleurs la seule domestique de la maison que je m'autorisai à emmener. J'ai congédié les autres, excepté les quelques personnes qui sont restées au service de mon contremaître.

— Et votre femme de chambre vous était-elle reconnaissante de l'avoir gardée ?

— C'est ce que je croyais, répondit Isobel, triturant entre ses doigts la fine dentelle suisse de son mouchoir qu'elle finit par rouler en boule. Comment savoir les véritables sentiments de ses serviteurs ? Je vous avoue que devant l'étrangeté de son comportement, je me vois bien forcée d'admettre que je ne la connaissais pas vraiment.

Mon amie s'interrompit, comme perdue dans ses pensées, et tourna involontairement les yeux vers le visage attentif de sir William.

— Mais en repensant à sa manière d'être ces derniers mois, reprit-elle, je me dis qu'elle n'avait pas l'air très heureux. Le climat de son pays lui manquait peut-être, dans le froid hivernal de l'Angleterre ; par exemple, elle n'avait jamais vu de neige de sa vie – tout comme moi d'ailleurs. Mais tout ce qui m'émerveillait lui paraissait étrange et inquiétant. De fait, elle était assez perturbée, car tout ici allait à l'encontre de ce qui lui était naturel et familier. Elle était devenue très superstitieuse et semblait souffrir d'une excitation nerveuse aiguë : elle sursautait au moindre bruit et prenait obstinément en aversion des choses ou des personnes qui ne pouvaient pourtant lui faire aucun mal.

— Comme lord Scargrave, peut-être ? fit sir William, se contentant de saisir la perche qu'elle lui tendait.

— Elle n'a jamais manifesté que de la déférence envers mon mari.

— Je faisais allusion à l'actuel lord Scargrave, autrement dit à l'ex-vicomte Fitzroy Payne, précisa le magistrat d'une voix de velours.

Isobel s'empourpra et tressaillit, laissant tomber son mouchoir par terre.

— Vous avez vu juste, sir William. Elle n'aimait pas du tout mon neveu – antipathie que j'impute à ses cheveux précocement gris. Marguerite prétendait y déceler la marque du Diable. Elle évitait de rester seule dans la même pièce que lui.

— Curieuse enfant, murmura sir William en me regardant.

Je lus ses intentions dans ses yeux et me mis à souhaiter ardemment qu'il n'interrogeât point Isobel sur la véritable nature de ses relations avec Fitzroy Payne.

— Lady Scargrave..., commença-t-il, s'interrompant aussitôt, comme s'il débattait avec lui-même de ce qu'il allait lui demander. Avez-vous une raison de croire que la mort de votre mari pourrait avoir une autre cause que celle qu'on lui prête ?

— Aucunement, dit Isobel qui, relevant le menton,

soutint de ses beaux yeux noisette le regard du magistrat.

— Vous me répondez en toute franchise, consciente que je ne vous accuse nullement d'avoir d'une façon ou d'une autre contribué à son trépas ?

— Je sais fort bien que vous ne croyez pas cela possible, sir, pas plus que je n'arrive à croire qu'un familier de la maison – domestique ou ami – puisse être capable d'un acte aussi monstrueux.

Sir William laissa échapper un profond soupir et tourna le dos à la comtesse, sourcils froncés et mains nouées dans le dos. Il parcourut à pas lents toute la longueur de la pièce avant de se permettre une réponse.

— Milady, dit-il, faisant soudain volte-face pour nous regarder, tout à fait à la manière d'un avocat devant la cour. Je suis totalement incapable de vous dire ce qu'il faut faire. La fille risque de rester introuvable et ses calomnies, à ce qu'il semble, sont destinées à l'oreille d'une seule personne : moi-même. Votre réputation reste donc sans tache dans les environs.

— Mais combien de temps pouvons-nous espérer que la bonne tiendra sa langue ? intervins-je.

Sir William haussa un sourcil.

— Elle ne dit rien dans ce billet, ma chère miss Austen, d'éventuelles lettres à venir. Je suggère donc que nous ne prenions pour l'instant aucune mesure particulière, en dehors des recherches pour localiser cette jeune fille, et que nous priions Dieu que sa malveillance retombe d'elle-même avec le temps.

— Vous êtes la bonté même, sir William, dit Isobel en se levant pour lui tendre la main. Je m'en remets totalement à vous pour ce qui est de ma protection.

— Ma chère Jane, déclara brusquement sir William comme je l'accompagnais à sa voiture. J'aimerais savoir le nom et l'adresse de ce médecin londonien. Les auriez-vous par hasard retenus ?

— Il s'appelle Philip Pettigrew, répondis-je, et je crois que son cabinet se trouve sur Sloane Street. Ses honoraires doivent assurément lui permettre d'avoir pignon sur rue.

— Parfait ! Parfait ! Vous êtes une vraie perle, ma chère.

Et, à ma surprise, sir William s'inclina profondément et me fit le baisemain.

Il partit donc, animé de projets et d'intentions qu'il préférait garder pour lui, mais que je pensais bien avoir devinés malgré tout.

7

Le doute s'installe

16 décembre 1802, suite

Comme la comtesse s'était retirée et que j'avais encore plusieurs heures devant moi avant de devoir m'habiller pour le dîner, il me vint à l'idée de faire une petite promenade de santé – exercice que la neige, ne cessant de tomber à gros flocons, m'avait jusqu'alors interdit. J'attachai donc mes patins [1] à mes bottines, ce

1. Les patins étaient de petits anneaux, souvent en métal, que l'on attachait

qui les préserverait peut-être d'irréparables dégâts, et enfilai ma pelisse et ; mais à dire vrai, je me souciais comme d'une guigne du sort de mes souliers, devant la menace qui pesait sur ma santé mentale. Si je restais une heure de plus confinée à l'intérieur de Scargrave Manor, en compagnie d'une Isobel affligée et d'affligeantes Delahoussaye, j'étais sûre de finir comme l'une de ces folles que l'on rencontre dans les romans de Fanny Burney.

Je saluai Fetters, le valet de pied, d'un signe de tête, me faufilai entre les deux lourds battants de chêne qu'il avait ouverts pour me permettre de passer, et j'eus soudain la sensation d'être aussi immatérielle qu'une ombre sous les pâles rayons du soleil hivernal. L'air était froid et piquant, et sa morsure glacée me laissa à penser que nous aurions une nouvelle chute de neige avant la tombée de la nuit. J'inspirai profondément et sentis ma poitrine se libérer d'un poids oppressant ; ma vue s'éclaircit et le battement douloureux qui me martelait les tempes depuis plusieurs heures commença à refluer. Le monde extérieur, qui m'avait paru si lugubre ces dernières semaines, devait malgré tout receler bien des vertus, si quelques instants à peine en compagnie de la Nature pouvaient ainsi suffire à me ressourcer physiquement et mentalement.

L'on avait déblayé la neige de la grande volée de marches à mes pieds et les roues des attelages avaient creusé sur leur passage une sorte de chemin le long de l'allée en contrebas. J'hésitai un instant à diriger mes pas du côté d'un massif d'arbustes à l'aspect engageant,

sous la semelle des chaussures afin de rehausser le pied de plusieurs centimètres au-dessus du sol dans les rues boueuses ou les chemins détrempés.

mais les soupçonnant d'être encore environnés de congères, je résolus finalement d'emprunter l'allée. Si cette promenade parvenait à soulager jour après jour la mélancolie d'un esprit chagrin comme Mr George Hearst, elle aurait sans nul doute un effet extrêmement bénéfique sur l'humeur d'une miss Austen au naturel plus gai. Mais au bout de quelques minutes de marche, je m'arrêtai net et me retournai pour contempler le manoir : il faisait un bien triste tableau sous la morne lumière de l'après-midi, avec les armoiries de Scargrave drapées de noir [1] surmontant ses nombreuses fenêtres. J'en dénombrai quarante-cinq, réparties par rangées de quinze sur trois étages, luisant de l'éclat grisâtre du verre et du plomb sur toute la longueur de la façade ; mais l'ensemble, au lieu de l'air imposant qu'on avait voulu lui donner, faisait une impression plutôt lugubre. Édifié sous le règne d'Elizabeth, ainsi que me l'avait appris Isobel, Scargrave Manor avait subi diverses « améliorations » par trop nombreuses au cours de son existence, si bien qu'il offrait à présent un singulier mélange de styles, faisant de la bâtisse une véritable tour de Babel architecturale.

Je laissai le manoir derrière moi et, partant du principe qu'il n'est guère de plaisir à retirer d'une promenade sans but, je me fixai pour objectif le pavillon de Scargrave – mais je n'avais aucunement l'intention de déranger ses occupants, les Hearst ; j'aspirais à la solitude, afin de réfléchir tranquillement à la signification de la dernière lettre de Marguerite. Je ne venais pas plus

1. Pour informer les gens du deuil de la famille, l'on avait coutume, au sein de la noblesse, de hisser son blason entouré de crêpe noir au-dessus de chaque fenêtre.

tôt de songer aux Hearst, que j'aperçus un peu plus loin devant moi une silhouette noire esseulée, se distinguant à peine des troncs sombres de la rangée d'arbres qui bordaient l'allée. Mr Hearst en personne, faisant son petit tour habituel ! Hésitante, je ralentis, m'efforçant de discerner l'expression de son visage ; mais il penchait la tête en avant, plongé dans ses pensées, et ses traits m'étaient cachés. Devais-je faire demi-tour ou tenter de converser avec le gentleman ? Cette dernière idée ne m'enthousiasmait guère. Mais je me remémorai le regard grave que sir William m'avait lancé en partant et songeai à la tristesse d'Isobel – deux pensées qui ne pouvaient que m'inciter à presser le pas pour rattraper l'ecclésiastique ; si le comte était bel et bien mort assassiné, tous ceux qui résidaient au manoir devenaient suspects ; or Mr Hearst s'était querellé avec son oncle la nuit même où ce dernier avait connu une fin prématurée. Et sa morosité coutumière semblait bien s'être envolée à l'occasion de cette dispute : sous les railleries amères de Mr Hearst vibrait quelque chose qui ressemblait fort à de la passion.

Mais l'apprenti vicaire faisait de plus grands pas que moi, et avec la boue et la neige fondue qui encombraient le chemin, je n'avançais qu'à grand-peine. Aussi, faisant fi des convenances, je relevai mes jupes et me mis à courir à grandes enjambées derrière Mr Hearst. Comme je me rapprochais du gentleman, mes patins, malcommodes pour ce genre d'exercice, heurtèrent une pierre en tintant, ce qui l'avertit de ma présence ; il se retourna et parut assez surpris de me voir.

— Miss Austen ! s'écria-t-il. J'ignorais que vous aimiez tant la marche à pied.

— Et pourtant, sir, c'est l'un de mes plus grands plaisirs. Tout comme pour vous, à ce qu'il semble.

Il ôta son chapeau, s'inclina, et fit demi-tour pour m'accompagner en direction du manoir.

— En effet, dit-il, cela est excellent pour la santé, tant celle du corps que de l'âme. En particulier en cette saison, lorsque l'on passe beaucoup de temps enfermé. Le fait de rester assis trop longtemps joue, je le crains, de façon néfaste sur mon humeur.

— Vous ne montez pas à cheval, comme votre frère ?

— Il se trouve, miss Austen, que mon frère a, en toute chose qui le passionne, le souci de la perfection. Aussi, quel que soit l'art qu'il choisisse de maîtriser, je lui en laisse toujours l'exclusivité – car je ne désire point essayer de rivaliser avec lui de peur de souffrir de la comparaison.

Il s'ensuivit un silence, durant lequel je réfléchis au moyen d'aborder le sujet de sa querelle avec le comte. Comment réussir à en venir au fait avec tact et bienséance ? Impossible ! Je risquais de faire bien mauvaise impression, en me montrant sous les traits d'une commère malintentionnée. Mais après tout, peu importait la mesquinerie du stratagème, s'il devait contribuer à préserver la tranquillité d'esprit d'Isobel.

— Et seriez-vous passionné, vous aussi, Mr Hearst, mais dans des domaines dédaignés de votre frère ? Il m'a été donné de vous entendre, au moins une fois, vous exprimer avec feu.

Mon propos était, je le crains, par trop allusif ; il ne réagit point à mes insinuations, mais profita en revanche de l'occasion pour souligner ce qui le distinguait du lieutenant.

— L'exemple de mon frère m'a surtout appris, miss Austen, à éviter la passion en toutes choses. Elle vous fait trop souvent perdre le sens commun. Il est préférable de faire preuve de probité et de discrétion dans la vie. *La raison* est mon outil préféré, tout comme *l'ardeur* est devenue celui de mon frère.

— Je vous en félicite, sir – bien que j'estime pour ma part qu'un judicieux dosage des deux est probablement la meilleure garantie de bonheur.

Il se contenta de hocher distraitement la tête, l'esprit ailleurs, me laissant aussi désespérée qu'avant quant à la manière d'aborder le sujet qui m'intéressait. Nous continuâmes donc notre route en silence, avançant tant bien que mal dans la neige ; mais au bout de quelques instants, voyant la grande façade de Scargrave approcher, je me forçai à réamorcer la conversation.

— J'imagine que c'est aussi la mort du comte qui nous incite davantage aux promenades en plein air, observai-je. Rester assis au coin du feu à méditer sa soudaine disparition ne peut faire de bien à personne.

— En effet, répondit Mr Hearst, les yeux rivés sur le sentier boueux à nos pieds.

— Vous deviez avoir une profonde affection pour le comte, je suppose ? insistai-je. (Le voyant prendre un air surpris, je me justifiai maladroitement :) En fait, je vous dis cela parce que je n'ai guère eu l'opportunité d'étudier le caractère du défunt lord Scargrave. Son mariage avec mon amie était très récent, et le comte a hélas choisi de nous quitter alors que je venais à peine de faire sa connaissance.

— Vous aimez donc à étudier les caractères, miss Austen ? s'enquit Mr Hearst, échappant ainsi à l'obligation de répondre à ma question.

— Oh ! Mais bien évidemment ! m'exclamai-je avec plus d'enthousiasme que la chose ne m'en inspirait réellement. Y a-t-il objet plus digne d'être étudié ?

— À mon avis, il n'est guère d'objet *moins* digne de votre sagacité. Je crois que le caractère des hommes est ainsi fait qu'il ne vous apporte que de la déception ; plus l'on connaît ses pareils, moins l'on se sent enclin à les aimer – ou à s'aimer soi-même.

— Mr Hearst ! Vous me surprenez fort ! Sont-ce là les sentiments d'un homme d'Église ? Vous devriez vous efforcer de modifier votre vision des choses, si votre but est toujours d'entrer dans les ordres.

— Mais peut-être est-ce la piètre opinion que j'ai de mes semblables qui fait que mes aspirations se tournent vers le Ciel, miss Austen.

— Il est probable, répondis-je, que votre mépris pour la condition humaine ne vous laisse pas d'alternative. Mais il ne vous servira point à améliorer le sort de vos paroissiens. En tant que fille de clergyman, je me permets de vous conseiller de choisir la solitude du cloître, Mr Hearst, plutôt que la chaire. Son imposante hauteur ne vous préservera pas de la désaffection de vos ouailles, si vous n'avez que du dédain à leur offrir.

— Vous pensez donc que je ne suis pas fait pour l'office ? s'enquit-il avec un regard inquiet.

Au lieu de l'accabler complètement, je me réfugiai dans un faux-fuyant féminin.

— Je ne me permettrais jamais de juger les ambitions d'un gentleman, répondis-je avec circonspection.

Mr Hearst eut un air hésitant, comme s'il débattait avec lui-même de ce qu'il allait dire, puis s'arrêta au beau milieu de l'allée, pour mieux retenir mon attention.

— C'est, peut-être, une réponse à ma question, bien

qu'il ne s'agisse pas de celle que j'aurais aimé entendre – car si vous étiez franchement convaincue que je suis fait pour l'Église, je crois que vous me l'auriez affirmé sans ambages. J'ai bien peur que mon oncle ne pensât comme vous, miss Austen. Il me disait que je ferais un piètre clergyman. Il ne voulait pas entendre parler des ordres et me conseillait vivement de me faire plutôt gentleman-farmer.

— Monsieur le comte aurait-il donc délibérément contrecarré vos projets ?

— Tout à fait, répondit Mr Hearst. Mon oncle estimait qu'il me manquait l'essentiel pour devenir ecclésiastique.

— C'est-à-dire, selon lui ?

— La soumission. L'humilité. Le comte soutenait que j'étais affligé d'un orgueil complètement démesuré par rapport à ma condition. Mais comment aurait-il pu en être autrement…

Il s'interrompit, balayant du regard la vaste étendue du parc de Scargrave. Je ne le comprenais que trop bien. Il était bien né – sa mère était la fille d'un comte –, mais ses maigres ressources ne lui permettaient pas d'assumer les dépenses imposées par le train de vie familial. Il ne serait ni libre d'agir selon ses désirs ni libéré de sa dépendance tant qu'il demeurerait au pavillon de Scargrave ; mais comment s'installer ailleurs avec si peu de moyens ? L'orgueil devait effectivement être la seule chose qui restât à un homme dans sa situation.

— Vous étiez donc soumis au bon vouloir du comte, dis-je, comme nous reprenions notre marche.

Nous n'avions plus beaucoup de chemin à parcourir, et si je voulais en apprendre davantage, j'avais tout intérêt à presser les choses.

— J'étais et suis encore son protégé, répondit gravement Mr Hearst. Tout ce que j'ai au monde, je le dois à sa bonté. Puisqu'il souhaitait que je devienne régisseur du domaine, je me suis conformé à son désir, malgré mes médiocres talents pour ce genre de fonction.

— Quel triste sort que celui du comte, déclarai-je d'un ton songeur. Il possédait le terrible pouvoir de faire le malheur ou le bonheur d'autrui. Il est probable que cela a parfois dû lui attirer la haine d'êtres pourtant chers.

Mr Hearst ne répondit pas immédiatement à mon observation, comme s'il réfléchissait à sa pertinence. Au bout d'un moment, tournant ses yeux caves vers moi, il me jeta un regard oblique et finit par dire :

— La haine est peut-être en l'occurrence une émotion trop violente. Mais il est néanmoins vrai que le comte a fait naître dans mon cœur un certain ressentiment.

— Vous seriez-vous querellé avec votre oncle, Mr Hearst ? m'enquis-je hardiment, bien que n'espérant guère qu'il osât me répondre.

Même s'il avait eu des mots violents avec le comte, il était peu probable qu'il reconnût le fait ; il ne manquerait assurément pas de récuser l'idée même de discorde.

— À 27 ans, miss Austen, je suis tel que vous me voyez, dit-il en s'arrêtant au pied des marches du manoir. Forcé d'exercer un emploi qui ne me convient pas, contrarié dans mes espérances, et jaloux de mes semblables plus favorisés par la fortune. Je me suis bien évidemment querellé avec mon oncle. Pourquoi croyez-vous que j'éprouve un tel remords depuis son décès ? C'est toujours ainsi, hélas. Les paroles que nous aurions voulu prononcer nous viennent quand tout espoir de conversation est passé.

Franchise inhabituelle, peut-être, mais une promenade solitaire dans un paysage d'hiver enneigé incite parfois aux confidences. Au moins, le total manque de dissimulation de Mr Hearst laissait supposer que le gentleman ne voyait pas l'utilité de mentir.

— Je suis sincèrement désolée pour vous, Mr Hearst, dis-je lentement. Je sais, moi aussi, ce qu'il en est d'aspirer à une condition à laquelle vos moyens ne vous permettent pas d'accéder. Mais peut-être le comte aura-t-il révisé son jugement et prévu dans son testament de vous aider à embrasser la vie cléricale.

— Peut-être, dit Mr Hearst, en jetant un regard vers le pavillon à l'autre bout de l'allée, mais je n'ose vraiment l'espérer. Il est plus probable qu'il ait choisi de léguer une somme un peu plus conséquente à Tom, qui s'empressera d'aller la dilapider dans une maison de jeu. Mon oncle a toujours eu le défaut de distribuer ses récompenses avec autant d'aveuglement que ses punitions.

Il se mordit les lèvres, refoulant l'amertume qui lui avait fait prononcer ces mots, et me gratifia d'un regard pénétrant, comme s'il venait juste de réaliser qu'il avait osé se confier à une dame, une quasi-inconnue de surcroît. Puis, se reprenant, à ce qu'il semblait, Mr Hearst me dit *adieu* * et s'en retourna vers le pavillon en pataugeant dans la neige.

Curieux gentleman que cet aspirant ecclésiastique. Son frère et lui se ressemblent tout compte fait sur au moins un point : tous deux ont tendance à trop parler, faisant fi de toute discrétion – pas assez, toutefois, pour satisfaire ma curiosité. J'avais beau avoir beaucoup appris sur l'animosité de Mr Hearst envers son oncle, je ne savais toujours rien de précis sur cette fameuse dispute – celle qui avait eu lieu la nuit de la mort du comte, dans sa bibliothèque.

Je ne me sentais guère l'envie de retrouver les sinistres corridors du manoir ; aussi, neige ou pas, je décidai de prolonger ma promenade du côté du massif d'arbustes, non loin de l'arrière de la grande bâtisse ; et, tout en me frayant un chemin entre de petites congères, je m'efforçais de mettre de l'ordre dans mes pensées. Je découvris, en arrivant à mon but, que les jardiniers de Scargrave m'avaient précédée : une sorte de sentier avait été dégagé le long des larges allées et des plates-bandes.

L'arrivée d'un petit soleil pâlot embellissait à présent cette journée qui avait commencé sous la tempête ; les longues ombres bleues de l'après-midi s'étiraient devant moi, comme autant de réjouissants fantômes de la végétation de l'été dernier, dansant le long des plates-bandes de fleurs flétries et des haies durcies par le gel, pour s'étaler au pied d'une nymphe de pierre enserrant une urne d'où jaillissait une cascade figée dans la glace. Mais l'étincelant paysage hivernal ne parvint point à me communiquer sa gaieté ; je n'arrivais pas à me débarrasser du mauvais pressentiment que d'autres épreuves attendaient les habitants de Scargrave.

Je choisis de m'asseoir sur un banc dont on avait brossé la neige ; il n'en était pas moins atrocement froid contre mon échine, et je me pelotonnai dans ma pelisse pour méditer les derniers événements. Je revins tout d'abord sur notre entretien avec sir William.

Le fait que Marguerite, la femme de chambre, ne songeât pas à retirer le moindre bénéfice financier de cette affaire était franchement déconcertant ; faute de motifs intéressés, il ne restait que deux explications possibles à son geste : ou le désir de causer un tort irréparable à sa maîtresse, et à Fitzroy Payne par la même occasion, ou bien l'honnête volonté de faire la lumière sur un meurtre ignoble. Ni l'une ni l'autre de ces deux hypothèses n'étaient très réjouissantes. Si la première était bel et bien la motivation de Marguerite, l'on pouvait dès lors supposer que la pauvre créature avait été victime d'une grave injustice qu'Isobel répugnait à avouer. À moins que la comtesse ignorât tout de l'histoire, et que Payne fût le seul coupable.

Le jeune comte si sérieux était-il homme à séduire une soubrette pour l'oublier dès le lendemain, comme il l'eût fait d'une partie de chasse à courre matinale ? Nombre de femmes cherchent à se venger de l'homme qu'elles aiment en vain ou haïssent à raison, sans se soucier de l'éventuelle supériorité de son rang. Mais je ne parvenais cependant pas à croire Fitzroy Payne capable d'outrages de ce genre. Ce que j'avais vu de la conduite de ce gentleman était irréprochable. Il ne s'autorisait jamais le moindre mouvement d'humeur, malgré les réactions absurdes de son entourage ; ses propos ne trahissaient que le jugement le plus fin et étaient toujours l'expression du bon sens. D'une manière générale, Fitzroy Payne était un être chez qui tous les bas instincts de la nature humaine semblaient avoir été bannis : il ne me resterait plus qu'à l'accuser de la plus effroyable duplicité si je devais le découvrir enclin au vice. Je devais donc absolument m'assurer de sa vraie nature. Si Marguerite estimait avoir été maltraitée par Payne, cela lui donnait assurément une bonne raison de se venger sur Isobel.

Mais si la bonne n'était mue que par le seul désir de dénoncer un meurtre ?

Il fallait une motivation au moins aussi forte que celle-là pour inciter une fille des îles à quitter la sécurité de Scargrave et à se risquer seule dans la froidure de l'hiver anglais. Si tel était effectivement son but, on ne pouvait dès lors nier qu'elle *croyait* bel et bien qu'un meurtre avait été commis. De là, il était aisé de conclure que Marguerite avait la conviction que Frederick était mort assassiné de la main de son épouse, avec le concours de Payne – et que ses lettres anonymes lui avaient été dictées par les plus pures intentions.

Si le seul désir de la femme de chambre était de dénoncer Isobel, et non de la faire chanter, voilà qui menaçait d'ébranler profondément la foi que j'avais en mon amie. Mais je ne suis pas non plus quelqu'un qui accorde son amitié à la légère. Marguerite devait forcément être dans l'erreur, même si elle était persuadée d'avoir raison. Je devais donc à présent m'efforcer de déterminer la véritable identité de l'assassin.

Je levai la tête et reniflai l'air glacé qui, à mon grand plaisir, m'éclaircissait merveilleusement les idées. Je me sentis, à ce moment-là, capable de régler les problèmes d'Isobel en moins de quelques heures. Je renfonçai les mains dans mon manchon afin de les réchauffer, et repris le fil de mes pensées.

Si ni Fitzroy Payne ni Isobel n'étaient coupables, qui donc pouvait l'être ? Le scélérat devait forcément être un familier de la maison, mais il était peu probable qu'il s'agît d'un domestique ; restaient donc les autres membres de la famille, ou bien lord Harold.

J'imaginais aisément Harold Trowbridge dans le rôle de l'assassin. Il en avait tout à la fois la détermination de caractère, la mine patibulaire et le mobile : le défunt comte représentait en effet un obstacle entre lui et son but avoué, à savoir l'acquisition – pour une bouchée de pain – des propriétés antillaises d'Isobel. Déterminée à ne point céder son bien à Trowbridge, la comtesse avait imploré la protection de son mari ; et, selon toute apparence, le défunt comte avait les moyens comme le désir d'aplanir les difficultés financières d'Isobel. Je notai qu'un autre détail plaidait en faveur de la culpabilité de lord Harold : Frederick était décédé le soir même de l'arrivée du gentleman à Scargrave, et l'avait en outre convoqué dans sa bibliothèque pour un entretien – sans que l'on sût rien de la manière dont celui-ci s'était déroulé. Leur discussion avait-elle mis Trowbridge dans une colère noire qui l'avait décidé à empoisonner le vin du comte – vin que le malheureux avait bu jusqu'à la lie juste avant sa fatale indisposition ?

Mais, me rappelai-je, je n'avais aucune preuve que Trowbridge et le comte se fussent bel et bien rencontrés durant la nuit du bal ; je n'avais surpris qu'une discussion entre George Hearst et le comte. Rien ne me permettait non plus d'affirmer que Trowbridge avait sur lui du poison, ou qu'il en avait administré, et il n'était certainement point homme à laisser échapper le moindre indice qui pût le compromettre.

Pour être équitable avec ce gredin, je me devais d'examiner de la même manière les mobiles éventuels des autres suspects. La pensée de cette conversation *supposée* entre lord Harold et le comte dans la bibliothèque me ramena naturellement au souvenir de celle que j'avais *réellement* entendue – conversation marquée par une violence de ton attestée par mes propres oreilles. George Hearst ne s'était pas séparé en bons termes de son oncle. De fait, il était clair que le jeune homme aigri était venu solliciter l'appui de Frederick pour quelque projet et, ne l'ayant pas obtenu, s'était emporté.

Vous m'obligez à avoir recours aux dernières extrémités, et je sais maintenant ce qu'il me reste à faire ! avait crié George Hearst, ou une phrase sensiblement identique. Déclaration qui autoriserait bien des conclusions si jamais l'on devait découvrir que le comte avait bel et bien été assassiné. Mais, en dépit de mes récentes tentatives pour faire parler Mr Hearst, je ne savais toujours pas quelle était la raison de leur dispute. Son projet d'entrer dans les ordres peut-être, ou pis, ses problèmes financiers – il est vrai que l'on est capable d'avoir recours *aux dernières extrémités* par manque d'argent, ou quand vient le jour où l'on doit faire face à de pressantes obligations. J'avais moi-même un motif d'être sensible à la force de ce genre d'arguments. Mais je me rappelais que Mr Hearst avait également fait mention d'une femme ce soir-là… Ruby ? Rosamund ? *Rosie*. Oui, c'était bien cela.

Il fallait donc que je tâche d'en apprendre davantage sur cette Rosie, afin de comprendre ce qui était le plus significatif dans le comportement de Mr Hearst : la violence de ses propos ce soir-là, ou la franchise de ceux qu'il m'avait tenus lors de notre promenade dans le parc.

J'étais toujours assise sur mon banc, plongée dans mes pensées, lorsque j'entendis la neige crisser – quelqu'un approchait. Levant les yeux, j'aperçus alors le lieutenant Hearst, dont l'élégant uniforme bleu constituait la tache de couleur la plus vive dans la grisaille du paysage.

— Je vous ai enfin trouvée ! lança-t-il en se dirigeant

vers mon banc d'un pas décidé. Je craignais que vous n'eussiez décidé de rentrer à Bath ce matin. Mais je constate que vous ne nous avez pas encore tout à fait abandonnés, ce qui me remplit le cœur de joie.

Voyant que sa plaisanterie restait sans effet, il me dévisagea attentivement.

— Eh bien, miss Austen ? fit-il. Quelle mine vous faites ! On dirait que vous avez vu un fantôme.

— C'est à croire que toute la maisonnée est liguée contre moi ! marmonnai-je avec humeur, avant de me lever en brossant mes jupes. Il n'est donc plus possible d'avoir une petite insomnie sans qu'aussitôt cela provoque l'inquiétude de tout votre entourage ?

Le beau visage de Tom Hearst prit sur-le-champ une expression contrite.

— Je vous prie de me pardonner, se hâta-t-il de dire. Je ne voulais pas vous blesser.

— Oh, lieutenant… c'est à moi de m'excuser, fis-je, me reprenant. L'on manque de courtoisie lorsqu'on a mal dormi.

— Ainsi donc, vous avez bel et bien passé une mauvaise nuit.

— Par la faute du premier comte de Scargrave, répondis-je sur le ton de la boutade. Il passe ses nuits à pleurer le défunt lord.

Au lieu de rire comme je l'avais escompté, Tom Hearst prit un air pensif.

— Je voudrais pouvoir me convaincre que vous dites cela pour plaisanter, déclara-t-il gravement en me fixant droit dans les yeux ; mais je l'ai moi-même vu une fois, quand j'étais enfant, avant la mort de ma chère mère. Cette demeure n'est point propice aux rêves paisibles, j'en ai peur. (Puis il se frappa la cuisse et retrouva le grand sourire dont il était coutumier.) Venez donc faire un petit tour à cheval sur Lady Bess ; le grand air vous fera du bien.

— C'est que je ne sais point monter, répondis-je en souriant à mon tour. Mon père n'avait pas les moyens de nous offrir des poneys quand nous étions enfants, et je dois avouer que j'ai quelques frissons à l'idée de me lancer maintenant, à mon âge avancé, dans l'apprentissage de l'art équestre.

— Balivernes ! s'exclama le lieutenant qui, glissant fermement mon bras sous le sien, me ramena sur le chemin. Je vais faire tout mon possible pour que vous ne regrettiez pas de m'avoir fait confiance, et que l'expérience vous laisse un souvenir tellement délicieux, miss Austen, que vous hésiterez à me refuser quoi que ce soit à l'avenir.

— Vous savez parler aux jeunes dames, lieutenant, mais ne craignez-vous donc jamais d'essuyer un refus ? m'enquis-je d'un ton malicieux.

Il me jeta un regard plein d'ironie.

— Oh que si, miss Austen. C'est pourquoi je me fais une règle d'or de ne jamais quémander des faveurs que je ne suis point sûr de vraiment désirer, répondit-il. De ce fait, il est *certaines* jeunes dames… (ce disant, il leva les yeux vers la fenêtre du deuxième étage où l'on voyait nettement se découper le profil de Fanny Delahoussaye, penchée sur son ouvrage) … à qui je ne demanderai *jamais* rien.

Lady Bess s'avéra être une monture fort douce qui, au pas, avait une allure si unie que je parvins à oublier ma peur de me faire désarçonner. Le lieutenant marcha quelque temps devant moi, la main sur la bride de la jument, tandis que son propre cheval soufflait bruyamment d'un air content à mes côtés ; au bout d'un moment, il estima néanmoins sage de faire une pause près de la haie, et je fus assez heureuse de descendre tandis que Lady Bess reniflait la neige.

Suivit alors un épisode embarrassant ; alors que j'étais en train de me retenir à la selle des deux mains, le lieutenant me saisit brusquement par la taille et me déposa abruptement sur le sol. Je rougis violemment de me retrouver ainsi pressée tout contre le devant de sa veste ; mais cela ne décontenança nullement Tom Hearst.

— Allons, allons, miss Austen, fit-il d'un ton moqueur, sans ôter ses mains de ma taille, ne me dites pas qu'une jeune dame dotée de votre expérience et de votre finesse d'esprit s'effarouche de l'étreinte d'un homme.

— Une demoiselle de mon rang n'admet *aucunement* ce genre de familiarité, rétorquai-je vertement en reculant d'un pas pour dégager ma personne de ces mains offensantes.

Mais j'eus la déconvenue de le sentir resserrer son étreinte, et mon embarras s'accrut d'une cruelle mortification. Je fus obligée de saisir ses mains gantées dans les miennes pour recouvrer ma liberté, et la pensée du tableau que nous devions offrir me fit rougir de plus belle.

Le lieutenant rit de bon cœur et me relâcha, mais je ne parvins point à voir de l'humour dans son affront.

— Est-ce Fanny Delahoussaye qui vous a enseigné ce genre d'indélicatesse, lieutenant ? Ou est-ce ainsi que vous faites son éducation lors de vos promenades sous la neige ?

Je pivotai sur les talons et m'en fus, la rage au cœur, mais il me rattrapa aussitôt, tenant les chevaux par les rênes, et entreprit de s'excuser de bien charmante façon.

— Je dois reconnaître que je suis complètement dépravé, miss Austen, confessa-t-il. À force de passer tout ce temps en garnison parmi des soldats, ma conduite est devenue bien cavalière et grossière. Vous qui avez des frères dans la *Navy*, vous devez bien savoir que nous avons rarement l'occasion d'étudier les bonnes manières. Mais votre compagnie me sera sans doute plus profitable que celle de miss Fanny pour apprendre à me bien comporter.

— Je ne crois pas que vous aurez une nouvelle chance de profiter de ma compagnie, lieutenant, dis-je, refusant de croiser son regard et pressant le pas.

— Miss Austen ! s'écria-t-il, en s'arrêtant net au milieu du champ avec les chevaux. Pourquoi tant de cruauté ? Ma gentille offense mérite-t-elle vraiment cette punition ? N'en êtes-vous pas en partie responsable ? Je n'eusse point été tenté si le froid hivernal n'avait pas rehaussé la beauté de vos joues, allumé des étincelles dans vos yeux, et rendu votre aimable personne si ravissante !

— Je crains que vous ne cédiez trop souvent à la tentation, lieutenant, répondis-je, songeant à Fanny Delahoussaye.

Tom Hearst ne devait pas être d'une grande constance dans ses attachements, s'il lui servait les mêmes compliments futiles qu'à moi.

— J'implore votre indulgence, déclara-t-il d'un ton sérieux, tombant à genoux dans la neige, et votre cœur ne peut pas être dur au point de me la refuser. Je ne voulais point déshonorer votre vertu, miss Austen – je n'entendais que faire honneur à vos charmes.

Il offrait lui-même une image bien charmante, redressant ainsi d'un air suppliant sa tête auréolée de boucles, avec en arrière-plan la robe claire des chevaux alezans pour rehausser le bleu profond de son uniforme. Lady Bess exhala soudain un nuage de vapeur et vint nicher son museau contre l'épaule de Tom Hearst ; il tourna la tête et caressa affectueusement la jument.

— Lady Bess sera heureuse que vous me pardonniez, poursuivit-il d'une voix contrite. En échange, je m'engage à ne plus jamais vous importuner.

Il n'est pas dans ma nature de me réfugier dans la pudibonderie ; et le présent sérieux de l'expression du lieutenant m'évoquait le tendre souvenir de Franck, mon frère bien-aimé. Aussi me décidai-je à abandonner mon maintien rigide pour revenir à ses côtés.

— Levez-vous, je vous en prie, lieutenant. Vous allez finir par endommager votre culotte dans cette neige.

— Et mes genoux aussi, dit-il en se redressant d'un bond. Mon ordonnance me coupera le cou demain matin si je suis trop ankylosé pour sortir du lit. Mais je ne devrais pas évoquer ce genre de choses en présence d'un dame. Je m'oublie. Acceptez-vous de marcher avec moi jusqu'à la maison, miss Austen, et de m'apprendre les bonnes manières que miss Fanny ne peut point m'inculquer ?

— Je consens à vous accompagner, lieutenant, mais à une condition.

— Tout ce que vous voudrez, ma chère.

— Vous m'enseignerez l'art de l'équitation tant que je resterai au manoir, dis-je, histoire de récompenser sa pénitence. Lady Bess est une monture à mon goût et je crois que cet exercice me fera le plus grand bien.

— Formidable ! s'écria Tom Hearst en se frappant la cuisse. Et moi je bénéficierai de votre bonne éducation.

— Ne parlons plus de cela.

— Fort bien. Mais je ne vois guère de quoi nous pourrions parler. Tous les autres sujets de conversation sont tabous. Si nous nous mettons à discuter de notre entourage à Scargrave, nous finirons forcément par évoquer celui de la mort ; et je me refuse à toute causerie sinistre en compagnie d'une belle femme.

— Lieutenant !

— Comment, il m'est interdit de me répandre en compliments ! s'exclama-t-il en s'arrêtant brusquement, feignant la surprise. Ne puis-je donc faire l'éloge de ce qui s'offre à mes yeux ? Miss Austen ! Votre cruauté dépasse tout ce que l'on peut imaginer ! Vous provoquez mon enthousiasme, et vous me grondez parce que je le laisse s'exprimer librement !

Je crois pouvoir me permettre de dire que je ne suis point sotte. J'ai plus d'une fois contemplé mon visage et ma silhouette dans un miroir, en l'espace de ces vingt-six – non, vingt-sept années ; et ni l'un ni l'autre ne sont de nature à grandement émouvoir un jeune homme. Ou Tom Hearst s'ennuie à mourir à Scargrave si bien que ma compagnie représente pour lui une amusante distraction ; ou bien il espère me tourner la tête par ses flatteries, poursuivant un but dont je ne sais encore rien.

La question qu'il me posa ensuite m'inclina à croire que ma dernière supposition pouvait bien être la bonne :

— Connaissez-vous sir William Reynolds depuis

longtemps ? s'enquit-il, comme pour changer de conversation.

J'hésitai avant de répondre, me demandant bien en quoi le brave juge de paix pouvait l'intéresser.

— Depuis aussi loin que remontent mes souvenirs, répondis-je en me frayant précautionneusement un chemin dans la neige (j'avais ôté mes patins pour monter à cheval, et mes bottines risquaient d'être irrécupérables). Sir William a toujours été reçu comme un membre de la famille chez mon père. Pour ma part, je le considère plus comme un oncle que comme un ami.

— Votre présence lui donne prétexte à honorer Scargrave de visites plus fréquentes que par le passé.

— Cela n'est guère surprenant, dis-je en scrutant son visage. (Tom Hearst cherchait-il à savoir s'il n'y avait pas une autre raison à la prévenance du magistrat ?) Nous sommes en hiver, et il vient de découvrir que j'habite à proximité. Rendre visite à ses amis est une distraction pleine d'attraits en cette morne saison, quand le mauvais temps vous contraint à rester enfermé.

— Sir William a certainement dû se faire la même réflexion, acquiesça le lieutenant ; bien que, pour tout homme, votre société soit toujours pleine d'attraits, été comme hiver.

Je ne pus réprimer un sourire devant son infatigable galanterie, mais jugeai préférable de me réfugier dans un autre sujet.

— Un officier tel que vous doit, pour ainsi dire, être marié avec son cheval, dis-je. Montez-vous depuis l'enfance, lieutenant ?

— Eh oui, répondit-il, levant la main pour tapoter le museau de son coursier. Mon père m'a mis en selle à l'âge tendre de 2 ans, prédestinant ainsi son fils cadet à la cavalerie. Ce fut peut-être là son dernier geste paternel avant qu'il ne nous quitte pour rejoindre le Continent, sa maîtresse, et sa mort.

— Vous êtes sans doute très attaché à votre profession ?

— Il me fut plus facile de devenir officier chez les Bleus [1] que duc, reconnut-il joyeusement. Il y a le prestige d'un poste à la Cour et l'élégance de ce milieu… la liberté et l'aventure inhérentes au service militaire… le commandement des hommes et la camaraderie de mes compagnons d'armes… autant de choses que je trouve délicieuses. Je dois beaucoup à la bonté de mon oncle, miss Austen, car c'est lui qui a acheté mon brevet.

— Vraiment ? fis-je, bien que la nouvelle ne me surprît guère. En ce cas, il vous a plus favorisé que votre frère, lieutenant. Si le comte vous avait traités sur un pied d'égalité, il vous aurait contraint à devenir clerc, de manière à ce que vous restiez enfermé en toutes saisons, puisque votre inclination allait si manifestement dans la direction opposée.

— Ainsi, George a profité de votre gentillesse pour vous confier tous ses griefs, observa le lieutenant, amusé. Il continue donc à se lamenter sur son sort et à ruminer ses contrariétés passées, alors qu'il sait pertinemment que mon oncle est revenu sur sa décision et lui a légué une cure ! J'ai l'impression que mon frère souffre grandement de devoir renoncer à sa rancune et à ses regrets – même si en échange il a la satisfaction de

1. Les soldats de la Garde montée de la Couronne, l'un des trois régiments de cavalerie chargés d'assurer la sécurité de la maison royale, étaient surnommés « les Bleus » en raison de la couleur de leurs uniformes.

voir enfin son plus cher désir se réaliser. Mais peut-être se complaisait-il dans l'attitude martyre de celui qui a gâché sa jeunesse…

— Le testament du comte stipule donc que Mr Hearst va hériter d'un bénéfice ! m'exclamai-je, un peu surprise.

— Je le crois, bien que je n'aie point vu le document, répondit-il. Mon cousin Fitzroy et ses notaires sont trop occupés pour l'instant à régler toutes les affaires relatives au domaine de mon oncle, si bien qu'ils ne nous en ont pas encore donné lecture en bonne et due forme. Mais mon oncle avait informé mon frère de sa décision, au retour de son voyage de noces ; la félicité conjugale avait accru la générosité du comte. Profitant de ce qu'il modifiait les termes de son testament pour assurer l'avenir de la comtesse, il veilla également à arranger celui de George. S'il ne s'agissait point d'un si triste événement, le décès du comte aurait toutes les raisons de réjouir mon frère.

— Certes, répondis-je distraitement, en proie à des pensées confuses.

Mr Hearst avait-il omis de me préciser ce détail, lors de notre conversation, par simple délicatesse ? Ou bien avait-il obéi au conseil d'une conscience entachée de culpabilité ? Car la mort de son oncle lui profitait bel et bien ; et elle s'était produite peu de temps après que le comte lui eut révélé ce qu'il comptait lui léguer. Étant donné la violence de la querelle que j'avais surprise le soir du bal, tout dans l'attitude de Mr Hearst commençait à me paraître bien suspect.

Remarquant le regard fixe et intrigué du lieutenant, j'entrepris de faire rebondir notre *tête-à-tête* * sur des sujets plus légers.

— Dites-moi, lieutenant, votre brevet d'officier chez les Bleus vous confère un grand avantage sur les prétendants qui cherchent à conquérir le cœur de miss Delahoussaye, dis-je en m'efforçant de prendre un ton badin ; vous n'êtes pas sans savoir la tendresse passionnée que lui inspire la profession militaire. En outre, étant attaché à la maison royale, vous ne risquez guère d'être affecté dans une ville de garnison loin des lieux et des gens mondains ; voilà qui devrait vous permettre de plaire également à sa mère, qui ne sera que trop heureuse de pouvoir se joindre à vous deux.

Ma remarque se voulait avant tout une boutade, dans la même veine que ses propres moqueries vis-à-vis de Fanny ; mais il rougit et me considéra d'un air fort sérieux.

— Vous avez donc remarqué que miss Fanny avait un penchant pour moi ? s'enquit-il avec inquiétude. J'aurais préféré que cela se vît moins. Mais elle n'est point femme à dissimuler son affection en présence de l'objet qui la lui inspire, comme le voudrait la bienséance. Il ne m'est donc pas permis d'espérer qu'elle fasse jamais preuve de discrétion, même devant des personnes qui ne sont pas des intimes de ma famille.

— Mes excuses, sir, m'empressai-je de dire. Mon propos était déplacé, alors qu'il se voulait léger. Étant étrangère à Scargrave, j'aurais dû tenir ma langue. Mais quand on est ainsi invité à côtoyer des gens dont on n'est point intime, il arrive parfois que l'on offense autrui sans en avoir eu le moins du monde l'intention.

Le lieutenant passa sa main gantée dans ses cheveux, sans se départir de son expression troublée.

— Ce n'est rien ; seulement vous avez effleuré un sujet sensible que j'eusse préféré esquiver. D'où la chaleur de ma réaction, peut-être. Le plus cher désir de madame Delahoussaye est de fiancer sa fille avec mon cousin Fitzroy, dont on dit que la fortune éclipse celle de Fanny ; mais la réserve dont lord Scargrave est coutumier est si décourageante que miss Fanny préfère quêter ailleurs les flatteries.

— Que vous devez certainement fort bien savoir lui servir, dis-je d'un ton de reproche. La vie à la Cour vous aura au moins appris *cela*. Mais je suis surprise ; est-il possible, même pour un galant tel que vous, de conquérir son jeune cœur en quelques jours seulement ?

— Je connais miss Delahoussaye depuis près de sept mois, répondit-il, tout comme mon cousin. Lors de la dernière saison mondaine à Londres, je les accompagnais dans toutes leurs réjouissances, autant que faire se peut.

— Et comme c'était l'été, et qu'elle est jolie fille, vous n'avez vu aucun mal à engager un léger flirt. J'imagine bien le tableau.

— Chaque fois que nous nous rencontrions, elle était pleine de petites attentions à mon égard, avoua-t-il, laissant fuser un petit rire. *Petites attentions !* L'expression est bien en deçà du comportement absurde de Fanny. De fait, elle s'est vraiment jetée à ma tête. Quel homme hésiterait à répondre aux avances de Fanny, miss Austen ? Certainement pas moi – bien que cela me coûte de l'admettre. Je devrais me mépriser d'avoir ainsi succombé sottement aux charmes physiques d'une personne à qui l'esprit et la raison font cruellement défaut.

Quelle franchise ! Le lieutenant n'avait pas hésité à m'avouer qu'il était dénué de tout principe. Mais ses propos désobligeants à l'endroit de Fanny Delahoussaye étaient de ceux qu'une dame ne souffre point de laisser passer sans mot dire, malgré le peu d'estime que m'inspirait la demoiselle en question.

— Mais sa fortune n'étant pas des moindres, observai-je, vous auriez été encore plus sot de répondre avec froideur à tant d'affectueuses attentions. Vous étiez seulement mû par l'intérêt en ce qui concerne miss Delahoussaye.

— Vous avez décidément des opinions arrêtées sur tout, miss Austen ! Si seulement elles pouvaient receler moins de vérité, déclara le lieutenant en soupirant. Mais il était déjà trop tard lorsque je me rendis compte des ambitieux projets que nourrissait sa cupide mère, désireuse d'unir Fanny à mon cousin ; j'hésitai alors à la courtiser davantage, craignant d'offenser Fitzroy, dont le parfait empire ne permet point de deviner les inclinations. Eût-il été animé d'intentions honorables envers Fanny, je risquais fort de lui avoir causé grand tort en empiétant sans le savoir sur son territoire ; mais discuter de ces choses avec quelqu'un comme le vicomte… je veux dire le *comte*, est tout bonnement impossible. Je résolus donc de prendre mes distances avec Fanny et de laisser sa chance à Fitzroy.

Voilà qu'à présent le lieutenant faisait mine de ne pas savoir que le cœur de Fitzroy Payne était déjà plein d'amour pour une autre, ainsi qu'il me l'avait lourdement laissé entendre quand nous avions dansé ensemble au bal de Scargrave. Curieux oubli tout de même ; mais peut-être Tom Hearst cherchait-il à effacer la tache de son inconvenance antérieure.

— Étant donné la fortune de Fanny, déclarai-je, recouvrant mes esprits, votre retraite par égard pour votre cousin n'en a que plus de valeur.

— Certes, dit-il en faisant pensivement la moue. Mais je crains d'avoir trop tardé à m'y décider. Les provocations taquines de miss Delahoussaye ont récemment conduit sa mère à abattre son courroux sur ma tête. Madame a eu l'audace de suggérer que j'avais encouragé sa fille à des ostentations qui offensent la bienséance !

— Vous m'en voyez stupéfaite, dis-je avec une ironie délibérée.

— Vous allez rire, répondit Tom Hearst, mais Madame est allée jusqu'à demander à mon oncle, avant son décès, de m'interdire Scargrave pendant toute la saison de Noël.

Voilà qui était une nouvelle intéressante. Une conséquence de cette rumeur de duel, peut-être ?

— Pas possible ! m'exclamai-je. Mais je n'en savais rien ! Et qu'a répondu votre oncle ?

— Comme vous le voyez, je suis resté ici, dit le lieutenant en souriant. Et je me sens complètement libre de me consacrer à d'autres personnes bien plus dignes d'intérêt.

Puis nous retournâmes au manoir, projetant de nous revoir les jours suivants pour de nouvelles leçons d'équitation. Le lieutenant Hearst semblait très désireux de ma compagnie ; de fait, il a beau n'être qu'un fripon indigne de confiance, cela ne l'empêche pas d'être charmant. Il m'amuse, et ses galanteries ne me mettent point en danger : j'ai trop de bon sens pour accorder le moindre crédit à ses flatteries, en particulier celles qui me paraissent motivées par des préoccupations d'un autre ordre.

Reste que nous avons conclu une sorte de marché, bien que les termes en soient restés tacites. Mes talents de cavalière bénéficieront de ses attentions ; et lui me harcèlera de questions sur sir William Reynolds. Mais quant à savoir *pourquoi* Tom Hearst s'intéresse ainsi au magistrat, cela m'échappe.

8

La défaite d'Isobel

17 décembre 1802

Je m'éveillai ce matin, déterminée à m'intéresser davantage au problème déroutant du trépas du comte, et un peu moins au libertin lieutenant Hearst. Ma condition ne m'autorise point à prendre au sérieux un homme tel que lui ; bien qu'il se montre charmant et attentionné, il est bien improbable que le lieutenant songe à former une union avec une demoiselle aussi démunie que moi. Il faut bien me rendre à l'évidence : étant bloqué dans la région, le malheureux garçon ne cherche qu'à se consoler comme il le peut dans un badinage futile.

Je descendis donc dans la petite salle à manger avec ces raisonnables pensées en tête, stimulée par un robuste appétit et une résolution farouche, dont les effets conjugués me firent hâter le pas. J'étais restée assez tard au lit – l'exercice de la veille m'avait causé une grande fatigue – et pensais de ce fait avoir la table pour moi toute seule ; mais Fitzroy Payne surgit à son tour, moins de cinq minutes après que le valet de pied eut tiré ma chaise, et me salua en s'inclinant d'un air distrait.

— Miss Austen, dit-il, vous avez l'air en pleine forme.

— Merci, milord. Je me sens revigorée après cette excellente nuit de sommeil.

J'aurais voulu pouvoir lui retourner le compliment, mais en vérité il avait fort mauvaise mine.

— Je crains que le sommeil ne soit pour le moment un bienfait dont je dois hélas me priver, déclara-t-il. Les affaires de mon oncle requièrent toute mon attention.

Le comte prit un siège et refusa d'un geste de la main le pot de thé que lui tendait le domestique.

— Du café pour moi, Fetters, et quelques tranches de bacon.

— Oui, milord.

Une fois le valet de pied sorti, Fitzroy Payne jeta un regard derrière lui puis se pencha vers moi.

— Je me félicite, miss Austen, de vous trouver seule ici. Je voudrais discuter avec vous d'une question un peu délicate.

Je reposai mon toast et portai ma serviette à mes lèvres.

— Je suis tout ouïe, lord Scargrave.

Une expression indécise traversa le visage du comte lorsqu'il m'entendit user du titre de son oncle, puis il finit par sourire – chose rare chez lui, et qui le transfigura du tout au tout : le grave gentleman, doté d'un sérieux peu courant chez quelqu'un de si jeune, céda subitement la place à un jovial et charmant garçon. Je ressentis un instant ce que cela avait dû être que de flâner dans les rues de Mayfair en sa compagnie, pendant ces longs mois d'été, et compris un peu mieux le trouble d'Isobel.

— J'ai observé combien vous êtes attentionnée

envers la comtesse, commença Fitzroy Payne. Bien que ses malheurs présents soient grands, elle parvient à les alléger un peu en puisant réconfort et joie dans votre amitié.

— Ceux qui connaissent sa bonté ne peuvent s'empêcher d'aimer Isobel, dis-je, hochant la tête.

— Si seulement il pouvait en être autrement…, murmura-t-il – pour lui-même, à n'en pas douter ; puis il se ressaisit et me fixa avec la plus grande gravité. Vous aurez remarqué, je présume, combien je suis pris par les affaires de feu mon oncle en ce moment, poursuivit-il. Cela me prive de l'occasion, dont j'eusse sinon profité, de mieux faire votre connaissance. Une si bonne amie d'Isobel ne doit pas rester une étrangère pour moi.

— Peut-être pourrons-nous apprendre à nous mieux connaître en des jours moins troublés, dis-je d'une voix douce. Je ne vous reprocherai jamais d'avoir dû vous occuper d'affaires qui *réclamaient* vos soins et votre attention, lord Scargrave. Vous avez déjà été l'amabilité même à mon égard lorsqu'il nous est arrivé de nous croiser.

— *Lorsqu'il nous est arrivé de nous croiser*, répéta-t-il, avec une pointe d'amusement. De quelle piètre façon j'accueille une invitée sous mon toit ! Que diraient de moi mes camarades du « White's » [1], s'ils voyaient mes manières ? Mais je n'y puis rien changer. Je me permets donc, en dépit du fait que nous ne nous connaissons guère, de solliciter vos bons offices.

— Je serais heureuse de savoir de quelle manière je puis vous être utile, sir.

1. Le plus fermé des clubs de gentlemen à Londres, du temps de Jane Austen.

— Il ne s'agit pas de moi, mais d'une personne qui nous est chère à tous deux.

C'était là une certaine franchise de sa part ; car il faisait allusion à Isobel, à n'en pas douter. En admettant devant moi – même de si prudente façon – la profondeur de ses propres sentiments à l'égard de la femme de son oncle, le comte m'honorait bel et bien de sa confiance.

Le retour inopiné de Fetters avec le café et les tranches de bacon grillées nous obligea à interrompre notre discussion ; mais dès que le valet de pied eut terminé de lui servir son petit déjeuner, le comte le congédia. Quand Fetters referma discrètement la porte de la salle à manger derrière lui, je me sentis de nouveau autorisée à interroger Fitzroy Payne sur le motif de son inquiétude.

— Quel est ce grave souci concernant Isobel qui vous a privé de sommeil, lord Scargrave ?

Une surprenante humilité emplit ses yeux gris ardoise, au fond desquels je lus l'admiration que lui inspirait malgré lui ma perspicacité.

— Vous avez vu juste, miss Austen. Je passerais moins de temps à veiller le soir pour régler les affaires de mon oncle, si mon sommeil n'était point perturbé par l'inquiétude que j'éprouve pour la comtesse.

— Lord Harold serait-il l'instigateur de vos tourments, lord Scargrave ? Si votre requête concernait ce gentleman, je vous avoue que je ne pourrais point vous aider. Il me déconcerte complètement.

— *Complètement* est peut-être exagéré. Miss Austen de Bath ne se laisse *jamais* complètement déconcerter, répondit Fitzroy Payne d'un ton gentiment taquin. Non, miss Austen – je me sens l'égal de lord Scargrave. Il n'est guère de torts que cet homme voudrait causer à la comtesse que je ne puisse prévenir. C'est Isobel elle-même qui est la cause de mes soucis.

Il s'interrompit, l'air hésitant, comme s'il lui fallait bien choisir ses mots, avant d'ajouter :

— J'ignore dans quelle mesure elle s'est permis de vous faire des confidences…

— Il me suffira de vous dire qu'en ce qui concerne son affection à votre endroit, j'en sais autant que ce qu'elle pouvait se permettre de révéler à une tierce personne.

L'embarras se peignit sur ses traits ; mais il le surmonta rapidement et poursuivit avec plus de facilité :

— Alors vous n'ignorez pas que nous avons atteint un degré d'intimité qui n'admet guère d'obstacles.

— Je l'imagine.

— Et pourtant, la comtesse ne m'a pas adressé un mot qui allât au-delà des nécessaires banalités domestiques depuis la mort du comte. Elle me traite comme un étranger.

Le comte frappa la table du plat de la main et se leva brusquement de sa chaise pour se mettre à faire les cent pas dans la pièce.

— Vous trouvez cela singulier, milord ?

— Singulier ? C'est insupportable !

— Mais elle est accablée de chagrin !

— Justement, en un si douloureux moment, je devrais être son premier réconfort ! Mais on dirait qu'elle préférerait me voir à l'autre bout du monde !

Je ne savais trop que répondre à son désarroi ; en lui disant le fond de ma pensée – à savoir, qu'à la grande tristesse d'Isobel se mêlait un sentiment de culpabilité et de honte dont lui, Fitzroy Payne, était la cause –, je ne ferais qu'accroître sa peine. En outre, comme la comtesse n'avait soufflé mot à son bien-aimé des menaçantes missives de Marguerite, il était bien probable qu'elle voulût justement lui éviter d'avoir à partager ses soucis. Je rejetai l'idée – qui, à l'inverse, me paraissait bien improbable – qu'Isobel eût pris à cœur les insinuations de la bonne et commencé à se méfier du *lord aux cheveux gris*.

— Peut-être la comtesse finira-t-elle par redevenir elle-même avec le temps, suggérai-je maladroitement.

— Mais si ce n'est pas le cas, miss Austen ? Et si le décès de mon oncle l'avait bouleversée au point d'inverser de façon définitive ses sentiments à mon égard ? Telle est précisément la crainte qui m'empêche de dormir la nuit.

Pareille sincérité à mon égard – alors qu'il ne me connaissait qu'imparfaitement – ne pouvait qu'éveiller en moi la plus vive bienveillance envers Fitzroy Payne.

— Lord Scargrave, dis-je, la comtesse vient d'endurer plus d'épreuves qu'une dame de son âge et de son expérience n'est censée en subir. Songez au désespoir que lui ont causé vos impossibles amours, et à la force qu'il lui a fallu pour le surmonter… à sa triste résignation devant ce mariage de raison… Et la voici maintenant confrontée à la perte tragique d'un mari qu'elle estimait au moins à l'égal d'un père. Il ne faut pas être surpris de la voir chercher le réconfort dans la solitude. Au contraire, cela m'aurait étonnée si elle s'était comportée différemment.

— Vous dites peut-être vrai, dit Fitzroy Payne, retrouvant son calme. Mais je voudrais vous demander, miss Austen, de ne pas ménager vos efforts pour essayer d'égayer l'humeur d'Isobel. Elle est trop souvent seule.

Persuadez-la de faire une petite promenade avec vous si le temps est beau ; causez-lui de choses qui lui fassent oublier cette triste demeure. Et, s'il vous était possible de plaider ma cause… de lui parler de moi en termes chaleureux…

— Sachez que je ferai tout ce qui est en mon pouvoir, lord Scargrave, lui promis-je sans la moindre hésitation.

— Dieu vous bénisse ! s'écria Fitzroy Payne, d'une voix débordant de gratitude ; puis il me quitta.

Je ne pouvais demeurer oisive alors que le sort d'Isobel nous inspirait tant d'inquiétude ; aussi me hâtai-je de la rejoindre dans sa chambre, où je la trouvai plongée dans un grand abattement.

— Mais vous n'êtes point habillée, ma chère ! m'exclamai-je en lui posant un châle sur les épaules comme elle s'asseyait au coin du feu, le visage pensif et les cheveux défaits. Et vous n'avez pas bu votre thé ! Daisy ne se serait-elle pas occupée de vous comme il faut ?

— Oh, Jane, soupira mon amie, Daisy ne peut malheureusement pas soulager les maux de l'âme ! À quoi bon m'habiller ? Ce n'est pas en changeant de robe que je vais changer ce que je suis. Je préfère rester ici dans ma chambre, au calme, afin de me repentir à loisir de tous mes péchés.

— Allons, allons, la sermonnai-je. Vous devriez plutôt vous féliciter d'avoir survécu à tant de chocs psychologiques avec une grâce et une force d'âme remarquables.

— Ni l'un ni l'autre de ces termes ne s'appliquent à ma personne, dit Isobel, qui rejeta le châle et se leva de sa chaise. J'ai déshonoré un homme qui aurait remué ciel et terre pour me rendre heureuse.

— Isobel ! Quelle illogique sévérité envers vous-même ! Votre chagrin vous rend injuste. Laissez donc votre amie qui sait bien vos mérites, vous rappeler qui vous êtes.

— Ne me flattez point, Jane, rétorqua-t-elle avec brusquerie, levant la main comme pour m'empêcher de passer. Je n'ai rien d'autre à vous offrir en échange que la honte d'une femme qui n'aurait jamais dû agir comme elle l'a fait.

Son sentiment de culpabilité était bien tel que je l'avais supposé. Je devais absolument y remédier.

— Mais de quoi parlez-vous ? fis-je. Dans tout ce que vous m'avez raconté, il n'est rien qui déshonore Frederick. Il était votre mari et vous l'estimiez en tant que tel ; de plus, quels que soient vos sentiments pour un autre, votre comportement a toujours été parfaitement irréprochable.

Elle se déroba à ma vue en cachant son visage derrière ses mains ; mais sa voix me parvint, tremblante d'émotion.

— Je n'arrive pas à chasser de mon esprit les accusations de la bonne, Jane. Marguerite a dit vrai. *Nous* avons tué mon mari, Fitzroy et moi – et nous sommes aussi coupables que si nous l'avions vraiment empoisonné comme elle l'affirme.

L'horreur s'empara de moi à ces mots ; et je maudis silencieusement cette fille dont la plume malveillante avait réussi à causer tant de ravages dans l'âme d'Isobel.

— Ma chère, dis-je d'un ton ferme, en lui saisissant les poignets pour la forcer à ôter ses mains de sa figure, hormis la mort prématurée de votre mari, vous ne devez rien regretter. Pleurez-le si vous le voulez, mais ne prenez pas sur vos épaules le fardeau de votre Créateur. Les voies de la Providence sont impénétrables, mais étant fille de clergyman, je puis vous assurer qu'elles sont rarement vindicatives.

Isobel se libéra de mon étreinte et regagna sa chaise où elle s'affala languissamment. Un rideau de boucles d'un roux sombre me cachait son visage ; je ne pouvais dire si ses traits reflétaient le chagrin ou la colère. La prudence me conseillait de ne pas insister, mais l'amitié vint me rappeler que je n'en avais pas terminé avec elle.

— Vous avez apporté bien de la joie à votre mari, Isobel, poursuivis-je avec fermeté. Souvenez-vous comme je lui trouvais l'air heureux avant sa mort. Vous avez honoré le comte en acceptant de devenir sa femme et en faisant le sacrifice de vos sentiments dans l'intérêt des siens. Rien ne doit vous persuader du contraire ; et certainement pas les assertions sans queue ni tête d'une servante à demi folle.

— Jane, dit la comtesse, ramenant ses cheveux en arrière et tournant son visage vers moi, cessez, je vous prie. Ne vous imaginez pas que vos paroles soient celles que je désire entendre. Vous ne pourrez bientôt plus me respecter, sachant tout ce que vous savez de ma personne.

— Dites plutôt que je ne pourrai bientôt plus vous *supporter*, lançai-je, au comble de l'exaspération. Isobel, vous persistez dans vos affirmations insensées ! Assez de soupirs, assez de regrets. Vous devez à présent vous tourner vers l'avenir avec un regain d'énergie. Scargrave est mort, vive Scargrave ! Et, sauf grave erreur de ma part, vous faites injustement souffrir un homme qui vous aime.

Isobel s'empourpra violemment et détourna la tête.

— Ne me parlez pas de Fitzroy. Je ne ressens que de la honte quand on le mentionne devant moi, lança-t-elle d'un ton sec et amer.

— Vous avez tort, ma chère.

— Mais comment voulez-vous que je fasse autrement ? s'écria-t-elle. Oh, Jane, je me sens si malheureuse !

— Mais est-ce que vous ressentez encore quelque tendresse pour lui ?

Elle demeura silencieuse un moment, tortillant la dentelle de sa robe de chambre entre ses doigts. Puis, elle détourna les yeux pour contempler le portrait du défunt Frederick, dont le visage jovial baignait dans un rayon de soleil matinal. Enfin, d'une voix si basse qu'il me fallut vraiment tendre l'oreille pour saisir ses paroles, elle déclara :

— Comment osez-vous me poser une question pareille ? Le corps de mon mari est encore tiède dans son caveau.

J'accusai le coup de ce reproche cinglant et me mordis les lèvres. Mon énergique méthode pour essayer de dissiper le trop lourd chagrin d'Isobel manquait certes de délicatesse. Mais j'éprouvais une vive anxiété à voir la culpabilité tenailler une amie si chère, aussi décidai-je de faire une ultime tentative.

— Vous ne pouvez point mourir avec Frederick, Isobel, quand bien même vous croyez que c'est le châtiment que vous méritez pour votre pénitence.

Un silence s'ensuivit, puis la comtesse laissa échapper un soupir las. J'espérais que mes paroles auraient un effet positif, mais il était dit que je ne devais pas réussir si facilement. Isobel se pencha pour récupérer son châle qui avait glissé à terre et s'en couvrit de nouveau les épaules, le visage fermé et les yeux rivés sur les flammes qui dansaient dans l'âtre.

— Laissez-moi à présent, Jane, dit-elle.

— Certainement, Isobel.

Je voulus caresser la masse ondoyante de ses boucles rousses, mais elle se raidit au contact de ma main.

— Beaucoup de gens vous aiment, ma chère, dis-je. Peut-être plus que vous ne vous aimez vous-même. Souvenez-vous-en, Isobel, quand vous aurez résolu de vivre.

Profondément dépitée de l'échec de mes maladroites tentatives de réconfort, tant auprès de mon amie que de son amant, je me retrouvai donc livrée à moi-même avec la matinée devant moi. Fanny Delahoussaye était indisposée par une douleur gastrique, et Madame partie chez l'apothicaire de Scargrave Close ; les Hearst n'avaient pas bougé de leur pavillon au bout de l'allée, Fitzroy Payne s'était enfermé dans la bibliothèque, et lord Harold, grâce au Ciel, demeurait invisible.

La tristesse d'Isobel n'était pas loin d'entamer ma belle énergie, mais je songeai que nous avions au moins un motif de nous réjouir : Marguerite, dont la langue de vipère insultait la dignité de la comtesse, n'avait heureusement pas renouvelé ses méfaits épistolaires. Sir William Reynolds pouvait donc goûter le bonheur de rester auprès de sa chère épouse aujourd'hui, puisque nulle nouvelle inquiétante à transmettre ne l'avait obligé à sortir. Je n'étais cependant pas optimiste au point de croire que cette histoire était terminée, et jugeai sage de poursuivre mes investigations relatives aux habitants de Scargrave.

Je résolus tout d'abord d'en apprendre davantage sur cette femme du nom de Rosie, qui semblait être l'une des causes de la violente dispute entre Mr George Hearst et le défunt comte. Dans ce dessein, je me rendis au quartier des domestiques où, suite à mes questions, l'on finit par me diriger vers les appartements de Mrs Hodges, la gouvernante.

— Mrs Hodges, je désirerais vous parler, si vous avez un petit quart d'heure à m'accorder, dis-je lorsque la brave dame vint m'accueillir à la porte de son salon, vêtue de son habituelle et impeccable tenue de service noire agrémentée d'un bonnet blanc comme neige.

— J'en serais ravie, miss, répondit-elle en ouvrant la porte et reculant d'un pas pour me laisser entrer.

Elle me désigna une chaise confortable près du feu et m'invita à m'asseoir. J'avoue que je profitai de ce que Mrs Hodges était partie chercher du thé pour jeter ensuite des regards curieux autour de moi : les appartements de la gouvernante de Scargrave étaient tellement vastes qu'ils pouvaient presque rivaliser avec ceux dont disposaient les Austen à Bath, comparaison qui horrifierait probablement la brave Mrs Hodges si elle venait à l'apprendre. Mais je me repris lorsqu'elle revint et plaça une tasse devant moi, son bon visage empreint du désir de me rendre service.

Comment formuler la question que j'avais à lui poser ? Jamais auparavant je n'avais été forcée de me livrer à ce type d'interrogatoire indiscret, et la chose me mettait un peu mal à l'aise. Me jeter à l'eau directement, et avancer vaille que vaille, me sembla la manière la plus avisée de procéder.

— Mrs Hodges, commençai-je, entre deux gorgées de thé, peut-être pourrez-vous me dire si une jeune femme répondant au nom de Rosie est déjà venue ici, à Scargrave Manor ?

La perplexité se peignit sur ses traits comme elle s'asseyait sur la chaise qui me faisait face.

— Rosie ? dit-elle. Je ne me souviens pas que nous ayons reçu une dame qui se prénommait ainsi. Il doit assurément y avoir une foule de Rosie de par le monde, mais il ne m'est donné de connaître les hôtes du manoir que par leur patronyme, ainsi qu'il sied à mon rang.

Bien sûr, cela était vrai ; je n'aurais moi-même jamais appris le nom de baptême de la dame en question, l'eût-on désignée de la façon usuelle ; mais Mr Hearst – il me semblait bien avoir reconnu sa voix – avait omis le « miss » devant son nom. Comment s'appelait-elle donc ? Catch ? Fetch ? Non… *Ketch*. Rosie Ketch.

— Je crois que le nom de famille de cette dame était Ketch, dis-je.

La transformation subite du visage de Mrs Hodges fut spectaculaire – elle blêmit, puis rougit, les yeux écarquillés ; je crus même un instant qu'elle allait faire une crise d'apoplexie.

— Mrs Hodges ? m'enquis-je d'une voix inquiète, reposant ma tasse de thé pour me pencher vers elle. Que se passe-t-il ? Que vous ai-je donc fait ?

— Ce n'est rien, miss, bégaya-t-elle, se ressaisissant tant bien que mal. Seulement je ne voulais plus jamais entendre quiconque prononcer le nom de cette souillon dans la maison. C'était un mauvais exemple pour les filles plus jeunes, et elle nous a causé un tas d'ennuis du temps où elle servait ici. Je me suis empressée de l'oublier dès que j'ai pu. Je croyais que vous vouliez parler d'une *dame*.

— C'est ma faute, dis-je. Je ne me doutais pas que c'était une domestique. J'ai seulement entendu son nom associé à une remarque intéressante lors d'une conversation, et je me suis alors demandé quand elle était venue à Scargrave la dernière fois.

— Je suis prête à parier que la remarque devait être bien intéressante, observa finement Mrs Hodges, nouant ses mains sur son ventre opulent. Cela fait trois mois maintenant que Rosie est partie, mais si ce que vous voulez, c'est avoir de ses nouvelles, vous feriez mieux de vous adresser à Jenny Barlow, sa sœur, qui réside à la ferme de la propriété. Reste que Rosie n'en vaut vraiment pas la peine, sachez-le ; mais bon, vous devez sans doute avoir vos raisons.

Raisons qui ne devaient guère être honorables, me signifiaient clairement son ton et son regard ; et je sentis mes joues s'empourprer. Il ne me resta plus qu'à la remercier de son hospitalité et à m'enquérir de l'endroit où se trouvait la maison de Jenny Barlow. Après quoi, j'abandonnai Mrs Hodges au coin de son feu, enfilai ma pelisse et mes bottines, et sortis ; passant par le jardin potager, je rejoignis l'allée, tortueuse et semée de nombreuses congères, qui conduisait à la ferme de Scargrave, située à près de trois miles de distance.

Il faisait fort beau, et les froids rayons du soleil qui me caressaient les joues eurent tôt fait de me remonter le moral. Ne tenant point à informer quiconque du but de mon escapade, je n'avais d'autre solution que d'effectuer le trajet à pied ; heureusement, je possède une robuste constitution et suis accoutumée à l'exercice physique, si bien que ces trois miles de marche ne me parurent pas trop épuisants. Mrs Hodges m'avait dit que je trouverais la maisonnette de Jenny Barlow en arrivant près des champs de blé en jachère ; en effet, après avoir passé le dernier tournant de l'allée, j'aperçus une petite bicoque, dont le bon toit de chaume témoignait de l'attention que le défunt comte portait au confort de ses habitants. Un filet de fumée sortait de la cheminée.

En approchant du seuil de la maison, j'aperçus une fillette que la nature avait dotée de beaux yeux de biche effarouchée ; quand je lui dis bonjour, elle prit peur et s'enfuit à l'intérieur. Sa mère sortit sur le pas de la porte peu après.

— Jenny Barlow ? m'enquis-je.

— Oui, miss, fit-elle d'une voix teintée du doux accent du Hertfordshire.

Il me faut coucher ici mes premières impressions sur cette jeune fille – je dis « jeune fille », car elle ne doit guère avoir plus de 20 ans –, fort ravissante, bien que déjà marquée par des années de dur labeur. Jenny Barlow a des cheveux blonds comme les blés, des yeux de la couleur des bleuets, et des formes pleines et vigoureuses qui la font ressembler à une sorte de déesse de la moisson ; mais ces pauvres détails ne suffisent point à restituer la vérité de cette comparaison. De fait, c'est une vraie beauté, au profil délicat et aux traits fins ; elle m'évoque en cela une rose anglaise, comme on en trouve encore parfois sur les talus des chemins tranquilles du pays.

— Voulez-vous entrer, miss, pour vous mettre à l'abri du froid ?

J'acquiesçai et pénétrai à l'intérieur de la bicoque, sombre et enfumée ; les fenêtres sans carreaux étaient calfeutrées par de la toile cirée qui ne contribuait qu'à épaissir l'obscurité. L'enfant que j'avais aperçue près de la porte se cachait sous la table ; un autre marmot se blottissait dans un coin de la pièce, tortillant une mèche de ses cheveux ; et je remarquai alors que Jenny en attendait visiblement un troisième. Le lot des femmes est décidément bien cruel : certaines n'ont d'autre choix que de mourir vieilles filles, honnies de tous et sans ressources, tandis que d'autres sont condamnées à se tuer à la tâche ou en couches – deux épreuves trop libéralement infligées à mes semblables.

— Vous venez de la grande maison, dit-elle. Ce n'est pas souvent qu'une dame passe à la ferme.

— Je réside actuellement au manoir, répondis-je, et bien que l'on puisse avoir l'impression que je me promène pour le plaisir, je suis en fait venue jusqu'ici afin de vous parler.

Sa surprise était manifeste ; un peu désemparée, elle m'avança une chaise afin que je pusse m'expliquer plus confortablement.

— Mrs Barlow, je suis venue vous trouver plus par instinct que dans une intention bien précise, commençai-je à dire en m'asseyant sur le siège qu'elle me proposait. En fait, j'espère, en discutant avec vous, mieux savoir si vous seriez susceptible de m'aider. Vous êtes, bien entendu, au courant du décès de lord Scargrave ?

— Oui, Dieu soit loué, laissa-t-elle échapper à mi-voix.

— Et pourquoi sa mort vous inspire-t-elle pareille gratitude ? m'enquis-je.

— C'était un homme affreusement méchant, le comte, répondit la jeune femme, affreusement méchant. Je suis bien placée pour le savoir.

— Voilà de bien dures paroles.

Je m'interrompis pour examiner la physionomie de Jenny Barlow, mais elle ne me parut pas être le genre de fille à se répandre en calomnies sans raison, par simple malveillance ou jalousie à l'égard de ses maîtres.

— Lord Scargrave vous aurait-il causé du tort, ma chère ? demandai-je, envahie par la soudaine conviction que j'étais dans le vrai.

— Faire du mal lui était aussi naturel que respirer.

Après quoi elle se tut, jetant alentour des regards furtifs qui semblaient indiquer qu'elle regrettait d'en avoir trop dit ; je préférai ne pas insister sur ce point et essayai une autre tactique.

— La nuit où le comte est décédé, lui dis-je, j'ai eu l'occasion d'entendre Mr George Hearst prononcer le nom de Rosie Ketch – qui est votre sœur, à ce que l'on m'a dit. Est-ce que vous connaissez ce gentleman ?

— Pour sûr que je le connais, et il n'y a jamais eu meilleur homme que lui sur cette terre !

Quelle ferveur envers le mélancolique ecclésiastique ! Je me souvins du ton énergique de George Hearst, lorsqu'il avait parlé à son oncle de Rosie Ketch ; et j'en vins à me demander si ce jeune homme austère était capable de se faire le champion d'une dame. Ce genre de rôle eût assurément mieux convenu à son galant frère.

Jenny Barlow tourna la tête en entendant un bruit du côté de l'entrée et ses yeux s'agrandirent de peur.

— Allons bon, qu'est-ce que c'est que ça ? lança un grand gaillard, s'appuyant lourdement contre le chambranle de la porte. Ce serait-t'y pas quelqu'un du manoir ? Eh ben ici, on veut pas avoir affaire à vous autres, ah ça non ! Alors, fichez-moi le camp !

— Non, Ted ! s'écria Jenny Barlow. La dame a juste fait une petite halte en chemin. Elle pensait pas à mal en venant !

Ted Barlow, du moins je supposai que c'était lui, s'avança en titubant vers sa femme, précédé par une odeur âcre d'orge et de houblon, et lui assena une gifle brutale sur la tempe. Je confesse que, devant cette violence injustifiée, je ne pus me retenir de pousser un cri aigu, mais le rustre ne me prêta aucune attention, occupé qu'il était à régler son compte à la malheureuse qu'il tenait en son pouvoir.

— Alors comme ça, on fraye avec les gens de la haute ? Rappelle-toi où ça t'a menée y'a pas si longtemps !

Il leva une énorme main en direction de ses enfants qui se recroquevillèrent dans leur coin.

— Regardez-moi ça : une ribambelle de gosses et pas un morceau de pain sur la table. Voilà ce que je leur dis, moi, aux gens de la haute ! lança-t-il en crachant à terre.

À ce moment-là, je jugeai sage de partir, mais je m'arrêtai néanmoins sur le seuil de la bicoque le temps de croiser le regard de Jenny Barlow.

— Si jamais vous avez besoin de moi, Mrs Barlow, lui dis-je, demandez simplement miss Austen.

Je m'en retournai le long du chemin enneigé, l'esprit envahi par un certain trouble, avec devant moi un trajet de trois miles pour le ruminer à loisir. Il était évident que le défunt comte avait gâché d'une façon ou d'une autre la vie de la jeune fille, et que le mari de cette dernière en éprouvait encore une vive rancune. Il me paraissait tout aussi vraisemblable que sa sœur Rosie eût été mêlée à cette malheureuse histoire. Quant à savoir quel tort on avait pu leur causer, cela demeurait un mystère ; mais j'en savais suffisamment sur la nature de ce bas monde pour penser qu'il n'était pas impossible que le comte se fût intéressé d'un peu trop près à sa fermière. Il y avait en la matière de nombreux précédents. Je devais donc attendre les confidences de Jenny ; le temps et la réflexion aidant, la jeune femme se déciderait peut-être à venir me trouver et à m'avouer d'elle-même ses secrets.

Je me trouvais à moins de quelques centaines de yards du paddock où j'avais monté Lady Bess la veille ; un petit hennissement de l'autre côté de la clôture me fit tourner la tête, et je la vis qui pointait vers moi d'un air suppliant son adorable museau alezan.

— Je n'ai pas de sucre, Bess, l'avertis-je en m'approchant. Pas même un morceau de pomme. Mais si tu veux bien te contenter de mes caresses, je te promets de revenir te voir demain.

La jument approcha ses naseaux de ma main gantée et je demeurai près d'elle quelques instants, à la gratter entre les oreilles où poussait une touffe de crins courts, et le long du chanfrein, émerveillée par les profondeurs liquides de ses yeux énormes. Derrière son garrot, je vis soudain quelque chose bouger au loin ; levant les yeux, j'aperçus une tête coiffée d'un bonnet se faufiler dans une cabane à l'autre bout du paddock, à gauche de la barrière qui longeait la partie basse du champ enneigé dans lequel je me trouvais. La pelisse de la dame était rouge cerise, bordée de passements noirs, et je ne connaissais qu'une personne susceptible de porter un manteau de ce style : Fanny Delahoussaye ! Peut-être était-elle venue monter à cheval, dans l'espoir de gagner le cœur du lieutenant.

Lady Bess souffla bruyamment, réclamant d'autres caresses, et au même instant Fanny Delahoussaye réapparut. Elle n'avait pas remarqué ma présence et se glissa de l'autre côté du portail pour s'en retourner en direction du manoir. Tout dans son allure trahissait la nature furtive de cette petite sortie.

Il n'y avait pas de porte dans la clôture devant moi – le paddock n'avait qu'une seule entrée, à l'autre bout du champ. Je jetai un regard alentour afin de m'assurer que personne ne m'observait puis, empoignant mes jupes, enjambai prestement la barre inférieure pour atterrir tant bien que mal de l'autre côté de la clôture devant une Lady Bess stupéfaite. Après quoi, j'entrepris de traverser le paddock dont l'herbe durcie par la neige craquait sous mes pieds, tenant bien haut l'ourlet de ma robe au-dessus de mes chevilles, tandis que la jument trottait joyeusement à mes côtés, manifestement ravie de cette bonne plaisanterie.

C'était une petite construction, une sorte de grange à foin des plus banales, qui en elle-même ne possédait rien de notable qui pût ainsi attirer Fanny Delahoussaye. Je passai la tête par la porte pour jeter un coup d'œil à l'intérieur, et aperçus immédiatement ce qu'elle y avait laissé : une petite bourse en cuir fermée par un cordon. J'entrai et la ramassai ; son poids et le tintement qu'elle émit me permirent de deviner qu'elle contenait des pièces de monnaie.

Fanny abandonnant de l'argent pour faire le bonheur d'un inconnu ? Comme c'était bizarre ! Elle n'était pas femme à s'adonner à ce genre d'excentrique philanthropie au profit d'un bénéficiaire anonyme – ce serait même plutôt l'inverse. Était-ce là le paiement de services rendus – de ceux qu'il ne vaut mieux pas étaler à la lumière du jour ? Il n'y avait aucun message, nul signe révélant l'identité de son destinataire, et je n'osai point ouvrir la bourse. Perplexe, je la reposai dans la paille. Je me trouvais face à un nouveau mystère, qu'il me faudrait résoudre un autre jour.

En arrivant devant la grande bâtisse, j'eus la surprise de me retrouver mêlée à un tourbillon de servantes et de valets de pied qui ne cessaient d'aller et venir ; un étrange attelage portant des armoiries attendait à la porte, et l'on y empilait des bagages à l'arrière. Je pénétrai à l'intérieur du manoir en toute hâte, me débattant avec les cordons de mon bonnet, et arrivai juste à temps devant la bibliothèque du comte pour en voir sortir Isobel.

Mais il ne me fut point permis de me réjouir de cette rencontre ; en vêtements de deuil, sévèrement coiffée, la comtesse, à en juger par son expression, était en proie à un grand trouble.

— Ma chère ! m'écriai-je, pleine d'inquiétude devant son air bouleversé, que se passe-t-il donc ?

Elle s'arrêta net dans le hall glacé, seule silhouette immobile parmi le flot des domestiques. Puis, sans m'accorder ni un regard ni un mot, elle passa devant moi et se dirigea vers l'escalier.

— Isobel ! lançai-je, mais elle poursuivit silencieusement sa route, sans me prêter la moindre attention.

Je me tournai vers la porte de la bibliothèque, consternée. Qu'avait donc pu faire Fitzroy Payne pour mettre mon amie dans cet état ?

Mais ce n'était point le comte le responsable de la détresse d'Isobel. Dans la pièce, je découvris lord Harold, debout devant le feu, un cigare aux lèvres et un verre de porto à la main. Son visage triomphant m'apprit qu'il avait finalement réussi, au terme d'incessantes sollicitations, à acquérir les plantations d'Isobel à la Barbade ; elles n'appartenaient plus à la comtesse. Je comprenais à présent la raison de ce remue-ménage autour de l'attelage devant la porte. Ayant atteint son but, lord Harold n'avait plus rien à faire à Scargrave.

— Je vois, lord Harold, que le démon a triomphé, dis-je, traversant la pièce pour venir me planter devant lui, oublieuse de la peur qu'il m'inspirait auparavant.

Il me salua en levant son verre d'un geste moqueur et le vida d'un trait.

— Pouvait-on en douter ? rétorqua-t-il.

— Lucifer entretenait semblable certitude, milord, mais au bout du compte, il dut déchanter.

— Je ne suis point de votre avis, miss Austen. Lucifer a tout de même hérité d'un royaume conçu à son image. Nombreux sont les hommes qui aimeraient pouvoir en dire autant.

J'agitai la main, refusant d'en entendre davantage.

— Vous ne parlez que pour le plaisir de vous écouter vous-même, milord, et je n'ai pas de temps à perdre avec les vanités de ce genre. Je suis venue vous faire mes *adieux* *, lord Harold, et non pas vous souhaiter bon voyage et encore moins vous dire au revoir. Au contraire, j'espère bien que vous ferez mauvaise route et irez directement en Enfer.

Pareil langage est, j'en conviens, choquant dans la bouche d'une dame, et dans celle d'une fille de clergyman en particulier ; mais j'étais montée sur mes grands chevaux, comme dirait mon cher frère Henry, et je me moquais bien de l'effet produit. En fait, il fut le dernier de ceux auxquels je me serais attendue. Au lieu de sourire d'un air méprisant, ou de renverser la tête en arrière pour partir d'un grand rire, Harold Trowbridge ôta simplement son cigare de ses lèvres et me considéra d'un œil méditatif.

— Le feu de la colère ajoute au charme de votre personne, miss Austen. L'eussé-je soupçonné, j'aurais cherché à la provoquer plus tôt, pour le simple plaisir de ce spectacle.

Ses yeux noirs *pétillaient* littéralement, avec toute l'impudence d'un homme qui n'avait jamais connu le moindre scrupule.

— Comment osez-vous parler ainsi, milord, après avoir causé la ruine de la plus douce, la meilleure et, maintenant, assurément la plus malheureuse des femmes ?

— Songez au plaisir que me procure le succès de mes entreprises, en particulier lorsque la victoire est acquise aux dépens de tant de vertus.

— Vous êtes infiniment méprisable, rétorquai-je.

— Peut-être, reconnut-il, mais je n'en suis pas moins victorieux, tandis que la comtesse doit se contenter d'être noble et pauvre.

— Comment avez-vous réussi à l'emporter ? m'enquis-je, d'une voix que mes propres oreilles trouvèrent désagréablement stridente. Elle était farouchement opposée à votre dessein ! Il faut croire que le poids de ses récents chagrins l'a considérablement affaiblie, et qu'elle a préféré abandonner la lutte plutôt que de devoir encore affronter un individu tel que vous.

— Je me contenterai d'attirer votre attention sur le fait que la comtesse n'a pas un sou vaillant, déclara calmement Trowbridge, et que ses créditeurs sont venus réclamer le paiement de ses dettes. Du vivant de son mari, j'avais décidé d'attendre mon heure, et de voir d'abord à quel prix il eût été prêt à se débarrasser de l'encombrant fardeau de ces propriétés ; mais Scargrave disparu, il est devenu inutile de retarder plus longtemps cette affaire.

— Scargrave n'est plus, mais Scargrave est toujours avec nous, lui fis-je remarquer. Le comte a un héritier qui, lui, a la fortune de posséder de vastes domaines.

— Et l'infortune d'être lui aussi criblé de dettes, ajouta le gredin d'une voix doucereuse. Même si la comtesse avait l'indécence de précipiter les choses et d'épouser son amant (à ces mots, révélant qu'il était au courant de leur relation, je suffoquai, mais il n'y fit point attention), Fitzroy Payne devrait d'abord s'occuper de régler ses propres comptes. Il doit de l'argent à la moitié de Londres ; ses propriétés personnelles aux Antilles connaissent les pires difficultés et, sans le décès de son oncle, Payne aurait été traîné en justice ou tué en duel par l'un de ces nombreux hommes envers qui il a des dettes d'honneur.

— Des dettes d'honneur ? répétai-je, frappée d'horreur.

— Miss Austen, fit lord Harold d'un ton condescendant qui eut le don de me faire bouillir le sang dans les veines, je devine que vous êtes plus accoutumée aux us de la campagne qu'à ceux de la ville. Votre nature n'est point encline au doute, ni votre caractère à la suspicion. Mais laissez-moi vous dire que Fitzroy Payne n'a pas son pareil pour dépenser de l'argent. De fait, c'est là son principal défaut. Le coût de son train de vie – le renouvellement de sa garde-robe, l'entretien de ses propriétés du Derbyshire, son penchant trop prononcé pour le jeu – suffit à grever lourdement une fortune qui n'excède pas trois mille livres par an. De fait, il misait sur son futur héritage, et ses créditeurs, devant cette alléchante perspective, n'ont été que trop heureux de lui accorder plus d'une corde pour se faire pendre. Mais le voici à présent au pied du mur, et je crains fort qu'il ne reste pas la moindre miette à grappiller pour votre amie la comtesse.

J'étais abasourdie par ce que Trowbridge venait de m'apprendre avec tant de désinvolture, d'autant que l'idée que le comte n'était peut-être pas décédé de mort naturelle ne l'avait manifestement pas effleuré. Cela sautait pourtant aux yeux que Fitzroy Payne avait un mobile pour ce meurtre – il était dans son intérêt d'assassiner Frederick avant que ce dernier eût un fils et, de ce fait, privât son neveu de l'héritage. L'image du noble visage de Fitzroy Payne surgit dans mon esprit ; un tel homme était-il capable de tuer ? Mais ses difficultés financières n'étaient évidemment pas écrites sur sa figure ; et jamais il n'avait rien laissé paraître des soucis qui devaient pourtant constamment le hanter. Je comprenais à présent pourquoi il n'avait pas incité Isobel à rompre ses fiançailles avec le comte et à l'épouser, lui. Mieux valait s'attacher clandestinement l'affection de la comtesse aux dépens du mari – et se prémunir ainsi contre l'arrivée d'un éventuel héritier et la perte d'une immense propriété.

Ce qui m'avait paru si noble prenait, rétrospectivement, l'aspect de la plus vile bassesse. Mais l'implacable voix de lord Harold vint briser le fil de mes pensées :

— … et il y a aussi la question de Mrs Hammond.

— Mrs Hammond ?

— Une femme qu'il loge dans un appartement de

Cheapside. Je m'en veux de heurter ainsi votre sensibilité féminine, mais c'est un fait. Les goûts de la dame sont d'ailleurs plutôt extravagants, à en croire mes sources.

Une *maîtresse*, alors que Payne prétendait aimer Isobel ! Voilà qui dépassait vraiment les bornes.

— Je vois que vous avez pris tous vos renseignements, dis-je d'un ton méprisant. Dommage que vos petites enquêtes ternissent ainsi votre honneur.

— Je me fais un principe d'apprendre tout ce que je peux sur mes adversaires, répondit Trowbridge sans sourciller. La finance est une guerre, miss Austen, et l'on ne peut faire la guerre sans se procurer certains renseignements sur le compte de l'ennemi. L'intérêt des miens est vite apparu à la comtesse.

— Vous voulez dire que vous lui avez tout raconté ? ! m'exclamai-je, horrifiée. Et l'histoire de Mrs Hammond aussi ?

— Il était essentiel pour la petite Isobel de bien comprendre qu'elle ne devait espérer aucun secours du nouveau comte. Je ne pouvais tout de même pas ajourner mon offre de rachat de Crosswinds jusqu'à ce qu'elle se décide à épouser ce coquin, ni risquer de devoir attendre son bon vouloir pour rentrer dans mes fonds.

Je comprenais maintenant la mine défaite de mon amie au pied de l'escalier ; c'était l'expression du plus cruel désarroi. Elle se croyait soutenue et aimée, et se découvrait dupée et trahie. Et dire que c'était *moi* qui, ce matin même, lui avais conseillé d'oublier ses regrets et de reprendre goût à la vie. *Moi* qui avais plaidé la cause de Fitzroy Payne, alors que toute intercession en sa faveur était une insulte.

— Je crois bien que la comtesse a été sensible à la

force de mes arguments, poursuivit lord Harold, tout en prenant le carafon de porto pour remplir son verre. Elle a consenti à recevoir une certaine somme d'argent – fort généreuse, étant donné les circonstances – en échange de ses propriétés et du règlement de sa dette. Au moins aura-t-elle de quoi subvenir à ses besoins désormais, chose dont elle ne pouvait certainement pas se targuer auparavant.

Et il avait en outre le sentiment de s'être montré magnanime. Quel ignoble individu !

Je fis volte-face, déterminée à gagner directement la porte sans prendre congé d'Harold Trowbridge, quand une pensée subite me figea sur place. Un aventurier comme lui ne prenait pas le pari d'un investissement sans avoir de sérieuses raisons de le faire ; Crosswinds devait donc avoir une valeur dont la pauvre Isobel ne savait rien.

— Dites-moi, lord Harold, fis-je en me retournant pour lui faire face de nouveau, quel important enjeu cache cette affaire pour que vous vous soyez obstiné pendant si longtemps à croiser le fer avec la comtesse ?

— Le seul fait de remporter la victoire était important, répondit-il d'un ton négligent, tirant sur son cigare avant d'exhaler un nuage de fumée nauséabonde. Mais il y a aussi le domaine lui-même. Les terres de Crosswinds plongent dans une baie profonde, idéale pour le mouillage de gros navires ; en outre, c'est une propriété privée, situation unique à la Barbade. Ce qui rend ce port essentiel.

— Essentiel pour quoi ?

— Pour des enjeux que vous seriez bien en peine de comprendre, ma chère, dit-il en consultant sa montre de gousset. Je crains qu'il ne faille nous séparer à présent.

Ce fut une délicieuse rencontre, miss Austen. Nous formons un couple irrésistible. Imaginez mon esprit d'initiative allié à votre fine intelligence – si vous aviez possédé une fortune plus grande, j'aurais presque pu me faire piéger. Mais hélas, vous êtes un bien mauvais parti, et votre beauté n'est point assez grande pour rendre insignifiant votre dénuement.

— C'est d'autant plus heureux, lord Harold, répliquai-je d'une voix claire, que votre total manque de sensibilité, de scrupule et d'honneur – à dire vrai, de toutes ces qualités qui permettent à un homme d'être un gentleman – fait que vous êtes bien la *dernière* personne que j'accepterais jamais d'épouser.

9

Les animaux flairent le sang

24 décembre 1802

Une certaine gêne s'est installée au sein de notre petit groupe depuis le départ de lord Harold – l'événement, si ardemment désiré, n'a finalement guère contribué à ramener détente ou sérénité au manoir. Je ne doute point que les révélations de Trowbridge n'aient profondément altéré les sentiments d'Isobel à l'égard de Fitzroy Payne ; elle témoigne résolument la plus grande froideur au comte quand elle est amenée à le rencontrer, et passe la majeure partie de ses journées seule dans ses appartements, tandis que lui – démoralisé et encore plus malheureux qu'avant – se réfugie dans la bibliothèque, dans des promenades à travers le parc ou dans le réconfort de ses livres.

Au cours de ces longues heures, Fitzroy Payne a souvent, par un regard ou un mot, paru sur le point de solliciter mon conseil, mais son extrême réserve l'en a toujours retenu. Je confesse que son hésitation me soulage grandement, car c'est un entretien que je voudrais à tout prix éviter. Il sait sans nul doute qu'Isobel a décidé de céder ses propriétés à lord Harold ; et il n'a rien fait pour empêcher le départ de ce dernier. À mes yeux, il est vraiment coupable de l'avoir abandonnée au moment où elle avait le plus besoin d'aide.

Étant donné l'égarement de la comtesse et l'état tout aussi peu brillant du nouveau comte, l'on aurait pu craindre que l'intendance du manoir ne tardât pas à partir à vau-l'eau ; mais madame Delahoussaye a entrepris d'assumer le rôle de châtelaine de sa nièce avec une délectation admirable. Elle n'a désormais de cesse de disputer à Mrs Hodges son autorité sur les pièces principales et de diriger les femmes de chambre dans leur tâche. Dès que Fitzroy Payne quitte son antre pour faire son petit tour habituel, Madame débarque dans la bibliothèque et ne souffre l'assistance de personne. L'on voit passer, les lèvres pincées et l'air maussade, Danson, le valet du comte, renvoyé dans le quartier des domestiques ; puis l'on entend s'élever un vacarme effrayant derrière les portes closes de la bibliothèque. Quand Madame réapparaît, la paperasse du comte est néanmoins rangée, son cendrier vidé, et son courrier rassemblé en une pile bien nette que Danson n'a plus qu'à classer. Une véritable guerre s'est ensuivie entre le fidèle valet et la tante bien-aimée ; et je dois reconnaître que Madame est sortie victorieuse de la majorité de leurs affrontements.

Fanny Delahoussaye continue à souffrir de maux de ventre, mais elle reprend en général suffisamment le dessus dans l'après-midi pour disputer des parties de loto avec Tom Hearst, quand celui-ci est d'humeur à jouer – ce qui lui arrive souvent, car il semble que l'ambiance au pavillon du bout de l'allée n'ait rien de très agréable. Mr George Hearst est plus taciturne que jamais, et il faut l'interpeller à plusieurs reprises pour réussir à le tirer de ses graves méditations ; ce n'est vraiment point là une société dans le goût de l'impétueux lieutenant. Heureusement pour nous, le maussade ecclésiastique ne met que rarement les pieds au manoir. Son frère, désespéré par ce mutisme obstiné, préfère bien souvent fuir le pavillon.

Le chagrin persistant d'Isobel me donne le sentiment d'être une amie inutile, et je me suis demandé plus d'une fois si je faisais bien de rester au manoir ; mais lorsque je fis part à Fitzroy Payne de mon intention de retourner à Bath, il eut un sursaut de consternation, puis protesta avec une telle insistance – il fallait *absolument* que j'essaye de remonter le moral de la comtesse – que je ne pouvais plus, en toute bonne conscience, me résoudre à partir. Quels que puissent être les fautes et les vices de lord Scargrave, je ne suis pas censée les connaître, et il est toujours tout ce qu'il y a de plus honorable en ma présence.

En outre, comme je suis bien obligée d'attendre que l'on me propose l'attelage de Scargrave pour rentrer chez moi, je n'ai de toute façon aucun moyen de m'en aller d'ici.

Faute de projets réjouissants ou intéressants, et en

l'absence d'autres nouvelles de Marguerite, j'avais profité du savoir-faire et de la patience du lieutenant Hearst et pris trois leçons d'équitation au début de la semaine dernière. Le temps se maintenait au beau fixe ce matin pour la première fois après plusieurs jours de neige, aussi résolus-je de prendre à nouveau un peu d'exercice et d'aller chercher Lady Bess aux écuries. J'hésitai un instant à attendre le lieutenant Hearst mais, ne pouvant prévoir ses projets avec certitude et peu désireuse de lui donner l'impression de rechercher sa compagnie en le faisant mander au pavillon, je finis par me décider à me rendre toute seule aux écuries. J'étais impatiente de faire mon petit tour à cheval ; et s'il n'était aucun lad disponible pour m'accompagner, je me sentais bien assez en confiance pour tenter de monter sans surveillance.

Je traversai la cour des écuries, dont on avait balayé la neige, et tombai sur James, le chef palefrenier.

— Miss Austen ! s'écria-t-il. C'est Bess que vous voulez, je parie ?

— Exactement, répondis-je en souriant. À moins que madame ne soit point disponible ?

— Comptant qu'il ferait beau, on l'a mise dans le paddock à côté, répliqua James en fronçant les sourcils. Je vais vous l'amener.

Il s'apprêtait à faire comme il avait dit quand George Hearst arriva, l'air furibond ; ce dernier n'eut même pas un signe de tête pour moi, ni un mot gentil à l'intention du palefrenier.

— Dépêchez-vous d'aller me chercher Balthazar, lança-t-il, puis, voyant l'air indécis de James, il lui désigna autoritairement la porte. Allez, filez !

Le valet d'écurie me jeta un regard désolé.

— Et tâchez de l'amener devant l'entrée principale, ajouta encore George Hearst ; puis il fit brusquement demi-tour et repartit en direction du manoir.

J'avais peine à m'expliquer tant de hâte et d'agressivité, et fus presque tentée de le rattraper pour m'enquérir de son trouble. Mais quelque chose dans l'aspect de Mr Hearst me suggéra de n'en rien faire – sa mine plus maussade que jamais, peut-être – et je restai donc là où je me trouvais. Nous n'avions guère échangé plus de quelques mots depuis notre conversation dans l'allée la semaine précédente ; j'étais à demi persuadée que le gentleman regrettait sa franchise et avait résolu d'éviter ma compagnie. De mon côté, je préférais me promener dans le parc s'il se trouvait au manoir. Au bout d'un moment, je me décidai à suivre James à l'intérieur de l'écurie, haute de plafond et plongée dans la pénombre. Je cherchai sa silhouette du regard et finis par l'apercevoir dans l'encadrement d'une stalle tout au bout de l'allée, où un grand cheval noir dressait fièrement la tête au-dessus de la porte de son box, à la manière d'une statue militaire antique : c'était le fameux Balthazar.

— Si vous voulez bien attendre encore un peu, miss Austen, je vous promets de vous ramener Bess ; elle va piaffer d'impatience à l'idée de vous porter, m'assura le palefrenier.

— Ce n'est pas la peine, James, dis-je. Si vous me donnez sa bride et sa longe, j'irai moi-même la chercher.

— Je ne sais pas si c'est vraiment une tâche pour une dame, répondit-il d'un air peu convaincu, ni même si vous allez y arriver, sauf vot' respect, miss.

— Quitte à attendre près du paddock ou de l'écurie, j'aimerais autant me rendre utile ; et puis je ne risque rien à essayer. Emmenez donc Balthazar à Mr Hearst,

James, et rejoignez-moi ensuite. Si jamais la jument me joue des tours, vous pourrez tranquilliser votre conscience en venant me sauver.

Bess se trouvait parmi un petit groupe de ses congénères attroupés contre la barrière du fond du paddock. Je m'aperçus vite que les chevaux étaient bien décidés à rester dans leur coin, et m'étonnai de les voir s'agglutiner ainsi les uns contre les autres alors qu'ils avaient un si grand espace à leur disposition. Peut-être que la chaleur de leur box leur manquait et qu'ils cherchaient ainsi à faire rempart contre le froid. Quelle que fût leur raison, cela m'obligea à traverser tout le champ, aux dépens de mes bottines qui s'enfonçaient presque jusqu'en haut de la tige dans la neige. Rassemblant mon courage, j'appelai Bess en claquant la langue comme Tom Hearst m'avait appris à le faire. À mon grand plaisir, elle vint vers moi docilement, et enfouit sans broncher son museau dans la bride, en dame bien élevée ; il ne me restait plus qu'à accrocher sa longe et à la conduire à la porte du paddock.

C'est alors que je rencontrai quelques difficultés, lesquelles prirent si mauvaise tournure que je me retrouvai bientôt prise au dépourvu. Car Bess refusait obstinément de s'approcher de l'inoffensive porte ; elle roulait des yeux, hennissait et se cabrait de si violente façon que la longe finit par m'échapper des mains. Au désespoir, je ne pus que la regarder s'enfuir à toute vitesse à l'autre bout du champ. C'était, à tous égards, inexplicable. La jument était forcément entrée par cette porte quelques heures plus tôt, puisqu'il n'y en avait qu'une dans la clôture ; mais le fait de s'en approcher maintenant lui répugnait par-dessus tout.

D'aucuns prétendront que la Providence a privé les bêtes de raison, les condamnant de ce fait à être soumises au bon plaisir de l'homme. Mais il se trouve que j'ai vécu une enfance campagnarde et, bien que ne possédant pas de monture, j'ai souvent eu l'occasion d'observer la façon dont ma chère madame Lefroy [1] s'y prenait pour faire obéir la sienne. Il était visible qu'elle travaillait *avec* l'intelligence de l'animal, plutôt que de douter de son existence. Aussi résolus-je de comprendre pourquoi cette porte terrifiait Lady Bess.

En m'en approchant, je ne vis rien de bizarre : c'était une simple barrière comme tant d'autres. Le gris d'un bout de tissu sur la blancheur éclatante de la neige attira mon regard et je me penchai pour le ramasser ; il s'agissait d'un mouchoir de fine batiste, portant les arabesques du monogramme d'Isobel. Elle en semait partout où elle allait ; je l'avais moi-même vue en oublier un nombre incalculable de fois, au point de supposer qu'elle devait être en compte avec un fournisseur de Londres. Mais comment celui-ci était-il arrivé jusqu'ici ? Je le rangeai dans ma poche et me retournai pour inspecter le paddock.

Je vis alors une chose que je n'avais pas remarquée lors de mon premier passage : plusieurs empreintes de pas se croisaient et se chevauchaient les unes les autres, entre l'entrée du paddock et la petite cabane à foin, dont la porte était légèrement entrouverte. Encore Fanny Delahoussaye ?

Je ne perçus aucun bruit en approchant de la grange, à moins qu'il n'eût été couvert par les hennissements

1. Anne Lefroy, « Madame » pour son entourage, était la meilleure amie de Jane, du temps de son enfance à Steventon.

nerveux des chevaux à l'autre bout du champ. J'effleurai la porte en bois du bout de mes doigts gantés, et elle tourna lentement sur ses gonds en gémissant. Quand mes yeux se furent habitués à la pénombre qui régnait à l'intérieur, je dus me rendre à l'évidence : la cabane ne contenait rien d'autre que de la paille – de gros tas de paille montant jusqu'au plafond, recouverts çà et là d'une fine couche de neige aux endroits où les fissures du toit avaient laissé passer les éléments. En menant les chevaux au paddock, les palefreniers étaient peut-être venus prélever du fourrage ici pour le répandre sur le sol enneigé à l'intention des bêtes. Je m'apprêtais à faire demi-tour, quand le plus aiguisé de mes cinq sens me cloua sur place. Le parfum du foin engrangé là depuis l'été dernier – un remugle sucré d'herbe fanée, irritant pour le nez – disparaissait derrière un effluve animal. Je sentis les battements de mon cœur s'accélérer en mettant un nom sur l'odeur : c'était celle du sang – du sang encore chaud et humide, imprégnant la paille à mes pieds.

Je me penchai et, dans la pénombre, distinguai une tache sombre sur le sol. La traînée noire provenait du recoin le plus obscur de la cabane et, bien que le cœur me manquât, je sentais qu'il *fallait* que je sache ce qui gisait là, dans le foin. Levant mes jupes et regardant où je posais les pieds, je m'avançai tout doucement vers le fond de la grange.

Émergeant d'une couche de paille, les doigts tendus d'une main figée dans un geste d'éternelle supplication me pétrifièrent sur place ; et pendant un instant, tout courage m'abandonna. Il s'agissait d'une main de femme, comme je m'en aperçus tout de suite, et un sentiment très proche de la terreur m'étreignit de longues secondes durant. Mais, répugnant à admettre ma pusillanimité, je résolus d'aller de l'avant plutôt que de battre en retraite. Je tendis ma main gantée vers la paille et la repoussai de côté.

C'était la femme de chambre Marguerite, et elle n'était pas belle à voir.

On lui avait tranché la gorge d'une oreille à l'autre, et sa tête formait un angle lugubre avec son cou, maculé par le sang qui avait coulé à flots de l'obscène blessure. Seul le blanc de ses yeux éteints et révulsés dans leurs orbites était visible et sa bouche béait, poussant un cri silencieux. Mais ce fut la flaccidité de son corps, jeté comme une poupée de chiffon dans ce tas de foin, qui m'impressionna peut-être le plus ; ses membres, enchevêtrés pêle-mêle et désespérément inertes, témoignaient muettement de l'horrible trépas. Avait-elle fait le signe de croix, les yeux écarquillés de terreur, en agonisant ?

Il m'aurait plu de pouvoir rapporter ici que je contemplai le corps mutilé de cette fille avec l'équanimité d'une héroïne de Mrs Radcliffe, ou qu'un voile noir me tomba devant les yeux et que je perdis connaissance, comme cela n'eût pas manqué d'arriver sous la plume de Charlotte Smith[1] ; mais en vérité, je perdis complètement la tête. Je me mis à hurler à pleins poumons et sortis en courant de l'horrible grange sans jeter un regard en arrière.

Une fois à l'air libre, tremblante et paniquée, je me forçai à m'arrêter et à considérer les faits. La bonne était morte, et il ne s'agissait point d'un suicide ; on l'avait sauvagement assassinée, et il fallait immédiatement en informer sir William Reynolds. Mais comment

1. Deux romancières gothiques dont Jane parodia le style.

expliquer sa présence ici, dans le paddock ? Se cachait-elle dans la grange pendant la journée, afin d'envoyer ses ignobles lettres à la nuit tombée ? Ou bien était-ce son meurtrier qui l'avait attirée ici afin de lui régler son compte ? Il était aisé de vérifier la première hypothèse en procédant à un rapide interrogatoire des valets d'écurie : ou ils admettraient qu'elle avait pu trouver refuge dans le paddock à leur insu, ou bien déclareraient que c'était impossible.

Il était manifeste qu'elle avait été assassinée dans la cabane, car si on lui avait tranché la gorge en un autre lieu pour ensuite la dissimuler dans la paille à la faveur de la nuit, son sang aurait inévitablement laissé des traces dans la neige alentour. Elle avait cessé de tomber à l'heure du dîner hier soir ; et le sang était trop frais, à mon avis, pour avoir été répandu depuis bien longtemps.

C'est alors que je pris conscience de l'intérêt des traces de pas que j'avais remarquées en me dirigeant vers la grange ; et je me penchai pour les étudier plus attentivement. De toute évidence, la première série d'empreintes appartenait à Marguerite ; et l'on voyait tout aussi clairement que l'autre avait été faite par de grosses bottes d'homme ; mais je ne pouvais rien en dire de plus. Appartenaient-elles à un pauvre laboureur ou un riche gentleman ? Le soleil éclatant de la matinée avait en outre fait fondre la neige, juste assez pour gommer les détails des empreintes, dont il ne restait qu'un contour ne révélant rien de la semelle des deux souliers.

Je me redressai et tendis le cou, cherchant à apercevoir James, le palefrenier ; au loin, sur la butte surplombant la barrière du paddock, je vis alors apparaître sa petite silhouette noire, agitant gaiement la main. Je lui répondis de la même manière et, mue par une nouvelle résolution, m'en retournai à l'intérieur de la cabane.

Si la jeune fille avait reçu un message lui donnant ce fatal rendez-vous, elle devait bien encore l'avoir quelque part sur elle, et pouvait ainsi révéler de façon posthume l'identité de son meurtrier. J'étais consciente que l'homme désireux de la réduire au silence s'était certainement fait la même réflexion, mais je jugeai néanmoins que cela valait la peine de vérifier. À l'arrivée de James, le corps de Marguerite deviendrait propriété de la loi, avec tout le tapage et l'émoi que ce genre de découverte macabre ne manquerait pas de susciter ; mieux valait profiter de ce que j'étais seule pour accomplir ma besogne discrètement, et rapidement.

Je m'accordai quelques secondes de répit le temps de m'habituer à la pénombre, bloquai ma respiration pour ne pas sentir l'écœurante odeur du sang, et résolus de ne pas regarder le visage de la malheureuse pendant que je fouillerais ses poches. Elle gisait sur le dos, mais le bassin de travers, une hanche pointant vers le haut, l'autre enfouie dans la paille, et je confesse que je dus me livrer à une petite lutte avec le cadavre pour accéder au flanc tourné de côté ; mais en pure perte. Ses poches étaient vides.

Indécise, je pris le temps de réfléchir aux mœurs des gens de la campagne. Où donc une fille simple choisirait-elle de dissimuler une lettre, bien à l'abri des regards indiscrets ? Dans son corsage, bien sûr.

Sa robe en grosse toile de nankin était pleine de taches affreuses et les plis de sa chemise de lin raidis par le sang coagulé ; avisant mes gants, j'ôtai celui de la dextre afin de ne le point salir. Puis, que Dieu me pardonne, je glissai mes doigts sous le bord de la chemise de la morte et entrepris d'explorer rapidement son corset, fermant les yeux pendant toute la durée de l'opération.

Ce que je cherchai était bien là : un petit bout de papier replié, coincé sous une baleine. Retenant mon souffle, je réussis à le saisir entre deux doigts. Il ne me restait que le temps de le glisser dans ma poche et d'essuyer ma main sur de la paille propre. Puis je remis mon gant et repassai la porte, les traits déformés par la terreur, pour me retrouver nez à nez avec James le palefrenier.

10

Les noix dans l'étui à pistolets

24 décembre 1802, suite

Quelques heures plus tard, quand sir William, que l'on avait fait quérir, eut vu tout ce qu'il y avait à voir dans l'horrible grange, de robustes gaillards travaillant à la ferme emportèrent le corps de Marguerite et l'amenèrent au manoir. On la déposa sur le banc de chêne dans l'office du majordome, un drap recouvrant sa forme inerte, et Mrs Hodges entreprit de rendre décence à son corps – mais je ne parviens pas à imaginer comment la gouvernante fit pour garder la tête froide au beau milieu de la vague d'émoi soulevée par l'assassinat de la bonne. La domesticité de Scargrave s'affairait aux préparatifs de Noël, malgré la douleur du deuil ; et ce fut une dinde à demi farcie, dont le cou tordu pendait tristement, qui veilla le corps de Marguerite.

J'étais assise près du feu dans le salon, parfaitement seule. La nouvelle de la triste fin de Marguerite connue, Fitzroy Payne avait offert à sir William de lui prêter assistance, et Isobel s'était empressée de rejoindre Mrs Hodges. Puis, leur devoir accompli, le comte et la comtesse s'étaient retirés dans leurs sanctuaires respectifs – Payne dans la bibliothèque et Isobel dans sa chambre. Fanny Delahoussaye, étant une demoiselle du monde, fut prise de convulsions en apprenant l'affreuse découverte. Elle se trouvait encore à l'étage en compagnie de sa mère qui lui prodiguait ses soins, un bol de gruau à la main et une moue inquiète aux lèvres. Mr George Hearst était parti à Londres régler quelque affaire personnelle – c'était pour cela qu'il avait requis le robuste Balthazar – et son frère le lieutenant, qu'on était venu chercher dans son pavillon, s'était esquivé dans le fumoir du manoir où il jouait au billard.

Cobblestone, le majordome, vint troubler mes réflexions en ouvrant brusquement la porte du salon. Le pauvre homme avait le teint terreux ; la présence d'un cadavre dans son office l'avait complètement démoralisé. Derrière lui, se tenait mon cher ami sir William Reynolds, et, en voyant son bon visage auréolé de cheveux blancs, je sentis toute l'horreur de ma récente aventure me submerger de nouveau. Mes yeux s'emplirent de larmes.

— Miss Austen ! s'exclama sir William en se précipitant à mes côtés. Ma pauvre, ma chère Jane !

Il prit ma main dans sa main parcheminée et la tapota doucement.

— Comme vous êtes celle à qui a échu l'infortune de découvrir le corps de la femme de chambre, ma chère, j'avais espéré pouvoir m'entretenir avec vous à ce sujet. Mais vous devez me dire si vos nerfs le pourront supporter.

Je parvins tant bien que mal à esquisser un sourire.

— Le calme et la réflexion ont été bénéfiques à mes nerfs, sir William. Les quelques heures qui nous séparent de l'événement ont contribué à ramener un peu de paix dans mon esprit.

— Je suis ravi de l'apprendre, dit-il, tirant une chaise près du feu, car je crains qu'il ne me faille vous obliger à revenir sur votre triste expérience de la matinée. Qu'est-ce qui vous a conduite tout d'abord au paddock ?

Je lui expliquai donc que j'étais en train de m'initier à l'équitation et que j'avais voulu passer toute seule la bride à la jument ; qu'ensuite, Lady Bess avait refusé de passer la porte et que ce coin du paddock semblait la terrifier grandement.

— Et dehors, vous n'avez rien remarqué d'autre ?

Sans mot dire, je lui tendis le carré de tissu que j'avais trouvé près de la porte du paddock.

— Un mouchoir ? fit-il d'un ton perplexe.

— Il est brodé aux initiales d'Isobel.

— C'est ce que je vois. Le C correspond à son nom de jeune fille ?

— Oui, Collins, dis-je. Son père était anglais et sa mère une créole du nom de Delahoussaye.

— Ah, oui… d'où le lien de parenté avec l'impertinente demoiselle qui préfère garder ses distances avec les avocats, dit-il. Mais pourquoi me montrez-vous ce mouchoir ?

— Je l'ai trouvé près de l'entrée du paddock, avant de découvrir le cadavre, lui dis-je. Et bien que cela me coûte de l'avouer, l'objet ne pouvait pas se trouver là depuis bien longtemps. On a forcément dû le perdre après que la neige a cessé de tomber – peu après l'heure du dîner, hier soir. Mais il n'était point gelé, comme il n'eût pas manqué de l'être s'il avait passé la nuit dehors ; il n'était pas non plus détrempé, comme un morceau de tissu resté de longues heures dans de la neige fondue l'eût été. Je dirais donc qu'il a dû tomber par terre très peu de temps avant le meurtre lui-même.

— Très bien, dit sir William, la comtesse a donc perdu son mouchoir près du corps mutilé de sa bonne, laquelle l'avait accusée d'avoir assassiné son mari. Tâchons de ne pas tirer de conclusions hâtives des faits.

— Il est possible qu'une autre personne se soit procuré ce mouchoir et l'ait déposé là où on ne manquerait pas de le trouver, dans l'intention de rejeter les soupçons sur Isobel.

— C'est possible, oui.

— Il n'y avait que deux séries d'empreintes de pas menant jusqu'au corps. La première appartient, je pense, à la femme de chambre, poursuivis-je. L'autre a été faite par de grosses bottes d'homme.

— La comtesse avait peut-être chaussé les souliers de son mari, suggéra sir William d'une voix douce, afin de déguiser les apparences.

— C'est absurde ! m'écriai-je.

— C'est une idée tout aussi recevable que votre hypothèse selon laquelle un individu malintentionné aurait déposé son mouchoir près de l'entrée du paddock, rétorqua le magistrat, impassible. Vous devez admettre que c'est au moins *possible*, ma chère Jane.

Bon, racontez-moi à présent comment vous avez découvert le corps, avec le bon sens et la clarté qui vous caractérisent.

J'entrepris donc de lui décrire tout ce dont je parvenais à me souvenir du macabre tableau à l'intérieur de la grange, mais les images qui me revenaient étaient si pénibles que je dus malgré tout m'interrompre de temps à autre, afin de retrouver mon calme. Je n'omis pas de lui préciser que je m'étais d'abord enfuie, épouvantée, mais que j'étais ensuite retournée dans la cabane ; et, en achevant mon récit, je tendis au magistrat le petit bout de papier taché de sang que j'avais récupéré dans le corsage de la femme de chambre.

Sir William chaussa ses lunettes en fronçant les sourcils et me regarda par-dessus leur monture.

— C'est fort singulier, ma chère, fort singulier. Vous avez donc subtilisé *deux* indices sur le lieu du crime ? Je vous conseillerais, à l'avenir, s'il vous arrive de découvrir d'autres cadavres, de ne toucher à rien.

— Mais j'ai trouvé le mouchoir bien avant d'avoir un motif de m'étonner de sa présence, dis-je. Et j'avais prévu que l'on ramènerait le corps au manoir. Lors de la toilette mortuaire, ce billet aurait pu être égaré – accidentellement ou intentionnellement.

— Intentionnellement ? Vous êtes donc convaincue que le meurtrier appartient à la maisonnée ?

— Comment pourrait-il en être autrement ?

Il secoua la tête.

— Il est aisé de supposer les choses autrement, ma chère Jane. Une jeune servante sans le sou, errant par la campagne en plein hiver, s'expose à bien des mésaventures dont ses maîtres ne sont pas forcément coupables.

— Vous ne croyez pas vous-même qu'il s'agit d'une simple coïncidence, sir William.

Il me sourit d'un air penaud.

— Non, Jane, c'est vrai. Il est difficile de croire que c'est un hasard si l'on a retrouvé Marguerite morte, le matin même où il m'a été donné de recevoir sa dernière missive.

— Sa dernière missive…, commençai-je, mais il m'imposa le silence en levant la main.

— Nous parlerons de cela en temps voulu. Je voudrais d'abord lire ce qu'il y a d'écrit sur ce bout de papier.

J'en savais les mots par cœur, mais l'écriture m'était inconnue ; c'était un morceau de feuille déchirée qui ne contenait qu'une brève phrase, sans formule de politesse en introduction ni en conclusion : *retrouvons-nous à l'endroit habituel.* Son auteur n'était pas stupide au point de signer de son nom, c'était la seule certitude que l'on pouvait avoir.

— Cela ne nous apprend pas grand-chose, déclara sir William d'un ton bourru, mais le papier est d'excellente qualité, et suffisamment petit pour pouvoir passer d'une main à l'autre sans être remarqué dans un lieu public. Ce fragment ne porte pas de filigrane, mais c'est un vrai papier de peille [1], qui doit coûter assez cher.

Il glissa le billet dans son manteau et se caressa le menton d'un air perplexe.

— L'écriture est élégante, elle aussi, observai-je, et je serais pour ma part encline à la juger masculine. Le style laisse à penser qu'il s'agit d'une personne d'une condition plus élevée que celle de la bonne.

1. Chiffon utilisé dans la fabrication du papier.

— Je suis bien de votre avis, ma chère.

— Peut-être pourriez-vous à présent me montrer la dernière lettre de la femme de chambre ? lui rappelai-je.

Sir William replongea la main dans la poche intérieure de son manteau et me tendit une feuille repliée.

— Elle était placardée sur la porte du « Cock and Bull », me dit-il, on a dû venir l'y mettre avant l'aube. La moitié de la ville l'a lue, et l'autre moitié a appris la nouvelle. Je me fie à vous pour ce qui est de mesurer comme moi la signification que revêt ce message.

Au bienveillant Sir,

J'ai été déçu dans les espérences que j'avais mise dans votre justice. Aussi je dois parler franchement. Le mal est à l'euvre à Scargrave Manor. Fouillez dans les affaires du lord et vous trouverez les instruments du Diable ! Peut-être que vous me croirez alors quand je vous dit qu'il y a eu meurtre et que c'est la comtesse qui l'a commis. Que l'ame du pauvre comte repose en paix près de Dieu.

Marguerite Dumas

Je levai les yeux d'un air interrogateur.

— Oui, c'est aussi mauvais qu'on le pouvait craindre, déclara sir William, le visage sombre. Elle accuse la comtesse de meurtre devant tout Scargrave Close, et daigne cette fois-ci signer sa lettre. Ne trouvez-vous tout de même pas étrange, ma chère Jane, qu'elle ait été égorgée si peu de temps après l'avoir écrite ?

Je me tordis les mains de consternation.

— Pauvre Isobel, fis-je, y a-t-il plus infortunée

qu'elle ? Qu'allons-nous faire, sir William ? Que devons-nous faire ?

— Eh bien, l'on me suggère de fouiller dans les effets personnels d'un lord, dit le magistrat. Et comme je ne puis prétendre savoir exactement à quel lord la femme de chambre fait allusion – un comte défunt ou bien vivant –, je me propose d'inspecter tant les affaires de Fitzroy Payne que celles de feu lord Scargrave. Voilà qui devrait amplement suffire à nous occuper pour l'instant, ne croyez-vous pas, Jane ?

Je partis chercher Isobel dans sa chambre, mais elle était descendue à l'office où l'on s'occupait à laver et à habiller de vêtements propres la dépouille de Marguerite, qui devait recevoir une sépulture chrétienne. Je l'y rejoignis pour la prier de bien vouloir m'accompagner au salon ; mais les mots et le courage me manquèrent pour avertir mon amie de l'outrage qu'elle allait bientôt devoir endurer. La comtesse ne s'aperçut pas de ma détresse et m'emboîta docilement le pas.

Le comte nous attendait en compagnie du magistrat. Ce dernier ne s'appesantit guère sur l'abominable assassinat dont avait été victime la femme de chambre, à la grande surprise de Fitzroy Payne qui croyait manifestement que sir William l'avait fait mander pour discuter de l'événement. Mon vieil ami leur révéla sans tarder le contenu de la troisième lettre, ce qui acheva de déconcerter le comte qui ignorait tout de l'existence des billets précédents. L'impassibilité de son visage, tandis qu'on lui racontait l'histoire, était un parfait modèle de maîtrise de soi ; jamais encore je n'avais vu le poids de toute une éducation sociale s'imposer avec autant de force à l'occasion d'une épreuve si cruelle et intime. Le comte ne se permit point de reprocher à Isobel ses cachotteries et ne laissa pas non plus paraître la moindre émotion quand lui furent répétés les obscurs propos de Marguerite sur « le lord aux cheveux gris ». En revanche, sa colère, en apprenant la dimension publique des accusations, fut perceptible ; enfin, quand on le requit de soumettre ses effets personnels à l'inspection du magistrat, les traits de Fitzroy Payne se contractèrent.

— Les calomnies de cette femme vont donc menacer jusqu'à l'intimité même de notre maison ! s'exclama-t-il, furieux.

— Cette femme, comme vous dites, vient d'être égorgée ; et je ne crois pas qu'une fin aussi violente soit sans rapport aucun avec ses activités épistolaires, répondit sir William. Aux yeux du public, sa mort ne fait qu'ajouter à la crédibilité de ses assertions ; à cet égard, nous devons tout mettre en œuvre pour dissiper le doute, et faire taire les rumeurs par la même occasion.

Le comte porta la main à son front et se mit à faire les cent pas devant la cheminée, la mâchoire contractée par un tic nerveux. Au bout d'un moment, il tourna les yeux vers sir William, inclina la tête, et finit par lui donner son assentiment.

— Danson, mon valet, se tiendra à votre disposition pour faciliter votre tâche.

— Les affaires de mon défunt mari sont toujours dans ses appartements, dit Isobel d'une voix qui n'était plus qu'un murmure. Je vais vous y conduire.

— Il est inutile de vous déranger, comtesse, lui répondit sir William. Le majordome me montrera le chemin. Quant à vous, lord Scargrave, je vous serais fort obligé de bien vouloir demeurer ici également. Il vaut mieux que toutes les personnes concernées restent à proximité pendant la durée des opérations.

— Et ne viennent pas s'immiscer dans votre fouille, si je vous entends bien, déclara Fitzroy Payne avec un sourire amer. Fort bien, qu'il en soit ainsi.

L'attente est en soi une expérience fort ennuyeuse, et plus particulièrement pénible lorsqu'elle s'accompagne d'un sentiment d'appréhension. À la requête d'Isobel, je me mis au piano et m'efforçai de jouer pour la distraire ; mais mes doigts trébuchaient plus que de coutume et, en dépit du fait que nous étions à la veille de Noël, mon choix se portait presque exclusivement sur des morceaux mélancoliques. J'étais ainsi absorbée quand le lieutenant Hearst fit son entrée ; il avait probablement dû se lasser de ses boules de billard, faute d'adversaire pour donner un peu de piquant au jeu. Il vint se planter juste à côté de moi, les sourcils froncés et les traits empreints d'une gravité inhabituelle.

— Sir William est venu, n'est-ce pas ? s'enquit-il en essayant de prendre une intonation assurée.

— Oui, et il n'est pas encore reparti, répondis-je. Il est à pied d'œuvre là-haut, et nous autres attendons son bon vouloir ici-bas.

Le lieutenant eut l'air indécis, comme s'il hésitait sur ce qu'il allait dire, et jeta un regard autour de lui. J'achevai le menuet de Mozart que j'avais si laborieusement exécuté et abandonnai le piano. Comme je me levais de mon siège, trop nerveuse pour rester assise, Tom Hearst me retint d'un geste de la main.

— Le magistrat a-t-il découvert quelque chose de fâcheux, miss Austen ?

Je le fixai avec des yeux ronds.

— Quelque chose de *fâcheux ?* répétai-je. Vous voulez dire en sus du cadavre atrocement mutilé de cette servante qui jouait les maîtres chanteurs ? J'avoue que j'ai peine à vous comprendre, lieutenant. Sont-ce là des choses banales pour un officier de la Garde montée ?

Il prit un air penaud, cherchant une réponse, mais je me détournai prestement et me dirigeai vers la fenêtre du salon en m'efforçant de dominer le tremblement soudain qui s'était emparé de tous mes membres. J'avoue que j'étais bouleversée par le souvenir du visage de la malheureuse Marguerite, bien plus encore que je ne l'avais craint. Je pouvais m'attendre à faire des cauchemars – ou à recevoir une nouvelle visite du spectre de Scargrave – d'ici le petit matin.

Mes compagnons de tragédie n'étaient pas moins abattus. Fitzroy Payne s'évertuait à paraître absorbé par son livre, mais son regard se posait sur Isobel aussi souvent que sur sa page. J'observai l'expression, tout à la fois nostalgique et triste, qui passait sur ses traits chaque fois qu'il levait les yeux vers la comtesse ; et j'eus pitié de lui car il souffrait de ce silence qui s'était instauré entre eux. La mort de Marguerite et les révélations concernant ses lettres n'avaient néanmoins pas fait perdre au comte son empire sur sa personne ; Fitzroy Payne semblait même supporter avec une dignité accrue, ainsi qu'il seyait à son rang, les incertitudes qui planaient sur son avenir.

Le regard de ma chère Isobel était fixé dans le vide, et ses mains désœuvrées reposaient sur ses genoux ; au vu des fréquentes vagues d'émotion qui traversaient son visage, je jugeai qu'elle devait revoir mentalement défiler le triste cortège d'événements de ce mois de décembre, et méditer son terrible revers de fortune avec un désespoir grandissant. Je mourais d'envie de venir à ses côtés ; mais la présence des autres et la pensée du retour imminent de sir William m'en dissuadèrent. Cherchant à recouvrer mon calme, je tournai mon regard vers la vue enneigée que l'on avait de la fenêtre, m'émerveillant du fait qu'une journée marquée par tant d'événements terribles pût malgré tout être aussi belle.

Dans l'émoi provoqué par la découverte du cadavre, tout le monde avait complètement oublié le réveillon de Noël, excepté Mrs Hodges, la fidèle gouvernante de Scargrave. Je sursautai en entendant retentir la cloche qui nous invitait à passer à table. Tom Hearst fut le premier arrivé à la porte et la tint pour nous autres, les dames. Fitzroy Payne referma brusquement son livre sans quitter des yeux Isobel, qui se leva de sa chaise avec l'air d'émerger d'un songe. J'inclinai la tête en direction du comte et suivit la comtesse le long du hall, me sentant soudain gagnée par une légère nausée. Mais nul ne traîna en route, malgré le peu d'appétit que nous devions tous avoir ; manier la fourchette était somme toute une alternative bienvenue au silence tendu qui régnait dans le salon.

Mais une fois dans la salle à manger, je sentis mon stoïcisme chanceler. Mrs Hodges s'était évertuée à donner au dîner un petit air de fête, en ornant le grand candélabre de Scargrave de nœuds rouges et de feuilles de houx. L'aberrante gaieté de cette mise en scène eut pour effet de me faire songer à ma propre famille à Bath. Que disaient de moi ma chère Cassandra, mon père et ma mère, ce soir ? Mon absence faisait-elle naître dans leurs cœurs un sentiment de solitude semblable à celui qui pénétrait le mien ? Mais un regard à Isobel, qui n'avait même pas remarqué les décorations de la table, accablée comme elle l'était de douleur et de chagrin, suffit à raffermir ma volonté. La mort de sa femme de chambre n'augurait rien de très gai dans les jours à venir pour la comtesse ; elle allait avoir besoin d'amis fidèles.

À voir le regard sombre et la bouche pincée de madame Delahoussaye, qui était déjà assise, on pouvait imaginer le peu d'enthousiasme que lui inspirait ce repas.

— Isobel, ma chère, votre cousine est toujours indisposée, déclara-t-elle.

— Vous m'en voyez navrée, ma tante, dit la comtesse en s'effondrant, pâle comme la mort, sur la chaise qu'un valet de pied lui avait avancée. Peut-être devriez-vous emmener cette chère Fanny à Londres après les fêtes – Scargrave n'est assurément pas un endroit très gai pour elle.

— C'est même un environnement particulièrement malsain, renchérit Madame en dardant son regard sur Tom Hearst. Je crois, Isobel, que nous partirons après-demain. La société des gens de la ville remontera le moral de cette pauvre Fanny.

— La société de la ville est-elle donc à ce point supérieure à celle de Scargrave, Madame ? intervint le lieutenant qui avait perdu sa mine inquiète et déploya sa serviette avec l'entrain d'un homme animé d'un solide appétit. Je dois vous avouer que sur ce point nous avons la même vision des choses, poursuivit-il. En vérité, je devrais même me féliciter de cette complicité entre nous, si rare entre deux personnes que tout sépare : le caractère, les années et l'expérience. Je rejoindrai d'ailleurs mon régiment à Saint-James à la première occasion, afin d'accompagner miss Fanny dans toutes les réjouissances de la saison.

— Impudent vaurien ! s'écria Madame, le visage blême de colère. Vous ne ferez rien de tel.

— Je crains d'y être obligé, chère Madame. J'ai aujourd'hui même reçu ordre de retourner parmi mes compagnons d'armes.

Et où en est cette histoire de duel ? pensai-je. Son régiment allait-il accueillir Tom Hearst à bras ouverts, tous ses péchés pardonnés ?

Madame empoigna le manche de sa fourchette comme si elle eût voulu la planter dans le cœur du lieutenant.

— Et moi je n'ai *aucune* envie que vous fréquentiez Fanny et menaciez ainsi son avenir ! lança-t-elle, faisant sursauter Isobel.

— Ma tante ! s'écria la comtesse. Vous vous oubliez. Le lieutenant est un membre de la famille Scargrave !

— Un membre de la famille par trop *familier* ! Il *abuse* de son lien de parenté, Isobel. Il s'imagine que la beauté et la fortune de Fanny lui sont dus. Et qu'est-il donc ? Un vulgaire aventurier en uniforme bleu. Le puîné d'un bon à rien. (Madame jeta sa serviette et recula sa chaise.) Pareille compagnie me coupe l'appétit. Prévenez Mrs Hodges, Isobel, que je dînerai d'un plateau dans ma chambre.

— À votre santé, Madame ! lui lança Tom Hearst en levant son verre, lorsqu'elle passa près de lui et le fusilla du regard. Voilà qui ferait un touchant tableau, poursuivit-il en se tournant vers moi, ne croyez-vous pas, miss Austen ? Miss Fanny et le lieutenant : l'union du sentiment et de la raison.

— Grand Dieu, Tom ! s'insurgea Fitzroy Payne,

qu'aviez-vous besoin de tourmenter Madame de la sorte ? Sa fille est tout pour elle. Nous qui vous connaissons, nous savons que vous prenez un malin plaisir à provoquer les autres ; mais elle, elle se sent insultée par vos taquineries.

— Des reproches, Fitzroy ? fit le lieutenant, feignant la consternation. Et moi qui espérais des remerciements ! Grâce à mes bons offices, la brave femme est retournée dans sa chambre, ce qui va nous permettre de réveillonner en paix.

Tom Hearst ne cherchait peut-être qu'à plaisanter, mais le ton de ses paroles était cinglant ; et je m'interrogeai, en l'écoutant, sur cette pointe d'amertume qui perçait dans sa voix – sans parvenir à en cerner le sens véritable. Éprouvait-il un tendre sentiment pour Fanny ? Ses piques acérées suggéraient le contraire. Mais il n'en continuait pas moins à taquiner sans pitié Madame à ce propos, comme si la conquête de sa fille demeurait son objectif. Et pourtant, pourtant… quand il m'arrive de passer une heure en sa compagnie, et qu'il se montre particulièrement chaleureux, mon cœur me murmure que Fanny espère en vain.

Nous étions en train de chipoter l'excellente soupe d'huîtres de Mrs Hodges lorsque sir William réapparut. Je jugeai qu'il ne s'était pas écoulé deux heures depuis qu'il nous avait quittés ; mais à voir la transformation qui s'était opérée sur son visage dans l'intervalle, cela eût tout aussi bien pu être une année.

Il resta dans l'embrasure de la porte et s'éclaircit la gorge, les yeux rivés sur la figure livide de la comtesse.

— Je suis profondément navré de vous déranger pendant le dîner, milady, dit-il, mais je dois impérativement poser quelques questions aux personnes présentes dans cette pièce.

— Je vous en prie, sir William.

Isobel reposa sa cuillère et, malgré l'atmosphère tendue qui régnait dans la salle à manger, garda une contenance dont je ne l'aurais pas crue capable.

— En quoi pouvons-nous vous être utiles ? demanda-t-elle.

Le magistrat jeta un coup d'œil aux deux valets de pied postés contre les murs, puis adressa à la comtesse un regard éloquent.

— Je préférerais parler en présence des seuls membres de la famille, à l'exception, toutefois, de miss Austen.

Isobel congédia d'un geste de la main les domestiques, qui s'empressèrent de disparaître. Leur départ ne contribua qu'à accroître la tension autour de la table. Mais sir William ne fit point durer le suspense.

— Je crois que ceci vous appartient, milady, dit-il en se dirigeant, la main tendue, vers la chaise d'Isobel.

— Tiens, mais oui ! s'exclama-t-elle en prenant le carré de lin qu'il lui présentait. Je ne cesse de perdre mes mouchoirs un peu partout comme une écolière étourdie. Où avez-vous trouvé celui-ci ?

— Miss Austen a eu la gentillesse de le ramasser dans le paddock ce matin, répondit le magistrat.

— Dans le paddock…, répéta-t-elle, perdant les dernières pâles couleurs qui lui restaient. Mais je n'ai pas mis les pieds au paddock depuis plusieurs jours. Jane…

Ses yeux quêtèrent mon regard avec embarras.

— Il était par terre, près de l'entrée, Isobel, lui expliquai-je avec calme. Il ne devait pas se trouver là depuis bien longtemps, étant donné qu'il n'était pas recouvert par la neige.

Sir William s'interposa habilement.

— Seriez-vous capable d'identifier la main qui a tracé ces mots, comtesse ? s'enquit-il en sortant de son manteau le bout de papier maculé de sang que j'avais récupéré dans le corsage de Marguerite.

Isobel se pencha dessus pour l'étudier en retenant son souffle. Elle posa son regard sur moi, puis sur le magistrat.

— Qu'est-ce que cela signifie ? s'enquit-elle.

— Mais l'écriture, milady, la connaissez-vous ?

Les yeux rivés sur le visage du comte, elle répondit lentement :

— Je jurerais qu'il s'agit de celle de Fitzroy.

Tom Hearst se racla la gorge et recula sa chaise. Comme je l'observais, il croisa les bras sur sa poitrine – afin, peut-être, de se donner une contenance. Nos regards se croisèrent et il haussa un sourcil – muette supplication pour qu'il se fît un peu de clarté dans cet invraisemblable imbroglio.

Sir William se tourna vers le comte et, plongeant de nouveau la main dans sa poche, en sortit une poignée de petites boules brunes qu'il lui présenta dans sa paume ouverte.

— Milord, dit-il, êtes-vous en mesure de nommer ceci ?

Fitzroy Payne fronça les sourcils et répondit par la négative.

— Et vous, milady ?

Isobel se pencha à son tour sur la main du magistrat pour examiner ces graines bizarres.

— Par exemple ! Ce sont des noix de la Barbade !

s'exclama-t-elle. Dans mon île natale, les gens du peuple ne jurent que par leurs vertus médicinales. Mais où les avez-vous trouvées ?

— Enveloppées dans du velours, à l'intérieur de l'étui à pistolets de lord Scargrave, milady, répondit sir William d'un air très grave. Il me semblait bien reconnaître des noix de la Barbade, mais je n'en étais pas vraiment sûr avant de vous entendre le confirmer.

Il déposa précautionneusement les noix sur une serviette qui se trouvait sur le buffet, et en fit un petit paquet dont il noua les coins avec soin.

— Auriez-vous fait un voyage aux Antilles à mon insu, Fitzroy ? s'enquit Isobel.

Elle regarda le comte, une flamme inquiète au fond de ses yeux bruns. Elle réussissait à garder un parfait contrôle de sa voix, mais la pulsation d'une veine sur sa gorge me permit de deviner que son cœur battait à tout rompre.

— Vous savez bien que c'est impossible, répondit Fitzroy Payne. Sir William, est-ce que ces noix sont comestibles ?

— Leur goût est si délicieux qu'en manger une c'est les manger toutes, déclara sir William, et il est permis de penser que c'est précisément ce que votre oncle a fait. Car la noix de la Barbade est un poison, lord Scargrave ; un purgatif très dangereux en fait, capable de provoquer une crise moins d'un quart d'heure après l'ingestion, et d'entraîner la mort en quelques heures.

Tom Hearst bondit sur ses pieds, la main sur la poignée de son sabre.

— Bon Dieu ! s'exclama-t-il. Qu'essayez-vous donc d'insinuer ?

Un petit bruit étouffé, presque un gémissement, se

fit entendre ; c'était Isobel, dont le visage était devenu mortellement pâle. Elle s'accrochait des deux mains au rebord de la table, comme si elle avait besoin de ce support pour ne pas s'effondrer sur le sol.

— Asseyez-vous, Tom, lança Fitzroy Payne d'une voix lasse. Sir William voulait seulement nous expliquer que ce sont ces noix qui ont dû causer la crise qui fut fatale à mon oncle.

— Mais, Fitzroy, êtes-vous fou ? Cet individu est en train d'insinuer…

— Je sais ce que Monsieur le juge insinue.

Tom Hearst se raidit sous le regard de son cousin, mais regagna son siège. Fitzroy Payne inclina la tête vers sir William.

— Continuez, je vous prie, dit-il.

— Eh bien, lord Scargrave, déclara lentement le magistrat, les yeux rivés sur le sol, il est de mon devoir à présent de demander que l'on fasse exhumer le corps de Frederick, feu lord Scargrave.

— Pour quel motif, sir, tenez-vous à troubler le repos de mon oncle ?

— Je désire que le Dr Philip Pettigrew, de Sloane Street, qui a prodigué ses soins au comte à l'agonie, réexamine le corps.

Ayant dit cela, sir William releva les yeux et la froideur de son regard me fit tressaillir.

— Et à quoi cela servira-t-il ? demanda le comte, d'un ton dépourvu de son habituelle courtoisie. Pettigrew a déjà confirmé son décès, il me semble.

Sir William jeta un coup d'œil à Isobel et, en suivant son regard, je vis que mon amie avait porté la main à sa gorge.

— Sachez, milord, répondit le magistrat, qu'un

médecin est capable d'analyser le contenu de l'estomac d'un mort, même plusieurs jours après le décès ; et, à partir de cela, d'en préciser la cause.

— Vous voulez *disséquer*[1] mon mari ? s'enquit Isobel, les traits déformés par l'horreur.

— Je crains que ce ne soit la seule solution, milady, déclara sir William, d'une voix non dénuée de douceur. En cas d'empoisonnement, même par un purgatif ayant entraîné des vomissements, c'est l'unique méthode qui permette de prouver la véracité ou la fausseté des assertions de la servante assassinée.

Je poussai un gros soupir, et m'aperçus que j'étais en train de triturer nerveusement le tissu de ma robe.

— Sir William, je doute que vous fassiez cela pour votre propre satisfaction, dit lord Scargrave d'une voix éteinte. Il doit y avoir la volonté d'une instance supérieure derrière tout cela.

— En effet, milord. J'aimerais que le rapport du Dr Pettigrew soit présenté devant un jury convoqué par le coroner en poste du Hertfordshire, afin que lumière soit faite sur la cause du décès du comte. Nous devrons de toute façon faire appel à la justice pour cette malheureuse Marguerite, ce qui nous permettra par la même occasion d'apporter les preuves relatives à la mort de votre oncle.

La voix de Tom Hearst s'éleva :

— Ma chère comtesse, j'ai l'impression que vous ne vous sentez pas bien.

1. On ne pratiquait à l'époque l'autopsie médicale que sur les corps de criminels exécutés, que l'on confiait souvent aux médecins pour leurs recherches scientifiques. La « dissection », comme on disait, était considérée comme le sort le plus dégradant qui fût pour la dépouille d'un être aimé.

Les yeux d'Isobel étaient clos et sa respiration oppressée. Le lieutenant se leva et voulut venir près d'elle, mais mon amie l'arrêta d'un geste de la main.

— Ne vous en faites pas, mon cher Tom, je me sens seulement comme l'on ne peut que se sentir en pareilles circonstances. À cela, il n'est point de remède. Je vous en prie… écoutons ce que sir William a encore à nous dire.

Le magistrat eut la grâce de paraître contrit d'avoir infligé tant de peine à une dame, et détourna les yeux.

— Les deux cas sont sans rapport l'un avec l'autre, objecta Fitzroy Payne. Les assertions de la bonne ne sont que des calomnies et des mensonges. Mon oncle souffrait d'une affection banale ; il en est mort subitement et prématurément, mais ce genre de chose s'est déjà vu.

— Vraiment, milord ? fit sir William.

— Fitzroy, intervint Isobel d'une voix éteinte – tous nos regards convergèrent vers elle. Faites ce qu'il demande, mon amour, dit-elle sans plus se soucier des convenances. Nous ne dissiperons jamais les doutes nous concernant si nous nous y opposons, et ne pourrons plus demeurer dans la région.

— Je crains fort, milady, que vous n'ayez effectivement raison, renchérit sir William en hochant la tête avec raideur. D'autant que mon devoir de magistrat m'oblige à insister – ne serait-ce que pour savoir à quoi nous en tenir sur la femme de chambre, sinon sur vous.

Tom Hearst eut une petite toux, comme pour signifier son indignation, qui me fit tourner la tête vers lui ; mais il regardait ailleurs, l'air absent. Je notai qu'il serrait si fort les accoudoirs de sa chaise, que les jointures de ses doigts étaient devenues blanches.

— La femme de chambre, répéta Fitzroy Payne d'un ton pensif. Ce bout de papier, que l'on dit écrit de ma main, est taché de sang, me semble-t-il.

— Vous êtes observateur, milord.

Sir William fit le tour de la pièce à pas mesurés et finit par s'arrêter de l'autre côté de la table, face à moi.

L'appréhension est une cruelle maîtresse ; le comte hésitait manifestement à poser la question qui lui brûlait les lèvres, mais le désir de savoir fut le plus fort :

— Vous l'avez trouvé sur sa personne ? s'enquit-il.

— C'est bien là qu'on l'a trouvé, milord, répondit sir William, qui me jeta un regard embarrassé.

Je sentis mon visage s'empourprer, mais heureusement, les membres de la famille Scargrave ne se souciaient guère d'étudier la contenance de miss Austen.

— Mais c'est de la démence ! s'écria Fitzroy Payne en bondissant furieusement sur ses pieds, tout calme ayant cette fois fini par l'abandonner. De la pure démence, vous dis-je !

Nous en restâmes tous pantois. Une explosion de colère chez un homme posé fait toujours l'effet d'un tremblement de terre ; et l'éclat du comte avait fait trembler les murs de Scargrave. Tom Hearst se redressa de toute sa taille et vint se placer derrière la chaise de son cousin ; tous deux firent front à sir William avec toute la fierté de leur noble lignée dont le sang courait rageusement dans leurs veines.

— Sur mon honneur de gentleman, lança le comte d'une voix enfiévrée, sur la réputation de cette noble famille dont je me réclame, je vous jure solennellement que je n'ai pas revu cette Marguerite depuis le lendemain de la mort de mon oncle.

— Et ces noix, trouvées parmi vos effets personnels,

milord ? s'enquit sir William avec une intonation tout à la fois douce et menaçante.

— Si elles sont à l'origine du trépas du comte…

— *Si*… Évidemment, l'interrompit le magistrat qui, faisant demi-tour, s'en retourna tranquillement vers la porte, comme indifférent à l'attitude belliqueuse des deux cousins. Pour le savoir, il nous faudra attendre le rapport de ce brave médecin.

— … même si ce sont ces graines immondes qui lui ont assené le coup fatal, reprit Fitzroy Payne, sachez que je n'y suis pour rien. J'ignorais tout de leur existence jusqu'à ce moment où vous me les avez montrées.

— Très bien, milord, dit sir William, s'inclinant vers l'ensemble des convives.

— Vous devez me croire !

Le regard du magistrat se tourna vers le comte, et je fus frappée de l'expression sinistre de mon vieil ami.

— Je crains fort, lord Scargrave, déclara sir William, que vous ne vous trompiez de personne. Ce n'est pas moi que vous devez convaincre, mais le coroner.

11

Mr Eliahu Bott au « Cock and Bull »

27 décembre 1802

Trois jours ont passé depuis ma macabre découverte, et je dois avouer que je ne parviens toujours pas à me défaire d'un lourd sentiment de lassitude et de tristesse, humeur que je puis peut-être attribuer à mes nuits d'insomnie. Dès que je ferme les yeux, l'image de la jeune fille assassinée ressurgit et vient me hanter – le blanc de ses yeux révulsés et sa tête pendante, le collier sanguinolent qui lui encercle le cou. Incapable de dormir, je reste alors allongée dans le noir, l'oreille tendue, à guetter un bruit de pas dans la galerie. Il semble, toutefois, que le premier comte de Scargrave ne pleure les disparus qu'à bon escient ; il n'a point daigné saluer l'âme d'une simple servante en venant parader derrière ma porte, ainsi qu'il l'avait fait avant son assassinat. Mais, dans l'état d'esprit qui est le mien en ce moment, l'éventualité de son retour ne m'inspire aucune appréhension ; même la peur a été engloutie dans le malaise général de mon âme.

Ce fut donc un bien triste Noël, bien que j'eusse le plaisir de recevoir une lettre et un paquet de ma chère Cassandra – contenant près de quinze mètres d'une ravissante mousseline rose pour me faire confectionner une nouvelle robe. Après l'office à l'église de Scargrave Close, Isobel alla s'enfermer dans sa chambre et y demeura presque toute la journée ; lord Scargrave préféra prendre la clé des champs et partit errer dans le parc pour ne rentrer qu'à la tombée de la nuit. Je me retrouvai donc en compagnie du lieutenant, dont l'attention était constamment monopolisée par une Fanny Delahoussaye pleine d'entrain, de Madame et de George Hearst – qui, malgré son passage à Londres, semblait d'humeur aussi chagrine qu'à la veille de Noël. L'ecclésiastique resta assis devant la cheminée de longues heures durant, à contempler silencieusement les flammes, les sourcils froncés et le regard sombre.

Je me mis au piano, la musique étant le seul remède

qui soulageât mes nerfs épuisés, mais je fus bientôt contrainte de m'interrompre par la faute de miss Delahoussaye, qui réussit à distraire mon attention : elle déclara soudain qu'à nous tous, nous formions décidément une bien triste compagnie en cette période de Noël. Elle voulut nous proposer des jeux simples : improviser des scènes de théâtre dans la salle à manger par exemple, ou bien composer des *tableaux vivants* *; bref, rien qui ne fût en accord avec notre humeur ou les circonstances présentes.

— Voilà bien notre Fanny ! s'exclama madame Delahoussaye avec indulgence. Si gaie, que nul incident ne parvient à assombrir son humeur insouciante ; si pleine de bonne humeur qu'elle fait oublier à chacun ses tracas !

— Pour ma part, je ne qualifierais point un meurtre d'incident, observa George Hearst d'un ton mordant. Mais il est vrai que si l'on est enclin à ce genre d'euphémisme, il est aisé d'ignorer les choses sérieuses de la vie au profit d'une quête assidue de la frivolité.

— Là, George, vous êtes désobligeant, déclara miss Fanny. Je m'étonne que le meurtrier n'ait pas jugé bon de s'intéresser à vous, tant vous êtes fâcheux avec votre *ennui* *. Mais ne vous en faites pas. Nous nous amuserons bien mieux sans vous.

— Comme c'est généralement le cas, rétorqua Mr Hearst. Mais je ne me sens aucunement déshonoré par ce constat. Étant donné que vous trouvez de l'amusement en toute chose, miss Fanny – même dans ce qui est sérieux ou tragique –, stimuler votre inclination au rire est loin d'être un talent bien extraordinaire. J'avoue que je m'enorgueillis de qualités plus rares.

— Il doit bien y avoir de vieux costumes entreposés

quelque part, dans une demeure aussi ancienne que celle-ci, poursuivit Fanny sans plus lui prêter attention. Je suis sûre que le lieutenant serait ravi de me voir habillée en Marie-Antoinette, et de parader lui-même en Roi-Soleil.

Madame prit une expression inquiète et scruta sa fille avec attention.

— J'aimerais autant que vous soyez plus au fait de la chronologie historique, la sermonna-t-elle. Plusieurs générations séparent ces deux personnages.

Fanny haussa les épaules avec un élégant dédain.

— Peuh, maman ! Lorsqu'on joue la comédie, cela n'a aucune importance. Je vais appeler Mrs Hodges et mettre tout sens dessus dessous dans le grenier.

— N'en faites rien, Fanny, je vous prie, lança vivement Madame. Chantez-nous plutôt un air. Nous préférerions tous entendre votre jolie voix et il serait vraiment cruel que vous nous priviez de ce plaisir. Je suis sûre, ajouta-t-elle, que le lieutenant Hearst est bien de mon avis.

Je fus surprise qu'elle fît ainsi appel au soutien de cet homme qu'elle détestait, et j'en conclus qu'elle devait avoir encore plus en horreur les pantomimes costumées. Mais miss Fanny était déjà tout sourires et je dus lui céder ma place devant l'instrument. En vérité, il m'était bien égal de ne plus jouer, et je ne tardai d'ailleurs pas à quitter le salon pour retrouver l'intimité de ma chambre, car la demoiselle persistait à n'entonner que des chants de Noël, avec une bruyante et débordante gaieté des plus déplacées.

Hier, sir William supervisa la réouverture du grand tombeau de pierre dans la cour de l'église de Scargrave

Close et l'exhumation du cercueil du défunt comte, qu'il confia ensuite au Dr Pettigrew, le médecin londonien. Le magistrat était assisté dans sa tâche par Eliahu Bott, le coroner du Hertfordshire, un petit homme d'allure soignée, qui ne se départait jamais d'une mine soucieuse de dyspeptique. L'enquête est prévue pour cet après-midi, et tout le monde est tenu d'y assister. Je dois moi-même apporter mon témoignage concernant la découverte du corps de Marguerite, et cette perspective n'est pas sans me causer quelques angoisses. J'ai l'impression de vivre en suspens, de retenir mon souffle en attendant que la tension se relâche – et je prie pour que l'enquête nous apporte cette délivrance.

Sir William lui-même est devenu plus distant, tant dans ses manières que dans ses paroles ; il a cessé de me faire part de ce qu'il sait sur l'instruction en cours et me traite avec une sollicitude et une gentillesse qui ne m'inspirent que de la peur. Je présume qu'il a appris certaines choses qui ne plaident pas en faveur d'Isobel et de Fitzroy Payne – et qu'il les croit même, en fait, coupables des deux meurtres. Sir William n'éprouve pas d'affection particulière pour la comtesse faute de la connaître intimement comme moi-même, ni de respect pour le noble caractère du comte, à l'instar de celui je persiste à nourrir, si bien que rien ne peut influencer son jugement ; j'anticipe sa sévérité en ce qui concerne l'enquête et redoute fort l'issue de cette dernière. Son devoir de magistrat du district lui impose d'établir la culpabilité de mes amis[1] ; et pour rassembler ce qui pourra éventuellement être retenu contre eux, il déploie

1. La présomption d'innocence est une notion récente. Jusqu'en 1848, le rôle du magistrat ne consistait pas à la défendre, ni à recevoir objectivement la

le même zèle qu'à l'époque où il siégeait au Banc du Roi. Il est même parti quelques jours à Londres en quête de témoins qu'il veut présenter au jury, ainsi que je l'ai appris de la bouche de sa chère épouse, lors d'une visite que je lui ai rendue grâce à l'attelage de Scargrave qu'on avait mis à ma disposition ; mais la gravité des manières de cette dernière et la compassion de son regard n'ont guère contribué à me rassurer quant à la suite des événements.

Bien que le temps se soit maintenu au beau depuis le réveillon de Noël, j'ai dédaigné Lady Bess et les plaisirs équestres ; j'ai dédaigné mon journal, mon volume de Boswell et même ma correspondance – comment dire à ma chère Cassandra tout le mal dont les hommes sont capables ? Et, à dire vrai, je ne sais trop que lui écrire ; j'ai moi-même tant de peine à démêler la logique des événements qu'il me serait plus difficile encore de les rendre clairs pour autrui. Tout se révèle bien incertain en ce monde où le visage d'une amie dissimule peut-être des intentions meurtrières, où les plus vives protestations d'innocence ne sont peut-être qu'un leurre, menaçant de faire choir la confiance au rang d'aveugle complaisance. Le mouchoir d'Isobel, trouvé près de l'entrée du paddock, et ce mot dans le corsage de la bonne portant l'écriture de Fitzroy Payne – pour ne pas parler des noix en sa possession – sont des faits que l'on ne peut nier. Même si l'on omettait lors de l'enquête de mentionner l'affection d'Isobel à l'endroit

déposition de l'inculpé, mais bien à réunir des arguments en faveur de sa culpabilité. Jusqu'en 1837, l'avocat chargé de la défense n'était pas autorisé à mettre en doute la parole des témoins, ni à les confronter, et il fallut attendre la fin du siècle pour que l'accusé obtienne le droit d'assumer lui-même sa défense.

de son neveu, les plus perspicaces des membres du jury en feraient probablement la conjecture, de par l'accumulation des preuves, les âges respectifs et l'association des deux parties dans cette affaire. Une personne ne connaissant point leurs caractères pourrait sans peine se convaincre que l'héritier avait empoisonné son oncle dans la double intention de s'octroyer sa fortune et sa femme ; et qu'Isobel, aux abois et d'une génération plus jeune que son époux de trois mois, était bien heureuse de consentir au plan de son amoureux transi. Quant à la mort de la femme de chambre, elle s'expliquerait aisément ; ayant dénoncé les amants au magistrat, elle s'était fait égorger pour toute récompense. Bref, pour l'un comme pour l'autre, les faits n'augurent rien de bon.

Mais je n'ai point dit si j'ajoute foi à l'hypothèse du complot dont j'ai exposé la teneur ci-dessus. Pour être franche, je ne sais que penser. Je me trouve confrontée à un choix difficile : il me faut soit admettre que les protestations d'innocence de la comtesse et de son amant ne sont que l'expression de la plus rouée des duplicités, auquel cas ma propre confiance envers Isobel est vouée à fondre comme neige au soleil ; soit me faire à l'idée que le vrai coupable est une tierce personne, appartenant à la maisonnée et qui, non contente d'avoir assassiné, aurait ajouté à son péché en piégeant des innocents dans les mailles fatales de la suspicion. Aucun choix n'est préférable à l'autre, car tous deux attestent que la nature humaine est capable du pire ; et j'ai beau avoir appris à rire de ses travers – en traquant les défauts de mes semblables en société ou en les tournant en dérision dans mes écrits –, je suis néanmoins incapable de rencontrer le mal à l'état pur avec détachement. L'atroce mutilation de la femme de chambre et sa cruelle agonie interdisent l'impassibilité ; de même, le visage ravagé et les insoutenables souffrances du comte n'autorisent nulle merci envers l'assassin.

Un peu plus tard, cet après-midi

— Ma chère comtesse, déclara Tom Hearst avec le plus grand sérieux, puis-je vous suggérer de faire le trajet avec George et moi, ainsi que miss Austen si elle le désire, et de laisser là la calèche de Scargrave pour aujourd'hui ?

— Mais Percy a déjà amené les chevaux, Tom, objecta Isobel en désignant le cocher de Scargrave.

Le lieutenant parut indécis et jeta un regard à Fitzroy Payne.

— Je crois que mon cousin s'inquiète pour votre sécurité, comtesse, expliqua tranquillement le comte. Les gens du village sont particulièrement hostiles depuis qu'ils ont vu la lettre de la bonne et appris son brutal trépas.

Les beaux yeux d'Isobel s'assombrirent et elle scruta la figure de son neveu. Avec un tremblement dans la voix, elle s'enquit :

— Partagez-vous les craintes de Tom, Fitzroy ?

— J'ai bien peur, ma chère Isobel, que notre parade publique soit pour nombre de ces gens une occasion de vindicte à ne pas laisser passer. Mon oncle n'était ni assez clément dans l'administration de ses comptes, ni assez indulgent dans l'intendance de ses métairies pour s'attirer leur gratitude et leur affection. Comme je suis son héritier, ils ont reporté sur moi leurs rancunes.

— Le bruit court que certains veulent jeter des pierres sur la calèche, renchérit le lieutenant d'un air désolé. La bonne était la préférée de tous ces voyous qui traînent au « Cock and Bull ». En fait, sir William m'a laissé entendre qu'il valait mieux laisser tous les véhicules portant le blason de Scargrave au manoir aujourd'hui. C'est lui qui m'a informé du danger. Notre voiture, comme vous le savez, est peinte en noir, et attirera moins l'attention que la livrée de Percy et l'attelage des quatre chevaux gris.

— Très bien, dit Isobel d'une voix blanche. Je consens au subterfuge et à la dissimulation, bien que les deux soient étrangers à ma nature. Et je partirai pour Londres dès que cette enquête sera terminée, loin de cet horrible endroit.

Nous prîmes donc place dans la voiture des Hearst, les Delahoussaye et le comte devant faire le trajet dans celle de sir William ; une foule s'était massée à l'entrée de la taverne, mais nous nous fîmes déposer à l'arrière de l'établissement, devant la porte de service, et nous pûmes ainsi pénétrer discrètement à l'intérieur sans risque de nous faire molester.

Le coroner, Mr Bott, avait réuni son jury dans le plus grand espace disponible dont le « Cock and Bull » pût se targuer, autrement dit la salle principale de la taverne, imprégnée du parfum des jambons fumés suspendus aux poutres et de relents de vieille bière renversée par terre. Le sol avait été briqué pour l'occasion et toutes les tables, à l'exception d'une seule, entreposées dans une pièce à part ; derrière cette table, les douze jurés – de petits propriétaires terriens pour la plupart, qui, vêtus de leurs plus beaux habits du dimanche, furent incapables de soutenir le regard d'Isobel lorsque celle-ci entra dans la pièce au bras du lieutenant Hearst – avaient gauchement formé des rangs. Il y avait parmi eux le patron de la taverne lui-même, les bourrelets de chair de son cou engoncés dans un col de plusieurs tailles trop petit, le pharmacien local, Mr Smollet, rouge de visage et sévère d'expression, et Squire Fulsome, de Long Farm, resplendissant dans son gilet de soie rouge (probablement le cadeau de Noël de sa douce et tendre), que Bott avait désigné comme président de l'assemblée.

Face à ce salmigondis de jurés, les gens du village s'accrochaient fermement à leurs chaises, disposées sur plusieurs rangs comme pour une réunion d'évangélisation[1]. À notre arrivée, un peu avant l'ouverture de la séance fixée à une heure, seule la rangée réservée à la famille Scargrave était encore libre ; et je me sentis moi-même apeurée en voyant tous ces visages se tourner vers nous comme un seul homme, et nous lorgner d'un œil torve quand nous nous présentâmes à l'entrée. Rassemblant tout mon courage, j'emboîtai le pas à Isobel vers le fond de la pièce, les gentlemen dans notre sillage, mais je n'avais pas fait deux pas qu'une grosse femme à la bouche édentée, coiffée d'un atroce chapeau turquoise et rose vif, émergea de la foule en tendant le doigt vers la comtesse.

— La voilà ! lança-t-elle d'une voix stridente, sa main rouge et noueuse agitée de tremblements. La courtisane et Jézabel de Scargrave ! Elle a du sang plein les

1. L'évangélicalisme est un mouvement réformiste qui se développa au sein de l'Église d'Angleterre à la fin du XVIIIe siècle et qui s'élevait contre le laxisme moral au sein du clergé. Jane Austen en approuvait le principe, mais elle jugeait l'ardeur des Évangéliques excessive.

mains ! Cette meurtrière, cette catin, que le comte, dans sa bonté, a recueillie sous son toit à ses risques et périls ! La pauv' Margie, qui l'a dénoncée, l'a payé de sa vie, mais il est dit qu'elle sera pas morte en vain ! Que la vengeance du Seigneur soit rapide et implacable pour cette sorcière qui Lui a fait injure !

Isobel se figea sur place, comme changée en pierre. Ses beaux yeux jetaient des regards éperdus et sa main se porta à sa gorge – le premier des gestes qu'elle faisait dans ses moments de détresse. Comme la grosse femme achevait sa tirade, mon amie se mit à chanceler et je crus bien la voir défaillir. Fitzroy Payne bondit dans la foule avec une fougue peu ordinaire chez lui, déterminé à se saisir de la harpie et à la faire sortir de force de la salle ; mais Tom Hearst l'empêcha de mettre à exécution sa dernière intention.

— Laissez donc Lizzy Scratch cuver son gin, Fitzroy, lui conseilla le lieutenant. C'est l'un des témoins que sir William doit faire appeler ; il faut bien qu'elle reste ici.

De son côté, sir William la réprimanda sévèrement et ses paroles semblèrent intimider un peu la mégère, qui se contenta par la suite de marmonner dans son coin, serrant un grog entre ses mitaines. Je suivis Isobel qui, soutenue par le magistrat, continua à avancer et gagna la sécurité toute relative d'une chaise de bois.

L'on éprouvait un singulier inconfort du fait d'être ainsi placé au premier rang de la salle : j'avais la sensation que tous les yeux du village étaient braqués sur nos nuques avec une virulente animosité. Mais l'on n'y pouvait rien changer ; nous étions arrivés et condamnés à souffrir ce supplice deux heures durant.

12

Où l’on s’efforce de convaincre le magistrat

27 décembre 1802, suite

La preuve concernant le décès de Frederick, lord Scargrave, devait être la première présentée, et le médecin londonien, le Dr Philip Pettigrew, vint s’asseoir à côté du coroner. À la lumière du jour, il me paraissait plus jeune encore qu’au chevet du comte ; c’était un homme large d’épaules, pas très grand, aux yeux gris imperturbables, cerclés de lunettes à monture d’or. Plaçant sa main sur la Bible, il prêta dûment serment et balaya du regard l’assemblée des campagnards avec un flegme admirable. Consternée, je vis Fanny Delahoussaye lui sourire coquettement lorsque ses yeux finirent par se poser sur elle. Faisant scandaleusement fi de toute considération de deuil, elle avait insisté pour étrenner un nouveau chapeau bleu paon, avec plumes assorties.

Mr Eliahu Bott eut une petite toux sèche et se saisit de sa plume.

— Êtes-vous le Dr Philip Pettigrew, de Sloane Street, à Londres ?

— Oui.

Suivit alors une ennuyeuse litanie – étonnamment longue pour un homme qui ne paraissait guère plus de 32 ans – faisant état des divers apprentissages et formations suivis par le brave médecin ; sa grande familiarité des maladies gastriques, poisons, et maux intestinaux fut ensuite soulignée ; puis vint le récit de ses relations avec le comte.

— L'on me fit quérir pour la première fois auprès de lord Scargrave il y a environ trois ans de cela, pour soigner une affection dyspeptique due à une consommation d'aliments trop riches, alors qu'il résidait à Londres pour la saison. La maladie de Monsieur le comte étant chronique, je devins un habitué de son chevet au cours des mois suivants, et c'est naturellement moi que l'on fit venir à son manoir du Hertfordshire lorsque le mal le reprit, il y a un peu plus de quinze jours.

— Vos soins, dirait-on, n'ont guère réussi à guérir votre patient, déclara Mr Bott en toisant le Dr Pettigrew d'un air sévère.

— Même le plus sage des conseils est inutile s'il n'est pas suivi, rétorqua l'intéressé d'un ton réprobateur. Le comte aimait la bonne chère et le bon vin, et il n'était pas dans ses habitudes de s'interdire les plaisirs de la bouche.

— Et comment décririez-vous l'état de lord Scargrave peu avant sa mort, le 11 décembre dernier ?

— Il était gravement malade – si malade que tout espoir de le soulager était déjà vain lorsque je suis arrivé peu avant l'aube. Monsieur le comte était congestionné et avait des difficultés à respirer ; il a alors été pris de vomissements qui n'ont pas cessé pendant plusieurs heures ; et, comme c'est courant en pareil cas, la crise s'accompagnait de vertiges qui l'empêchaient de s'asseoir ou de se lever.

— Et vous avez cru, malgré tout, que lord Scargrave ne souffrait alors que d'une nouvelle attaque de dyspepsie ?

Le médecin ajusta ses lunettes avec une grande dignité.

— Je me suis dit que le comte subissait cette fois l'ultime conséquence d'une longue suite de négligences alimentaires – autrement dit une gastrite aiguë entraînée par des abus répétés et réguliers de l'appareil digestif. Il est tombé malade juste après avoir célébré un bal en l'honneur de sa jeune épouse, lequel, en outre, avait été précédé de trois mois de vacances ; ce qui laissait à supposer que toute restriction diététique avait été abandonnée depuis quelque temps ; aussi me suis-je contenté de le saigner et d'espérer le meilleur.

La plume de Mr Bott resta suspendue à mi-parcours.

— Et quel fut le résultat ?

— Monsieur le comte s'est éteint une bonne demi-heure après la saignée.

À ces mots, un murmure s'éleva de la foule, résonnant derrière nous comme les premiers roulements diffus du tonnerre par une chaude soirée d'été.

Le regard réprobateur du coroner quitta son témoin pour se poser sur l'auditoire, et il renifla d'un air mécontent.

— Vous pouvez disposer, Dr Pettigrew.

La personne suivante qu'il appela fut la comtesse elle-même, pâle comme la mort et la voix éteinte. Vêtue d'une robe noire de soie fine à la coupe démodée, ses cheveux roux sévèrement tirés derrière les oreilles, Isobel était l'image même de la veuve éplorée ; et l'espoir germa dans mon cœur que même Mr Bott pût être gagné par la pitié et l'interrogeât avec douceur. Il lui fit prêter serment, décliner son identité et préciser son lieu de naissance à la Barbade, après quoi il la questionna sur les habitudes diététiques de son mari.

— Monsieur le comte a-t-il été indisposé de la sorte lors de vos voyages ?

— À plusieurs reprises à Paris, et une autre fois à Vienne, répondit Isobel d'une voix chevrotante.

— Courtisanes et débauche ! cria quelqu'un dans le fond de la salle.

Mr Bott jeta un regard furieux à la foule et frappa sur la table avec un petit marteau prévu à cet effet.

— Silence ! clama-t-il. (Sa tête, mobile comme celle d'un moineau, se tourna vivement vers la comtesse.) Et ces crises ont eu lieu à quelles dates, milady ?

Isobel réfléchit, le regard lointain.

— Au début du mois de septembre, et à nouveau à la mi-novembre, je dirais, sir.

— Mais ce n'était pas une maladie contre laquelle le comte se battait au quotidien, reprit Mr Bott, dont la main courait sur le parchemin devant lui.

— Pas durant la période de notre mariage, assurément.

— Jugiez-vous votre mari en bonne santé quand vous l'avez épousé, milady ?

— Le comte était un homme vigoureux qui paraissait en pleine forme, répondit Isobel d'une voix si basse qu'elle en était presque inaudible. J'anticipais une longue et fertile union.

Ses yeux se tournèrent vers l'endroit où Fitzroy Payne était assis, splendide d'élégance dans son habit sombre et ses hauts-de-chausses assortis ; je le vis lui retourner un sourire d'encouragement et espérai que le jury n'avait pas vu leur échange de regards.

— Bien qu'il fût un gentleman de… (Mr Bott s'interrompit le temps de déchiffrer un papier devant son nez.) … de vingt-six ans votre aîné ?

— C'est sa fortune qu'elle a épousée, pour sûr ! lança une autre voix dans mon dos.

Tom Hearst bondit sur ses pieds et balaya la salle du regard, les traits crispés d'indignation. Je vis, soulagée, son frère George lui poser une main sur l'épaule pour le contenir et, avec une mauvaise grâce qu'il ne chercha point à dissimuler, le lieutenant consentit à regagner son siège.

— Silence ! cria sir William d'une voix de stentor, l'air furieux.

La rumeur retomba et le coroner se retourna vers Isobel :

— Je vous en prie, répondez à la question, milady.

Isobel reprit son souffle et baissa les yeux vers ses mains nouées sur ses genoux.

— Mon mari était encore plein de vigueur et jeune d'apparence, en dépit de son âge. Je n'imaginais pas qu'il décéderait si tôt.

Mr Bott renifla et scruta Isobel d'un œil pénétrant.

— Vous rappelez-vous, milady, dit-il lentement, ce que le défunt comte de Scargrave a mangé le soir de sa mort ?

— Il a pris part au buffet servi à l'occasion du bal, comme tous nos invités. Le menu comprenait divers mets : du rôti de bœuf, un assortiment de légumes, de la dinde rôtie, du pudding, des pâtisseries et des huîtres aussi ; pour les boissons, nous avions un punch de vin chaud et épicé et du clairet. (À ces mots, le regard de mon amie, plein de doute, croisa le mien.) Je ne vois rien d'autre.

— Et combien d'hôtes avez-vous reçus à cette soirée, milady ?

— Environ une centaine de personnes, des gens de Londres et des environs.

Mr Bott laissa passer quelques secondes avant de

poser la question suivante et adressa un regard significatif aux membres du jury.

— Et pouvez-vous jurer, milady, que tous ont consommé la même nourriture que le comte ?

— Cela me paraît fort probable, répondit Isobel. J'ai moi-même mangé toute une assiette que mon mari m'avait apportée ; et je sais qu'il était allé la chercher en même temps que la sienne.

— Et votre époux a-t-il montré un signe d'indisposition pendant que le bal battait son plein ?

La comtesse hésita et Mr Bott se pencha en avant d'un air impatient.

— Au début de la soirée, sa forme comme son humeur étaient excellentes, lui dit Isobel, mais peu après minuit, il a eu une sévère attaque de dyspepsie alors qu'il venait de vider un verre de clairet en portant un toast à ma santé…

Sa voix se brisa et la détresse de mon amie en cet instant m'émut profondément.

— Nous l'avons transporté dans sa chambre, poursuivit-elle. Puis j'ai pris congé de mes invités.

L'attention de Fanny Delahoussaye vagabondait, comme celle d'un enfant ennuyé par la longueur du sermon du pasteur ; elle ne cessait de tourner sa blonde tête, cherchant du regard un objet digne d'intérêt dans la salle, jusqu'à ce qu'un pinçont de sa mère la ramenât à une attitude plus décente.

— Et monsieur le comte a-t-il réclamé autre chose à manger ? continua Mr Bott.

— Il a demandé un verre de lait chaud et des sucreries, en espérant que cela lui remettrait l'estomac en place.

Le coroner eut un sursaut.

— Avez-vous vous-même goûté à l'un ou aux autres, milady ?

— Non, sir.

— Et d'autres personnes de la maisonnée ?

— Je ne crois pas.

Fitzroy Payne fronçait nerveusement les sourcils. Alors que j'observais le comte, Tom Hearst se pencha vers lui et lui murmura quelque chose à l'oreille. Mr George Hearst, assis près d'eux, était tellement absorbé par ses propres pensées qu'il n'avait guère dû entendre ce qui se disait à côté de lui. Il aurait mieux fait de retourner au manoir, en emmenant Fanny qui ne tenait pas en place, puisque ni l'un ni l'autre ne s'intéressaient à l'enquête.

Mais la voix sèche de Mr Bott s'élevait de nouveau :

— Et qui, milady, a préparé l'assiette de friandises ?

— C'est mon ancienne femme de chambre, Marguerite, qui s'est occupée d'apporter à mon mari le lait chaud et les sucreries.

— Vous trouviez-vous dans la chambre à ce moment-là, milady ?

— Oui, sir, j'étais au chevet de mon mari, à veiller sur lui.

— Et avez-vous autorisé la présence d'une autre personne de la maisonnée à ce moment-là ?

— Tous, excepté ma femme de chambre, étaient allés se coucher.

— Fort bien. Il n'y avait donc que la femme de chambre, me dites-vous, insista Mr Bott en hochant la tête de façon presque imperceptible en direction du jury. Et lord Scargrave a-t-il consommé ses friandises et son lait, milady ?

— Oui.

— Et son état s'est-il amélioré ?

Isobel hésita et me regarda.

— Cela a-t-il amélioré son état, lady Scargrave ? répéta le coroner.

— Non, répondit Isobel d'une petite voix. En très peu de temps, il est passé de la simple douleur aux vomissements, et son état s'est brutalement détérioré.

— En combien de temps exactement ?

— Un quart d'heure, peut-être une demi-heure ; je ne puis me prononcer avec certitude.

— Et quand avez-vous envoyé chercher le Dr Pettigrew ?

— Nous avons d'abord fait appel au chirurgien du village, croyant que le comte ne souffrait que d'une crise ordinaire ; mais au bout d'une heure, ce médecin a déclaré que le cas dépassait sa compétence. C'est alors que nous avons décidé de faire quérir le Dr Pettigrew.

Le souvenir de cette terrible nuit me submergea – les gémissements du comte, empêchant tout le manoir de dormir, et moi, qui frissonnais d'horreur dans mon lit en acajou massif, attendant qu'Isobel m'appelât.

— Quelle heure était-il à ce moment-là ?

— Je dirais une heure et demie.

Isobel chancela légèrement dans sa chaise, puis se ressaisit ; mais ces révélations publiques mettaient ses nerfs à rude épreuve, cela se voyait.

— Et le Dr Pettigrew a déclaré qu'il était arrivé avant l'aube, dit le coroner.

— Je crois qu'il devait être presque 5 heures du matin. Dans l'intervalle j'étais allée réveiller ma chère amie, miss Austen, qui a eu la gentillesse de veiller avec moi au chevet du comte.

À ces mots, les yeux du coroner se posèrent sur moi et je rougis – non sans maudire cette propension de mes joues à s'enflammer si facilement.

— Et votre mari s'est éteint peu après ?

Isobel baissa les yeux.

— Il est mort au lever du soleil, dit-elle.

Les membres du jury s'agitèrent, faisant racler les pieds de leurs chaises ; j'examinai les visages des douze hommes et y lut le trouble qui s'était emparé de leurs âmes. Derrière moi, les gens du village recommençaient à murmurer.

Mr Bott se saisit encore une fois de son maillet et parvint à ramener tant bien que mal un silence renfrogné dans la salle.

— J'aimerais savoir, lady Scargrave, si vous reconnaissez cet objet, dit-il en exhibant un carré de fine batiste.

— Oui, répondit Isobel d'une voix ferme.

— Et pouvez-vous préciser ce dont il s'agit pour le jury ?

Mon amie cilla et inspira nerveusement.

— Il s'agit d'un mouchoir de batiste suisse, brodé à mes initiales, appartenant à un lot de douze autres mouchoirs identiques que j'ai achetés en même temps que ma toilette de noces à Bond Street, en août dernier.

— Merci, milady. Vous pouvez disposer.

Je ne devinais que trop bien les intentions de l'homme à la mine revêche, derrière sa longue table ; il avait montré fort clairement au jury que le comte n'avait rien mangé que les autres n'eussent point également consommé, hormis ces fameuses friandises ; et que seule son épouse était présente lorsqu'on les lui avait servies – à l'exception de la bonne, qui aujourd'hui n'était plus de ce monde. Il n'était guère besoin de précisions supplémentaires.

La personne appelée à témoigner ensuite était sir William lui-même ; il retraça pour l'édification du jury l'histoire des lettres anonymes, sans oublier de leur signaler que c'était la comtesse de Scargrave elle-même qui avait requis ses services dès réception de la première de ces missives – détail qui, me dis-je, plaiderait en faveur d'Isobel auprès du jury. Si elle avait eu quelque chose à se reprocher, n'aurait-elle pas brûlé le billet au lieu d'appeler le magistrat ? Les gens du village, dans mon dos, connaissaient l'existence de la lettre que l'on avait retrouvée clouée sur la porte de la taverne où nous nous trouvions, mais ignoraient que la comtesse avait reçu et gardé secrètes *deux* autrcs lettres de menaces ; les révélations du magistrat s'abattirent sur eux à la manière d'une giboulée de printemps.

Mr Bott fut prompt à contenir leurs exclamations de surprise et leur flot de commentaires. Son marteau s'éleva et retomba plusieurs fois. Puis il se tourna vers mon ami le magistrat et renifla de façon audible.

— Le premier billet, sir William, informait lady Scargrave que la lettre suivante vous serait directement adressée, n'est-ce pas ?

— En effet.

— Et quand vous êtes venu à Scargrave, mandé d'urgence par la comtesse le jour même où l'on enterrait son mari (l'odieux petit homme faisait vraiment passer Isobel pour une femme insensible et autoritaire), elle vous a bien déclaré qu'elle avait la conviction que sa femme de chambre était l'auteur de cette lettre et a ensuite imploré votre aide ?

— En effet.

Croisant mon regard, sir William dut y lire mon indignation car il baissa aussitôt les yeux vers ses genoux d'un air confus.

Mr Eliahu Bott présentait les choses de manière à laisser penser que la comtesse était en outre particulièrement rusée : avertie du fait que la lettre suivante et ses accablantes accusations arriveraient entre les mains de sir William, et incapable d'en prévenir les conséquences, Isobel avait astucieusement feint le désarroi le plus sincère et laissé entendre qu'elle soupçonnait sa servante. Je sentis tous mes espoirs s'effondrer ; aucun des faits et gestes de mon amie n'allait être perçu sous un jour favorable et son avenir me parut soudain bien incertain.

Pour la première fois depuis l'ouverture de la séance, Fanny Delahoussaye semblait se rendre compte de la cruelle tragédie qui se jouait devant elle ; ses boucles blondes inclinées vers l'oreille de Madame, elle la pressait de questions. Sa mère affichait un air sévère et une lueur sinistre brillait au fond de ses yeux noirs. La colère et l'anxiété tenaillaient Fitzroy Payne, à en juger par son expression : les bras croisés sur la poitrine, les traits crispés de rage, on eût dit qu'il défiait Belzébuth en personne. Je voyais bien qu'il mourait d'envie d'expédier d'un coup de poing l'outrageux coroner à l'autre bout du royaume, et priai pour que sa raison parvînt à dominer la furie qui bouillait en lui.

Le témoin suivant fit sensation dans la salle de la taverne ; c'était pour tous un inconnu et il émanait de sa personne une sorte de grâce angélique et sacrée. On apprit que le gentleman était le Dr Percival Grant ; après avoir prêté serment, le médecin tourna vers nous son visage de chérubin avec une expression fort affable, comme s'il eût voulu nous inviter à un pique-nique sur l'herbe.

— Dr Grant, à quelle université appartenez-vous? s'enquit le coroner.

— J'occupe un poste de directeur d'études à Cambridge, mon bon monsieur, et je suis attaché à l'Académie du Christ, répondit l'intéressé.

— Et quel est votre domaine d'érudition?

— Je consacre ma vie scientifique à la botanique, avec un intérêt particulier pour les plantes tropicales d'Amérique du Sud et d'Afrique.

Une vague de murmures stupéfaits accueillit ces déclarations, l'intervention de cet homme dans les débats suscitant la perplexité générale.

Mr Bott produisit un morceau de lin replié avec la majesté d'un prestidigitateur.

— Pouvez-vous nous donner le nom de ces graines que je vous présente maintenant, Dr Grant?

Le brave gentleman se pencha en avant avec amabilité et empressement.

— Ce sont des noix de la Barbade, déclara-t-il, provenant de l'arbre du même nom que l'on trouve aux Antilles et dans certaines régions de l'Amérique du Sud, ainsi qu'en Afrique.

— Avez-vous déjà vu ces noix auparavant?

— Je suppose que ce sont les mêmes que celles que sir William est venu me présenter pour analyse.

Une nouvelle rumeur s'éleva de la foule qui commençait à comprendre où Mr Bott voulait en venir avec ses questions.

— Et après les avoir étudiées, qu'en avez-vous conclu? s'enquit le coroner en inclinant cavalièrement sa plume.

— Qu'il s'agissait bien de noix de la Barbade.

— Et quels sont les effets des noix de la Barbade sur l'organisme humain, Dr Grant ?

L'érudit chérubin sourit à la ronde.

— Ces noix, mon bon monsieur, contiennent une substance extrêmement toxique qui, même consommée en infime quantité, entraîne une mort très rapide.

Le furieux brouhaha qui s'éleva dans mon dos, trahissant la nature des conjectures de l'auditoire, me causa un vif émoi ; les joues brûlantes, j'entendis Isobel pousser un soupir et ressentis toute la profondeur de son désespoir. Fitzroy Payne lui posa une main sur le bras, mais elle s'écarta de lui et vint s'appuyer contre mon épaule.

Mr Bott posa sa question suivante, les yeux rivés sur la comtesse :

— Trouve-t-on des noix de la Barbade sur l'île de la Barbade, Dr Grant ?

Le professeur rit de bon cœur, comme si le coroner venait de faire une excellente plaisanterie.

— Étant donné le nom qu'elles portent, cher monsieur, comment pourrait-on en douter ? répondit-il.

Après quoi, il fut invité à retourner à sa place et l'on appela de nouveau sir William à la barre.

— Pouvez-vous expliquer au jury d'où vous tenez ces noix ? demanda le coroner au magistrat.

Sir William se tourna vers les douze hommes, dont les visages avaient gagné en gravité depuis une heure, et inclina sa tête argentée.

— Je les ai trouvées parmi les effets personnels d'un membre de la maison de Scargrave, répondit-il.

— Et pour quelle raison avez-vous décidé de fouiller dans les affaires de l'un des résidents du manoir ?

— La troisième et dernière lettre de la femme de chambre, signée de sa main et clouée sur la porte de cette taverne, me suggérait de le faire, déclara calmement sir William. Ce billet ayant été découvert le même jour que son cadavre, il m'a paru sage d'explorer toutes les pistes possibles.

Les yeux d'Eliahu Bott, qui savourait à l'avance sa prochaine question, étincelèrent.

— Et où donc ces fameuses noix étaient-elles rangées, sir William ?

— Je les ai trouvées enveloppées dans un carré de velours, à l'intérieur d'un étui à pistolets appartenant à Fitzroy, lord Scargrave.

Pendant plusieurs instants, Mr Bott s'acharna, vainement il faut bien l'avouer, à ramener l'ordre dans la salle en tapant à coups redoublés sur la table avec son marteau. Isobel s'effondra lourdement sur moi, complètement anéantie. Je cherchai Tom Hearst du regard et vis qu'il était de nouveau debout, la bouche ouverte, poussant des cris de protestation qui se perdaient dans la vacarme assourdissant de la mêlée générale. Pour finir, le coroner se leva de sa chaise et réclama le silence avec toute l'énergie dont sa frêle personne était capable, les yeux fixés sur Fitzroy Payne.

Pendant tout ce temps, le huitième comte de Scargrave conserva une remarquable contenance, bien que, le connaissant un peu, je devinasse le cruel tumulte qui avait dû s'emparer de son esprit.

Mr Bott se tourna impatiemment vers sir William :

— Et qu'avez-vous fait alors, sir ?

— J'ai donné ordre que soit exhumé le corps du défunt comte de Scargrave.

Cela n'était une révélation ni pour le jury ni pour les

gens du village ; ils avaient vu la sinistre besogne quelques jours plus tôt dans la cour de l'église de Scargrave Close et s'étaient sans nul doute empressés de propager la nouvelle autour d'innombrables chopes de bière. Le coroner remercia sir William et rappela le Dr Pettigrew.

— Maintenant, sir, dit Mr Bott en passant une langue rose sur ses lèvres desséchées, voudriez-vous nous décrire votre second examen du corps du défunt ?

— J'ai prélevé l'estomac et analysé son contenu, déclara le Dr Pettigrew, sans se laisser perturber par le glapissement d'horreur qui jaillit de la bouche de Fanny Delahoussaye.

— Et que cela vous a-t-il appris ? s'enquit le coroner.

— Il s'y trouvait encore la preuve que le comte avait ingéré une grande quantité de noix de la Barbade, répondit le médecin d'une voix égale.

— Et ces noix induiraient-elles des effets identiques à ceux que vous avez observés chez le comte lors de son agonie ?

— Je suis à présent d'avis que la crise du comte est entièrement due à ces graines empoisonnées.

Mr Bott nous accorda un maigre répit avant que le jury ne s'intéressât à la triste affaire de la bonne. Sir William conduisit les Scargrave dans l'intimité d'une petite pièce à l'arrière de la taverne, où nous pûmes nous abriter temporairement de l'hostilité des gens du village. Mais ses manières avaient perdu cette chaleur qui lui était coutumière et je compris que mon vieil ami nourrissait de sérieux soupçons à l'endroit du comte et de la comtesse ; j'avoue avoir alors cédé à une immense lassitude et à un abattement moral non moins grand.

Fanny Delahoussaye affirma qu'elle se sentait à la limite de défaillir, incriminant la chaleur de la salle, la vulgarité de la foule qui se pressait autour d'elle, l'atrocité des débats, et cætera et cætera. Madame se pencha anxieusement sur sa fille, un flacon de sels à la main, et déclara que celle-ci n'était pas en état de rester dans cette taverne. Fanny nous jouait à tous la comédie, histoire d'attirer l'attention sur elle, cela, je n'en doutais guère ; mais sa principale cible, le lieutenant Hearst, debout près de l'unique fenêtre de la pièce et arborant une expression découragée et absente, semblait indifférent à sa détresse. Le drame ne s'acheva que lorsque sir William manda sa voiture, dans laquelle les Delahoussaye avaient fait le trajet aller ; et ce fut une Fanny apathique qui s'en retourna au manoir, en compagnie de sa vigilante mère. Je devinai à ses regards maussades que la première avait en fait espéré l'escorte du lieutenant et regrettait déjà la sottise de sa conduite.

Les yeux clos, pâle comme la mort, Isobel était assise sur une chaise dans un coin de la pièce ; elle ne disait mot et gardait une immobilité quasi parfaite. Fitzroy Payne, debout à côté d'elle, arborait une mine soucieuse reflétant le tourment de ses pensées. Mr George Hearst, animé d'une bonne volonté surprenante, se démena et parvint à se procurer un peu de vin, qui rendit quelques forces à la comtesse ; mais les mortifications que ma chère amie avait endurées étaient loin d'être terminées et risquaient même d'empirer dans les heures à venir. À dire vrai, je n'augurais rien de bon pour la suite ; le vin bu, nous dûmes rapidement regagner nos sièges dans la salle.

À ma grande surprise, Lizzy Scratch fut le premier témoin que l'on appela et à qui l'on fit prêter serment.

D'allure rustre et vulgaire, la femme était vêtue d'une robe de laine usée qui avait dû autrefois être rose pastel, mais que la crasse et le temps avaient depuis fait virer au gris brunâtre. Des mitaines noires couvraient partiellement ses doigts gercés, et ses pieds étaient chaussés de grosses bottes de laboureur – celles de son défunt mari peut-être, car elle était veuve, ainsi qu'on ne tarda pas à l'apprendre. Elle levait de temps à autre la main pour rajuster son ridicule chapeau – qui tanguait sur son front sale comme la tête de mât d'une goélette, et qu'elle avait garni de navets et de feuilles de légumes, et de ce qui me parut être des plumes de coq. Elle se rengorgeait devant les gens de son village, ravie d'être le point de mire de tous et pleinement consciente de l'importance que lui conférait le fait d'avoir une histoire à raconter.

— Êtes-vous une habitante de ce village ? s'enquit Mr Bott d'une voix dépourvue de la chaleur avec laquelle il s'était précédemment adressé au magistrat.

— Oui, sir, de la naissance à l'enfance et des noces aux gosses, j'ai de tout âge vécu au village – comme on dit par ici.

Lizzy Scratch avait mis à profit les longues heures de l'instruction pour avaler de bonnes lampées de gin chaud, c'était plus que certain.

— Et quel est votre métier ?

— Je suis blanchisseuse, sir ; c'est ma mère, la brave femme, qui m'a appris, et je m'y suis remise quand mon pauv' Joe nous a quittés.

— Et vous connaissiez la femme de chambre, Marguerite Dumas ?

— Elle m'amenait le linge de la comtesse deux fois par semaine, déclara Lizzy Scratch en fixant Isobel d'un œil torve. Et j'aime mieux pas vous parler de toutes ces nippes scandaleuses que sa maîtresse portait. Y'avait vraiment de quoi retourner l'estomac d'une femme décente.

— Il suffit, Mrs Scratch, dit le coroner d'un ton péremptoire. Je vous prierai de vous en tenir aux questions posées. Entreteniez-vous des relations intimes avec la bonne ?

— Eh bien, je savais – comme tout le monde d'ailleurs – que Margie était pas bien heureuse. Elle avait le mal de son pays lointain et elle détestait le froid, et puis elle avait honte parce que sa maîtresse fricotait avec le vicomte…

Un murmure d'indignation courut d'une rangée à l'autre et Fitzroy Payne, assis à ma droite, se prit la tête entre les mains.

— Mrs Scratch, je dois insister, fit le coroner en jetant un regard noir au comte. Tenez-vous en à la question.

— On était assez bonnes amies, reconnut la blanchisseuse avec une moue boudeuse.

— Bien que la bonne habitât la région depuis moins d'un mois ?

— Margie avait pris ses habitudes ici, elle aimait bien bavarder, et moi je la trouvais plutôt gentille.

— Et quand avez-vous vu Marguerite Dumas pour la dernière fois ?

— Elle est venue me voir le lendemain de la mort du comte et m'a suppliée de lui offrir le couvert et le toit. Elle m'a dit qu'elle ne pouvait pas rester dans une maison où un meurtre avait été commis, et qu'elle s'était enfuie le plus vite possible après avoir informé la justice de son histoire.

Les huées de la salle frisaient maintenant l'hystérie, et Lizzy Scratch affichait un grand sourire, hochant la tête vers ses voisins et amis.

— C'est la vérité, Dieu m'est témoin, reprit-elle, et c'est pour ça qu'on a assassiné la pauvre petite.

— Mrs Scratch, lança Mr Bott d'un ton menaçant, si vous n'êtes pas capable de surveiller votre langue, je devrai vous faire expulser de la salle.

Il ôta ses lunettes, les essuya avec une pochette de lin, et reprit le fil de son interrogatoire :

— Combien de temps Marguerite Dumas est-elle restée chez vous ?

— Jusqu'au jour où on a retrouvé son pauvre petit corps mutilé dans la grange à foin de Scargrave, avoua la blanchisseuse en se tamponnant les yeux avec le revers d'une de ses mitaines.

— Savez-vous à quel moment elle a quitté votre maison ce jour-là ?

— Évidemment que je le sais, pardi ! C'était juste après la traite – je lui avais demandé de s'en occuper. Margie est rentrée ensuite, elle a pris un quignon de pain qui grillait sur le feu et elle a dit qu'elle sortait, qu'elle allait voir son homme et qu'elle serait pas de retour avant le dîner.

— Son *homme*, Mrs Scratch ? répéta le coroner.

— Un type pour qui elle avait le béguin.

— Et connaissez-vous l'identité de cette personne ?

— Ça, non. Margie pouvait rester bouche cousue sur certaines choses quand elle le voulait, déclara Mrs Scratch avec satisfaction.

— Savez-vous si cet individu communiquait avec elle d'une manière ou d'une autre ?

Lizzy Scratch haussa les épaules.

— Ils devaient probablement se retrouver au « Cock and Bull », quand j'étais pas là pour les voir. Et ils devaient bien communiquer, sinon je vois pas à quoi auraient servi tous ces petits bouts de papier qu'elle cachait toujours dans son corsage. Moi, j'appelais ça des lettres d'amour, je le lui disais même en face, et elle, elle se contentait de sourire.

Ayant dit cela, Mrs Scratch se vit signifier le terme de son moment de gloire ; contrainte de retourner parmi les gens du commun, elle se dirigea vers son siège à la manière du vaisseau amiral de Nelson, pleinement consciente de sa majesté et de la puissance de son artillerie. À côté de moi, Isobel avait fermé les yeux et les veines bleutées de ses paupières palpitaient sur un rythme fiévreux. Je posai ma main gantée sur la sienne, et la sentis me répondre par une légère pression des doigts. Je tournai alors mes regards vers les autres membres de la famille Scargrave ; mais les trois gentlemen s'étaient renfermés dans un mutisme inébranlable, les traits figés dans une expression sévère. Le temps de la colère était passé ; ils se devaient à présent de faire appel à toute leur force d'âme. Fitzroy Payne s'était toujours montré capable d'une remarquable contenance, mais je fus émue de constater que les frères Hearst – malgré l'habituel feu de l'un et l'éternelle froideur de l'autre – étaient unis dans la même dignité.

Vint alors mon tour d'être appelée à la barre et de prêter serment. J'entrepris de relater d'une manière aussi calme que possible mes découvertes successives : le mouchoir, les empreintes et enfin le cadavre. Je précisai qu'il était près de 10 heures et demie du matin et que le sang était encore frais. L'on s'enquit des raisons qui m'avaient poussée à explorer le corsage de la bonne, ce qui eut le don de me faire monter le rouge aux joues et d'accentuer la sévérité de ton de Mr Bott ; puis je fus autorisée à regagner ma chaise.

Sir William prit ensuite ma place et affirma que la femme de chambre avait été assassinée dans la grange même, à en juger par les apparences ; que c'était sans nul doute le billet retrouvé sur elle qui l'avait attirée en ce lieu ; et que l'on en avait identifié l'écriture, qui s'avérait être celle de Fitzroy Payne. J'aurais cru que les gens simples de l'assistance se seraient depuis longtemps lassés de cette succession de révélations ; mais à chaque nouveau fait exposé, ils s'enflammaient de plus belle, comme une meute de chiens redoublant de fureur sur la piste sanglante d'un renard condamné.

Pour finir, Fitzroy Payne fut lui aussi appelé à témoigner et interrogé sur son emploi du temps pendant la matinée en question ; il expliqua qu'il était sorti vers 8 heures pour faire une course à cheval, qu'il avait erré au hasard dans le parc et n'avait rencontré personne ; qu'il était rentré aux écuries à 11 heures et avait alors appris la nouvelle de l'assassinat de la bonne. Lorsqu'on lui demanda s'il avait jamais communiqué par lettre avec Marguerite, le comte répondit fermement par la négative, et déclara que le billet était l'œuvre d'un faussaire qui nous avait tous grossièrement abusés.

Quand Fitzroy Payne eut terminé, Mr Bott s'éclaircit la gorge et tourna ses lunettes vers les douze hommes composant le jury.

— Mes chers jurés, leur dit le coroner, nous voici arrivés au terme des dépositions qu'il va vous falloir prendre en considération. Un lourd devoir vous attend. Si vous croyez que le comte est décédé d'une crise de dyspepsie, vous devrez rendre un verdict de mort naturelle. Si vous estimez que la bonne a été tuée d'une manière ou d'une autre, mais restez incertains quant à la nature criminelle ou non de sa mort et, dans le cas affirmatif, quant à l'identité de son meurtrier, vous devrez prononcer un verdict de mort accidentelle.

Mr Bott s'interrompit et toisa l'assemblée des villageois d'un air sévère.

— Si toutefois, poursuivit-il, vous croyez que le comte a été assassiné, et vous sentez capables en votre âme et conscience de désigner l'auteur de ce méfait, vous devrez prononcer une accusation de meurtre prémédité envers cette personne. La même chose est vraie à propos de la femme de chambre. Laissez-nous à présent, et menez vos délibérations avec réflexion et circonspection. Que Dieu vous bénisse.

Les jurés s'en allèrent à la queue leu leu, le regard sombre, et détournèrent le visage en passant devant la famille Scargrave ; ils revinrent peu de temps après, porteurs d'une double accusation de meurtre avec préméditation – envers Isobel pour le défunt comte, et à l'encontre de Fitzroy Payne pour Marguerite.

Le silence règne dans la grande bâtisse cet après-midi, suite à cet accablant verdict. De robustes gaillards montent la garde devant les portes du manoir, de peur que la comtesse ou le comte ne forment le téméraire projet de s'enfuir. Sir William leur a permis de demeurer en résidence surveillée jusqu'à demain ; on viendra alors les chercher pour les conduire à la session spéciale des assises, puis à Londres, où ils attendront leur procès, présidé par un jury de leurs pairs. Comme Fitzroy et Isobel sont membres de l'aristocratie – lui, de naissance, et elle, par alliance – la séance aura lieu à la Chambre des lords, événement rare dans les annales de l'histoire criminelle de l'Angleterre.

Les autres membres de la famille Scargrave et moi-même les suivrons et logerons dans la demeure londonienne du comte ; même si je voulais retourner à Bath, mon devoir d'amie me l'interdirait, car Isobel ne supporterait point que je l'abandonne, surtout en une heure si cruelle. D'ailleurs, elle m'a chargée d'une mission que je me sens bien en peine de remplir.

— Découvrez la vérité, ma chère Jane, m'a-t-elle demandé d'une voix suppliante, en s'apprêtant à retourner s'enfermer dans ses appartements – ses yeux bruns étaient secs et son visage impavide. Je ne suis pas en mesure de le faire moi-même. Dieu m'est témoin que je suis innocente et que je n'ai point tué mon époux. Sir William est insensible et les gens du village facilement influençables ; aussi votre sagacité et votre intelligence restent mon seul espoir. Ne m'abandonnez pas, Jane !

13

Les calculs de miss Fanny

28 décembre 1802

Je fus réveillée ce matin par le raclement des bûches que la femme de chambre en charge de l'étage supérieur disposait dans ma cheminée ; un bruit bien réconfortant, qui m'évoqua d'autres matins d'hiver, appartenant à mes souvenirs d'enfance, marqués par la certitude qu'un copieux petit déjeuner m'attendait en bas devant un feu crépitant, et que nulle besogne plus harassante que la lecture d'une leçon n'allait occuper ma matinée. Je me sentis envahie par la nostalgie et me pris à regretter la compagnie de ma chère Cassandra, nos conversations intimes au saut du lit, ainsi que Steventon, la maison de mon enfance que nous avions quittée depuis dix-huit mois. Bien que l'on raille souvent le Hampshire pour la laideur de ses falaises crayeuses et la monotonie de son paysage champêtre, je ne parviens pas à trouver les rochers escarpés du Derbyshire supérieurs en beauté, ni à ressentir un attachement plus profond pour les jardins du Hertfordshire. Si j'ai un moment caressé l'idée d'épouser Harris Bigg-Wither, c'est aussi en partie parce que j'avais le mal du pays – sa considérable fortune et ses non moins immenses domaines dans le Hampshire m'eussent permis de revenir vivre dans cette contrée si chère à mon cœur.

Je m'enfouis plus profondément encore sous les couvertures tandis que la femme de chambre allumait le petit bois. Mon corps avait beau être à Scargrave ce matin, mon esprit, lui, s'en était retourné chez moi. Notre déménagement à Bath, conformément au désir de mon père, dix-huit mois plus tôt, n'avait fait que renforcer ma conviction des mérites de Steventon. La ville de Bath en elle-même me fait horreur, au moins autant qu'elle me fascine – aversion due au fait que l'on y fréquente toujours le même genre de société. L'uniformité de la foule qui se presse dans la salle des Eaux, bien que les visages soient différents d'un jour à l'autre, m'inspire une profonde lassitude ; l'on y retrouve systématiquement la même éternelle ostentation, les mêmes conversations creuses, la même cohue lors des réceptions mondaines ; il vous faut supporter d'ennuyeux cavaliers, généralement de jeunes sots sans grand-chose pour les recommander ; vous mêler à des gens insipides venus dans la seule intention d'être amusés, et qui trouveraient insultant de devoir eux-mêmes faire quelque effort pour atteindre ce but. Pour rien au monde je n'aurais choisi de faire d'un lieu de plaisir mon lieu de résidence.

Quant au système de canalisations de notre maison à Sydney Place, c'est là la chose la plus insupportable de toutes.

Je ne puis m'empêcher de me demander pourquoi mon père a élu cette ville pour y passer les dernières années de sa vie, et je me languis de ma douillette petite chambre à l'étage du presbytère et de la société de madame Lefroy, ma bonne amie Anne. Le fait de songer que mon frère et sa pauvre Mary jouissent à présent de tout ce qui m'était si cher [1], ne fait qu'ajouter à mon déplaisir ; ils ne peuvent apprécier comme moi les charmes de cette demeure, ni goûter son confort rustique avec un délice comparable au mien. Ils ne savent que critiquer ce qui les entoure. Mais reprenons-nous ; je viens moi-même de me répandre longuement en critiques, ce qui m'oblige à admettre qu'il doit s'agir là d'un travers familial.

1. En 1801, le père de Jane transmit son bénéfice de Steventon ainsi que le presbytère avec quasiment tout son mobilier à son fils James, clergyman comme lui.

Je me redressai en prenant appui sur un coude et jetai un œil derrière les tentures du lit.

— Martha, dis-je à la femme de chambre penchée sur l'âtre, quelqu'un est-il déjà sorti du manoir ce matin ?

— Ça, je ne saurais vous le dire, miss, déclara-t-elle en s'asseyant sur les talons pour repousser une mèche de cheveux bruns qui s'était égarée sur son front. Il faut voir comment ces bonshommes surveillent toutes les portes. Ils ont même inspecté mon petit bois avant de me dire de retourner à mes affaires, figurez-vous, comme si j'allais aider le comte à s'échapper avec un tas de branchages.

— Les événements ont pris bien mauvaise tournure, observai-je.

— Ça c'est sûr, miss, et Lizzy Scratch et ses ragots n'y sont pas pour rien, croyez-moi. Cette Margie n'était pas une sainte, c'est le moins qu'on puisse dire, et c'était couru d'avance que son jules allait finir par lui régler son compte. Enfin, c'est ce que disaient Mr Cobblestone et Mrs Hodges tout à l'heure au pied de l'escalier.

— Est-ce que vous connaissiez bien Marguerite ? m'enquis-je avec curiosité.

— J'ai pas eu le temps, ça faisait à peine deux semaines qu'elle était dans la maison, déclara Martha en se redressant et en s'essuyant les mains. Voilà. Le feu est bien parti. Restez dans vot' lit, miss, en attendant que la pièce se réchauffe ; pendant ce temps-là, je vais aller vous chercher du thé.

Après son départ, je m'adossai contre mes oreillers et réfléchis à tout ce que Lizzy Scratch avait raconté la veille. Il était bien possible que le soupirant inconnu de

Marguerite fût aussi son meurtrier ; c'était certainement ce que croyait sir William, et il devait penser que cet homme et le nouveau comte de Scargrave ne faisaient qu'un. Pour ma part, il ne me paraissait guère vraisemblable que Fitzroy Payne entretînt une liaison amoureuse tout à la fois avec la comtesse *et* sa femme de chambre (surtout en sachant qu'il avait une maîtresse à Londres), mais cet aspect des choses ne semblait point troubler sir William. Peut-être était-il plus au fait que moi des mœurs des gentlemen.

Cependant, il était également possible que l'amant de Marguerite ne fût aucunement impliqué dans les événements de Scargrave Manor et que la peur de la justice eût tout simplement dissuadé l'homme de se faire connaître. Maintenant que l'accusation avait été prononcée à l'encontre de Fitzroy Payne, le soupirant inconnu respirait peut-être plus à son aise et serait prêt à accepter un entretien – si toutefois on parvenait à le localiser.

— Martha, dis-je, comme la servante revenait en portant le plateau du thé, est-ce que Mrs Hodges ou Cobblestone connaissent l'identité du petit ami de Marguerite ? Je m'étonne qu'il ne se soit pas présenté à l'enquête.

— Le monsieur de l'enquête, dit Martha en faisant allusion au coroner Mr Bott, a présenté les choses comme si c'était le comte – enfin, lord Payne comme on disait avant – qui avait une histoire avec Margie ! Ah, là là ! Et pourquoi pas avec Mrs Hodges qui a 60 ans bien sonnés, tant qu'on y est ! Non, c'est pas son genre, à cet homme-là. Lord Payne – je veux dire lord Scargrave – est tellement fier qu'il ne fait jamais attention à nous autres, les domestiques. Il m'appelle Kate ou Daisy aussi souvent que par mon prénom.

— Peut-être Marguerite n'avait-elle pas d'amoureux.

— Oh, que si, rétorqua Martha énergiquement. Elle aimait bien raconter partout qu'il était drôlement chic, et parler de toutes les belles choses coûteuses qu'il allait lui apporter à leur prochain rendez-vous.

Elle déposa le plateau près du feu et me versa une tasse de thé.

— C'est donc une histoire qui durait depuis quelque temps, fis-je d'un ton songeur. J'avais imaginé qu'elle avait rencontré cet homme récemment – après son arrivée à Scargrave, en fait.

— Oh, mon Dieu, non ! Elle se donnait toujours des grands airs, en disant que, sa fortune faite, elle ne serait plus servante et que nous devrions tous l'appeler *miss* Marguerite, déclara Martha qui releva le menton et haussa les épaules, imitant l'arrogance hautaine de la bonne. Elle nous a même montré un médaillon en or qu'il lui avait offert, dont elle ne se séparait jamais et qu'elle portait sous sa chemise. Elle avait dans l'idée de se marier avec lui – ou pis.

Je rejetai les couvertures et pris ma robe de chambre, les yeux fixés sur le plateau de Martha.

— Peut-être s'agissait-il d'un homme de son île natale, encouragé par une correspondance régulière ? supputai-je.

Martha eut l'air peu convaincu.

— Je ne crois pas que c'était un étranger, miss, mais je ne peux pas vous l'assurer.

— Je suppose qu'elle aurait pu facilement le rencontrer lors de son séjour à Londres, où elle passa plusieurs mois.

— Maintenant que vous m'y faites penser, miss, je

me souviens qu'elle a dit qu'il l'avait emmenée un après-midi se promener à Covent Garden.

Je bus une gorgée de thé et observai la femme de chambre par-dessus le rebord de ma tasse.

— Je m'étonne que sa maîtresse, la comtesse, n'en ait rien su, dis-je. Toute cette histoire est bien curieuse, Martha. Aussi curieuse que l'amitié de Marguerite avec Lizzy Scratch.

— La vieille Lizzy a seulement profité de l'occasion, lança Martha d'un ton de mépris. Si elle était l'amie de cette fille, alors moi je suis votre tante. Demandez à qui vous voudrez, tout le monde vous dira que cette bonne femme faisait en fait chèrement payer à Margie cette hospitalité soi-disant offerte. Dans ces conditions, y'a pas plus accueillante que Lizzy, pour sûr !

Je pris ensuite mon petit déjeuner en compagnie de Fanny Delahoussaye, vêtue ce matin d'une robe gris perle à col de dentelle, toilette certes peu respectueuse des conventions du deuil, mais qui seyait fort à ses boucles blondes et ses yeux bleus. Ma propre robe de mousseline brune paraissait terne et terreuse en comparaison, ce qui ne manqua pas de me déprimer. Je me réfugiai dans le silence et le réconfort de l'excellent chocolat de Mrs Hodges, mais la réserve n'étant pas une qualité à laquelle miss Delahoussaye attachait de la valeur, elle eut tôt fait de profiter de ce *tête-à-tête** matinal pour m'imposer l'ennui de sa conversation. Car Fanny s'était levée tôt, impatiente de s'en retourner à Londres, et complètement indifférente à la cause de ce départ.

— Voyez-vous, dit-elle, en faisant tourner machinalement un bracelet en or à son poignet, je ne puis supporter *l'ennui* * de la vie à la campagne. La société que l'on y fréquente est si restreinte et si peu variée, que l'on arrive à terminer les phrases de son voisin sans grand effort ni réflexion. Quand je serai mariée, je ferai en sorte de passer le moins de temps possible au manoir de mon époux.

— Alors peut-être vaudrait-il mieux que vous épousiez un homme qui n'en possède point, répondis-je avec une acidité de ton peut-être plus prononcée que je n'en avais eu l'intention.

— Vous vous moquez, miss Austen ! s'exclama Fanny. Un homme sans domaine ? Ce genre de gentleman est un bien médiocre parti, je vous l'affirme.

— Peut-être – mais c'est bien souvent le lot des soldats, vous savez ; si c'est là la carrière que vous préférez à toutes les autres, sachez que c'est aussi en général celle qu'embrassent *les puînés*.

— Quelles balivernes ! dit miss Fanny, retrouvant sa bonne humeur. Que vous offre la vie à la campagne, à part la chasse et le billard, et la vulgarité du voisinage ? Tout officier doté d'un bon brevet peut prétendre à un hôtel particulier à la capitale, ce qui est de loin préférable ! J'ai hâte de retrouver Hyde Park, les boutiques de Bond Street, le théâtre et une foule d'autres plaisirs délicieux, même si Londres risque de manquer encore un peu d'animation – jusqu'à Pâques du moins.

Ma patience pour ce genre de bavardage futile atteignait ses limites.

— À mon avis, rétorquai-je froidement, nous serons tous tellement occupés, une fois à Londres, par des questions graves et pénibles, que nous n'aurons certainement guère le temps de nous distraire.

— On ne peut tout de même pas constamment faire grise mine, rétorqua Fanny tout en réajustant son corsage. Il est de notre devoir de faire face à l'adversité avec un certain style. J'ai l'intention d'aller trouver, dès mon arrivée, madame Henri – c'est la *modiste* * la plus en vogue, ma chère miss Austen – afin de lui commander une robe adéquate pour la galerie de la Chambre des lords. Elle devra être noire, bien entendu, puisque nous portons encore le deuil du comte ; c'est d'ailleurs bien dommage, car cette couleur ne sied point du tout à mon teint.

Insensible à mon dédain, elle continua à parler avec ravissement de ses projets, les mains jointes et les yeux levés au ciel :

— Songez un peu aux personnes que nous risquons de rencontrer là-bas ! s'écria-t-elle. La pairie d'Angleterre au grand complet réunie au même endroit ! D'autant que la tragédie que nous vivons ne manquera pas de leur inspirer la plus vive compassion. Jamais je n'aurais pu moi-même *concevoir* plus délicieuses perspectives. Il *faut* que vous veniez avec moi chez madame Henri, chère miss Austen. Vous ne pouvez vous permettre de paraître à votre désavantage, à votre âge.

Chez madame Henri, vraiment ! L'idée n'aurait jamais effleuré miss Delahoussaye que je n'avais pas les moyens de me payer les services d'une telle maison – ni que ma couturière préférée était ma chère sœur Cassandra, comme moi j'étais la sienne. Le prix de la mousseline fine étant déjà en soi fort élevé, je ne puis me permettre une dépense supplémentaire en confection ; je préfère débourser mes shillings dans l'acquisition d'une longueur de galon afin de passementer mon corsage. Mais ces soucis d'économie étaient tout aussi étrangers à miss Fanny que la notion de tact. Un peu agacée, je lui lançai d'un ton acerbe :

— Vous avez donc cessé de vous intéresser à lord Scargrave, et décidé de mettre à profit le choix plus vaste de la Chambre des lords pour y dénicher un mari ?

— Je ne me suis jamais intéressée à lord Scargrave, rétorqua Fanny avec un haussement d'épaules désinvolte. C'est un homme plein de froideur, d'érudition et de morgue ! Et de toute manière, je ne tiens aucunement à gâcher mes chances en paraissant promise à un homme sur qui pèsent tant de vilaines présomptions. Non, miss Austen, poursuivit-elle, baissant les yeux comme une demoiselle timide et rougissant joliment, depuis longtemps déjà, mon cœur appartient à un autre ; je suis certaine que vous devinez sans erreur de qui je veux parler. Si les choses devaient mal tourner – si Fitzroy devait être pendu et Isobel avec lui… – eh bien, disons que mon choix s'avérerait des plus judicieux ! Car dans ce cas, il est sûr et certain que George Hearst héritera du comté.

— La famille Payne ne possède-t-elle aucun autre héritier direct ? m'enquis-je avec un regain d'intérêt.

— Non, à moins que le défunt comte ait engendré un bâtard, caché quelque part, répondit miss Delahoussaye en haussant les épaules. Et, entre nous, miss Austen, cela est hautement improbable : le brave homme avait une réputation atrocement irréprochable. Eût-il eu un fils illégitime, tout le monde le saurait et le garçon serait déjà à Eton. Non, miss Austen, les Hearst sont à présent les plus proches parents mâles du comte – et qui pourrait plus prétendre au domaine de Scargrave que Mr Hearst, sachant qu'il y a passé toute sa vie, comme sa mère avant lui ?

— Mais peut-il revendiquer l'héritage du fait sa lignée maternelle avec la famille ?

— D'après ce que Tom m'a laissé entendre, il existe justement une clause prévue à cet effet dans l'octroi du titre. Il suffira à George de troquer le nom de Hearst pour celui de Payne, et tout sera heureusement réglé. Vous avez déjà dû entendre parler de ce genre de dispositions, j'en suis sûre.

Ainsi donc, Tom Hearst s'était permis d'évaluer par avance l'héritage prometteur de son frère – qui plus est, à voix haute, et devant une personne totalement dépourvue de discrétion comme miss Fanny, et ce, très peu de temps après que l'accusation de meurtre à l'encontre de Fitzroy Payne eut été prononcée. À moins que cette fatale accusation ne fût précisément le but que poursuivaient les Hearst depuis le début, avec pour intention première de s'emparer du comté ? Une chose au moins était sûre : un meurtre avait été commis et des innocents en payaient le prix.

Fanny fredonnait un petit air, perdue dans ses rêves enchanteurs ; songeant que j'avais tout intérêt à obtenir d'elle autant d'informations que possible sur cette histoire, j'entrepris alors d'orienter la conversation sur le sujet qui lui tenait le plus à cœur.

— Ainsi donc, vous avez porté votre choix sur Mr George Hearst ? m'enquis-je avec une sottise délibérée.

— Miss Austen ! s'écria-t-elle en me foudroyant du regard. Je ne répondrai plus à vos moqueries – car je vois bien que vous cherchez à vous divertir à mes dépens. *Mr* Hearst, vraiment ! Quelle sournoise créature vous faites !

Je compris qu'elle n'était pas dupe, et m'étonnai que

Fanny fût capable de s'apercevoir de *certaines* réalités alors que tant d'autres lui échappaient. Si Fitzroy Payne était condamné, son cousin George Hearst accéderait au statut de comte et les perspectives d'avenir du lieutenant avaient toutes les chances de s'améliorer. Tom Hearst aurait l'oreille de son frère, situation commode pour régler tous ses problèmes, et peut-être même ce dernier lui tendrait-il une main généreuse pour l'aider à faire fortune – bien que, connaissant un peu la piètre opinion que Mr Hearst avait du lieutenant, j'hésitasse à croire qu'il le laisserait disposer à sa guise de sa bourse. Mais les réflexions et calculs de la demoiselle ne souffraient point d'être arrêtés en si bon chemin ; son plus cher espoir était que la fortune et le rang élevé de George Hearst, s'ajoutant à l'honorable brevet de son frère Tom, permissent à ce dernier de mériter pleinement la félicité des trente mille livres d'une Fanny Delahoussaye.

Les deux frères, songeai-je tout en beurrant mon toast, avaient donc des motifs valables de désirer la mort de leur oncle et la condamnation de leur cousin pour le meurtre de ce dernier.

Mais je n'avais guère le temps d'approfondir ces sinistres réflexions, et moins encore d'écouter le frivole bavardage de Fanny. Je la laissai donc à ses calculs prosaïques – quelle longueur de manche était la plus appropriée pour paraître parmi les pairs d'Angleterre à l'occasion d'un procès criminel ? – et partis prodiguer mes attentions à la pauvre Isobel, prisonnière dans sa propre demeure.

— Jane ! s'exclama la comtesse comme je bravais le garde qui surveillait sa porte et me faufilais derrière le battant. Vous arrivez juste à temps. A-t-on jamais vu amie plus fidèle que vous, qui restez ainsi à mes côtés ? Toute autre personne aurait depuis longtemps déjà regagné le giron de sa famille, et se serait empressée d'oublier les malheurs de Scargrave.

La comtesse était assise à son secrétaire, penchée sur une feuille de papier, la plume à la main, et n'avait pas touché au plateau de son petit déjeuner.

— Même en les fuyant, Isobel, personne ne les pourrait oublier. Mais je ne suis ni à ce point timorée, ni à ce point indifférente à votre bonté.

— Ma chère Jane ! s'écria-t-elle, posant une main blanche et glacée sur la mienne.

Elle avait l'air fort mal en point ce matin, d'autant que le noir défraîchi de sa robe contribuait à accuser sa mine blême et défaite. Je jugeai qu'elle avait dû passer une nuit blanche et je sentis mon sang se figer en songeant aux terreurs qu'elle allait encore devoir affronter.

— Accepterez-vous de rendre un dernier service à votre amie avant qu'il faille nous séparer ?

— Je ferai tout ce que vous ordonnerez, Isobel.

— Apposez votre signature au bas de cette page, m'intima-t-elle d'une voix basse et tremblante. Ce testament fait état de mes dernières volontés.

Je demeurai complètement abasourdie mais Isobel poussa la plume dans ma direction d'un geste résolu.

— Je vous en supplie, signez, insista-t-elle.

J'étais incapable d'articuler un mot ou de lire les clauses de son terrible testament, mais j'inscrivis néanmoins le nom d'Austen au bas du document. Je vis avec tristesse qu'y figurait déjà le paraphe maladroit de Daisy Hodges – la jeune femme de chambre de la comtesse – qui lui avait servi de second témoin.

— Merci, ma chère, dit Isobel quand j'eus fini. (Elle replia le sinistre feuillet et le plaça entre mes mains.) Il est à vous à présent, ajouta-t-elle, je vous le confie. Veuillez le remettre à mon notaire, Mr Hezekiah Mayhew de Bond Street, à la première occasion.

— Ma chère, dis-je, profondément émue, pareil désespoir est prématuré ! Bien des choses peuvent arriver avant que ce papier soit nécessaire.

— Il vaut mieux se préparer au pire, Jane, puisque nous sommes en pleine tragédie. Pauvre de moi ! Je remercie Dieu que les yeux de Frederick soient clos. Quelle ne serait pas son horreur de me voir ainsi réduite à l'infamie – et par celui qu'il aimait tant ! s'écria-t-elle en tortillant nerveusement une mèche de ses cheveux. Perfide Fitzroy ! Qui eût cru que ce noble visage dissimulait tant de vilenie !

— Isobel, dis-je, lui saisissant les mains pour les retenir fermement dans les miennes. Comment pouvez-vous parler ainsi ? La situation du comte est tout aussi désespérée que la vôtre, et il en souffre parce qu'il est pareillement innocent. Vous n'êtes tout de même pas convaincue du contraire, dites-moi ?

— J'ai vu le billet de mes propres yeux, Jane, répondit mon amie d'un ton méprisant. J'ai lu ce qu'il avait écrit, j'ai reconnu son écriture. C'est vous-même qui avez trouvé le mot sur le corps mutilé de cette pauvre Marguerite. Vous refusez donc de voir l'évidence ? La bonne avait raison depuis le début. *Fitzroy* est l'assassin de mon mari. *Fitzroy* a été percé à jour par Marguerite, qui a alors voulu dénoncer sa traîtrise. Et *Fitzroy* a réduit à jamais la malheureuse au silence.

— Ne croyez pas cela, Isobel ! m'écriai-je.

— Êtes-vous folle, Jane ? ! s'exclama la comtesse

qui, se levant brusquement de son siège, se mit à faire les cent pas devant la cheminée. Mais que voulez-vous que je croie d'autre ? Que je suis, moi, coupable des deux meurtres ? Inutile de vous obstiner. Sachez que je me sens bel et bien aussi coupable que si je leur avais ôté la vie de mes propres mains. C'est mon aveugle inclination pour Fitzroy, ma vanité, mon désir d'être admirée, ma faiblesse dans le feu de la passion, qui l'ont poussé à ces actes ignobles. Voyant ma sotte confiance, il s'en est servi pour parvenir à ses fins. C'est *moi* qu'il voulait faire accuser du meurtre de Frederick, tandis que *lui* aurait fait main basse sur la fortune de mon époux. Mais Marguerite a déjoué les plans de Fitzroy en gardant sur elle le fatal message qu'il lui avait fait parvenir. (La comtesse s'arrêta devant le portrait de son défunt mari et le contempla d'un air plein de contrition.) Je vous ai trahi, Frederick, ne serait-ce que dans le secret de mon cœur ; mais sachez que mon cœur m'a déjà condamnée à mort.

Bouleversée par l'ampleur de ses doutes, je cherchai à tâtons derrière moi un support quelconque et rencontrai l'une des colonnes de son lit, contre laquelle je m'appuyai avec soulagement.

— Je crains que vous ne vous trompiez lourdement, ma chère. Un jour vous regretterez vos paroles. Refoulez-les, je vous en conjure, chassez-les de votre esprit si vous le pouvez, avant qu'elle ne se logent trop amèrement dans votre cœur.

Isobel tourna vers moi des yeux fiévreux.

— Dites-moi, Jane ! Dites-moi pourquoi vous continuez à faire confiance à Fitzroy alors que votre amie touche le fond ? Aurait-il exercé ses charmes sur *vous* tandis que la pauvre Isobel pleurait son Frederick ?

— Vous savez bien que non, voyons ! m'exclamai-je. C'est impossible ! Impossible parce que Fitzroy est un homme d'honneur, tout aussi incapable d'agir ainsi que de commettre le meurtre dont vous l'accusez maintenant ! Isobel, Isobel… eût-il combiné un tel méfait, il n'aurait certainement pas laissé ce billet sur le corps de la femme de chambre. Il faudrait qu'il soit parfaitement stupide pour s'incriminer publiquement de la sorte. Le véritable assassin de la bonne espérait bien nous le faire croire, mais je suis convaincue que ce billet est un faux.

Isobel passa devant moi en poussant un petit rire étranglé.

— Je connais son écriture, Jane. J'ai reçu tellement de lettres de sa main, pleines de mots d'amour aussi faux que son caractère ! Non, mon amie, poursuivit la comtesse d'un ton plus calme, je ne partagerai point vos espoirs insensés. D'ailleurs, là où je dois aller, le seul fait d'espérer est en soi plus insensé encore.

14

Le médaillon

28 décembre 1802, suite

Je quittai ensuite Isobel, malgré le pénible sentiment d'angoisse que m'inspirait son désespoir, et m'efforçai de ramener un peu de calme dans mon esprit désemparé, en m'absorbant dans les préparatifs de notre voyage pour Londres. J'étais en train de donner diverses instructions à Martha qui s'affairait autour de mes bagages, lorsqu'un léger coup frappé à la porte me fit sursauter. Celle-ci s'ouvrit sur Mrs Hodges, dont le visage exprimait l'inquiétude ; j'eus tôt fait de comprendre, dès ses premiers mots, qu'elle craignait que sa démarche ne me parût singulièrement inconvenante.

— Je suis vraiment désolée de vous déranger, miss Austen, et si vous n'avez pas de temps à perdre avec Jenny Barlow, je serais ravie d'aller le lui dire. Je ne m'explique vraiment pas ce qui lui a pris de venir ici et de demander une dame à l'entrée de service. On lui a répété que vous étiez sur le départ, mais elle est plus têtue qu'une mule et a insisté pour qu'on vous prévienne. Je l'ai laissée dans l'office du majordome, mais nous la renverrons sur-le-champ si vous le désirez.

— Oh, non, Mrs Hodges, surtout pas ! m'écriai-je. Vous avez bien fait de venir me trouver. Conduisez-la immédiatement au petit salon, je vais l'y attendre.

La brave femme s'exécuta, bien qu'un peu surprise ; après avoir donné mes dernières instructions à Martha, je me hâtai de descendre.

Jenny Barlow paraissait moins à l'aise, mais nettement plus à son avantage, dans le somptueux décor du petit salon que dans sa propre bicoque enfumée ; la blondeur de ses cheveux rivalisait avec l'or des cadres aux murs, l'éclat de ses yeux était rehaussé par le bleu vif du tapis, et je crois bien qu'elle eût éternellement gardé sa pose gracieuse, évoquant une bergère en porcelaine de Saxe, si je n'étais venue troubler sa tranquillité.

— Vous êtes bien bonne, miss, de me recevoir, dit-elle. Jamais je ne pourrai assez vous remercier.

— Étant donné que vous avez sans nul doute bravé l'autorité de votre mari pour venir me voir, Mrs Barlow, c'est moi qui vous suis au contraire fort obligée de votre visite, répondis-je.

Je songeai à m'asseoir et à l'inviter à faire de même, mais je devinai par avance la confusion dans laquelle ne manquerait pas de la plonger le fait de prendre ses aises dans une telle pièce ; elle se percherait sur le coin d'une chaise, obnubilée par la crainte d'en salir la tapisserie de soie avec sa robe de nankin, et profondément gênée de se voir traitée à l'égale de ses maîtres ; cela risquait fort de compromettre notre conversation. Aussi restai-je debout.

— Avez-vous quelque chose à me dire ? m'enquis-je gentiment.

— Oui… enfin, non, miss, fit-elle, trahissant son désarroi et les doutes qui lui traversaient l'esprit, avant de reprendre courage avec une grande inspiration. C'est plutôt une faveur que je voulais vous demander.

— Une faveur ?

— Pas pour moi, mais pour ma pauvre petite sœur Rosie, miss. Vous avez des sœurs, vous aussi ?

— Oui, j'en ai une, répondis-je, et c'est la personne qui m'est la plus chère au monde. Quelle aide puis-je vous apporter, Mrs Barlow, que votre mari ne pourrait point ?

— Ted ne sait pas pour Rosie, dit-elle à voix basse. Elle est comme qui dirait dans une position intéressante.

— Intéressante ? Vous voulez dire qu'elle… qu'elle attend un enfant ?

Jenny Barlow me jeta un regard furtif puis baissa les yeux vers son propre ventre, qui laissait de plus en plus deviner sa propre condition.

— Elle n'a que 17 ans, miss, reprit-elle. Le même

âge que moi quand j'ai eu mon premier. Mais Ted était à mes côtés, tandis que Rosie… c'est un bien grand malheur pour elle.

— Elle n'habite point ici ?

Jenny secoua la tête.

— Elle est partie à Londres, comme le comte le voulait. Je n'ai pas eu la moindre nouvelle depuis de nombreux mois ; elle ne sait ni lire ni écrire, et la poste coûte tellement cher que je n'ai pas pu lui en donner non plus. Mais j'ai appris que vous vous rendez à Londres aujourd'hui, et peut-être que vous pourrez aller la voir, si ça ne vous dérange pas.

— J'en serais très heureuse, Mrs Barlow, lui assurai-je avec chaleur, et je vous enverrai un mot pour vous dire comment va votre sœur dès que possible. Je suppose, ajoutai-je d'une voix hésitante, que vous savez lire, n'est-ce pas ?

Elle hocha la tête.

— Papa a veillé à ce que j'apprenne. Mais comme Maman est morte en mettant Rosie au monde, il a confié la pauvre petite à une femme, ici, à Scargrave, quand il est entré au service d'une autre maison, si bien que l'éducation de ma sœur a été négligée.

— Dites-moi en quel lieu elle loge, fis-je, et je ferai de mon mieux pour la retrouver.

La jeune femme me donna l'adresse – une rue dont la réputation n'était pas mauvaise, dans le sud de Londres – et consentit à me donner la main pour me dire au revoir.

Je n'en savais guère plus sur le sort de Jenny Barlow qu'à l'issue de notre première entrevue dans son propre foyer, mais il me paraissait peu judicieux de la questionner sur certains détails ; elle avait la pudeur naturelle d'une vraie dame, et faire à pareille dignité l'affront d'un interrogatoire supplémentaire eût été du plus mauvais goût. Mais il me restait encore la possibilité d'en apprendre davantage sur son histoire en faisant parler sa sœur, éventualité qui ne m'avait point échappé ; et, tout en caressant cette idée, je me pris à espérer que mon stratagème ne fleurerait point trop la supercherie quand je rencontrerais l'infortunée jeune fille.

Je vis Jenny se rendre aux appartements de la gouvernante, où Mrs Hodges l'accueillit d'un air défiant ; puis je résolus prestement de retourner m'occuper de mes bagages. Nous devions partir peu après midi, et j'avais encore le projet de me rendre à pied à Scargrave Close, afin de rendre une petite visite à Lizzy Scratch.

Le ciel était bleu, l'air vif, et une mince couche de neige fraîchement tombée avait recouvert d'un manteau blanc la route que j'empruntai pour me rendre au village. J'allais devoir passer la majeure partie de l'après-midi coincée dans une voiture à destination de Londres, mais je me serais au moins bien dégourdi les jambes avant le départ ; en outre, l'exercice se révélait salutaire à mon humeur. Le roulement d'une voiture me fit me retourner et je reconnus l'attelage de sir William Reynolds, qui se dirigeait dans la même direction que moi. Il m'avait lui aussi aperçue, car la calèche ralentit pour s'arrêter à ma hauteur.

— Miss Austen ! s'écria-t-il. J'aurais cru que vous seriez en train de faire vos bagages !

— C'est une telle pagaille dès que je m'en occupe, que j'ai préféré confier cette tâche aux bons soins d'une femme de chambre, répondis-je. Seriez-vous déjà en route pour les assises ?

— Oui, je compte seulement m'arrêter en chemin au « Cock and Bull », après quoi je prendrai la route de la poste, répondit sir William, avant de fixer du regard ma pelisse qui, je dois l'avouer, était bien râpée. Je vous emmène, si vous allez dans la même direction, ajouta-t-il. À moins que cela ne vous dise rien de faire le trajet en voiture ?

— En fait, sir, je suis sortie pour goûter le plaisir d'une petite promenade à pied, dis-je, ne tenant pas à ce qu'il devinât le but de mon excursion. En cette époque tardive de la saison, il ne faut pas hésiter à prendre l'air si l'on a la chance d'avoir une belle journée.

— Cela vous donne de belles joues roses, observa-t-il affectueusement, bien que sa galanterie fût à mon sens peu flatteuse ; j'avais toujours été dotée d'une rougeur de teint qui me mettait au désespoir lorsque j'étais jeune fille et à laquelle j'avais fini par me résigner à contrecœur en atteignant l'âge adulte.

Mais le compliment partait d'une bonne intention, aussi ne m'en offusquai-je pas ; après quoi, ayant salué sir William d'un signe de tête, je regardai sa voiture s'éloigner.

Moyennant une piécette, un gamin du village m'indiqua la maison de Lizzy Scratch. Ladite demeure était tout au plus une masure, dotée d'une arrière-cour où bouillait une grosse marmite en fonte ; c'était là, supposai-je, qu'elle devait faire ses lessives. Une nuée de jeunes êtres grouillait devant l'entrée, se distinguant les uns des autres par des différences d'âge de quelques mois, mais unis par leur ressemblance avec leur mère qui leur avait légué son strabisme, ainsi que par la saleté de leur peau et de leurs vêtements ; vraisemblablement, Lizzy ne daignait faire la lessive que lorsqu'elle était *payée* pour cela. Je demandai si la blanchisseuse était déjà sortie, et plusieurs gamins m'indiquèrent du pouce le chaudron à l'arrière de la maison ; ce fut là que je la trouvai, le visage rouge brique et transpirant à grosses gouttes dans l'air glacé, tournant du linge dans l'eau bouillante avec un long tisonnier.

— Mrs Scratch ? lançai-je.

— Et qui voulez-vous que ça soit ? fit-elle, essuyant son front du revers de son gros bras pour me regarder d'un air interrogateur. Pour la lessive, je prends trois shillings par semaine, mais un de moins si vous faites le repassage vous-même. À condition que vous me l'apportiez le bon jour – c'est-à-dire le lundi –, vous pouvez récupérer vot' linge le jeudi matin.

— Je ne suis pas venue pour mon linge, mais pour Marguerite Dumas.

Elle avança le menton, afin de mieux scruter mon visage – elle avait grand besoin de lunettes, à n'en pas douter – et son expression se fit subitement agressive.

— Vous êtes du château. Je vous ai vue avec les gens de là-bas au « Cock and Bull ».

— Je suis en effet une hôte de Scargrave Manor, lui dis-je, et c'est pour cette raison que je suis venue vous voir. Les Scargrave désirent restituer les effets personnels de Marguerite à sa famille à la Barbade, et je suis donc venue les chercher.

— Alors comme ça, vous voulez ses affaires ! lança la blanchisseuse d'un ton franchement hilare.

— Exactement.

— Et pour les renvoyer chez elle ?

— Il semble que ce soit la moindre des choses.

Lizzy Scratch renversa la tête en arrière et partit d'un rire énorme.

— Pauv' Margie, dit-elle en s'essuyant les yeux, si elle avait pu prévoir qu'il y aurait autant de beau monde à s'intéresser à ses petites affaires, elle les aurait emportées avec elle, pour sûr.

— D'autres personnes sont déjà venues vous les réclamer ? m'enquis-je avec curiosité.

— Disons juste que vous êtes pas la première, répondit-elle. Y'a eu ce magistrat, qu'est venu après l'enquête avec Mr Bott ; ils étaient drôlement fâchés d'apprendre que ses affaires étaient plus là. Ils m'ont presque accusée de les avoir volées, mais ils avaient pas le droit, non, pas le droit de dire une chose pareille. Margie, elle m'a aidée à faire bouillir la marmite quand elle était là, alors pensez bien que je serais pas allée la dépouiller après qu'elle est morte et enterrée.

— Mais qui donc a emporté ses affaires, alors ? demandai-je, perplexe.

— Un gars du château.

— Un gentleman ?

— Pas celui qui l'a assassinée, si c'est ce que vous voulez savoir, rétorqua-t-elle finement. Non, c'était l'ordonnance de ce soldat qui habite dans le pavillon du parc.

— J'ignorais que le lieutenant s'était déjà soucié des effets de la bonne, fis-je ; mais il est vrai que c'est une responsabilité qui incombe à juste titre à un gentleman de la maison.

En fait, cela relevait plutôt de la responsabilité d'Isobel, ce que je ne me sentis pas le droit de préciser à la blanchisseuse ; mais la rapidité d'action du lieutenant me surprenait fort.

— Quand cet homme est venu vous réclamer ces objets, m'avez-vous dit ? repris-je.

— Je vous l'ai pas dit, répliqua Lizzy, mais ça me dérange pas de le faire. C'était le jour où Margie a rejoint son Créateur ; et si j'avais su à ce moment-là qui était l'assassin, je vous jure que j'aurais jamais permis qu'on ramène ses affaires là-bas.

— Merci pour votre aide, Mrs Scratch, dis-je. Vous avez été plus que serviable, alors que vous avez tant de travail !

Je pris ma bourse et y puisai un shilling, dont elle s'empara prestement tout en lorgnant d'un œil plein de convoitise les pièces de monnaie restantes. Mes finances étant toujours bien maigres, j'ai pour habitude de surveiller scrupuleusement mes dépenses – mais, en pareille circonstance, cela valait bien la peine de faire un petit geste supplémentaire. Je sortis un autre shilling et le tint entre mes doigts d'un air pensif.

— Mrs Scratch, est-ce que par hasard vous ne vous rappelez pas avoir vu un médaillon monté en collier parmi les affaires que vous avez remises à ce valet ?

— Le médaillon de Margie ? Pourquoi est-ce qu'il vous intéresse ?

— J'ai appris qu'elle y attachait beaucoup de valeur, et sans doute aurait-elle particulièrement tenu à ce que cet objet soit rendu à sa famille. Un petit bijou comme celui-là aurait facilement pu s'égarer, j'imagine, quand vous avez remis tout ce bric-à-brac au domestique du lieutenant.

Je tendis la main vers celle de Lizzy et déposai la pièce dans le creux de sa paume ; ses doigts boudinés se refermèrent dessus en clin d'œil, puis elle haussa les épaules.

— Il devait pas valoir grand-chose, pour autant que je pouvais en juger, dit-elle, si fait que je l'aurais probablement gardé. Mais comme c'était un type de la maison qui lui avait donné, je me suis dit qu'il valait mieux le rendre. On sait jamais, il aurait pu venir le chercher ici, et la discussion tourner au vinaigre.

— Assurément, renchéris-je, bien qu'ayant peine à me remettre de cette nouvelle révélation. Vous connaissez donc l'identité de cet homme ?

— Je n'ai pas dit *ça*, rétorqua Lizzy dont les yeux se rétrécirent. Là-dessus j'en sais pas plus que vous, miss. Margie, elle était très discrète à propos de son gars. Je me suis toujours dit que ça devait être un domestique de haut rang – que ça pouvait être Mr Danson, ou bien un des serviteurs du nouveau comte, ou même encore l'un des valets de pied en chef. Mais je pense maintenant que c'était le comte en personne, étant donné que c'est lui qui l'a tuée. Ça serait plutôt logique, non ?

En rentrant au manoir, je ralentis devant le portail du pavillon dans l'allée, cherchant à deviner si ses occupants étaient sortis ou non. Je ne tenais guère à rencontrer Mr Hearst, pas plus que son frère ; mais il était fort probable que le premier était encore parti errer dans les allées, plongé dans ses réflexions moroses sur les abîmes de la nature humaine, tandis que l'autre dressait son cheval à sauter les haies les plus proches. Aussi, rassemblant tout mon courage, je me décidai à ouvrir le portail et m'engageai résolument sur le chemin qui menait à l'entrée.

Le pavillon de Scargrave était à l'origine destiné à servir de résidence douairière [1], mais Frederick Payne

1. Demeure dont jouissait une dame de haut rang devenue veuve, grâce au douaire (droit de l'épouse survivante sur les biens de son mari), à partir du

n'avait pas eu l'occasion de l'employer à cette fin, puisque sa mère était décédée depuis longtemps déjà lorsqu'il avait accédé au titre de comte, si bien que c'était sa sœur, lady Julia, abandonnée par le déloyal Mr Hearst, qui y avait trouvé refuge. Les petits Hearst avaient grandi à l'ombre de ses avant-toits Tudor ; et le lieutenant évoquait toujours avec la plus grande tendresse les escapades de son enfance parmi les mûriers du cottage. Avec ses murs parfaitement chaulés et ses poutres apparentes, l'endroit devait sans nul doute être fort pittoresque au printemps, quand fleurissaient le rosier grimpant au-dessus du linteau de la porte et la haie de buis odorant sous les petits carreaux des fenêtres. Mais en cette fin du mois de décembre, le jardin avait un air triste et abandonné.

La soubrette, une certaine Joan, m'accueillit avec une révérence et m'informa que Mr George Hearst était là. Je regrettai sur-le-champ mon inconvenance – que dirait-on d'une femme seule venant ainsi rendre inopinément visite à un célibataire de sa connaissance ? Mais, ne pouvant plus faire demi-tour, je me laissai conduire au petit salon. Tout, dans la pièce, trahissait la garçonnière : des rangées de livres le long des murs aux gravures de grouses accrochées au-dessus du manteau de la cheminée. Une odeur entêtante, moitié tabac de pipe et moitié chien mouillé, flottait dans l'air malgré le feu crépitant. Mr Hearst, qui était plongé dans la lecture d'un livre, se leva avec une expression de consternation qui, je le crains, dut se refléter à l'identique sur mes propres traits.

moment où son fils entrait en possession du titre et du domaine ancestral de son père.

— Miss Austen ! s'écria-t-il. Je ne pensais pas vous voir avant de monter dans le coche qui doit tous nous emmener. Une nouvelle catastrophe se serait-elle abattue sur le manoir ? Vous seriez-vous précipitée ici pour chercher de l'aide ?

— Calmez-vous, je vous prie, Mr Hearst, répondis-je. Je n'ai rien d'alarmant à vous annoncer.

— En ce cas, puis-je vous inviter à vous asseoir et vous offrir du thé ? fit-il en me désignant d'un geste vague de la main l'ensemble des chaises dispersées dans la pièce.

Je les balayai rapidement du regard. Malgré leur apparence fort confortable, les sièges des frères Hearst n'eussent point permis à une dame de s'y asseoir à l'aise de décente façon. Je secouai la tête en signe de dénégation.

— En fait, j'aurais voulu dire deux mots au lieutenant Hearst.

— Mon frère n'est pas là. Mais je puis peut-être vous être utile ?

— Je crains que non, répondis-je abruptement.

Mr Hearst hésita et me dévisagea attentivement d'un air inquiet.

— Mon Dieu, j'espère qu'il n'est pas allé jusqu'à… commença-t-il, avant de se mordre les lèvres.

— Mr Hearst, m'empressai-je de dire, ne vous abandonnez pas outre mesure à de fâcheuses spéculations. Je sais que ma visite inopinée doit vous paraître étrange ; mais tranquillisez-vous, ma présence n'est aucunement motivée par une quelconque inconvenance de votre frère à mon endroit. Je suis venue de la part de la comtesse, ajoutai-je, prise d'une inspiration subite, avec un message pour le lieutenant, c'est tout. Vous savez bien qu'il lui est interdit de sortir de chez elle. Mais je pourrais peut-être m'entretenir avec l'ordonnance du lieutenant ?

— Certainement, répondit l'ecclésiastique dont le visage s'éclaira, certainement. J'aurais dû y penser moi-même. Je vais vous l'envoyer immédiatement.

Il reposa son livre et se dirigea vers la porte, mais je ne voulus pas le laisser s'en tirer à si bon compte.

— Mr Hearst, lançai-je, permettez-moi de vous féliciter. Le lieutenant m'a dit que vous alliez recevoir un bénéfice malgré tout. Il ne vous reste donc plus qu'à entrer dans les ordres.

Il se figea d'abord sur place, comme frappé par la foudre, puis prit un air gêné et baissa les yeux vers le sol.

— J'aimerais que les choses soient aussi simples que cela, miss Austen, dit-il. Mais tous ceux qui se font pasteurs ne sont pas forcément dignes de servir le Seigneur.

Sur ce, il me quitta. Comme le lieutenant l'avait observé, Mr Hearst était fort réticent à oublier ses griefs. À moins que le fait que je me sois aperçue d'une chose qu'il avait choisi de garder secrète lui donnât mauvaise conscience ? Mais pourquoi ? Je n'eus cependant pas le loisir de creuser davantage la question car une voix enjouée, teintée d'accent cockney, s'éleva soudain :

— C'est donc vous la petite coquine qui a tourné la tête de mon maître !

Surprise, je me retournai vers la porte pour découvrir un sémillant gaillard en manches de chemise, tenant encore à la main l'une des bottes du lieutenant qu'il était en train d'astiquer.

— Il n'arrête pas de parler de vous, poursuivit-il. Miss Austen par-ci, miss Austen par-là ! Si je ne connaissais pas sa façon d'être avec les dames, je jurerais que son cas est désespéré. Alors, qu'est-ce que vous voulez, ma jolie ?

Je déglutis et parvins à grand-peine à ne pas perdre contenance ; *jamais* encore je n'avais été abordée en des termes aussi familiers par un individu de son rang.

— Vous êtes l'ordonnance du lieutenant Hearst, si je ne m'abuse ? lui demandai-je.

— Jack Lewis pour vous servir, pour le meilleur et pour le pire ! répondit-il, en me gratifiant d'une affable et profonde révérence. Mais j'ai pas toute la journée devant moi, c'est un fait. Dès qu'il en aura fini avec son canasson, ce fichu lieutenant va encore venir me houspiller pour que j'accélère le mouvement, et moi je vais avoir intérêt à garder mes distances avec sa cravache sur tout le chemin jusqu'à Londres.

— Lewis ! lança une tête bouclée surgissant dans l'embrasure de la porte, les sourcils froncés et le regard noir. Ne restez pas là à jacasser avec Joan, pour l'amour de Dieu – allez donc finir de me boucler ces fichus sacs !

— À vos ordres, chef ! lui jeta par-dessus son épaule l'ordonnance, imperturbable. (Il se retourna vers moi, me fit un clin d'œil et ajouta à mon intention :) Vous voyez, il aime pas me voir empiéter sur son territoire.

Je craignis bel et bien l'espace d'un instant que le gaillard ne voulût me faire le baisemain, mais il se contenta de m'adresser un grand sourire et de hocher vigoureusement la tête, l'air de méditer d'obscurs projets me concernant, mais dont la nature me paraissait franchement douteuse.

— Je vous laisse la place, *sir*, dit-il.

— Miss Austen ! s'exclama le lieutenant en entrant dans la pièce pour de bon cette fois, au comble de l'embarras et de la consternation. J'ignorais que vous étiez là. Mettez-vous à votre aise, je vous prie, et permettez-moi de vous offrir le thé ! Je crains que le soldat Lewis ne vous ait importunée d'épouvantable façon.

Disant cela, il lança un regard mauvais à l'ordonnance et lui indiqua la porte d'un signe de tête. Jack Lewis poussa un soupir et, posant ses yeux insolents sur ma personne, me détailla de la tête aux pieds, puis tourna enfin les talons ; mais son mécontentement était manifestement feint, puisqu'il se mit ensuite à siffloter dans le couloir.

— Quel homme extraordinaire, dis-je d'un voix stupéfaite, encore incertaine que l'individu ne fût pas tout droit sorti de mon imagination. Son impertinence dépasse l'imagination, lieutenant.

— Je crains que vous n'ayez raison, répondit Tom Hearst qui, me désignant l'unique chaise à dossier droit de la pièce, et que je n'avais pas remarquée plus tôt, resta debout jusqu'à ce que je me fusse assise. J'aurais congédié ce vaurien depuis longtemps, si je n'avais certaine obligation envers lui.

— Mais de quoi pouvez-vous bien être redevable à pareil individu ?

Il hésita, puis haussa les épaules.

— De ma vie, miss Austen.

Je m'attendais à tout, sauf à cela ; submergée par un déroutant sentiment d'humilité, je baissai les yeux vers mes mains nouées sur mes genoux.

— Mais vous n'êtes point venue au pavillon de Scargrave afin de discuter du soldat Lewis, pour aussi *extra-*

ordinaire qu'il vous paraisse, déclara Tom Hearst en s'affalant dans un fauteuil près du feu. Alors à quoi dois-je cet honneur, miss Austen, d'autant que vous devez être en pleins préparatifs ?

— En vérité, lieutenant, c'est justement *à cause* de votre ordonnance que je suis venue. J'ai appris qu'il détenait les effets personnels de la défunte Marguerite, que vous avez eu la prévenance de récupérer en les lui envoyant chercher chez cette blanchisseuse du nom de Lizzy Scratch.

Je prononçai ces mots comme s'il ne s'agissait là que de plates banalités, mais guettai sa réponse avec un vif intérêt.

— Comment se fait-il que vous vous inquiétiez de tout cela ? s'enquit-il, les traits de son beau visage empreints de perplexité.

— Isobel m'a chargée de restituer les affaires de la servante à sa famille à la Barbade, dis-je.

Cela était, en l'occurrence, un fieffé mensonge, que je devais garder présent à l'esprit.

— Mais elle a…, commença-t-il de dire, s'interrompant aussitôt, craignant peut-être d'en dire trop. J'ai eu exactement la même idée, reprit-il, et si ce voyage à Londres ne me l'avait pas complètement ôtée de la tête, les quelques effets de cette fille seraient déjà en route pour les Antilles.

— J'avoue que je me demandais si vous y aviez pensé.

Le lieutenant eut un sourire forcé.

— J'ai l'habitude, du fait de mes années de service dans l'armée, de récupérer les affaires des hommes de ma compagnie qui ont le malheur de tomber au combat, me dit-il. C'est comme une seconde nature chez moi de penser à la famille qu'ils laissent derrière eux, au souci qu'ont ces gens pour le sort d'êtres qui leur sont chers. Souvent, ces objets sont très précieux pour eux, en dépit du peu de valeur qu'ils revêtent à nos yeux.

— Mais – pardonnez-moi, lieutenant – la femme de chambre ne faisait pas exactement partie de *votre compagnie*. Elle dépendait plutôt de l'autorité d'Isobel. Comment avez-vous pu savoir où retrouver ses affaires ? Car personne au manoir ne savait encore qu'elle était allée trouver refuge chez Lizzy Scratch.

À ces mots, son visage se colora, et il demeura silencieux un moment.

— Je pourrais vous demander la même chose, miss Austen, dit-il enfin, car vous êtes assurément plus informée de mes faits et gestes que je ne l'eusse imaginé de la part d'une jeune dame si discrète. Mais peu importe – j'étais au courant de la cachette de la bonne du fait de mon penchant pour la dissipation, avoua-t-il en souriant d'un air penaud. Quand je ne puis plus supporter les silences de mon frère, je me précipite au « Cock and Bull » ; et il se trouve qu'au « Cock and Bull », tout le monde connaissait le nouveau logis de Marguerite.

— Et vous n'en avez rien dit à Isobel ? m'exclamai-je sans cacher ma surprise.

— Vous devez comprendre que je n'avais aucune raison de le faire, protesta-t-il. Lorsque la femme de chambre disparut du manoir, Isobel ne dit rien qui laissât entendre qu'il la fallait retrouver ; et j'ai pensé que le départ de Marguerite n'était ni plus ni moins que la conséquence d'une brouille domestique entre elle et sa maîtresse. J'ai appris l'existence des lettres, et des menaces qu'elles contenaient, en même temps que le reste de la maisonnée ; et, dans l'intervalle, la pauvre fille était morte

Son histoire était relativement plausible.

— Mais vous n'avez pas retourné ses effets à la Barbade ?

— Il ne me restait qu'à demander l'adresse à Isobel, et l'affaire eût été réglée ; mais les événements qui sont survenus entre-temps m'en ont empêché. Et c'est d'ailleurs heureux pour moi, car sir William désirait examiner les affaires de la femme de chambre, et il est venu me voir hier après l'enquête, comme vous-même aujourd'hui. Mais cela ne lui a rien appris d'utile, apparemment, et il m'a ensuite prié de les restituer à la famille de la jeune fille. (Tom s'interrompit, et scruta mon visage avec attention.) C'est extrêmement généreux de la part de la comtesse, ajouta-t-il, de s'inquiéter ainsi des affaires de sa servante alors que les siennes sont si mal en point.

D'autant que la servante en question avait causé la ruine d'Isobel. Cette pensée, bien que non formulée, flotta dans l'air entre nous.

— C'est sa manière d'être, expliquai-je maladroitement, et peut-être le fait de s'occuper de ce genre de détails l'aide-t-il aussi à oublier ses propres soucis.

— Peut-être, répéta le lieutenant en s'efforçant de retrouver son entrain habituel. Je vais dire à Joan de vous apporter immédiatement ces objets.

J'ai maintenant tout le loisir de méditer les paroles du lieutenant Hearst dans la voiture qui nous conduit en brinquebalant vers Londres ; j'ai sorti mon journal afin d'essayer de mieux saisir leur signification par le truchement de l'écriture. Le voyage durera plusieurs heures, sans rien pour venir tempérer l'ennui de la conversation de Fanny Delahoussaye et de sa mère ; Isobel et Fitzroy Payne sont convoyés séparément, surveillés par des gardes armés, et dans des conditions inconfortables et humiliantes dont la seule évocation me fait frissonner. Mais ce n'est là que le commencement des indignités que les malheureux vont devoir subir, je m'en rends bien compte, et je me sens perdre tout courage en songeant à la responsabilité dont Isobel m'a chargée.

Le mystère qui entoure la tragédie de Scargrave Manor me semble s'épaissir au fur et à mesure que les heures passent et, eussé-je été une créature encline aux émotions violentes, je me serais déjà abandonnée au désespoir de jamais tirer cette affaire au clair. La pensée que les vies d'Isobel et du comte sont en jeu ne fait qu'accroître mon impatience et mon désir de démêler enfin l'écheveau. Mais chaque fois que je m'efforce d'en apprendre davantage, dans l'espoir de jeter un peu de lumière sur cette double énigme, je me heurte à des ténèbres plus profondes encore ; et ma visite au pavillon des frères Hearst ne fait pas exception à la règle.

Bien que Lizzy Scratch m'eût avoué qu'elle avait remis le médaillon à l'ordonnance, l'objet ne se trouvait pas parmi les affaires de Marguerite que Tom Hearst me confia à son tour. Le sac de toile que me donna la bonne du pavillon ne contenait que quelques vêtements usagés, un paquet de lettres en français que Marguerite avait reçues des Antilles, et une miniature représentant une femme – probablement sa mère. C'était tout – ni livre, ni colifichet, ni souvenir d'aucune sorte ; un bien mélancolique héritage en souvenir de toute une vie.

Je me trouve donc à présent devant un choix bien

difficile. Pour aussi plausible que fût son histoire, le lieutenant avait omis de me préciser un détail : était-ce *lui* qui avait conservé le médaillon d'or qui se trouvait parmi les affaires de Marguerite, ou bien son ordonnance, le soldat Lewis ? Et quel lourd fardeau de culpabilité pesait donc sur le maître ou son serviteur pour que l'un ou l'autre eût décidé de le subtiliser ?

15

Eliza l'enchanteresse

31 décembre 1802,
Scargrave House, Portman Square

C'est le réveillon du Nouvel An et les festivités battent leur plein dans la rue en dessous, si bien qu'il est impossible de dormir. Je veille donc, assise près de la lueur de ma bougie dans la luxueuse chambre qui m'a été attribuée à Scargrave House. L'on ne peut imaginer plus grand contraste avec la digne misère du manoir – ici, tout l'intérieur a été remis à neuf, suivant le goût de la dernière mode, et des moulages en plâtre de vases et de plantes grimpantes ornent les murs bleu pastel. De toute évidence, le défunt comte devait nettement préférer Londres à la campagne, et cette maison lui tenir lieu de résidence principale ; tout y a été aménagé dans le but d'en faire un logis confortable pour sa jeune épouse, dont les appartements – qu'elle n'a encore jamais visités – sont ce soir clos, plongés dans l'obscurité, et uniquement peuplés de meubles recouverts de draps destinés à les protéger de la poussière.

La session spéciale des assises ayant déféré leur affaire à la Chambre des lords, Isobel et Fitzroy Payne sont pour l'instant condamnés à souffrir les horreurs de la prison de Newgate, où ils devront faire de leur mieux pour survivre jusqu'au jour de leur procès. Leur séjour y sera certes court – l'affaire doit être jugée au début de la prochaine séance, qui s'ouvrira d'ici une dizaine de jours –, mais il n'est permis d'espérer ni confort ni réconfort d'aucune sorte pour adoucir leur incarcération. Sir William sera procureur spécial de la Couronne, Mr Perceval étant indisposé[1], et Mr Cranley, avocat réputé en pleine ascension professionnelle, assurera la défense des accusés. Mais ses prérogatives sont tellement limitées[2] que je me demande s'il s'est seulement donné la peine d'étudier leur cas. Mr Cranley doit davantage songer à la notoriété que lui apportera ce procès – car il est rare de voir un pair passer en jugement à la Chambre des lords – et espérer des retombées avantageuses sur son avenir professionnel…

(Ici, la rédaction s'interrompt.)

… il s'est produit une violente explosion, comme si l'on avait tiré du canon près de la maison, et je me suis précipitée dans le couloir en chemise de nuit, la chan-

1. Spencer Perceval était procureur général en 1803, et aurait dû à ce titre représenter la Couronne comme avocat de l'accusation. Il était à cette époque fort occupé à préparer les poursuites judiciaires à l'encontre du colonel Despard, qui avait récemment fomenté un complot visant à l'assassinat de George III et au renversement du gouvernement.

2. Le rôle de l'avocat se bornait à contester lors du procès certains points juridiques sur lesquels s'appuyait le procureur.

delle à la main et le pouls fiévreux – comme Banquo[1] s'apprêtant à crier « Au meurtre ! Au meurtre ! » – pour constater que tout était parfaitement tranquille dans la demeure endormie et que j'étais la seule à errer sous le clair de lune avec mes terreurs nocturnes – vite remplacées, d'ailleurs, par une conscience aiguë de ma stupidité.

Mais je n'étais pas tout à fait seule… Comme je m'en retournais vers ma chambre, j'aperçus la silhouette immobile du lieutenant Hearst, appuyé contre le mur à l'entrée de sa chambre, à deux portes de la mienne. Il aurait dû regagner ses appartements à Saint-James, mais son frère et Fanny Delahoussaye avaient insisté pour le retenir à dîner si bien qu'il était resté dormir ici, trop près à mon goût de ma propre chambre, et me fixait à présent du regard dans la pénombre.

— Vous tremblez, miss Austen, dit-il.

Il quitta l'embrasure de la porte et s'avança vers moi. Ses yeux bleus scintillaient à la flamme de ma bougie, et ses épaules drapées dans une robe de chambre en soie miroitaient sous la lueur blafarde de la lune ; on eût dit une apparition échappée de l'un de mes rêves, environnée d'une enivrante odeur de danger.

— J'ai entendu une explosion et j'ai eu peur pour la maison, répondis-je en baissant ma chandelle.

Après quoi, j'aurais dû me détourner et le quitter, mais quelque chose en lui me fascinait – la souplesse de sa démarche, la grâce de sa silhouette qui, dans la pénombre du couloir et nimbée par les rayons de la lune, paraissait aussi légère qu'un fantôme. Songeant

1. Dans *Macbeth* de Shakespeare, général de l'armée du roi Duncan qui meurt assassiné.

soudain au spectre du premier comte de Scargrave, je sentis mon sang se figer dans mes veines.

— C'est de la poudre à canon que l'on fait sauter à Southwark pour fêter la nouvelle année, m'expliqua le lieutenant. N'y faites point attention.

Il s'arrêta à moins d'un pied de moi et soutint longuement mon regard avec une sorte de fascination émerveillée, comme si lui aussi avait l'impression de vivre un rêve.

— Quelle extraordinaire chevelure que la vôtre, murmura-t-il, quand elle ruisselle librement autour de votre visage ; cette vision dépasse en beauté tout ce que j'aurais pu imaginer, magnifiée de la sorte par le clair de lune. Vous rendez-vous compte du crime que constitue le fait que l'époux d'une femme soit le seul homme à qui il est permis de contempler ses cheveux ainsi dénoués ? Priver le monde de pareille beauté est pure folie. Et dire que vous n'avez pas de mari, Jane !

L'usage qu'il venait de faire de mon prénom me fit brutalement prendre conscience de l'inconvenance de ma situation – de l'impression que nous donnerions, si quelqu'un venait à nous surprendre ; et, surtout, du caractère particulièrement intime de cette scène où je tenais un rôle malgré moi. Mon teint s'empourpra, mon souffle s'accéléra, et je fis mine de vouloir partir. Mais le lieutenant leva un doigt et le posa sur mes lèvres.

— Restez, chuchota-t-il, je vous ai surprise au beau milieu de la nuit… cela me donne bien droit à une récompense.

Il n'avait pas plus tôt prononcé ces mots qu'il se pencha vers moi et m'embrassa, collant sa bouche sur la mienne, jusqu'à ce que, mortifiée, je m'arrachasse à son étreinte pour me précipiter en courant dans ma chambre où je lui claquai la porte au nez. L'écho d'un rire moqueur me parvint, suivi d'un bruit de pas m'indiquant qu'il battait en retraite ; peu après, parfaitement net dans le silence retrouvé, retentit le petit « clic » d'une porte se refermant doucement. Lequel, sans nul doute possible, provenait de la chambre située sur ma droite – la chambre de Fanny Delahoussaye – et non de celle du lieutenant. Je risque donc de devoir affronter le courroux de la demoiselle au petit matin, car il est certain qu'elle aura surpris notre rencontre – scène dans laquelle je ne fus guère à mon avantage, tant dans ma passivité initiale que dans ma fuite ultime.

Les joues me brûlent de honte et de mortification ; nul homme ne s'était jamais permis pareille liberté à mon égard. Mais pire encore est la brûlure de ce doux élixir que je sens courir dans mes veines. Je suis tout étourdie de ravissement, en proie à une satisfaction que je me refuse à avouer, même à moi-même ; aussi est-ce ici, dans les pages de ce journal, que j'en fais la confession. Pour tout dire, je n'en reviens pas qu'il m'ait embrassée : son geste est tout à la fois complètement insensé et incompréhensible. Tom Hearst ne peut pas être épris de moi ; la fortune m'a toujours fait défaut et ma beauté commence à se faner, or toutes deux sont cruciales pour un homme possédant les maigres ressources et la belle apparence qui sont les siennes. Bref, ce qui s'est produit est, à tous égards, incroyable ; aussi en suis-je réduite à imputer son baiser aux effets conjugués d'un clair de lune envoûtant et d'une coiffure impudique.

Effleurant à présent l'une de mes mèches de cheveux dénouées, je dois avouer que je ne leur trouve rien d'extraordinaire, quand bien même leur aspect eût été modifié par la lumière de la lune. Mais je n'en sens pas moins un petit frisson de contentement me traverser, émotion plutôt rare chez une femme que l'on complimente toujours pour son esprit. Nous avons tous nos défauts ; et le mien est la vanité. Ce sera mon ultime étendard au jour du Jugement dernier.

Comment affronter Tom Hearst, demain ? Je crois bien que j'en mourrai de honte.

Tel est l'épilogue de cette année qui s'achève.

1er janvier 1803

L'obligation d'un face-à-face avec le lieutenant au petit déjeuner me fut épargnée ; son ordonnance Jack Lewis et lui s'étaient levés tôt et avaient déjà rejoint la Garde montée à Saint-James. Personne, jusqu'à aujourd'hui, n'a encore fait la moindre allusion à l'affaire du duel ou à son issue, si bien que je commence à croire que cette histoire n'est qu'un pur produit de l'imagination fiévreuse de miss Delahoussaye. La salle à manger étant parfaitement déserte, j'eus tout le loisir de soupeser le lourd fardeau qu'Isobel m'avait placé sur les épaules et de réfléchir à la manière dont j'allais procéder.

Si Isobel et Fitzroy Payne étaient innocents des meurtres dont on les accusait, ce dont j'étais convaincue en ce qui concernait mon amie, cela signifiait que quelqu'un s'était donné bien du mal pour tous nous persuader de leur culpabilité. Pour commencer, le comte était mort après avoir mangé des friandises en présence de son épouse et de la femme de chambre. Puis, était survenu l'épouvantable trépas de Marguerite, qui avait conduit sir William à penser qu'on l'avait peut-être réduite au silence parce qu'elle avait vu Isobel placer les noix de la Barbade dans l'assiette du comte. Mais il me paraissait tout aussi plausible que la bonne, obéissant aux ordres d'un tiers individu, y eût elle-même déposé le poison. On l'avait ensuite mise à contribution pour qu'elle accusât sa maîtresse par l'intermédiaire de lettres menaçantes, jusqu'au jour où, sa mission accomplie, la principale utilité de la malheureuse n'avait plus consisté qu'à se faire égorger – de façon à incriminer Fitzroy Payne.

Marguerite avait établi une certaine relation de confiance avec le meurtrier ainsi que l'attestait le fait qu'elle fût allée de son plein gré attendre son assassin dans une grange isolée au point du jour. Mais lequel des habitants du manoir cela pouvait-il être ? Si mon hypothèse était juste, le traître complice de la femme de chambre était quelqu'un à qui l'élimination tout à la fois de l'épouse et de l'héritier du comte devait apporter un avantage matériel. George Hearst, qui se voyait octroyer un bénéfice par le testament de son oncle et pouvait prétendre à l'héritage si Fitzroy venait à disparaître, était celui qui avait le plus à gagner ; en outre, il s'était disputé avec le comte le soir même de sa mort et avait déclaré de vive voix : « Je sais maintenant ce qu'il me reste à faire. » Le tempérament particulièrement sombre et morose de Mr Hearst permettait d'imaginer qu'il pouvait être à l'occasion capable de violence ; il avait de surcroît fui le manoir à cheval, en toute hâte et en proie à un grand trouble, le matin où la bonne avait été assassinée. Mais l'argent était-il vraiment la cause d'une si vive colère, ainsi que la conversation que j'avais surprise le laissait à penser ?

Il fallait absolument que je trouve cette Rosie Ketch.

Il était un autre individu à qui l'infortune d'Isobel profitait : lord Harold Trowbridge. Mais il avait quitté Scargrave Manor une semaine avant la mort de la bonne. Peut-être avait-il agi ainsi à dessein, afin de garder ses distances avec l'événement, manœuvre qui me paraissait fort bien correspondre à son esprit rusé. Ayant courtisé la bonne – peut-être à Londres, lors de ses premières tentatives pour racheter Crosswinds, avant le mariage d'Isobel –, Trowbridge n'aurait-il pas pu la convaincre d'empoisonner le comte avec les noix de son pays natal, puis repartir une fois son objectif (Crosswinds) atteint ? C'eût ensuite été un jeu d'enfant pour cet homme que de faire parvenir à la servante quelques mots sur un bout de papier déchiré provenant d'une lettre d'affaires qu'il aurait reçue de Fitzroy Payne, de revenir à la faveur de la nuit à Scargrave Close, de traverser le champ à l'aube, de déposer par terre le mouchoir d'Isobel, d'égorger la jeune fille, et de s'en retourner aussitôt à Londres sans que personne n'en sût rien.

Sauf s'il s'avérait qu'il se trouvait ailleurs, en compagnie d'autres personnes, exactement au même moment. Je devais donc tâcher de connaître ses faits et gestes le jour de la mort de Marguerite. Et pour ce faire, il me fallait être reçue chez son frère, le duc de Wilborough. Comment faire ? Cette auguste famille et les Scargrave ne se connaissaient point, fait sur lequel madame Delahoussaye avait plus d'une fois attiré mon attention lorsque l'on avait compris que lord Harold resterait au manoir jusqu'à Noël. Elle trouvait extrêmement bizarre qu'il eût abandonné son frère pour lui préférer la société d'Isobel en cette période de l'année, mais faute de bien connaître Trowbridge ou Wilborough, elle avait fini par conclure qu'ils n'entretenaient que des relations distantes l'un avec l'autre. Mais lord Harold avait de toute évidence agi par opportunisme en s'imposant de la sorte chez les Scargrave ; étant donné le caractère extrême des circonstances présentes, je n'allais pas m'embarrasser moi non plus de la moindre délicatesse. Je devais, sous n'importe quel prétexte, me rendre à Wilborough House, pour découvrir les allées et venues de Trowbridge le jour du meurtre de Marguerite.

Et les autres ? J'écartai d'emblée madame Delahoussaye, car il était improbable qu'elle retirât le moindre bénéfice de l'assassinat du comte, de la pendaison de sa nièce, ou de l'exécution similaire d'un pair dont elle avait espéré qu'il épouserait sa fille. Mais il restait *Fanny*… se pouvait-il que la profonde sottise de la jeune fille dissimulât de noirs desseins ? Je n'oubliais point son incursion matinale au paddock, alors qu'elle ne montait pas ; ni sa visite furtive à l'intérieur de la grange, ni le sac de pièces qu'elle y avait laissé. La philanthropie anonyme n'était pas, je le sentais, dans la nature de Fanny ; pour qu'elle se séparât ainsi de son argent, il fallait qu'elle y fût contrainte. Quelqu'un faisait *chanter* miss Delahoussaye, pour des raisons qui m'échappaient ; mais le choix de la grange comme lieu de dépôt pour la transaction m'inclinait fortement à penser qu'il pouvait bien s'agir de la femme de chambre. Fanny, lassée de ses exigences financières renouvelées, avait-elle décidé de mettre un terme au chantage en supprimant Marguerite ?

Pourquoi, alors, se serait-elle ensuite donné tout ce mal pour rejeter la culpabilité du crime sur sa cousine et le comte nouvellement titré ? L'avarice et l'ambition furent peut-être ses conseillères : il fallait un coupable pour ce meurtre, quelqu'un qui ne fût ni elle-même ni celui qu'elle aimait – le lieutenant Hearst. Il était donc parfaitement logique qu'elle voulût faire jouer ce rôle à l'homme qu'elle n'avait aucune envie d'épouser. Fitzroy écarté, George Hearst pouvait bénéficier de l'héritage et, si l'on s'y prenait habilement, se laisser persuader de faire de son frère un homme riche et titré. Fanny avait ouvertement envisagé cette éventualité, moins de quelques jours plus tôt ; calcul somme toute bien naturel chez quelqu'un essentiellement gouverné par l'intérêt personnel.

Mais pourquoi avoir laissé le mouchoir d'Isobel sur le lieu du crime ? Pour la simple satisfaction de n'avoir aucune rivale à Scargrave ? Il me faudrait revenir sur cette question plus tard.

Il me restait encore deux personnes : le lieutenant Tom Hearst et son ordonnance Jack Lewis. Je ne nierai pas que le caractère enjoué du lieutenant m'apparaissait comme le moins enclin à receler de malveillantes intentions ; mais j'admets tout aussi volontiers que mes sentiments à son égard influençaient certainement mon point de vue. Je me forçai donc à dresser un portrait peu flatteur du lieutenant, en envisageant toutes les éventualités et mobiles plausibles le concernant.

Tom Hearst avait peut-être séduit la bonne afin qu'elle tuât le comte pour lui, puis rejeté les soupçons sur Fitzroy après l'avoir égorgée, dans l'espoir de récupérer le titre et la fortune de l'ancien vicomte par l'intermédiaire de son frère George. Cela me semblait une machination bien compliquée pour un homme plutôt enclin à agir de manière impulsive, ou dans le feu de la colère ; mais j'étais néanmoins capable d'imaginer comment il avait pu procéder. Le lieutenant avait déclaré qu'il résidait à Londres durant la brève période durant laquelle son oncle avait fait sa cour à Isobel, et qu'il avait rencontré Fanny Delahoussaye à cette occasion. Il était donc tout à fait possible qu'il eût noué une liaison avec Marguerite dans le même temps.

Je me souvins que la souplesse de sa démarche dans le couloir baigné par le clair de lune la nuit dernière m'avait rappelé celle du spectre du premier comte de Scargrave. Peut-être était-ce le lieutenant qui, déguisé, avait longé à pas de loup la galerie derrière ma porte l'autre soir, à Scargrave Manor, afin de dissimuler sans risque les noix de la Barbade dans l'étui à pistolets de Fitzroy Payne ? L'eût-on surpris qui pénétrait dans la chambre de son cousin à cette heure indue, l'on s'en serait souvenu au moment de la découverte des noix ; alors qu'il était bien improbable que quelqu'un osât déclarer à la barre qu'un *fantôme* avait voulu incriminer le huitième comte de Scargrave. En outre, Tom Hearst s'était donné la peine de donner force et consistance à mes visions nocturnes dès le lendemain matin, en me déclarant qu'il avait déjà reçu semblable visite par le passé, peu avant le décès de sa mère.

Je songeai de nouveau, un peu troublée, au caractère du lieutenant. Il était suffisamment espiègle – et dénué de tout principe, j'en ai peur – pour oser se déguiser de la sorte en se disant que cela ferait une bien bonne plaisanterie. Je n'avais néanmoins aucune preuve que c'était lui qui avait joué les spectres, aussi décidai-je de ne pas mener plus loin mes réflexions sur le lieutenant et de me pencher sur le cas de son ordonnance. L'un d'entre eux avait assurément récupéré le médaillon de la bonne parmi ses affaires, peut-être bien parce que l'objet renfermait un petit portrait de lui. Mais lequel des deux ?

L'ordonnance, Jack Lewis, était de loin celui dont la condition se rapprochait le plus de celle de la femme de chambre. Me remémorant l'œil pétillant et l'insolence éhontée du roublard cockney, je jugeai que des deux, c'était lui le plus susceptible d'emmener une jeune Créole se promener dans Covent Garden ou de lui acheter un médaillon – et de commettre l'imprudence de placer sa miniature à l'intérieur.

Une pensée me vint alors à l'esprit : il n'était pas nécessaire que Jack Lewis fût le meurtrier du comte (qu'il ne devait d'ailleurs même pas connaître) pour être le voleur du pendentif. Affligée par le trépas de sa bonne amie, l'ordonnance était peut-être tout simplement allée récupérer les effets de Marguerite chez Lizzy Scratch, puis avait pris peur en revoyant le colifichet contenant son portrait. Si l'on venait à découvrir l'objet, il était bon pour la corde – ou du moins était-ce ce qu'il avait dû redouter. Aussi l'avait-il dissimulé quelque part sur lui, et n'avait soufflé mot à personne de l'existence de l'objet. Je devais donc tâcher de vérifier la justesse de mes hypothèses, dès que possible.

Mais par qui commencer ? Lord Harold Trowbridge, Rosie Ketch, ou l'ordonnance Jack Lewis ? Entre tous, le plus vil ennemi d'Isobel avait ma préférence pour faire figure de meurtrier, aussi jugeai-je bon de m'attaquer en premier lieu aux alibis de Trowbridge ; mais j'allais avoir besoin d'une arme plus percutante que le prétexte d'une vague relation nouée par hasard avec lui pour réussir à franchir les remparts de Wilborough House. C'est alors que je songeai à Eliza et, me levant subitement de table, je partis chercher ma pelisse et mon bonnet.

Eliza, comtesse de Feuillide, est l'épouse de mon frère Henry. Elle est aussi ma cousine, puisqu'elle est la fille de la sœur de mon père, bien qu'elle ne soit pas, à ce que l'on dit, celle du mari de ma tante [1]. Autrement dit, Eliza est le fruit d'une passion adultère et ma cousine a fait des jeux de l'amour son *métier** depuis le jour de sa naissance – séductrice accomplie, aventurière charmante, elle fut l'un des principaux ornements de Versailles avant la chute de Marie-Antoinette et parvint à échapper à la guillotine, contrairement à son premier mari, le comte de Feuillide. La triste fin du gentleman, exécuté en 1794, fournit à ma brillante Eliza l'opportunité de revenir en Angleterre et la liberté d'épouser Henry quelques trois années plus tard. Bien qu'elle soit de dix ans l'aînée de mon frère préféré, et que leur union ne fût pas sans provoquer un certain malaise au sein de la famille, je les trouve pour ma part fort bien assortis. Je me réjouis, en fait, de voir que ses liens avec les Austen ont eu pour effet d'assagir quelque peu ma cousine, tandis que mon frère, de son côté, a le bonheur d'avoir une femme dotée d'un esprit brillant et vif, capable de rivaliser avec le sien.

En outre, Eliza a sans conteste le mérite d'être fort utile en société, dans la mesure où elle connaît tout le monde et est reçue à bras ouverts en tous lieux.

1. Jane Austen s'inspira vraisemblablement d'Eliza de Feuillide pour l'une de ses plus scandaleuses héroïnes, lady Susan, dans le roman du même nom. Eliza était probablement la fille naturelle de Warren Hastings (gouverneur général du Bengale des années 1760 au milieu de la décennie 1780) et de la tante de Jane Austen, Philadelphia Austen Hancock.

J'arrivai au numéro 24 d'Upper Berkeley Street – situé à quelques pas de la porte de Scargrave House – animée d'un esprit d'aventure et du désir de faire d'Eliza la complice de mes projets. La chance était avec moi : mon frère était sorti et ma cousine disponible. Sa femme de chambre, Manon, m'introduisit dans le salon, où la petite *comtesse* *, emmitouflée dans un plaid, était assise devant un feu ronflant, son nécessaire à écrire à la main et son petit chien, Pug, sur les genoux.

— Jane, ma chérie ! s'écria ma cousine qui, laissant sans ménagement l'animal glisser à terre, se leva avec empressement. Je ne me doutais pas que vous étiez à Londres ! Seriez-vous venue implorer ma protection après vous être laissé enlever par quelque fringant chevalier servant ?

— Connaissant mon histoire avec Harris Bigg-Wither, vous vous doutez bien que je ne me risquerais pas à ce genre de chose, répondis-je en souriant. Cela fait près de douze mois à présent que j'ai juré de renoncer aux hommes, puisque j'échoue à séduire ceux qui me plaisent et ne sais que me comporter d'infâme façon avec ceux que j'exècre.

— C'eût été du gâchis que d'accorder votre main à si médiocre soupirant, répondit Eliza avec dédain. Et si vous m'aviez demandé mon avis, je vous aurais certainement conseillé de l'éconduire comme vous l'avez fait. Mais je suppose que votre famille est mortifiée ? Il est vrai qu'ils le sont toujours, conclut-elle d'un ton enjoué, pour peu qu'une femme s'avise de montrer quelque indépendance d'esprit. Bien ! Comment allons-nous fêter ces retrouvailles ?

— En venant ici, Eliza, dis-je, j'espérais en fait vous décider à m'accompagner dans une démarche délicate.

— Les affaires délicates sont ma principale occupation, affirma-t-elle, les yeux pétillants de curiosité.

— Celle-ci concerne le duc de Wilborough, poursuivis-je, ou, plus exactement, son frère.

— Trowbridge ? Mon Dieu, vous n'avez tout de même pas jeté votre dévolu sur cet individu, ma chère ? Les dangereux coquins ne sont pas pour me déplaire, vous le savez ; j'étais même fort sensible à leurs charmes autrefois. Mais lord Harold, lui, les surpasse tous : c'est un authentique gredin.

— Je crois bien que c'est le plus démoniaque des hommes que j'aie jamais rencontrés, renchéris-je.

— Et vous avez raison, approuva Eliza en agitant sa main couverte de bagues. D'aucuns racontent qu'il a causé la ruine financière de sir Hugh Carmichael, et qu'il a de surcroît séduit sa femme ; toujours est-il qu'on l'a renvoyée dans sa famille au pays de Galles en attendant la naissance de l'enfant et que ce pauvre sir Hugh s'est tiré une balle dans la tête au beau milieu de Pall Mall il y a moins de deux mois. Un affreux scandale… Mais comment avez-vous fait la connaissance de lord Harold Trowbridge ?

— Je vous raconterai cela dans la voiture, dis-je, car nous devons aller à Wilborough House et le temps nous est compté.

— Mais, ma chère Jane… je dois songer à ce que je vais mettre. Je ne peux tout de même pas porter cette vieille chose pour aller chez le duc de Wilborough ! Non, vraiment pas.

Consternée, elle baissa les yeux sur sa robe à manches courtes, en soie couleur citrouille, passementée de bronze, et dont la coupe était, comme d'habitude, à la dernière mode. À 41 ans, ma cousine Eliza continue à se soucier de la jeunesse de son apparence et, à voir l'effet qu'elle produit sur la plupart des gentlemen, il faut reconnaître que les soins qu'elle porte à sa personne sont bien récompensés. Elle jeta un bref regard au miroir puis courut à la porte, Pug sur les talons.

— J'en ai pour une minute, Jane, lança-t-elle. Manon !

16

Où l'avocat demande conseil

1er janvier 1803, suite

Wilborough House est sise à Saint-James Square, dans toute la gloire de ses pierres grises et le lustre ancien de son nom. Je n'ignorais pas qu'Eliza connaissait la duchesse de Wilborough – je l'avais d'ailleurs recrutée pour cette raison précise, supputant que sa carte, portant encore son titre français de comtesse de Feuillide, nous promettait d'être promptement reçues, tandis que mon propre petit « miss Austen » resterait en souffrance dans la corbeille des visiteurs à l'entrée du vestibule. Les choses se déroulèrent comme je l'avais prévu : les austères laquais en livrée et perruque blanche en faction de part et d'autre de la porte avisèrent la somptueuse toilette vert émeraude d'Eliza, son turban à glands et son écharpe d'hermine ; ils nous quittèrent en s'inclinant avec un respect contenu puis revinrent aussitôt nous informer que la duchesse allait nous recevoir. Personne ne pouvait résister à Eliza ; elle était toujours au courant des derniers potins mondains.

L'on nous conduisit en haut d'un large escalier puis à travers une série de vastes pièces décorées à l'européenne. Les hauts plafonds étaient ornés de fresques peintes représentant de gras cupidons et de sveltes nymphes, les murs lambrissés de boiseries, et dans chaque coin trônait un précieux vase en porcelaine de Sèvres.

— Voilà qui est atrocement encombré, ma chère, tout comme la tête de la duchesse, me confia Eliza.

Je relâchai mon souffle, soulagée ; elle, au moins, ne se sentait pas intimidée.

Nous poursuivîmes notre chemin le long d'une enfilade de salons, franchissant toute une série d'immenses portes qui s'ouvraient sans bruit à notre approche – il fallait au moins une bonne douzaine de valets de pied pour accueillir les visites de la duchesse ; je n'osais imaginer ce que cela devait être quand elle donnait une petite réception. Enfin, l'on nous introduisit dans un petit boudoir intime où tout n'était que blancheur, dorures et soieries de chaises éparpillées, dont l'inconfort manifeste devait être jugé indispensable au maintien d'une pose guindée. Nous nous retrouvâmes face à une petite femme, à la mine impérieuse et revêche : la duchesse de Wilborough en personne. À la vue d'Eliza, elle arbora un petit sourire pincé.

— Ma chère, vous êtes bien bonne de venir égayer la solitude d'une amie, déclara la noble dame en allongeant languissamment la main vers Eliza.

— Vous êtes donc toute seule aujourd'hui, duchesse ? s'enquit ma cousine d'un ton plein de sollicitude en serrant les doigts couverts de bagues que celle-ci lui tendait. J'ai amené avec moi ma sœur[1] préférée, miss Austen de Bath, qui vient tout juste d'arriver à la capitale. Elle a passé ces dernières semaines à Scargrave Manor, où je crois bien que votre cher frère a récemment séjourné lui aussi.

— Harry ? fit la duchesse avec une intonation un peu acerbe. Je n'ai pas la prétention de connaître toutes les maisons ou tous les lits que Harry a visités ces derniers temps. Mais je suis heureuse de faire votre connaissance, miss Austen, et de constater que vous avez su vous remettre de votre récente rencontre avec mon frère.

Stupéfaite de sa vulgarité, je murmurai une vague réponse, et allai m'asseoir sur le siège que la duchesse me désignait.

— Bien, dit-elle en joignant commodément les mains, à présent, il faut que vous me racontiez tout ce que vous savez du scandale.

— Le scandale ? répétai-je, affectant l'ignorance.

— À propos de la mort de Scargrave, voyons, répondit-elle, impatientée. Est-il vrai que le jeune coquin qui était son héritier a joui des faveurs de la comtesse ?

Il était clair que la duchesse attendait de moi des confidences en échange de la grâce qu'elle m'avait accordée en m'admettant dans le cercle distingué de sa société. Je dus laisser paraître mon embarras, car je ne savais quoi dire. Des nouvelles si critiques n'étaient point destinées à être colportées pour amuser la galerie ; et pourtant, j'étais moi aussi venue dans le dessein de

1. Jane est bien la belle-sœur d'Eliza, mais on avait l'habitude à l'époque de désigner ses parents par alliance en usant des mêmes termes que pour les membres de sa propre famille ; c'est pourquoi la duchesse de Wilborough appelle également, un peu plus loin, lord Harold Trowbridge son « frère ».

recueillir des informations indiscrètes. Eliza vint à mon secours.

— Ma chère cousine est une amie intime de cette dame, murmura-t-elle en se penchant en avant pour appuyer son propos de toute la force de ses charmes ; aussi Votre Grâce ne doit point espérer que miss Austen trahisse la confiance d'une si grande amitié. Mais, pour ma part, je ne suis point contrainte à de tels scrupules ; aussi puis-je vous dire que la comtesse et le comte sont en ce moment même incarcérés à la prison de Newgate. Ils ont été entendus en cour d'assises peu après Noël et mis en détention préventive en attendant leur procès, déféré à la Chambre des lords.

— Non ! s'exclama la duchesse, en se frappant les genoux des deux mains. Il faut absolument que Bertie (par ce nom, je compris qu'elle désignait son époux, le duc) assiste à cela. Quel événement extraordinaire ! Nous devons immédiatement le prévenir, car je suis certaine que le procès ne sera pas différé bien longtemps.

— En effet, il est prévu qu'il fera partie des premières affaires traitées lors de la prochaine session, hasardai-je. Sa Grâce n'est donc point ici en ce moment ?

— Mon Dieu, non, répondit-elle. Trowbridge et lui sont partis à Paris il y a près de quinze jours, pour conclure quelque désastreuse affaire en rapport avec le commerce des Antilles. Je me suis désistée au dernier moment – c'est que je ne puis supporter Bonaparte, vous savez, ni la souillon qu'il appelle son épouse. L'intelligence est loin d'être le fort de cette femme, quant à son goût en matière vestimentaire…

— Quelle audace de la part de Sa Grâce ! l'interrompit Eliza. Peu de ses compatriotes oseraient prendre le risque d'un voyage en France en ce moment ; les hostilités n'ont cessé que depuis fort peu de temps[1].

— Je suis bien de votre avis, et j'ai d'ailleurs tenu le même discours au duc : « Si cet arriviste vient nous envahir en votre absence, ai-je dit à ce pauvre Bertie, vous serez jeté en prison et je devrai me retirer à la campagne. » Comment voulez-vous accorder la moindre valeur à un accord de commerce avec les Antilles françaises, alors que l'on ne peut déjà pas se fier à la parole de ce tyran ? Ils feraient mieux de se contenter de commercer avec de loyaux sujets britanniques. Bonaparte a bien essayé d'étrangler le flux des marchandises anglaises, mais il n'aura jamais l'avantage tant que nous conserverons nos colonies aux Caraïbes.

— Comme c'est agréable d'entendre une dame parler politique, murmura Eliza, l'air extasié ; et comme j'envie votre mari qui a la chance de retourner dans ce malheureux pays ! Je garderai à jamais dans ma mémoire le souvenir de cette période de mon passé, la plus poignante et la plus chère à mon cœur.

Elle baissa les yeux sur ses gants et parvint à verser une petite larme ; la duchesse se laissa dans l'instant gagner par la compassion.

— Comment ai-je pu avoir la cruauté de vous rappeler toutes ces horreurs ! dit-elle. Pardonnez-moi, ma chère – et vous aussi, miss Austen.

— Si je comprends bien, lord Harold est parti à Paris immédiatement après avoir quitté le manoir, dis-je. Il

1. Les vingt dures années de guerre entre l'Angleterre et la France (de 1795 environ, jusqu'en 1815) connurent une brève trêve de 1801 à 1803, mais toute l'île vivait néanmoins dans la peur d'une invasion napoléonienne.

n'a donc pas pu apprendre la récente infortune de la comtesse de Scargrave.

— Certes non, confirma la duchesse, mais je vais écrire à ce pauvre Bertie sur-le-champ. Lui comme Trowbridge regretteraient de rater un événement de cette importance pour la pairie.

— Je crains, duchesse, qu'il ne nous faille vous quitter à présent, déclara Eliza d'une voix larmoyante, comme submergée par les tristes souvenirs du passé. Cette petite visite était vraiment *délicieuse*.

Elle se leva d'un air décidé qui ne souffrait aucune protestation, tendit à notre hôtesse son exquise main gantée et s'en retourna vers la porte tandis que je lui emboîtais le pas.

Derrière nous, la duchesse fit sonner une clochette, et lorsque la porte tourna sans bruit sur ses gonds, nous eûmes la satisfaction de trouver un valet de pied qui nous attendait pour nous reconduire à la sortie. Sans guide, je suis sûre que même Eliza se serait égarée dans tous ces couloirs, sous les regards sévères des ancêtres Wilborough figés dans leurs cadres.

Une fois délivrée de l'atmosphère étouffante de ces pièces au luxe ostentatoire et pesant, ma cousine poussa un soupir de soulagement.

— Cette pauvre Honoria est une atroce vieille rombière, déclara Eliza en gravissant le marchepied de la calèche dans un tourbillon de soie verte, mais au moins nous a-t-elle dit ce que nous voulions savoir.

— En contrepartie, nous pouvons nous attendre à ce qu'elle salisse le nom d'Isobel dans tous les salons de la haute société, répondis-je. Quoi qu'il en soit, je suis bien obligée d'admettre qu'il est impossible que lord Harold ait tué la femme de chambre, puisqu'il était à l'étranger à ce moment-là ; je dois donc reporter mes soupçons sur d'autres personnes, si je veux aider la comtesse.

— Il n'est pas invraisemblable, vous savez, que Trowbridge ait dépêché sur place un tueur à sa solde, déclara Eliza en lissant pensivement les plis de son châle, tandis que le cocher claquait la porte de la voiture derrière nous. Un homme riche et puissant comme lui est en mesure d'obtenir ce genre de choses, où qu'il soit dans le monde.

— C'est possible, mais peu probable, objectai-je, d'un ton songeur. Car il faudrait qu'il accepte de se fier à la discrétion d'un homme de main jusqu'à son retour de Paris, et il n'est pas dans la nature de lord Harold de faire confiance à ses semblables. Non, je crois que je dois envisager d'autres hypothèses plus plausibles que celle-là, conclus-je. (Je me tournai vers elle, prise d'une soudaine sollicitude :) Eliza, le souvenir de la France vous attriste-t-il donc à ce point ?

— Je ne cesserai jamais de remercier le Destin de m'avoir conduite en France, répondit-elle comme l'attelage s'ébranlait. En allant à la guillotine, le comte a fait plus pour mon avenir qu'il ne le pouvait soupçonner. De fait, il m'a épargné l'épreuve de dépérir d'ennui à ses côtés, si bien que sa mort ne fut pas *complètement* inutile.

Je revins à Scargrave House où je trouvai Fanny Delahoussaye et sa mère en compagnie d'un visiteur, un jeune homme du nom de Cranley – et avocat de profession – dont on avait néanmoins souffert qu'il respirât le même air que la demoiselle, par déférence pour le devoir dont il venait d'être investi : la défense d'Isobel et de Fitzroy Payne. Il se leva avec empressement en me voyant et s'inclina profondément sur ma main ; il avait une physionomie aimable et franche, et son allure était celle d'un gentleman.

— J'ai appris que vous êtes très liée depuis de nombreuses années avec mon honorable adversaire, me dit-il.

— Sir William Reynolds ? Oui, c'est un ami de longue date de la famille Austen.

— Et un ennemi pour tout criminel qui a la malchance de comparaître devant lui, répondit Cranley avec esprit. Bien que miss Delahoussaye soit personnellement d'avis qu'il est peut-être moins redoutable que par le passé.

Je notai avec agacement le regard vibrant d'admiration qu'il jeta en direction de Fanny ; elle n'avait pas perdu de temps pour prendre le pauvre homme aux rets de ses charmes. Elle portait cet après-midi une toilette qui, je l'avoue, m'inspirait de la convoitise : une robe de soie à rayures noires et blanches, brodée de brandebourgs. Toutefois, quand je lui en avais fait compliment un peu plus tôt, elle avait déclaré que celle-ci était complètement démodée et ne se pouvait porter qu'en famille. Dès lors, n'osant imaginer son opinion sur ma propre mise, je m'abstins de tout autre éloge de son élégance.

— Je ne me risquerais jamais à sous-estimer sir William, répondis-je à l'avocat, tandis que Fanny rosissait en prenant un air timide. Malgré son âge, il est encore fort brillant. Mais ce n'est pas pour apprendre cela que vous êtes venu, Mr Cranley, aussi cessons là ces digressions. Dites-moi plutôt ce que vous voulez savoir.

— Sir William a-t-il la certitude que lady Scargrave sera jugée coupable ?

Je pris une chaise près du feu – il faisait bien froid dans la calèche qui m'avait ramenée de Wilborough House –, ôtai mes gants et mon bonnet et les tendis à la bonne qui attendait à côté de moi.

— Il ne doit guère en douter, répondis-je à l'avocat. Vous savez qu'il lui suffit de présenter des preuves qui paraîtront convaincantes à l'assemblée des pairs, pour que ceux-ci décident d'envoyer la comtesse à la potence.

— Certes, répondit-il en commençant à faire les cent pas devant la cheminée – c'était un jeune homme fort bien fait de sa personne, dont le visage intelligent révélait la vivacité d'esprit. Tout condamne lady Scargrave, poursuivit-il. Seule la femme de chambre aurait pu la disculper, en faisant l'aveu de sa propre culpabilité ou en accusant quelqu'un d'autre – et la femme de chambre est morte.

— Voilà qui devrait d'ailleurs être le point le plus favorable à l'argumentation de sir William, observai-je. Car il soutiendra qu'Isobel a envoyé Fitzroy Payne égorger Marguerite, *précisément* parce qu'elle aurait pu incriminer sa maîtresse.

— Je suis allée rendre visite à la comtesse dans sa cellule, m'annonça Cranley.

À ces mots, Fanny frémit de façon bien visible, et sa mère lui jeta un regard inquiet.

— Mr Cranley, intervint Madame d'un ton réprobateur, ne pourriez-vous pas plutôt mener votre affaire auprès d'un *gentleman* de la famille ? Ce ne sont point là des propos destinées à l'oreille de jeunes dames sensibles.

L'avocat prit aussitôt un air penaud et convint que cela était vrai ; mais je m'interposai avec aplomb.

— Mr Cranley et moi-même sommes moins jeunes et moins sensibles que miss Delahoussaye, dis-je, aussi j'aimerais beaucoup que nous poursuivions notre discussion à propos de la comtesse.

Madame arbora une expression outrée et fit signe à sa fille de la suivre ; puis ces dames nous quittèrent, me laissant seule maîtresse des lieux.

— Comment allait-elle ? demandai-je à Cranley lorsque les portes se furent refermées derrière elles.

— Comme on le pouvait prévoir, répondit-il avec la sollicitude de ton qui convenait. Le moral de madame la comtesse est au plus bas et elle ne nourrit guère d'espoir ; les déplorables conditions dans lesquelles elle est logée l'ont presque rendue folle. Le comte supporte un peu mieux son incarcération ; mais c'est un gentleman, il est vrai, capable en outre d'affronter le malheur comme la plus grande félicité avec une égale équanimité.

— Je n'aurais pas fait meilleure description de Fitzroy Payne moi-même. Vous avez parfaitement saisi la nature de cet homme.

Le jeune avocat me considéra d'un air sombre.

— Vous êtes convaincue de sa bonne foi lorsqu'il nie les accusations portées contre lui ? s'enquit-il.

— Tout à fait.

— Si seulement la comtesse pouvait partager votre confiance !

— Je n'ignore pas qu'elle doute du comte, avouai-je d'une voix hésitante.

— Le doute n'est guère le mot qui s'applique à ses sentiments. Je dirais plutôt que la comtesse est *convaincue* de la culpabilité de monsieur le comte.

— C'est là l'œuvre de Trowbridge, répondis-je, désemparée. Il a semé la discorde entre eux au moment où ils avaient le plus besoin l'un de l'autre, pour le simple plaisir de contempler leur déchéance.

— Trowbridge ? *Lord* Harold Trowbridge ? répéta Cranley, au comble de la stupéfaction. En quoi est-il impliqué dans cette affaire ?

— Partout où le mal triomphe, il fait pour ainsi dire figure de mascotte.

— Mais quel tort a-t-il causé à la comtesse ?

J'entrepris alors d'édifier Cranley sur les méfaits du gredin en les énumérant sur mes doigts :

— Il a appris à la comtesse l'insolvabilité du comte, ainsi que sa dissipation – en des termes qui n'ont pu que lui paraître très convaincants. Fitzroy Payne a besoin d'argent, et ses dettes sont maintenant, aux yeux de la comtesse, le mobile du meurtre. Pis encore, elle croit aussi qu'il a délibérément cherché à l'incriminer, elle, dans les deux assassinats. Elle avait en outre espéré que le comte, grâce au pouvoir conféré par son immense fortune, défendrait ses propriétés à la Barbade contre la convoitise rapace de Trowbridge – mais en cela, elle a été cruellement déçue. Fitzroy Payne n'a pas d'argent à lui prêter. Et pour finir, Mr Cranley, lord Harold lui a révélé l'existence de la maîtresse de Payne.

— En quoi cela concerne-t-il la comtesse ? s'enquit l'avocat d'un air perplexe.

— Mon cher monsieur, lui répondis-je après un temps d'hésitation, puisque vous êtes intimement mêlé à toutes nos affaires, vous ne pouvez rester plus longtemps dans l'ignorance. De toute façon, vous en entendrez parler bien assez tôt dans tous les salons de Londres, je le crains. Alors même qu'elle était l'épouse de son défunt mari, la comtesse croyait être éprise et aimée de Fitzroy Payne ; bien qu'ils n'aient jamais *commis* la moindre inconvenance, ainsi qu'elle me l'a assuré, celle de leurs seuls *sentiments* suffira à convaincre le public de leur culpabilité.

— Cette affaire se présente mal, grommela Cranley, les mains posées sur le manteau de la cheminée et la tête inclinée vers les flammes ; à dire vrai, cela ne pouvait pas être pire. Ni l'un ni l'autre n'a de témoin pour confirmer ses faits et gestes au moment du meurtre de la femme de chambre : la comtesse était seule dans ses appartements, tandis que le comte se promenait dans le parc, ainsi qu'il l'a spontanément déclaré. Aucun des deux ne peut expliquer comment ce mouchoir est arrivé sur le lieu du crime, ni ce bout de papier sur le cadavre. Et maintenant, voilà que lady Scargrave se défie tellement du comte qu'il n'est pas un de ses actes dont elle ne doute.

— Pauvre Isobel, dis-je lentement, toute sa foi a volé en éclats.

— Certainement pas sa foi en vous, en tout cas, affirma le magistrat dont le visage s'éclaira un peu. Elle m'a demandé de partager mes réflexions avec vous, miss Austen, convaincue que vous me seriez de bon conseil.

— Sa confiance m'étonne, avouai-je. Sans mon intervention – si j'avais détruit le billet et subtilisé le mouchoir –, la comtesse et Fitzroy Payne jouiraient peut-être encore de leur liberté. Elle a toutes les raisons de me haïr.

— Je doute fort qu'elle eût échappé aux soupçons, de toute façon, répondit-il. Sir William refuse farouchement de croire à son innocence.

Décidément, l'existence d'Isobel semblait vouée au malheur.

— Que comptez-vous faire ?

— J'espère découvrir l'identité du meurtrier avant le jour du procès, me confia-t-il, et l'accuser des charges qui pèsent sur mes clients, ce qui serait la meilleure défense pour eux. Car vous n'êtes pas sans savoir que je n'aurai aucune autre véritable occasion d'attaquer l'édifice que sir William bâtira. Il fera de son mieux pour élever autour d'eux des murs de culpabilité bien épais et bien hauts.

— Je consacrerai toute mon énergie à œuvrer dans le même sens que vous, lui assurai-je, et je ne manquerai pas de vous faire part de mes éventuelles découvertes. Mais si je puis me permettre de vous faire quelques suggestions…

— Je vous en prie, miss Austen.

Il avança une chaise afin d'écouter ce que j'avais à dire.

— Sir William ne manquera pas de souligner le fait que Fitzroy Payne était aux abois, et que sa situation financière désespérée ne lui laissait d'autre recours que le meurtre de son oncle. Ne pouvez-vous pas trouver des preuves démontrant le contraire ? En outre, d'autres membres de la famille que lui connaissent des difficultés pécuniaires tout aussi pressantes ; et pourtant aucun d'entre eux n'a été inquiété. Enfin, il y a la question de Trowbridge.

Je lui racontai brièvement de quelle manière l'homme avait su tirer parti de l'infortune d'Isobel.

Après cela, la cloche du dîner retentit ; le temps avait passé et je ne m'étais même pas changée.

— Dieu vous bénisse, Mr Cranley, dis-je en me

levant et lui tendant la main. Je ferai tout ce qui est en mon pouvoir pour vous aider. Mais je voudrais vous demander une faveur.

— Il vous suffit de la dire, miss Austen.

— Conduisez-moi demain à la cellule de la comtesse. Je saurai mieux, si je la vois de mes propres yeux, comment elle se sent ; ainsi que Fitzroy Payne.

— Newgate n'est pas un endroit pour une dame, répondit l'avocat d'un ton peu convaincu.

— Balivernes ! m'écriai-je. Vous savez fort bien, Mr Cranley, que rendre visite aux condamnés est devenu un sport en vogue dans la haute société. Si les cachots de Newgate peuvent accueillir une comtesse, je puis fort bien y venir en visite. Passez donc me chercher après le petit déjeuner.

17

La fleur de serre

2 janvier 1803

Les volutes du brouillard londonien s'étirent cet après-midi derrière les nombreuses fenêtres de Scargrave House, voilant les silhouettes des attelages et des chevaux qui passent dans la rue en dessous. Une grisaille similaire obscurcit mon âme, noyée dans les ténèbres d'une immense tristesse ; j'ai passé la majeure partie de la matinée environnée d'une nuit perpétuelle, dans les tréfonds de la maison d'arrêt de Newgate. Il n'est guère besoin de dire mon vif soulagement d'être enfin sortie de cet endroit, mais mon cœur saigne d'avoir dû y abandonner Isobel à son sort de prisonnière. J'ai ramené un peu de Newgate avec moi ; la crasse et l'odeur qui règnent à l'intérieur sont restées imprégnées sur toute ma personne.

J'ai ordonné que l'on me prépare un bain chaud, afin de me débarrasser de ce parfum nauséabond. Mêlant la fange, l'excrément et le désespoir humain, ce relent fétide soulève vraiment le cœur ; suffoquée par la puanteur dans la voiture de Mr Cranley sur le chemin du retour, je n'étais restée dans le vestibule de Scargrave House que le temps d'ôter ma pelisse et mon bonnet, et m'étais aussitôt précipitée à l'étage dans ma chambre. Mais je ne doute guère que Simmons, l'élégant majordome des lieux – offrant de par sa jeunesse et sa vigueur un contraste aussi saisissant avec Cobblestone que Scargrave House avec le manoir – n'ait détecté l'effluve putride émanant de ma personne, à voir la manière dont ses narines se sont rétractées lorsque j'ai franchi le seuil ; il a saisi mes affaires du bout de ses doigts gantés de blanc et s'est empressé de les confier à une servante en lui intimant d'un ton glacial de veiller à les « brosser ». Les brosser, vraiment ! Une semaine entière à tremper dans une bassine d'eau chaude et savonneuse ne suffirait pas à en éliminer la crasse de Newgate ! Mais j'avais heureusement choisi de mettre mes plus vieux vêtements, prévoyant ce qui m'attendait ; en tout état de cause, la perte d'une si petite partie de ma garde-robe n'est guère à déplorer.

Les femmes de chambre viennent d'arriver, portant à bout de bras des bassines de cuivre fumantes, mais l'eau, selon elles, est encore trop chaude pour mon goût. Aussi ai-je pris mon journal en attendant et commencé à faire courir ma plume sur le papier, dans l'espoir de fixer de manière indélébile l'impression laissée par cet endroit infernal, où je n'ai heureusement passé que quelques heures. L'horreur s'estompera de mon esprit avec le temps ; mais je tiens à en conserver quelque trace ici, afin de durcir ma détermination chaque fois que je me sentirai sur le point de céder au désespoir de jamais sauver Isobel. Je sais qu'elle est innocente et je ne souffrirai point de la laisser croupir une minute de plus qu'elle ne le doit au fond de ce terrible cachot.

Le brave Mr Cranley tint donc parole et se présenta peu après le petit déjeuner – la grande horloge qui carillonnait inlassablement tous les quarts d'heure dans le hall d'entrée de Scargrave House indiquait 8 heures et demie. Les traits empreints d'une expression dubitative, il espérait encore me dissuader de faire cette visite ; mais la fermeté de ma résolution, soutenue par la certitude d'avoir raison, prévalut contre toute objection.

Je portais la plus commode de mes toilettes, une chaude robe de laine bleu foncé, et ma plus robuste paire de bottines, comme si je projetais de marcher à travers champs. L'avocat détailla ma tenue d'un air approbateur.

— Fille de clergyman, vous dites ? déclara-t-il en souriant malgré la sombre nature de notre expédition. Je croirais plus volontiers que votre père est colonel, miss Austen, et que vous êtes endurcie aux rigueurs des campagnes militaires.

— Être au service d'une paroisse est parfois une tâche aussi ardue, une bataille aussi éprouvante que celle qui consiste à monter un siège, répondis-je en enfilant mes gants. N'avez-vous jamais été obligé, Mr Cranley, de distribuer les rôles dans un tableau de Noël, et de devoir ensuite souffrir la calomnie et les insultes pour avoir négligé quelque brave enfant du village ? Mais il suffit. La comtesse nous attend.

— Lady Scargrave ne peut guère faire autre chose, de toute manière, observa-t-il d'un ton mécontent tout en m'aidant à grimper dans l'attelage. Quelle pitié ! Si elle avait de quoi occuper son esprit, elle supporterait peut-être un peu mieux son incarcération.

Je me figeai sur place, à demi engagée dans la voiture et le fixai d'un air consterné :

— Vous voulez dire qu'elle n'a rien pour se distraire dans sa cellule ?

— Pour se distraire ? Je crois bien que non.

Faisant brusquement volte-face, je redescendis le marchepied dans un mouvement aussi prompt que l'idée qui venait de jaillir en moi.

— Si vous voulez bien m'attendre une petite minute, Mr Cranley, déclarai-je, je crois savoir quel est l'objet qui lui apportera quelque réconfort.

Le trajet jusqu'à la maison d'arrêt de Newgate fut court, celle-ci étant située à l'est de Portman Square, près des vieux remparts de la City. En d'autres temps, l'on aurait conduit le comte et la comtesse à la Tour, où ils eussent été logés dans une froide dignité appropriée à leur rang, bien que n'offrant guère plus de confort que la prison tapie à l'ombre du donjon. Comme nous approchions, je frémis en imaginant l'échafaud que l'on érigerait devant ses portes, si Isobel devait être condamnée à mort. Une exécution publique, avec les humiliations et la ribote populaire qui accompagnent d'ordinaire les pendaisons, était un spectacle par trop insoutenable. Je me tournai vers Mr Cranley.

— Dites-moi, cher monsieur, si jamais tous nos efforts pour établir l'innocence de la comtesse se révélaient vains, serait-elle à coup sûr condamnée à la corde ?

Pendant plusieurs secondes, l'avocat resta silencieux, les yeux rivés sur les murs lugubres de la prison dont nous approchions. Enfin, il tourna vers moi un visage empreint de gravité :

— Les tribunaux répugnent d'ordinaire à prononcer ce genre de sentence à l'encontre d'une femme, répondit-il. Mais le meurtre avec préméditation d'un mari – en particulier s'il s'agit d'un gentleman du rang du comte – n'est pas un délit admettant le privilège du clergé[1]. Je crains, miss Austen, que nous n'ayons d'autre alternative que de prouver l'innocence de la comtesse. Ainsi que celle du comte.

L'attelage s'arrêta devant la porte cochère de Newgate et Mr Cranley sauta à terre, tendant la main pour m'aider à descendre à mon tour. Nous marquâmes une pause devant ces sinistres murailles, couvertes de gargouilles grimaçantes et bardées de chaînes ; puis un portillon s'ouvrit dans la grande porte en chêne massif, laissant apparaître un visage bouffi, dont un œil était caché par un bandeau noir et la bouche presque entièrement édentée.

— Veuillez attendre quelques instants, miss Austen,

1. Ces délits, dits « clergyable offenses », étaient ceux dont la sentence était rendue « avec la bénédiction du clergé », qui avait le privilège de dispenser l'accusé de la peine de mort. Cette clause légale, issue de la tradition des tribunaux ecclésiastiques, s'appliqua d'abord aux membres du clergé, avant de s'étendre à l'ensemble de la population.

je dois d'abord parlementer avec le portier, me dit Mr Cranley.

Il s'approcha de l'entrée de la prison et eut tôt fait de conclure ses pourparlers avec le gardien – en lui glissant quelques pièces dans la main. La lourde porte pivota alors sur ses gonds et l'on nous fit entrer dans la cour, pavée et détrempée par les lambeaux humides du brouillard londonien. Le cœur serré, j'imaginai l'arrivée d'Isobel ici, livrée à la solitude et au mépris, privée de toute lueur d'espoir qui la pût soutenir. Il fallut encore le temps d'obtenir l'autorisation d'un autre planton à la porte de la prison même, après quoi nous nous retrouvâmes à l'intérieur.

Comment décrire la scène qui s'offrit alors à nos yeux ?

Nous vîmes d'abord un couloir étroit, dépourvu de fenêtres et bas de plafond, où seules quelques torches dispensaient une maigre lueur, afin que restassent dans l'ombre la crasse accumulée des années durant et la débandade à nos pieds – des rats, sans aucun doute. La fumée et la puanteur épaississaient l'air au point de le rendre suffocant. L'oreille percevait des claquements métalliques répétés, sans doute des verrous que l'on poussait ou tirait – ou, pis encore, des menottes que l'on secouait de désespoir. Je jetais des regards furtifs autour de moi, ne désirant point laisser paraître mon trouble, mais Mr Cranley devina mon émotion.

— Il est encore temps de rebrousser chemin, me dit-il gentiment. Sachez que vous ne baisserez pas dans mon estime, miss Austen, si vous préfériez retourner m'attendre dans la voiture.

— Bêtises, répondis-je, affectant plus d'assurance que je n'en éprouvais réellement.

L'on nous confia aux bons soins d'un homme auquel Mr Cranley s'adressa en usant du nom de Crow, un individu bizarre, d'aspect rachitique, affublé d'un nez énorme et d'une masse de cheveux bruns, hirsutes et pleins de nœuds. Il était bardé d'un nombre stupéfiant de vêtements, de tissus et de tailles variés – un vrai trésor de chiffonnier pour mes yeux innocents. J'appris plus tard de Mr Cranley que Crow avait l'habitude de racheter aux condamnés leur linge, pièce par pièce, les jours précédant leur exécution ; les pauvres âmes, prêtes à tout pour se procurer quelque ultime nourriture terrestre, acceptaient volontiers de troquer tout ce qu'elles possédaient encore contre la promesse d'un pichet de bonne bière et d'un morceau de pain sans asticots. Je suis bien contente de n'avoir rien su sur le moment de l'origine de la garde-robe hétéroclite de notre guide, car je n'eusse point, je le crains, été capable de contenir mon dégoût.

Crow nous conduisit le long d'un passage obscur et étroit, à peine suffisant pour la carrure de Mr Cranley, dont les murs couverts de moisissures humides me causèrent quelque inquiétude pour le beau manteau en laine de l'avocat. La chandelle de notre guide projetait des ombres mouvantes tandis qu'il avançait devant nous, remplissant son rôle avec la même aisance tranquille que le valet de pied de la duchesse de Wilborough. Nous gravîmes des marches et suivîmes des corridors plus interminables les uns que les autres, entrapercevant au passage des visages qui nous lorgnaient d'un œil mauvais derrière les barreaux des portes ; une effrayante rumeur assaillait nos oreilles, mêlant voix gémissantes, discussions fiévreuses et jurons grommelés.

Enfin, notre guide s'arrêta net devant une porte, la bougie déformant de façon grotesque son nez bulbeux et sa tignasse grasse. Il fouilla dans les ceintures de ses nombreuses paires de hauts-de-chausses et finit par en extirper une grosse clé ; laquelle, une fois introduite dans la serrure, parvint à en actionner le pêne. Je jetai quelques regards timides alentour : se pouvait-il vraiment qu'Isobel logeât en ces lieux ?

C'était bien là.

Crow ouvrit en grand la lourde porte et nous précéda dans la salle, les traits tordus par une grimace lubrique ; et en franchissant le seuil à la suite de Mr Cranley, j'en compris rapidement la raison.

Toutes sortes de prisonnières, filles de joie, voleuses à la tire, mendiantes et bohémiennes étaient détenues ici – des femmes débraillées ou en haillons, grandes ou petites, agréables ou effrayantes à regarder. Sept d'entre elles, entassées dans un recoin de près de cinq pieds carrés, se recroquevillaient sur le sol dans des attitudes de profond abattement. D'autres se tenaient crânement debout, en petits groupes, et causaient aussi tranquillement que des dames en promenade sur le Strand par un samedi après-midi. Une sorte de harpie à la bouche pleine de chicots se détacha de l'un des groupes, s'approcha de Crow et passa ses doigts dans les boucles sales du geôlier avec un regard concupiscent identique au sien.

— Eh, chéri, gloussa-t-elle, qu'est-ce que tu nous apportes aujourd'hui ? Quelque chose de beau ?

— Arrête, Nance, dit le geôlier, en la repoussant d'une taloche sur la tête. J'ai à faire avec la dame.

— La *dame*, tu dis ? C'est bien ça ? Oh, oh !

Nance me détailla de la tête aux pieds, avec une

impertinence remarquable pour une personne de sa condition, et cracha par terre.

— Voilà, *ça* c'est pour les dames.

Mr Cranley m'offrit la protection de son bras, et me conduisit à une porte dans le mur du fond qui ouvrait sur une autre pièce. Là, dans un coin obscur, je découvris la comtesse. Isobel était assise à même le sol, les bras noués contre sa poitrine, comme si ce geste pitoyable pouvait la préserver du cauchemar environnant ; elle leva un visage empreint d'une souffrance hagarde à notre approche et ses yeux bruns s'écarquillèrent d'horreur.

— Jane ! murmura-t-elle d'une voix rauque. Comment se fait-il que vous soyez ici ? À contempler ma honte !

Elle regarda autour d'elle, paniquée, et se remit tant bien que mal sur pieds, comme si elle eût voulu fuir hors de notre vue.

— Ma chère, ma très chère Isobel, dis-je d'un ton affectueux, en prenant ses deux mains dans les miennes. Je ne vois aucune honte, rien qu'une vaillance remarquable au milieu d'un si grand malheur. Votre courage, Isobel, fait honneur à votre nom – et vos amis ne vous en estiment que davantage.

— Oui, j'ai au moins une amie ! s'écria-t-elle, en me serrant fort dans ses bras.

Mr Cranley referma la porte de la cellule d'Isobel sur Nance et ses congénères, puis se tint à l'écart, détournant le regard, jusqu'à ce que la comtesse l'interpellât d'un geste de la main.

— Et vous, Mr Cranley, poursuivit-elle d'une voix adoucie, vous qui êtes le meilleur des avocats et un vrai gentleman – j'ai de la chance, vraiment, d'avoir aussi *votre* amitié. Mais vous me paraissez bien affligé, mon cher.

— Je suis seulement outré, milady, dit Mr Cranley, de constater que l'on continue de vous imposer ces dégradantes conditions de détention. J'avais ordonné à Crow de vous obtenir une cellule plus convenable, mais l'homme a expressément violé les termes de notre accord.

Isobel détourna le regard et, levant la main, se cacha les yeux ; puis elle nous regarda de nouveau avec bien meilleure contenance.

— Je crois bien que ce Crow est dépourvu de tout honneur, Mr Cranley. Vous seriez bien avisé de vous adresser à ses supérieurs si vous avez de l'argent à gaspiller. Mais ne vous en faites pas pour moi. Dans cet enfer, je me moque de recevoir telle cellule plutôt que telle autre ; il n'en est aucune qui offre un tant soit peu de confort.

Je contemplai la comtesse avec une profonde émotion, refusant d'imaginer les épreuves qu'elle avait déjà dû subir. Sa modeste robe de laine noire était maculée et déchirée ; je devinais sans peine qui avait ainsi osé s'en prendre à sa personne, ayant moi-même constaté l'hostilité de ses codétenues. Ses cheveux étaient emmêlés et sales, et une odeur effrayante émanait des plis de ses vêtements. Elle était vraiment déchue de l'aisance et de la situation qui étaient encore les siennes moins de quelques semaines plus tôt. Je l'enlaçai de nouveau, submergée de pitié.

— Je crains que nous ne puissions rester ici encore bien longtemps, miss Austen, me dit Mr Cranley d'une voix douce.

— Isobel, fis-je, nous vous ferons sortir de cet horrible endroit, votre innocence prouvée et la dignité de votre nom restaurée. Nous allons tout mettre en œuvre pour vous aider, cela, n'en doutez jamais. Que l'espoir vous soutienne dans cette cruelle épreuve ; nous obtiendrons votre libération, ainsi que celle de Fitzroy Payne.

— Ne prononcez pas son nom, Jane. Je ne veux plus jamais entendre parler de lui.

Profondément troublée, je contemplai son visage fermé, son regard amer. Quelle rage engendre l'amour qui se croit trahi !

— Je serais grandement surprise, Isobel, de découvrir qu'il n'est pas tout aussi innocent que vous-même ; avec le temps, cette pensée sera une source d'espoir pour vous.

Elle se mordit les lèvres et se tourna vers moi, en proie elle aussi à une vive émotion. Voyant le signe de tête de Mr Cranley, je cessai à contrecœur de serrer mon amie dans mes bras, mais n'oubliai pas de lui glisser entre les mains le livre que j'étais retournée chercher au moment de monter en voiture. C'était le roman que je chérissais le plus – *Cecilia*, de miss Fanny Burney – et, en un lieu si terrible, certainement la plus distrayante occupation pour l'esprit qui se pût trouver. Mais Isobel le refusa, avec un coup d'œil significatif en direction de la porte derrière laquelle se trouvaient les autres femmes et le perfide Crow.

— Il vaut mieux que vous le gardiez, ma chère Jane, me dit-elle tendrement. J'attendrai un moment plus propice pour goûter les joies de cette lecture.

— Mr Cranley, déclarai-je d'une voix pensive, quand Crow nous eut reconduit à la rue, nous devons à tout prix donner à la comtesse une raison d'espérer.

— Je suis bien d'accord, miss Austen. Mais je suis incapable de vous dire d'où cet espoir pourrait jaillir.

— Du comte. Si elle avait de nouveau foi en lui, si on lui montrait que l'âme de Fitzroy Payne est moins noire qu'elle ne le croit, son désespoir serait moindre.

Mr Cranley m'aida à prendre place dans la voiture et resta ensuite à la porte ; je compris qu'il ne comptait pas me raccompagner à Scargrave House.

— Il faut donc que vous redescendiez dans cet enfer ? m'enquis-je, désemparée.

— Je dois m'entretenir avec le comte, miss Austen ; et un cachot comme le sien est interdit aux dames, répondit l'avocat d'un ton péremptoire. En outre, je dois également régler certains détails avec le directeur de la prison, si toutefois je parviens à le convaincre de m'écouter. Je veux que la comtesse et le comte soient transférés dans des cellules plus décentes, même s'il faut dépenser une fortune pour cela.

— Vous êtes la bonté même.

— Je ne fais que ce que les circonstances exigent que je fasse – tout gentleman doté de sensibilité agirait de même.

— La plupart de ces gentlemen si *sensibles*, comme vous dites, craindraient qu'un mois d'ablutions ne suffise point à les laver de la crasse de Newgate, rétorquai-je sèchement. Je demeure convaincue de votre mérite, cher monsieur.

Il inclina la tête, un peu embarrassé, et je m'empressai alors de lui faire part d'une idée qui m'était venue et qui m'importait davantage :

— Mr Cranley, quand vous parlerez à Fitzroy Payne, pourrez-vous l'interroger sur ses méthodes de correspondance ?

— Ses méthodes ?

— Oui… tâchez de savoir s'il garde trace des lettres qu'il reçoit ou envoie ; s'il en consigne les frais de port dans un registre par exemple ; et surtout demandez-lui s'il fait des copies des missives qu'il écrit.

Le visage de l'avocat s'éclaira. Il venait de comprendre où je voulais en venir.

— Vous songez au message retrouvé sur le cadavre de la bonne !

Je hochai la tête.

— Si nous pouvions seulement démontrer que ce bout de papier a été dérobé au comte, quelque part dans son courrier, cela permettrait d'alléger les charges qui pèsent contre lui en tant qu'auteur du billet. N'importe qui aurait pu le faire parvenir à Marguerite et l'on ne peut pas prouver qu'il s'agit du comte. La seule chose qui l'accuse, c'est son écriture ; ces mots sont d'ailleurs certainement de sa main. Nous devons donc tâcher de montrer que ce message était à l'origine destiné à une autre personne, et que le comte n'y est pour rien si on l'a retrouvé dans le corsage de la bonne.

La lueur qui s'alluma au fond des yeux de Mr Cranley suffit à me satisfaire ; je ne doutais guère que nous sûmes bientôt tout ce que nous avions besoin de savoir sur la correspondance de Fitzroy Payne et je me réjouis fort de la vive intelligence du défenseur d'Isobel.

Plus tard, ce même jour

Après le dîner, Fanny Delahoussaye m'accorda une entrevue extraordinaire, dont je suis si loin encore de comprendre la signification que j'ai décidé d'en rapporter l'essentiel ici, dans l'espoir que cela permettra d'y voir un peu plus clair.

Je m'étais mise au piano, cherchant à améliorer mon interprétation des compositions de Mr Haydn tout en réfléchissant aux récents événements, lorsque j'eus la surprise de voir surgir miss Delahoussaye à côté de moi. Un bandeau de perles de jais retenant une plume ceignait son front, et elle était resplendissante dans sa robe du soir en fine soie noire. Sachant qu'elle attendait avec impatience de rendre visite le lendemain à madame Henri, cette prodigieuse *modiste* * très courue de Bond Street, je supposai qu'elle cherchait ma compagnie dans le seul but de se rengorger devant moi de sa bonne fortune.

— Miss Austen, dit-elle avec une intonation autrement plus chaleureuse que celle dont elle usait d'ordinaire à mon égard, puis-je me permettre de vous proposer une petite promenade dans l'orangerie ? Je crois que vous n'avez pas encore eu l'occasion d'en admirer les charmes. En cette saison, quand les rues sont impraticables, il n'est pas de distraction plus agréable que la visite d'une serre. Je suis sûre que cela vous plaira par-dessus tout.

N'ayant aucune raison de dédaigner l'invitation, je l'acceptai avec joie. L'orangerie était une folie du sixième comte de Scargrave (le père du défunt Frederick), dont l'épouse était française ; on dit qu'il en avait dessiné la structure en reproduisant à l'identique l'une des serres des jardins de Versailles, avant le saccage du noble palais par la populace française. Depuis cette époque, un nombre et une variété de plantes comme on a rarement l'occasion d'en voir y croissent dans une atmosphère chaude et humide. Le défunt lord Scargrave partageait l'enthousiasme de son père, la botanique étant l'une de ses passions ; aucune plante n'était jamais ni trop chère ni trop rare à ses yeux pour qu'il résistât à l'envie de se la procurer.

— Mr Cranley semble être un individu fort respectable, pour un avocat, déclara Fanny, comme nous flânions dans les allées humides fleurant bon la verdure ; vous pourriez presque en faire votre soupirant, si vous aviez suffisamment de temps à votre disposition, miss Austen. Sa profession ne vous inspire aucune aversion et c'est, somme toute, un beau parti – du moins, pour quelqu'un comme vous. Oui, un fort bon parti.

— Je crois qu'il préférerait de loin être l'élu de *votre* cœur, miss Delahoussaye. Il n'avait d'yeux que pour vous, tant que vous demeurâtes dans la pièce.

— Vous êtes une fine mouche, miss Austen ! Mais appelez-moi donc Fanny, dit-elle en glissant son bras sous le mien.

Je n'avais pas la moindre envie de m'engager de cette manière sur la voie d'une plus grande intimité, aussi m'abstins-je de l'inviter à mon tour à user de mon prénom.

— Je guettais avec impatience l'occasion de pouvoir faire quelques pas avec vous, poursuivit-elle ; seule à seule, car je suis actuellement en proie à de bien tristes préoccupations et il n'est que la sagesse d'une personne telle que vous – tellement plus mûre que moi, de par l'âge et l'expérience – pour émettre des conseils avisés.

Tellement plus mûre qu'elle, vraiment ! Nos huit années de différence étaient tout de même loin de remplir l'intervalle d'une génération ; mais je ne devais pas espérer voir miss Fanny contenir sa malice, quand l'occasion de décocher quelques flèches perfides se présentait à elle.

— Si j'en étais capable, je serais fort heureuse de vous prodiguer ce genre de conseils, répondis-je ; mais notre amitié est encore tellement superficielle que je ne saurais trop vous recommander de quêter un autre avis que le mien sur le sujet qui vous préoccupe.

— Notre amitié, superficielle ! Franchement ! Vous n'étiez pas arrivée depuis cinq minutes à Scargrave Manor que j'avais déjà l'intime conviction que vous seriez mon salut dans ce sinistre endroit, et peut-être même que grâce à vous, je trouverais le moyen de préserver cette félicité qui… mais je vais trop vite. Je présume de votre gentillesse. Je ferais mieux de commencer par vous expliquer la nature de ma détresse.

— Assurément, fis-je, un peu perplexe.

— Vous n'avez pas pu passer tout ce temps en compagnie du lieutenant Hearst sans remarquer son extraordinaire pouvoir de séduction, déclara-t-elle alors en me jetant un regard insistant. J'en suis sûre et certaine.

— C'est un charmant jeune homme, concédai-je.

Telle était donc son entrée en matière pour aborder le sujet de mon indécente conduite la veille du Nouvel An ! Et dire que j'avais presque réussi à l'oublier…

— Charmant ! Il est on ne peut plus prévenant et attachant. Et d'une telle modestie ! Il doute toujours de lui. Il ne comprend pas que sa candeur et son amabilité fassent effet sur les dames de son entourage. Je sais qu'autrefois nombre d'entre elles, se méprenant sur ses marques d'intérêt, sa conversation, ses petites attentions habituelles, se bercèrent *d'illusions* à son sujet, déclara-t-elle, s'arrêtant pour caresser une plante fleurie du bout du doigt. Je crains fort qu'il n'ait causé d'amers regrets à toutes celles qui nourrissaient tant d'espoirs à son sujet, quand elles s'aperçurent *qu'en réalité* il n'avait eu aucune intention de leur donner des motifs d'espérer. Là, regardez ! Une orchidée, en janvier ! Franchement, l'orchidée est la plus exquise des fleurs qui soient au monde.

Me voilà donc avertie, songeai-je, comprenant à présent tout le sens de son petit préambule. Même le puîné d'un bon à rien était encore trop bien pour une miss Austen, sans fortune ni lien de parenté qui la pussent recommander. Je ne pouvais m'empêcher de penser que Fanny, par ses confidences, cherchait avant tout à me prévenir du danger que je courais à encourager les attentions du lieutenant Hearst ; en me suggérant son inconstance, elle espérait me blesser, et se réserver ainsi l'exclusivité de la compagnie du jeune homme. Elle avait beau ne laisser paraître aucun signe de jalousie, la nature de son caractère permettait de penser qu'elle ne devait pas être immunisée contre ses morsures. Mais qu'il était drôle de songer qu'elle pût éprouver ce sentiment envers *moi*, moi qui désespérais tant de mon pouvoir de séduction devant sa beauté et sa fortune !

— Étant *plus âgée* que vous ne l'êtes, je dois vous avouer qu'il m'est déjà arrivé de rencontrer des hommes tout aussi charmants que le lieutenant en d'autres lieux, répondis-je prudemment. Quelque aimable qu'il soit, je puis vous dire qu'il n'est point unique en son genre. Mais le fait d'avoir mené jusqu'à ce jour une existence *plus protégée* vous excuse.

À ces mots, elle rougit joliment.

— J'exprime sans doute une prédilection exagérée pour le lieutenant, reconnut-elle. Mais comment voudriez-vous que sa fiancée ne voie point en lui la quintessence de tout ce qui est bon et admirable chez un homme ?

— Sa fiancée ! m'écriai-je, tout en m'efforçant vainement de reprendre mes esprits. Je ne m'en doutais pas le moins du monde ! Et votre mère approuve ?

— Oh, mon Dieu ! Maman n'est pas du tout au courant, répondit posément Fanny. Et il y a peu de chances qu'elle consente jamais à cette union – et Isobel pas davantage ; car voyez-vous, le père d'Isobel était mon tuteur et, à sa mort, c'est à elle qu'a échu cette responsabilité, dont elle ne sera délivrée qu'au jour de mon mariage ou de mon vingt-cinquième anniversaire. Mon oncle John Collins m'a longtemps tenu lieu de père, et il a vivement recommandé à ma mère de me trouver un mari digne de ma fortune – car je ne possède pas moins de trente mille livres. Il a si bien réussi à convaincre maman de la lourde signification de cette somme et l'a si souvent mise en garde contre les coureurs de dot, qu'elle ne m'autorise pas même à *danser* avec un homme dont les revenus se chiffrent à moins de cinq ou dix mille livres de rente par an, surtout s'il s'agit d'un puîné.

— Ne partagez-vous point ses scrupules ?

— Quand on rencontre l'amour, ces questions d'argent sont sans importance.

Sans importance, vraiment ! L'argent, ou plutôt le manque d'argent, avait été le principal obstacle à l'épanouissement de mes divers attachements, toute ma vie durant ; ce fut en tout cas l'argument dont on usa pour m'arracher à mon premier amour, le plus profond de tous – Tom Lefroy [1]. Jeunes comme nous l'étions tous

1. Jane Austen tomba amoureuse du neveu de son amie Anne Lefroy, à l'âge

deux, je crois que nous possédions toutes les qualités qui eussent contribué à enrichir notre affection et notre bonheur mutuels, *excepté* la fortune, justement. Mais je m'abstins de m'apitoyer sur mon sort et convins avec miss Delahoussaye que sa confortable situation l'autorisait à suivre les élans de son cœur.

— Et depuis combien de temps êtes-vous fiancée au lieutenant ? m'enquis-je.

— Cela fait trois semaines.

Trois semaines. Ses attentions à mon égard, par conséquent, ne voulaient absolument rien dire ; je m'étais encore une fois laissé subjuguer par la flatterie. C'était tout bonnement intolérable !

— Eh oui, poursuivit miss Delahoussaye avec emphase, quel changement ! Je suis amoureuse de Tom depuis des siècles, mais lui était sans pitié et n'avait de cesse de me mettre à la torture ; il y eut même un temps, cet été, où, le croyant fiancé à une certaine miss King, je décidai de renoncer à lui. Mais apparemment cette histoire n'eut pas de suite et, lorsqu'il vint nous rejoindre à Scargrave, il se montra plus prévenant que jamais à mon égard ! Je mets cela sur le compte de ma robe de soie mauve ; c'est une toilette au charme astucieux, en ce qu'elle donne à mes yeux presque la même nuance.

Je lui fis une réponse quelconque, tout aussi dénuée de sens que ses propres paroles, et elle continua sur sa lancée, sans même reprendre son souffle :

— Sa présence parmi nous n'a pas inquiété Maman puisque toute la maison était en deuil. Dès qu'il la voyait arriver, il prenait comme tout le monde un air

de vingt ans. Anne Lefroy était opposée au mariage à cause de la maigre dot de Jane, et elle éloigna Tom avant que des fiançailles eussent été prononcées.

affligé et feignait d'être aux petits soins pour vous, mais elle n'avait pas plus tôt disparu de sa vue qu'il retrouvait sa gaieté et se déclarait profondément épris de moi ! Franchement, quelle tactique astucieuse ! Seulement, avec ce procès, Tom et moi devons maintenant vivre séparés et c'est à peine si nous avons l'occasion de nous parler ; nous n'allons même pas pouvoir aller au bal, ni profiter d'aucune distraction, ni…

— Miss Delahoussaye, l'interrompis-je, tout cela ne me dit toujours pas pourquoi vous avez besoin de mes conseils.

— Mais il faut que vous me disiez ce que je dois faire ! s'exclama-t-elle.

— Comment cela ?

— Tom – le lieutenant Hearst – devait aller trouver Isobel le soir où le comte est décédé. Il avait décidé de l'informer de notre projet de nous marier après Noël, avec ou sans son consentement, et de lui annoncer que nous nous rendrions à Gretna Green [1] pour ce faire si besoin était.

Son intonation était inhabituellement véhémente et j'avoue qu'à ces paroles, mon pouls s'accéléra.

— Et le lieutenant Hearst a-t-il obtenu cette entrevue avec la comtesse ? m'enquis-je.

— Je ne sais pas s'il lui a parlé ou non, mais de toute façon cela n'a plus aucune importance à présent. Isobel n'est plus en mesure de consentir à quoi que ce soit, et ne viendra pas nous ennuyer. Non, c'est à Maman que je pense ; je ne crois pas qu'elle entendra raison avant d'être mise devant le fait accompli.

1. Ville d'Écosse où, jusqu'en 1856, les lois locales permettaient la célébration de mariages dépourvus de toute formalité.

— Je ne peux pas vous donner ma bénédiction en lieu et place de votre mère, miss Delahoussaye, si c'est une permission de vous marier que vous désirez.

— Voilà justement le problème, miss Austen. Tom *veut* que nous nous mariions le plus vite possible – il brûle d'impatience de me voir devenir son épouse, je l'avoue. Seulement nous sommes contraints de respecter le deuil et le procès doit bientôt avoir lieu… franchement, je ne sais pour ainsi dire plus où j'en suis ! Comment est-ce que je vais pouvoir me marier si la terre entière s'acharne à contrecarrer ce projet ?

Je lui avouai que même mon âge et mon expérience ne m'avaient point préparée à circonvenir le respect des convenances dans une telle situation ; néanmoins, je me risquai à émettre l'idée qu'un mariage, prononcé six semaines après le procès, ne créerait pas de scandale, à condition toutefois que cela se fît discrètement et sans fastes exagérés. À ces mots, Fanny sembla rassurée et m'affirma que son intention d'épouser le lieutenant Hearst était inébranlable mais qu'elle patienterait jusqu'au jour où ils pourraient s'enfuir à Gretna Green.

J'avais eu le temps de digérer la nouvelle, ainsi que son implicite mise en garde à l'encontre des baisers au clair de lune, quand une autre pensée me traversa soudain l'esprit.

— Marguerite, la femme de chambre, était au courant de vos intentions, n'est-ce pas ? m'enquis-je.

Miss Fanny tressaillit et le rose qui colorait son teint délicat reflua subitement.

— Elle ne vous en a jamais parlé ! protesta-t-elle avec énergie.

Je feignis alors d'être dotée d'une sagesse tout omnisciente.

— Mais si, lui répondis-je. Vous ne pensiez tout de même pas qu'elle avait emporté votre secret dans sa tombe ?

À ces mots, Fanny se mit à suffoquer et des larmes lui montèrent aux yeux ; elle s'effondra sur un banc de pierre, bouleversée. Sa réaction me laissa un peu perplexe – je m'étais seulement contentée de faire allusion à son romantique projet de fugue, dont elle venait justement de me faire part. Ce n'était certainement pas là la cause d'un tel désarroi. Elle devait donc avoir un autre secret, beaucoup plus lourd ; et il ne tenait qu'à moi de le découvrir. Je m'assis à côté d'elle et passai mon bras autour de ses épaules.

— Vous n'aurez pas besoin d'acheter mon silence après m'avoir fait des confidences, Fanny, lui dis-je. *Moi*, je ne vous demanderai jamais de déposer une bourse pleine de pièces à mon intention près de la porte de la grange.

Elle leva son joli minois, ruisselant de larmes et gonflé de chagrin, et darda sur moi un regard paniqué.

— Mais alors, vous comprenez pourquoi nous devons nous marier le plus vite possible, dit-elle. Dans très peu de temps, je ne pourrai même plus entrer dans mes robes. Marguerite a déjà été obligée d'en reprendre les coutures ; à la suite de quoi, elle a essayé de me ruiner. Et maintenant, Maman veut que nous allions ensemble chez les modistes pour nos toilettes de deuil et il me faut absolument une nouvelle robe pour la Chambre des lords ; mais si je dois tenir la pose devant la couturière, elle devinera inévitablement tout dans l'instant !

Je compris, enfin, le problème.

— Quand l'enfant doit-il naître ? lui demandai-je.

Fanny haussa les épaules d'un air impuissant.

— Comment le saurais-je ? Je n'ai aucune expérience de ces choses-là. Je sais seulement que mon corset est trop petit, que mes coutures sont tendues à se rompre, et que j'ai souvent des nausées depuis plusieurs semaines. Marguerite m'a dit que ce serait pour juillet au plus tôt. Mais elle a peut-être menti, ajouta-t-elle en tournant vers moi des yeux bleus noyés de larmes. Marguerite était une fille fourbe et vénale, miss Austen.

La voix de Fanny était teintée d'un accent amer, inhabituel chez elle.

— Vous retrouviez le lieutenant lorsque vous étiez à Londres, fis-je d'un ton pensif. Après le mariage d'Isobel – alors qu'elle était à l'étranger pour son voyage de noces.

— Il valait mieux qu'elle ignorât tout de nos soucis, répondit Fanny, les yeux baissés. Elle n'aimait pas me voir fréquenter Tom.

Ce en quoi elle avait bien raison, pensai-je, en me remémorant le bruit de la porte de Fanny l'autre soir ; le lieutenant était-il entré dans sa chambre, alors même qu'il venait de me quitter ? Sa conduite était ignoble à tout point de vue. Mais là résidait assurément un puissant mobile pour assassiner Marguerite et abandonner le mouchoir d'Isobel à proximité du corps : en commettant ces viles actions, il éliminait la servante qui faisait chanter Fanny tout en réduisant au silence sa tutrice. Mais pourquoi ce satané billet de la main de Fitzroy Payne ?

La pauvre Fanny n'était pas en état de subir un nouvel interrogatoire ; je lui tapotai l'épaule, lui dis quelques mots, et l'aidai à se remettre debout. Nous nous séparâmes à la porte de l'orangerie ; elle s'en retourna d'un pas faussement guilleret auprès de sa maman, et moi, le cœur lourd, auprès de ma chandelle et de ma plume.

La pensée de ce mariage n'est pas sans me consterner. Cela fait en effet bien longtemps, en dépit du frivole discours que j'avais tenu à Fanny, qu'un homme doté de l'amabilité et des charmantes manières du lieutenant – abstraction faite de la fausseté de ses intentions – n'avait croisé ma route ; j'ai l'impression d'être condamnée à toujours voir ce genre d'homme finir dans les bras d'une autre. Je suis en train de m'abandonner complaisamment à une revue de mes petites affaires de cœur, je l'avoue… et je me demande pour la centième fois si je n'ai pas eu tort de repousser Harris Bigg-Wither. Si je pouvais m'épargner la souffrance de devoir continuellement envier celles qui possèdent ce dont je suis privée, en acceptant finalement la main d'un homme, *quel qu'il soit*, voilà qui suffirait amplement à me consoler pour la vie de nombre d'amères déceptions.

Quant à l'attitude du lieutenant Hearst, elle me cause la plus grande stupéfaction ! Il n'a eu de cesse de snober Fanny et de préférer ma compagnie à la sienne, dès que l'occasion se présentait. Eussé-je été sa fiancée officielle, en lieu et place de la jeune fille, sa conduite m'aurait franchement déplu. Ne s'agissait-il vraiment que d'une pantomime, ainsi qu'elle le prétendait, destinée à tromper leur entourage et à empêcher le cercle familial de nourrir des soupçons à leur égard ? Si tel était le cas, je devais reconnaître que Tom Hearst avait pris son rôle fort à cœur et que je m'étais couverte de ridicule. Il aurait néanmoins dû se contenter de me parler de Fanny en des termes neutres mais point désobligeants, comme tout homme respectueux de sa promise l'eût fait ; au lieu de quoi, il ne manquait jamais une occasion de la railler. Le béguin de la jeune fille pour lui, son incommensurable vanité de demoiselle du monde, ses préoccupations vestimentaires, sa suffisance – tout avait fait l'objet de ses sarcasmes lors de nos leçons d'équitation. Je ne parviens pas à comprendre ce dénigrement. Je croirais presque qu'il regrette son choix ; mais s'il éprouve effectivement si peu d'estime pour cette femme dont les seuls charmes physiques devraient suffire à le captiver, je ne me sens guère encline à l'optimisme quant à ses perspectives de bonheur conjugal.

Et le lieutenant avait-il eu son entrevue avec Isobel, ce fameux soir ? Qui sait s'il n'avait pas déposé les noix de la Barbade dans l'assiette du comte par la même occasion ?

Isobel n'est plus en mesure de consentir à quoi que ce soit, avait dit miss Delahoussaye ; il est vrai que mon amie se trouve désormais fort opportunément hors d'état de s'opposer à leur mariage et de préserver les trente mille livres de dot de sa cousine. Cette union permettrait néanmoins de garder la fortune de Fanny au sein de la famille, et je me demande si cet argument n'inciterait pas Isobel à considérer la chose d'un œil favorable ; mais peut-être cela ne servait-il en rien les intérêts du lieutenant. Isobel – et Fitzroy Payne – avaient sans nul doute entouré tout cet argent d'un certain nombre de protections juridiques qui devaient rendre quasiment impossible sa conversion immédiate en espèces sonnantes et trébuchantes ; or il était probable que Tom Hearst eût surtout besoin de *liquidités*.

Si le gentleman était vraiment aux abois, je pouvais en conclure qu'il avait échafaudé un plan particulièrement machiavélique pour parvenir à ses fins.

Mais ne suis-je pas plutôt en train de me consoler en essayant de me convaincre qu'il a choisi miss Delahoussaye pour sa fortune, malgré sa préférence pour moi ? Stupide, stupide Jane ! Voilà que ressurgit ta vanité, même à l'heure de sa plus cruelle défaite.

Est-il possible qu'un homme tel que lui, dont la belle apparence et la nature enjouée suggèrent les plus agréables qualités, dissimule tant de noirceur ? Je lui trouve du charme et le soupçonne d'être un assassin ; j'encourage ses attentions et le découvre promis à une autre. Même si je le connaissais depuis une année entière et avais eu tout le loisir de le mieux observer, je crois bien que je serais pareillement victime de ce jeu de dupes. Non, je ne parviendrai jamais à rien y comprendre, quand bien même miss Delahoussaye serait déjà devenue Mrs Tom Hearst et grosse de leur troisième enfant.

18

Mrs Hammond

3 janvier 1803

Tôt ce matin, je fis quérir Mr Cranley, et j'eus le plaisir de voir le gentleman arriver promptement moins d'une heure après. Pour endiguer la visible déception que lui causait l'absence de Fanny Delahoussaye – elle devait en ce même instant tenir la pose devant madame Henri, la *modiste* * de Bond Street –, j'en vins directement au sujet qui nous concernait.

— Intéressons-nous aux faits, Mr Cranley, commençai-je par dire, tout en refermant soigneusement la porte du cabinet derrière nous afin que le domestique n'entendît point notre conversation. Nous pouvons considérer que la présence du mouchoir d'Isobel près de l'entrée du paddock est une preuve de peu de poids. N'importe quelle personne, désireuse de faire endosser le crime à la comtesse, pouvait aisément se procurer l'un de ces carrés de lin portant son monogramme ; il n'est même pas besoin d'avoir accès à ses appartements. J'ai moi-même constaté qu'Isobel a la manie de semer ses mouchoirs un peu partout.

— Je m'étais fait la même réflexion, dit Mr Cranley en hochant la tête.

— Mais qu'en est-il de Fitzroy Payne ? Avez-vous des renseignements sur ses habitudes épistolaires ?

J'allai me jucher sur le rebord d'une chaise et Mr Cranley fit de même. Il se pencha ensuite vers moi, un sourire aux lèvres.

— Eh bien, j'ai toutes les raisons de me réjouir de votre remarquable perspicacité, miss Austen, déclara-t-il en guise de préambule.

— Formidable ! m'écriai-je en joignant les mains. Vous avez donc appris quelque chose qui plaide en sa faveur !

L'avocat hocha la tête.

— Comme vous l'avez sans doute observé, Fitzroy Payne consacrait l'essentiel de son temps à régler les diverses affaires de son oncle avant le meurtre de la bonne. Il demeurait cloîtré dans la bibliothèque des journées entières, parmi des tas de paperasses ; bref, il s'avère que lord Scargrave et ses notaires londoniens entretenaient à cette période une abondante correspondance.

— Je m'en souviens fort bien. Les notaires se présentèrent au manoir immédiatement après le décès du comte, mais n'y restèrent que quelques heures ; par la suite, ils communiquèrent avec Fitzroy Payne par voie de courrier. Et quelle masse de courrier ! Madame Delahoussaye se chargea à plusieurs reprises de ranger le bureau du comte, et ce fatras de lettres lui causait chaque fois un vif émoi.

— Lord Scargrave m'a déclaré qu'il procédait toujours de la même façon pour ses lettres d'affaires. Avant de rédiger une missive, il prenait la précaution d'en faire d'abord un brouillon, puis le recopiait au propre, pour plus de clarté, sur une autre feuille de papier. C'est cette copie qu'il envoyait à son destinataire.

— Il a donc des doubles de toute sa correspondance ?

— Exactement. Selon moi, il est fort possible que la phrase en question ait été déchirée à l'un de ces brouillons – qui devait traîner quelque part sur le bureau du comte, où n'importe qui pouvait entrer – et le restant de la feuille détruit.

Ayant dit cela, l'avocat se frappa les genoux de jubilation et se renversa contre le dossier de sa chaise.

— Mais comment retrouver la lettre en question ? fis-je.

— Fitzroy Payne m'a dit de m'adresser à son valet, répondit Mr Cranley tout en jetant des regards autour de lui, comme si l'homme se cachait dans un recoin de la pièce. Ce Danson détient une liste faisant état de la correspondance du comte, ainsi que ses papiers personnels. S'il manque un brouillon, nous saurons ainsi qui était le destinataire de la copie rédigée au propre ; nous pourrons dès lors contacter cette personne et retrouver la phrase incriminée dans le corps de la lettre en sa possession.

J'aurais bien voulu partager la visible satisfaction de l'avocat mais un doute vint m'assaillir.

— Devons-nous uniquement diriger nos soupçons vers les membres de la maisonnée comme vous semblez le suggérer, Mr Cranley – puisque tous avaient accès à la bibliothèque du comte et à ses brouillons – ou nous faut-il aussi envisager l'hypothèse que le *destinataire* de la lettre puisse être le meurtrier ?

À ces mots, l'avocat prit un air pensif et se leva nerveusement de sa chaise.

— Si l'on suppose que l'assassin de la servante a reçu une lettre du comte contenant cette fameuse phrase, déclara-t-il, il est évident qu'il n'avait nul besoin de s'en procurer le brouillon ; il se sera contenté de prélever ces quelques mots dans la missive en sa possession, puis de les faire parvenir à la femme de chambre. Si tel est le cas, nous n'avons aucun espoir de mettre la main sur la lettre endommagée.

— Mais nous pourrions néanmoins découvrir *l'identité* du meurtrier en retrouvant le passage qui figure sur le billet de la bonne dans l'un des brouillons détenus par Danson, observai-je.

Le visage de Mr Cranley s'épanouit et il me gratifia d'un grand sourire approbateur.

— Mais oui ! dit-il. Et s'il s'agit d'un membre de la maisonnée, si l'on a effectivement fouillé dans les papiers du comte à Scargrave et déchiré ce passage à une page, il manquera *forcément* un brouillon à la collection de Danson.

— Ceci ne prouvera pas l'innocence du comte, notai-je d'un ton pensif, mais permettra toutefois de démontrer que n'importe quel familier de la maison – et des habitudes épistolaires de Fitzroy Payne – avait la possibilité d'escamoter un échantillon de son écriture à son insu.

— Nos esprits fonctionnent de concert, miss Austen, déclara l'avocat. Notre meilleur espoir d'obtenir la libération de la comtesse, comme celle de Fitzroy Payne, réside dans la démonstration de la culpabilité d'une tierce personne. Nous sommes *forcés* d'en passer par là. Mais en attendant que nous ayons identifié notre meurtrier, je vais aller rendre visite à Danson.

Je me levai, voyant Mr Cranley se diriger derechef vers la porte.

— Vous savez donc où le trouver ? m'enquis-je.

— Fitzroy Payne l'a envoyé dans la maison où il loge quand il est à Londres, non loin de ses clubs à Pall Mall. Danson y attend le procès de son maître dans la solitude – et, comme on le peut imaginer, en proie à un certain abattement. Car si le comte vient à être condamné, les chances du valet de retrouver une situation convenable seront bien minces.

— Danson nous prêtera donc bien volontiers son concours, dis-je, puisque son propre avenir dépend également de l'issue du procès.

Faute de preuves, Mr Cranley ne pouvait pour l'instant défendre son affaire qu'en attaquant sir William sur certains détails de la procédure ; mais il me semblait plus avisé d'adopter l'autre tactique qui consistait à présenter à la cour une argumentation aussi crédible que celle du procureur, en démontrant qu'il était tout à fait possible que quelqu'un d'autre eût commis de ces crimes. À vouloir de la sorte distinguer les innocents des coupables, j'avais un peu l'impression de m'arroger le rôle écrasant du Divin Créateur, mais je sentais malgré tout qu'il m'incombait d'œuvrer à cette tâche. Pendant que l'avocat s'efforçait de retrouver Danson, je résolus pour ma part d'aller rendre une petite visite à la sœur de Jenny Barlow – et de découvrir pourquoi son nom avait provoqué un tel feu de vitupérations entre l'aspirant pasteur et son oncle. Je soupçonnais bien le défunt comte d'avoir séduit sa petite servante, ce dont Mr George Hearst s'était probablement indigné, à juste titre ; mais il était néanmoins nécessaire de vérifier la justesse de mes suppositions.

Si j'arrivais dans la calèche des Scargrave, dont les portières étaient frappées de leurs armoiries, je risquais fort de causer un vif émoi au sein de l'humble établissement où logeait Rosie ; préférant me déplacer sans attirer l'attention, je louai donc un fiacre qui, après avoir passé le pont de Westminster, m'emmena vers les quartiers sud de Londres.

L'adresse que m'avait donnée Jenny Barlow n'était pas de nature à déshonorer sa sœur. À en juger par les façades de Gracechurch Street, nombre de familles estimables devaient résider dans ce quartier ; de modestes commerçants et diverses professions libérales sans nul doute, que leurs bénéfices et honoraires respectifs ne suffisaient point encore à élever à la dignité d'habitants de West End. Je notai plus d'un seuil de marbre parfaitement briqué et nombres de portes qui, au passage du laitier, s'ouvraient sur une jeune bonne au visage frais et rose, petit tablier amidonné autour de la taille et charlotte sur la tête ; je me sentis dès lors rassurée sur le sort de Rosie Ketch, qui aurait pu être bien pire.

Le fiacre s'arrêta devant une pension bien tenue, pourvue d'un portier qui s'empressa de m'aider à descendre ; je lui confiai ma carte en lui demandant de bien vouloir la remettre à miss Rosie Ketch, chambre 33, et attendis de voir ce que cette visite allait m'apprendre. Le vestibule révélait qu'il s'agissait d'un établissement de modeste catégorie et sans prétention, à l'image du reste du quartier et des ressources de ses habitants ; et j'avoue que je me sentais plus intriguée que jamais que la jeune fille eût été placée ici.

Au bout d'un moment, une femme d'âge mûr, dont le visage respirait la bonté, descendit l'escalier et se présenta comme étant Mrs Hammond – nom qui me fit tressaillir car c'était celui de la femme qui, selon les dires de lord Harold Trowbridge, était la maîtresse de Fitzroy Payne. Notant que mon hôtesse avait plutôt l'âge d'être la mère de ce dernier, je me dis qu'il devait s'agir d'une pure et simple coïncidence et m'abstins de toute question indiscrète. Elle m'invita à la suivre et nous gravîmes plusieurs volées de marches qui menaient à un appartement de quelques pièces, pourvu d'un certain confort mais sans grand style.

— Et en quoi puis-je vous être utile, miss Austen ? s'enquit alors Mrs Hammond à la manière d'une servante distinguée, après m'avoir installée sur un sofa élimé près du feu et s'être assise face à moi. Votre carte et votre nom me sont inconnus.

— Mais sans doute pas celui de Rosie Ketch ? lançai-je sans préambule.

— J'ai en effet connu une Rosie Ketch, répondit-elle en me transperçant d'un regard d'acier malgré sa bienveillante physionomie.

— Je suis venue ici sur la requête de la sœur de Rosie Ketch, Mrs Jenny Barlow, dont j'ai fait la connaissance lors de mon séjour à Scargrave Manor. Mrs Barlow est un peu inquiète de n'avoir aucune nouvelle de Rosie et désirait en obtenir par n'importe quel moyen ; aussi m'a-t-elle priée de lui rendre visite de sa part, quand elle a appris que je devais me rendre à Londres.

— Cette chère Jenny ! s'exclama Mrs Hammond dont l'expression se radoucit. Il n'y a pas plus gentille fille sur cette terre. Je ne comprendrai jamais comment ces deux charmantes petites ont pu être engendrées par un tel père ; mais Susan Ketch était une fort jolie femme, et les enfants tiennent d'elle, bien qu'elle soit morte alors qu'elles étaient encore en bas âge.

— Rosie est donc ici ? demandai-je.

— Mais oui. Jenny vous a-t-elle mise au courant de son état ?

Je répondis par l'affirmative.

— Je vais aller vous la chercher, alors, et vous pourrez juger par vous-même, dit Mrs Hammond.

Puis, se levant avec une agilité remarquable pour une personne de son âge, elle partit en quête de sa jeune protégée.

Elle n'était pas plus tôt revenue, en compagnie d'une frêle jeune fille au visage angélique, qu'on frappa à la porte d'entrée ; Mrs Hammond fit une petite révérence et s'éclipsa, me laissant seule avec Rosie.

Sa grossesse était déjà bien avancée, cela sautait immédiatement aux yeux ; mais il était surprenant que cette enfant, si menue et si jeune d'apparence, pût déjà devenir mère. Elle avait les cheveux blonds et les yeux bleus de Jenny Barlow, mais le visage de sa sœur révélait une maturité acquise à la rude école de la vie, tandis que celui de Rosie respirait encore l'innocence. J'étais prête à croire qu'elle s'était retrouvée enceinte sans même comprendre comment cela lui était arrivé ; et je la plaignis de tout mon cœur d'être victime d'une si capricieuse destinée. Il était tout bonnement incroyable qu'un homme ait eu l'audace d'abuser d'une enfant comme elle ; voilà qui entachait gravement la réputation de bonté du défunt comte – je ne doutais point que ce fût lui le fautif, en me remémorant le regard noir de Jenny à l'évocation de son nom et les propos accusateurs de George Hearst dans sa bibliothèque.

— Vous êtes Rosie Ketch, dis-je d'une voix douce.

La jeune fille hocha timidement la tête, les yeux rivés sur le sol et les mains nouées devant elle.

— Je suis miss Austen, Rosie, poursuivis-je. Je suis venue vous transmettre les amitiés de votre sœur qui, lors de mon récent séjour à Scargrave, m'a chargée de venir prendre de vos nouvelles. Elle pense affectueusement à vous, mais se fait du souci depuis que la distance vous sépare, d'autant qu'il semble que son mari la contraigne de garder le silence à votre sujet. Puis-je la rassurer sur votre sort et lui rapporter que vous êtes en bonne santé, tant physique que morale ?

— Dites à Jenny que je vais bien, déclara-t-elle prudemment d'une voix haute et claire, mais que j'appréhende un peu le jour de l'accouchement et que j'aimerais bien qu'elle soit à mes côtés à ce moment-là, si Ted peut se passer d'elle.

— Je le lui dirai, fis-je. Combien de mois vous reste-t-il encore à attendre ?

— Je ne sais pas exactement, répondit-elle.

— Et cela fait-il longtemps que vous êtes ici ?

Elle tourna alors son regard vers la porte, laquelle s'ouvrit au même instant sur Mrs Hammond, qui invitait son second visiteur à entrer. Ce fut un choc pour moi de voir pénétrer dans la pièce un gentleman que je connaissais – et qui n'était autre que Mr George Hearst !

La stupéfaction dut se peindre sur mes traits, à moins qu'un sixième sens lui eût permis de la deviner, car il paraissait tout aussi embarrassé que moi. Mais, faisant preuve d'une remarquable présence d'esprit, il se ressaisit aussitôt et empêcha mes questions en prenant résolument les devants.

— Chère miss Austen ! s'écria-t-il. Mais comment se fait-il que vous soyez ici ?

— Mr Hearst ! m'exclamai-je. Je pourrais vous demander la même chose !

Il rougit, mais ne répondit rien ; puis vint poliment me saluer en faisant le baisemain.

— Vous connaissez donc Mr Hearst ? s'enquit Mrs Hammond, en nous considérant tour à tour d'un œil malin.

Je compris qu'elle avait omis de l'avertir de ma présence, alors qu'elle savait pertinemment que je venais d'arriver de Scargrave et qu'il était plus que probable que j'eusse rencontré le gentleman là-bas.

— Mais oui, répondit Mr Hearst, j'ai ce privilège.

— Rosie, fit brusquement Mrs Hammond, vous devriez aller vous occuper de la lessive à présent ; filez, ma fille ! Je vous rejoins dans une minute.

Une fois sa protégée sortie, elle se tourna de nouveau vers moi.

— Je suppose qu'un peu de thé vous ferait plaisir, miss, proposa-t-elle non sans gentillesse. Je vais aller vous en chercher et vous laisser en tête-à-tête.

Comme George Hearst attendait manifestement de me voir accepter l'offre de notre hôtesse, je me rassis sur le canapé. Il prit la place de Mrs Hammond, face à moi, et nous nous fixâmes l'un l'autre du regard pendant plusieurs longues secondes. Je m'aperçus que son visage avait perdu son habituelle expression de mélancolie ; le gentleman paraissait soulagé d'un gros poids, délivré de tous ses tourments.

— Je sais que ma présence dans cette maison doit vous paraître étrange, déclara-t-il. Mais je ne chercherai pas à vous égarer par des faux-fuyants. Vous m'avez surpris ici, aussi vous aurez droit à mes aveux complets.

— Ma propre présence a dû pareillement vous étonner, répondis-je. Je suis pour ma part dans cette pension à la demande de Jenny Barlow, qui m'a chargée d'une commission ; mais il me paraît peu probable que vous soyez ici sous le même prétexte.

— Ce en quoi vous n'avez pas tort, reconnut le vicaire en hochant la tête. Je suis venu ici à cause d'une lettre que j'ai reçue de Mrs Hammond la veille de Noël.

— Le jour où la bonne a été assassinée… et où vous êtes parti en toute hâte à Londres.

— Mrs Hammond, qui avait appris tardivement le décès du comte, requérait ma présence ici, expliqua-t-il. Elle avait la certitude que cela allait changer bien des choses pour Rosie et désirait que je vienne lui apporter de toute urgence les dernières nouvelles que j'étais en mesure de lui fournir à ce sujet.

— Mais pourquoi est-ce à vous que cette dame a demandé cela ? N'aurait-elle pas dû plutôt s'adresser à l'héritier en titre du comte ?

— Étant sa grand-mère, elle se faisait naturellement du souci pour Rosie ; et étant le régisseur de la ferme, j'avais la responsabilité indirecte de sa petite-fille.

— Mrs Hammond, la grand-mère de Rosie ? Elle ne m'en a rien dit.

— La mère de Rosie avait pour nom de jeune fille Hammond. Elle dut rester à Scargrave et se séparer de sa propre mère qui l'aimait tendrement – la Mrs Hammond chez qui nous sommes présentement –, lorsque Fitzroy installa cette dernière ici.

— Vous voulez dire que le comte entretient Mrs Hammond ? Cela paraît incroyable ! m'exclamai-je.

Je me souvins du regard d'exultation qu'avait eu lord Harold Trowbridge devant la cheminée de la bibliothèque, en me parlant de la maîtresse de Fitzroy Payne ; la grand-mère qui préparait en ce moment mon thé n'était pas du tout ce que j'avais imaginé.

— Vous trouvez incroyable qu'un homme se rappelle avec reconnaissance l'affection de sa nourrice ? Il est vrai que cela peut vous étonner, vous qui n'avez guère eu l'occasion de le bien connaître ; mais je puis vous assurer, miss Austen, que Fitzroy n'est point un ingrat.

— Sa nourrice ! m'écriai-je, incapable de contenir mon ébahissement ; et, sous le regard pénétrant de George Hearst, je sentis mes pauvres joues s'empourprer.

— Vous pensiez peut-être qu'elle lui avait rendu quelque service plus intime ? demanda-t-il, se laissant gagner par l'amusement, chose rare chez lui. (Voyant mon air désemparé et gêné, il reprit son sérieux :) Non, miss Austen, Mrs Hammond n'est coupable que d'avoir donné le sein au huitième comte de Scargrave, lequel n'était alors guère en âge de se former de polissonnes idées à ce propos.

Certains aspects de la situation me devinrent rapidement plus clairs. Ce n'était point l'*ancien* comte, mais le *nouveau*, Fitzroy Payne, le responsable de l'état de Rosie ; et ce devait donc être elle la maîtresse dont m'avait parlé lord Harold. Payne l'avait envoyée auprès de la plus fidèle des femmes qu'il connaissait, son ancienne nourrice, qui était également la grand-mère de la petite, afin qu'elle veillât sur elle ; mais le fait que Rosie attendît un enfant de lui était un nouveau coup porté à la confiance d'Isobel ! Trahison que lord Harold, par bonheur, avait eu la décence de lui cacher – si, toutefois, le gredin était au courant de la chose.

Mais pourquoi George Hearst s'était-il emporté de la sorte à propos de Rosie, le soir de la mort du comte ? Peut-être le vertueux ecclésiastique avait-il découvert le secret de Fitzroy Payne et informé son oncle de l'état de la jeune fille – lequel avait dû lui répondre qu'il s'en lavait les mains, d'où la colère de Mr Hearst.

Mais cela ne constituait guère un mobile de meurtre ; ainsi, toutes les pistes qui m'avaient conduite à soupçonner l'aspirant pasteur ne menaient en fait à rien.

— Fitzroy Payne serait-il donc dépravé au point de séduire la petite-fille de sa nourrice, malgré l'affection qu'il ressent toujours pour cette dernière, ainsi que le prouve le confort de cet établissement ? fis-je, exprimant tout haut ma stupéfaction.

— *Le comte*, séduire Rosie Ketch ? répéta George

Hearst. Mais il n'a rien fait de tel, miss Austen. Ne cherchez pas plus loin le coupable : vous l'avez devant vous.

Je m'attendais à tout, sauf à cela. Le choc de cette révélation et l'irrépressible dégoût qui m'envahit au souvenir de l'innocence de la pauvre enfant – innocence si naïvement offerte et impitoyablement foulée aux pieds – me causèrent une émotion telle que je fus quelques instants sans pouvoir recouvrer le sang-froid suffisant pour oser le regarder de nouveau ou lui adresser la parole. George Hearst était bien le *dernier* des hommes chez qui j'aurais cru que la passion pouvait l'emporter sur la vertu ; la stupéfaction le disputait à l'indignation dans mon esprit.

À voir sa mine, je compris qu'il devinait le mépris qui m'animait ; et lorsque je fus enfin capable de l'entendre, il me parut évident qu'il se méprisait lui-même et regrettait son attitude.

— Je sais que ce que j'ai fait est inexcusable, déclara-t-il lorsque j'osai enfin croiser son regard. Mon comportement est à tout point de vue répréhensible et, dussé-je devenir clergyman, une vie entière de dévotion à l'Église ne suffirait point à laver la tache de ma conduite. C'est à cause de Rosie que j'ai résolu d'entrer dans les ordres, miss Austen, dans l'espoir de me corriger ; et, jusqu'à mon dernier souffle, je n'aurai de cesse d'essayer d'obtenir le pardon pour tout le mal que je lui ai fait.

L'accent vibrant de sincérité avec lequel il prononça ces paroles lui faisait honneur ; mais j'étais toujours en proie à la stupéfaction la plus vive et désirais savoir comme cela était arrivé.

— Je suis le seul à blâmer dans cette histoire, poursuivit-il, car je n'ai pas supporté de voir contrecarrer mes projets et mes espérances. J'avais sollicité les conseils de mon oncle, me disant qu'en l'absence de mon père, c'était au comte qu'il incombait de faire ma fortune ; que lui, si je ne pouvais compter sur mes propres liens de parenté, saurait me guider et m'aider à bâtir mon avenir professionnel. Mais il voulait me voir devenir régisseur de la ferme – fonctions pour lesquelles, miss Austen, je n'avais que peu d'inclination et encore moins de talent. Toujours est-il qu'en m'essayant à superviser les semailles, les récoltes et l'élevage des bêtes du domaine de Scargrave, je me suis souvent trouvé au contact des Barlow ; et par conséquent de Rosie, qui vivait sous leur toit à cette époque, car elle venait de quitter la femme qui l'élevait depuis six ans.

» Je n'avais nullement l'intention de causer sa perte ; de fait, je ne cherchais qu'à trouver un peu de réconfort à ma colère et mon amertume ; une récompense, en quelque sorte, pour tous les sacrifices que j'avais été contraint d'accepter ; vu la manière dont mon oncle me traitait, je me disais que j'avais bien le droit d'avoir une liaison avec Rosie si j'en avais envie. C'est ainsi que je raisonnais, et je la courtisai sans remords, animé d'une sorte d'aveugle désir de vengeance. Mais je compris trop tard que la seule personne qui souffrirait de ma conduite était Rosie – et que cela n'affecterait pas le moins du monde mon oncle. Lorsque j'appris son état, j'offris de l'épouser bien que sachant qu'il ne pouvait rien résulter de bon de cette union.

— Et Rosie a refusé votre demande en mariage ? m'enquis-je avec douceur.

— Mon oncle la refusa, répondit-il en prenant un air

accablé, refus qui ne manqua pas de susciter l'horreur de Jenny Barlow et le courroux de son mari Ted. Conscients de la supériorité de ma condition sur celle de Rosie, ils avaient espéré, à défaut d'une élévation de son rang, préserver sa respectabilité. Ils désiraient seulement que je lui donne mon nom, que l'enfant fût reconnu par son père ; ils n'avaient d'autre vœu que de permettre à Rosie de mener une existence tranquille loin d'ici, à l'abri du besoin et des méchantes langues. Ce n'eût été que justice que de sacrifier mes espérances à leurs modestes exigences ; aussi étais-je prêt à le faire, mais mon oncle, lui, ne l'a pas entendu de cette oreille.

— Vous êtes allé lui raconter votre histoire, dis-je comme la lumière se faisait dans mon esprit, le soir même de sa mort.

— En effet, répondit George Hearst, un peu étonné de ma perspicacité. Mais je ne croyais pas que quelqu'un d'autre le savait. Mon oncle ignorait alors tout de l'infortune de Rosie – je l'avais placée chez Mrs Hammond, grâce aux bons offices de mon cousin Fitzroy ; et, quand je lui révélai qu'elle était enceinte et que j'avais l'intention de sacrifier mes projets d'avenir pour remédier à sa situation, il entra dans une colère noire. La disgrâce – j'avais violé notre accord de confiance, en séduisant une domestique de Scargrave – et l'inconvenance de ma conduite – pour quelqu'un qui, comme moi, aspirait à devenir homme d'Église – consternaient grandement le comte. Il faillit bien me bannir définitivement du manoir ; mais en fin de compte, il m'interdit tout bonnement de revoir la jeune fille.

— Et décida aussi de modifier son testament, devinai-je, en revenant sur la promesse qu'il vous avait récemment faite de vous accorder un bénéfice à sa mort. Quelle chance pour vous, Mr Hearst, qu'il ait été emporté avant d'avoir eu le temps de faire venir ses notaires !

L'ecclésiastique me jeta un regard furtif mais éloquent de par la lueur d'angoisse qui brillait au fond de ses yeux caves.

— Le déni de ce bénéfice ne pesait pas bien lourd, miss Austen, comparé à celui qu'il me faisait de Rosie. Songez seulement qu'à cause de mon péché, sa jeune existence allait être complètement gâchée, et son avenir sacrifié sur l'autel de l'orgueil de mon oncle ! Cette idée m'était intolérable. Je résolus alors, en sortant de la bibliothèque, d'aller retrouver Rosie sur-le-champ et de l'épouser. Scargrave pouvait aller au Diable !

Sauf que la mort de votre oncle, pensai-je par-devers moi, telle la main du Destin, vint à point nommé vous épargner cette peine…

Oui, le trépas subit du comte avait, tout compte fait, permis à George Hearst de voir ses vœux les plus chers soudain exaucés : la préservation de l'honneur de sa bien-aimée d'une part, et surtout le couronnement de sa plus fervente espérance d'autre part, à savoir une cure de clergyman. Mais je gardai ces réflexions pour moi.

— Et maintenant, dites-moi une chose, miss Austen, poursuivit le gentleman. Comment se fait-il que vous soyez au courant de tout cela ? Ou peut-être vous êtes-vous contentée d'émettre des hypothèses au hasard, pour connaître le vrai ?

J'eus la grâce de rougir.

— En vérité, j'ai surpris votre conversation dans la bibliothèque, ce soir-là – juste quelques mots, répondis-je.

George Hearst ne cacha pas son étonnement.

— Je ne me suis aperçu de rien, dit-il. J'avoue que j'étais fort perturbé et dans un état d'esprit particulièrement confus en sortant de la bibliothèque.

— Et maintenant que le comte est décédé, m'enquis-je, que va-t-il advenir de Rosie ?

— Quand je me suis rendu à Londres la veille de Noël, c'était dans l'intention de l'épouser ; et c'est ce que j'ai fait, m'annonça le vicaire. Rosie va pour l'instant rester auprès de sa grand-mère, et élèvera l'enfant ici pendant les premières années. Après quoi, il ira dans une école, sous couvert d'anonymat, où il recevra l'éducation d'un fils ou d'une fille de gentleman.

— Rosie a vraiment de la chance, observai-je. Elle est encore jeune et, moyennant une attention et une éducation appropriées, elle fera une épouse fort convenable pour un homme tel que vous, Mr Hearst. Si vous partez vivre dans un presbytère suffisamment éloigné de Scargrave, où nul ne saura rien de ses antécédents, vous pourrez réussir à construire un bonheur conjugal digne de ce nom.

— Je ne suis pas encore capable de me projeter si loin dans l'avenir, répondit-il d'un ton pensif. Il y a encore beaucoup de choses en suspens.

Je me rappelai alors que si Fitzroy Payne venait à être pendu, George Hearst deviendrait comte à son tour. Quel fardeau serait dès lors cette femme pour lui ! À cause de Rosie, il se verrait dans l'impossibilité de trouver une épouse digne de sa nouvelle situation, de sa fortune et de son rang parmi la noblesse, et contraint de reconnaître l'enfant qu'elle portait comme son héritier. Je comprenais maintenant la raison de son invétérée mélancolie : George Hearst semblait condamné à être le jouet des pires caprices de la Providence.

Je m'en retournai à Portman Square, songeuse et perplexe. J'avais certes beaucoup appris ces derniers jours sur les vies privées respectives de Fanny Delahoussaye et de George Hearst – avait-on jamais vu pareille inclination à la bâtardise au sein d'une grande famille ? – mais rien de très utile, au demeurant, pour la défense d'Isobel. Le procès devait avoir lieu le 9 janvier, ce qui nous laissait moins de six jours. Pour démontrer l'innocence de la comtesse, il fallait donc que mes circonspectes investigations aboutissent dans ce bref délai ; et je me sentis brusquement très impatiente de connaître le résultat de la visite de Mr Cranley à Pall Mall, de savoir si le valet Danson avait pu nous venir en aide.

19

Une cassation militaire

5 janvier 1803

Le lendemain matin, ce ne fut pas Mr Cranley que j'eus le plaisir de voir dans le salon de Scargrave, mais ma chère Eliza – accompagnée de mon frère Henry, qui venait tout récemment d'embrasser la carrière de banquier, après un passage dans la milice d'Oxfordshire.

— Jane, Jane ! s'écria-t-il, en me serrant chaleureusement sur son cœur. J'ai appris que vous avez fui la compagnie de notre frère James et de son acariâtre épouse depuis quelques semaines, pour vous retrouver mêlée à un scandale pire encore que le précédent ! Des fiançailles rompues et maintenant un procès pour meurtre ! Que vont dire les gens ? Que miss Austen est devenue une aventurière, et n'est plus digne d'être reçue dans la bonne société ?

— Ne dites donc point de sottises, Henry ! lança abruptement Eliza. Jane se contente de saisir les occasions de s'amuser qui se présentent à elle, comme vous ne manqueriez pas de le faire vous-même ; sur ce chapitre, rien ne distingue le frère de la sœur, si ce n'est la différence de sexe et la liberté qui en découle pour l'un mais pas pour l'autre. Si vous n'étiez pas tous deux dotés d'un caractère enjoué et de goûts peu conventionnels, sachez que j'aurais éconduit sans remords toute la famille Austen et que je résiderais actuellement en France, où je m'adonnerais aux tendres jeux de l'amour et du hasard avec l'un des généraux de Bonaparte.

— En ce cas, je ne vous gronderai point, déclara Henry, tournant ses grands yeux gris, si semblables aux miens, vers sa pétulante épouse. J'ai toujours eu confiance en Jane, que je sais fort douée tant pour se tirer d'embarras que pour s'y mettre. Mais pour prix de mon indulgence, j'attends des révélations complètes, ma chère, ajouta-t-il en me prenant le bras. J'entends bien pimenter mes dîners en ville grâce à vos confidences, pendant une quinzaine de jours tout au moins. L'affaire de Scargrave a semé l'émoi dans tout Londres et la moindre information à ce sujet vaut de l'or.

Je narrai donc à mon frère l'histoire des deux meurtres et lui exposai la situation de la comtesse et du comte – choses qu'Eliza avait déjà eu l'occasion d'entendre sur le chemin de Wilborough House. Je lui parlai également de Mr Cranley, mais ne soufflai mot de la liaison de George Hearst et de Rosie, ni du secret de Fanny Delahoussaye. Tant que ces révélations n'étaient point nécessaires, il me semblait peu charitable de leur faire pareille publicité.

— Mais vous savez, Henry, conclus-je, vous pourriez nous être fort utile pour aider la comtesse, si toutefois vous étiez d'accord pour ce faire.

— À moins que vous ne souhaitiez que je prenne d'assaut les remparts de Newgate avec mes anciens camarades de troupe et que je l'aide ensuite à fuir le pays, je vois mal de quelle manière je pourrais vous être utile.

— Vous êtes *banquier*, Henry, lui rappelai-je.

Eliza, voyant que je la regardais, leva les yeux au ciel pour déplorer la stupidité de son mari.

— Par conséquent, poursuivis-je, vous devez connaître certains financiers – notamment ceux qui veillent aux intérêts des membres de la famille Scargrave. Je suis sûre que sir William a l'intention d'appeler le banquier de Fitzroy Payne à la barre, afin de montrer que le nouveau comte en titre a de graves soucis d'argent. Mais il se peut fort bien que d'autres personnes de son entourage soient pareillement aux abois.

— C'est presque certain, répondit mon frère avec une expression songeuse. Si vous me communiquez leurs noms, Jane, je mènerai discrètement ma petite enquête sur tout ce beau monde.

Il se leva sans se départir de son air pensif et partit chercher son pardessus.

— Fort bien, ma chère, déclara Eliza lorsque la porte du salon se fut refermée sur mon frère, Henry est parti vaquer à ses occupations, et vous et moi sommes tranquilles à présent. Quel projet avez-vous formé pour nous distraire aujourd'hui ?

Sa robe de velours à manches longues, d'un beau rouge vif et brodée de petites perles assorties, pouvait tout aussi bien convenir à une visite à Wilborough House qu'à une promenade en voiture ouverte à Hyde Park, où l'on se contentait de saluer d'un signe de tête les gens que l'on connaissait. Tout en détaillant sa toilette, je me sentis soudain la furieuse envie de profiter de mon séjour à Londres pour faire les boutiques en compagnie de ma sœur Eliza ; mais je me rappelai qu'Isobel se trouvait pour l'instant privée de ce genre de plaisirs et que je me devais, avant tout chose, d'œuvrer à son salut.

— Eliza, dis-je alors, je serais fort étonnée si vous n'aviez pas, dans vos relations, quelqu'un qui appartînt à la Garde montée royale.

— Les Bleus ? Cela va sans dire, répondit-elle, en agitant l'une de ses mains, parée ce matin d'un rubis d'une grosseur choquante. Le colonel Buchanan me voue une admiration éperdue, vous savez – il m'a même avoué qu'il aurait bien aimé faire de moi sa femme, s'il n'avait déjà épousé la sienne.

— Vous devriez renouer cette relation, lui conseillai-je, le sourire aux lèvres.

Eliza me retourna ce trait d'humour dont mon frère faisait les frais.

— Sachez qu'elle n'a nul besoin de l'être, me confia-t-elle. J'ai parlé avec le colonel pas plus tard que la semaine dernière, chez Mrs Fitzhugh.

— Il faut donc que vous rendiez visite au colonel aujourd'hui même, déclarai-je. Il y a dans son régiment une personne sur laquelle je désire ardemment savoir quelques petites choses.

— Le lieutenant Thomas Hearst ? répéta le colonel Buchanan en se retournant vers nous, le carafon de sherry dans une main et mon verre dans l'autre. Mais pourquoi donc vous intéressez-vous, ma chère comtesse de Feuillide, à pareil vaurien ?

Nous étions installées dans le confortable petit salon du commandant de la Garde montée, à l'ombre de Buckingham Palace, et cernées de tous côtés de livres reliés en cuir, de sabres dans leur fourreau accrochés aux murs, et de quelques très bonnes huiles représentant les destriers que le colonel avait montés lors de ses batailles. Il avait promptement laissé de côté quelque affaire relative à ses hommes dont il était en train de s'occuper, afin de nous recevoir sans délai ; comme toujours, j'avais eu raison de me fier à Eliza.

Le chef de cavalerie me gratifia d'un bref signe de tête en me tendant mon verre, et s'en retourna chercher celui d'Eliza. Le colonel Buchanan était, ainsi que son nom le laissait à penser, écossais. Avec ses jambes arquées et ses cheveux roux grisonnants, il me rappelait de façon saisissante le vieux coq du presbytère de Steventon, qui courait en poussant des cocoricos dans la cour de la ferme d'un air si important que notre cuisinière perdit patience et ne tarda pas à le faire passer à la casserole. Mais, craignant de me laisser gagner par l'hilarité à trop développer ma comparaison, je commençai à boire mon sherry, non sans garder, par précaution, la tête sagement baissée.

— C'est que j'ai entendu tant de choses contradictoires à propos du lieutenant, répondit Eliza entre deux gorgées de sherry, les yeux brillants. Récemment, il a beaucoup fait parler de lui dans une histoire mettant en cause une amie de miss Austen. La discrétion m'interdit d'en dire plus. Mais lorsque Jane me fit part de ses craintes pour son amie, j'ai immédiatement songé à vous, prétendit-elle en gratifiant le colonel d'un battement de cils. Car personne n'est plus franc, personne n'est moins enclin à camper sur les faux-semblants de la politesse, dans ce genre d'affaire délicate, que mon cher colonel Buchanan !

La rigidité toute militaire du colonel ne l'empêchait point d'être sensible à un peu de flatterie. Il poussa un grognement et alla s'asseoir sur une chaise, étendant ses pieds bottés devant lui et glissant une main dans la veste de son uniforme. Il jeta un regard à Eliza, vida son verre de sherry d'un trait, et le reposa brutalement sur la table.

— Ainsi donc, Tom Hearst s'en prend maintenant aux jeunes dames de la bonne société ? déclara-t-il. Cela ne m'étonne guère de lui.

— Mon cher colonel, mon cher William, dit Eliza en le regardant fixement, les cils noirs de ses paupières faisant ressortir la blancheur de son teint crémeux, je sais que si vous saviez quelque chose sur son compte qui serait de nature à déconseiller le mariage, que si cette union était à vos yeux imprudente, vous n'hésiteriez pas à vous en ouvrir franchement à miss Austen.

Le colonel croisa mon regard et eut l'air d'hésiter, se demandant, supposai-je, si je n'étais pas justement la jeune dame que Tom Hearst avait ensorcelée. Eussé-je été l'intéressée, j'aurais certainement perdu courage ; le dur éclat des yeux bleus de Buchanan exprimait éloquemment sa désapprobation et sa main caressait d'inquiétante façon le fourreau de son sabre pendu à son côté. Ce n'était point le genre d'homme à traiter à la légère – Eliza se jouait certes de lui en cet instant précis, mais mieux valait pour nous qu'il n'en sût rien. Je frémis en songeant à la duplicité de notre attitude, ici comme à Wilborough House quelques jours plus tôt ; mais me rappelant qu'il ne restait que quatre jours seulement avant l'ouverture du procès, je ne pensai plus qu'à ma chère Isobel et étouffai mes scrupules.

— Eh bien, disons que les hommes de sa compagnie n'ont pas une très haute opinion de lui, avoua finalement le colonel Buchanan, sans me quitter du regard.

— S'agit-il d'un sentiment de jalousie ou d'une opinion bien fondée ? s'enquit Eliza avec esprit.

— Il s'agit, ma chère comtesse, d'une opinion fondée sur le fait que le lieutenant a tendance à dépenser sa fortune trop libéralement et trop souvent, si bien qu'il laisse des dettes un peu partout derrière lui.

— Bah ! s'exclama Eliza, faisant aussi peu de cas des paroles du colonel que s'il eût été un naïf écolier. C'est chose courante chez les officiers – surtout au sein de la très mondaine Garde montée.

Par ces mots, je savais qu'elle ne cherchait qu'à inciter le colonel à nous fournir plus de précisions, but qu'elle ne tarda pas à atteindre.

— J'espère bien qu'aucun d'entre nous ne se trouve dans une situation aussi critique que le lieutenant, rétorqua-t-il, sinon Sa Majesté devra trouver d'autres recrues pour assurer sa protection.

— À voir l'apparence extérieure du lieutenant, on ne se douterait pas qu'il a des ennuis d'argent, déclara Eliza, posant son piège d'un ton serein.

— S'il a pu faire illusion si longtemps, tout le mérite

en revient à son arrogance ! s'exclama le colonel, en me lorgnant du coin de l'œil. Mais sachez, ma chère comtesse, que la situation financière de Hearst est désastreuse. Il a imploré l'aide de son cousin – un certain vicomte, du nom de Fitzroy Payne qui, m'a-t-on dit, se trouve d'ailleurs actuellement derrière les barreaux. Mais ce dernier la lui a refusée. Il est de notoriété publique que le lieutenant voue une profonde rancune au gentleman depuis cet épisode. Ayant échoué auprès de ce parent, il a rapidement reporté ses espoirs sur un autre : l'on sait qu'il a récemment assuré à ses créditeurs qu'il serait amplement en mesure de satisfaire leurs réclamations à la mort de son oncle, dernier comte de Scargrave, dont il compte bien hériter une petite fortune.

Un frisson d'horreur me parcourut l'échine.

— Son oncle est décédé il y a peu, dis-je.

Le colonel se tourna vers moi pour me dévisager d'un œil soupçonneux.

— C'est ce que j'ai appris, en même temps que toute la ville de Londres, dit-il. Est-ce que vous connaissez le lieutenant, miss Austen ?

— Depuis quelques semaines seulement. Nous étions tous deux les hôtes de Scargrave Manor – où la jeune dame qu'il a séduite, et au nom de laquelle nous venons solliciter votre avis, était également invitée.

— Scargrave Manor ! Détail fâcheux supplémentaire à l'endroit de ce jeune homme. Nous avons tous eu vent de ce qui s'est passé là-bas.

— L'on ne peut tout de même pas reprocher au lieutenant cette coïncidence, colonel Buchanan, répondis-je. Il est de la famille et a passé toute son enfance dans cette maison ! Cela lui donne le droit d'y résider impunément, même si certains occupants y ont connu une fin prématurée.

— Peut-être, mais je trouve que le hasard fait tout de même bien les choses dans cette histoire, rétorqua le colonel d'un ton acerbe. Si la Couronne n'avait pas déjà arrêté les coupables, je le croirais bien capable d'être allé jusqu'au meurtre pour parvenir à ses fins.

J'échangeai un regard avec Eliza ; il s'agissait là de paroles fort accablantes.

— Mon cher colonel, murmura ma cousine en se penchant vers lui d'un air confidentiel, vos insinuations sont très obscures et très vagues. Je vous en prie, dites-nous franchement, si vous la savez, la raison qui devrait retenir cette dame d'épouser le lieutenant, et finissons-en.

Le colonel Buchanan se leva et se mit à marcher à pas mesurés devant la cheminée, le front plissé et l'air pensif. Les flammes rehaussaient l'éclat doré des boutons et des galons de son uniforme bleu et accusaient le relief d'une cicatrice qui lui coupait le menton. Un coup de sabre, sans nul doute, et reçu un peu trop près du cou pour qu'il n'en eût point frémi rétrospectivement.

— Comprenez qu'il s'agit là d'une affaire extrêmement délicate, déclara-t-il en se tournant vers Eliza puis vers moi. Pas un mot de notre conversation ne devra filtrer hors de cette pièce, du moins tant que la question de la cassation [1] du lieutenant ne sera pas tranchée.

— Sa cassation ! Voilà qui est grave, en effet !

— Si cela l'était moins, je ne me permettrais pas de

1. La cassation militaire signifiait la dégradation et le renvoi à la vie civile pour manquement à l'honneur. Les brevets d'officiers s'achetaient à prix d'or, si bien que la cassation représentait en outre une grosse perte financière pour le soldat concerné : démis de ses fonctions, il se voyait congédié sans indemnité et ne pouvait pas revendre son ancien brevet.

désavouer de la sorte un homme sous mon commandement, dit le colonel avec un sourire amer. De fait, Tom Hearst a été récemment mis en accusation pour l'infamie de sa conduite, parfaitement indigne d'un soldat de la Garde montée de Sa Majesté.

— Est-ce que cela met en cause une jeune dame ? m'enquis-je, envahie par un terrible pressentiment.

— Une jeune dame ? Pas que je sache, répondit le colonel, en fronçant les sourcils. Non, miss Austen, cette histoire a tout au plus trait aux dames des jeux de cartes.

— C'est un joueur ! s'écria Eliza, en frappant dans ses mains. Quel gredin ne l'est pas ?

— Le lieutenant aime en effet beaucoup les cartes, et joue en général de grosses mises.

— Les seules qui soient dignes de ce nom, murmura Eliza, se remémorant sans nul doute Versailles et son premier mari, le comte de Feuillide, qui avait gagné et perdu bien des fortunes en jouant avec les courtisans de Marie-Antoinette.

Les mains glissées sous les basques de son uniforme, le colonel Buchanan reprit ses allées et venues dans la pièce, ses bottes noires étincelant à chacun de ses pas. La tournure qu'avait prise notre conversation devait certainement l'embarrasser ; et je me demandais en mon for intérieur s'il ne commençait pas à regretter sa franchise.

— Le lieutenant Hearst, ma chère comtesse et ma chère miss Austen, a toujours été particulièrement malchanceux au jeu. Tout au long de l'année passée, il n'a cessé de perdre, nous apprit le colonel qui, interrompant ses déambulations, fit brusquement volte-face. Jusqu'au mois dernier…

— La chance lui a donc enfin souri ? fis-je.

— Un vrai coup de théâtre, répondit Buchanan d'une voix pleine d'ironie. Quelques semaines avant son congé de Noël – qui lui fut accordé à la requête de son officier supérieur et non pas parce que le lieutenant avait émis le désir de passer les fêtes au sein de sa famille –, il remporta subitement victoire sur victoire et gagna des sommes ahurissantes.

— Très dangereux, dit Eliza.

— La comtesse, comme toujours, a clairement résumé la situation, renchérit le colonel avec un sourire sardonique. Son succès aux cartes, dirons-nous, lui monta à la tête ; et l'avidité s'empara du lieutenant. Il commit bientôt l'erreur de défier un homme qui n'appartenait pas à sa compagnie – un individu qui, par conséquent, ne pouvait aucunement se sentir lié à lui par l'affection, la camaraderie ou le souvenir d'expériences partagées. Un officier néanmoins, doté d'un farouche sens de l'honneur – et qui avait déjà vu ce genre de chance arriver à d'autres. Encore un peu de sherry, miss Austen ?

Je secouai la tête, n'ayant déjà pas réussi à finir le vin qui restait au fond de mon verre, tant j'étais captivée par son récit.

— Ledit officier parvint à désarçonner notre ami le lieutenant en l'accusant d'avoir caché des cartes dans la manche de son manteau.

Je ne pus réprimer un petit hoquet de surprise, qui me valut un regard pénétrant de la part du colonel ; puis il poursuivit son histoire.

— Le lieutenant Hearst protesta vigoureusement, nia avoir triché – injure fatale à la réputation d'un gentleman – et accusa son adversaire de vouloir lui nuire par ce fourbe mensonge. Mais pourquoi cet homme – un officier, un inconnu de surcroît – se serait-il amusé à mettre en cause l'honnêteté du lieutenant sans motif valable ? C'est une question que je laisse à votre appréciation.

Le colonel regagna sa chaise et se caressa le menton d'une main usée, noueuse, les yeux rivés sur le portrait d'un étalon portant le complet harnachement de bataille.

— Oui, ce n'est pas très logique, dit Eliza. On serait plutôt tenté de penser que le lieutenant a dit cela parce qu'il était furieux que l'autre se fût aperçu qu'il trichait.

— Quoi qu'il en soit, il n'y a aucun témoin impartial pour confirmer l'une ou l'autre version ; le lieutenant et son adversaire jouèrent jusque tard dans la nuit et tous leurs camarades s'en étaient allés. Personne n'a donc vu les cartes que le lieutenant avait, aux dires de l'officier, dissimulées dans sa manche.

— Et n'y avait-il donc aucun de ses camarades qui fût disposé à se porter garant du lieutenant devant sa compagnie ?

— Tous s'étaient déjà plus ou moins fait plumer par Hearst, j'en ai peur ; et certains devaient peut-être même partager les soupçons de l'officier, répondit sèchement le colonel Buchanan. Cette affaire eut la conclusion qu'ont inévitablement toutes les affaires de ce genre : le lieutenant défendit son honneur dans un duel au pistolet avec le gentleman.

Je tressaillis, me remémorant les paroles de Fanny Delahoussaye au bal d'Isobel, lors de cette fameuse soirée qui me paraissait maintenant appartenir à une époque bien lointaine ; le lieutenant, m'avait-elle dit, arrivait de Saint-James et avait récemment tué un homme en duel ; elle avait conclu son bavardage par cette phrase : *les affaires des officiers sont terriblement romantiques*… ou quelque autre sottise de la même veine.

— Ils se rencontrèrent à l'aube, non loin de la caserne, ici à Saint-James, et le lieutenant abattit son accusateur – ce qui lui donna peut-être satisfaction, mais ne fit qu'ajouter à sa triste réputation. Le malheureux qu'il a tué devait se marier à Noël.

Il s'ensuivit un bref silence durant lequel Eliza et moi digérâmes tout cela ; mais, ne perdant pas de vue mon but, je me hâtai de reprendre mes esprits et de soutenir une fois de plus le regard du colonel.

— Et ce fatal épilogue met donc en péril la carrière du lieutenant dans la cavalerie ?

— Une affaire d'honneur est toujours sujette à caution, nous dit le colonel, accompagnant ces mots d'un gros soupir et d'un geste impatient de la main. Aux yeux de la loi, c'est un meurtre. Mais chez les militaires, rien n'a plus de prix que l'honneur : il passe avant la fortune, avant la naissance ; c'est l'essence même du soldat. Le duel à mort est depuis fort longtemps un usage établi qui permet de réparer l'affront fait à sa réputation. Si cela avait été le seul faux pas de sa carrière, le lieutenant eût peut-être pu s'en relever. Mais il a malheureusement le tort d'être aussi criblé de dettes, sans compter qu'il s'est encore trouvé d'autres personnes, parmi ses camarades, pour le traiter de tricheur suite au duel, si bien que ses supérieurs envisagent désormais fort sérieusement sa cassation.

— Colonel Buchanan, dis-je, rassemblant mon courage, pardonnez-moi d'être encore indiscrète sur cette délicate affaire, mais je voudrais savoir quelque chose :

si le lieutenant réussissait aujourd'hui à satisfaire les exigences de ses créditeurs, à rembourser ses dettes d'honneur au sein de sa compagnie, et à se conduire avec la dignité qui sied à un gentleman et membre de la Garde montée, pourrait-il encore espérer sauver son brevet ?

— Je crains fort qu'il n'y ait plus grand-chose qui puisse sauver le lieutenant Hearst, répondit le colonel avec un regard sévère ; même si les femmes s'imaginent que l'amour sauve de tout. J'espère sincèrement, miss Austen, que cette dame si sensible aux charmes de ce vaurien et vous-même *ne sont pas une seule et même personne*. Je n'aimerais pas vous voir agir en dépit du bon sens.

Je maudis mes joues, toujours aussi promptes à s'empourprer.

— Je vous assure, sir, que je suis venue ici pour le compte d'une autre, répondis-je ; et je vais repartir chargée d'une pénible mission : convaincre une femme amoureuse de renoncer à chercher le bonheur du côté du lieutenant. Heureusement, la comtesse est là pour m'aider à porter ce fardeau.

— Tout à fait, renchérit Eliza, se rappelant soudain le prétendu motif de notre visite. Je dois vous remercier, cher colonel, ajouta-t-elle en prenant son réticule, de nous avoir révélé avec tant de franchise tous ces détails déplorables à propos du lieutenant. Les circonstances exigeaient que nous sachions tout de sa véritable nature.

— Ses supérieurs ont certainement déjà décidé de son sort à l'heure qu'il est, déclara le colonel, aussi le pénible devoir de rapporter ces informations à l'intéressée vous sera-t-il peut-être épargné. Aucune jeune femme n'aurait envie d'épouser un homme sans fortune, sans carrière et sans avenir – quand bicn même il aurait vingt oncles récemment décédés.

20

La sortie du soldat

5 janvier 1803, suite

Avant de faire nos adieux à la Garde montée, je demandai au colonel Buchanan où l'on pouvait trouver Jack Lewis, l'ordonnance du lieutenant ; il eut la gentillesse de le faire mander aussitôt et de nous laisser seules lorsque Eliza lui expliqua que nous devions faire une commission à ce dernier de la part de ma caméricte. Je n'avais pas de caméricte, ce qu'elle jugeait manifestement inutile de préciser à Buchanan ; aussi ignora-t-il encore une fois tout de notre véritable dessein.

— Miss Austen ! s'écria Jack Lewis, qui, d'un bond, franchit de peu cérémonieuse façon le seuil avant de se tourner vers Eliza ; il eut la grâce de la saluer d'une révérence, mais se permit néanmoins un petit sifflement admiratif.

Si je n'avais pris la précaution d'avertir ma cousine des manières excentriques de l'ordonnance, elle eût assurément été plutôt déconcertée ; mais elle se contenta dc lui adresser un sourire et un signe de tête, et Jack Lewis se retourna vers moi.

— Jack pour vous servir, miss ! lança-t-il. J'espère bien que vous avez un petit mot gentil à dire à mon camarade Tom… C'est qu'il se meurt d'amour, le pauvre, confia-t-il à Eliza en lui faisant un clin d'œil.

— Je suis venue pour vous demander certain renseignement à propos d'une commission que vous avez, je crois, effectuée pour le lieutenant, lui dis-je, et qui me concerne aussi.

— Demandez donc, miss, répondit-il gaiement.

— C'est vous qui êtes allé récupérer les effets personnels de Marguerite, la femme de chambre, chez Lizzy Scratch, n'est-ce pas ?

Manifestement, Jack Lewis s'attendait à tout, sauf à cette question-là. On eût dit qu'il venait de recevoir un coup de massue ; il recula d'un pas et se ressaisit tant bien que mal.

— Oui, c'est bien moi, reconnut-il, la mâchoire crispée.

— Et avez-vous remarqué s'il y avait parmi ses affaires un petit médaillon en or, monté sur une chaînette qui lui permettait de le porter en sautoir ?

Suivit un silence ; l'ordonnance de Tom Hearst se dandinait sur place.

— Lizzy Scratch m'a dit qu'elle vous l'avait confié avec le reste, Jack, insistai-je, mais lorsque le lieutenant m'a ensuite remis les affaires de la bonne afin que je les expédie à la Barbade, le médaillon n'y était plus. Est-il possible que ce soit votre maître qui l'ait pris ?

— Il ferait jamais une chose pareille ! répliqua farouchement l'ordonnance, qui avait troqué son expression de singe malicieux pour une mine de chat féroce.

— Il ne me reste donc qu'une seule possibilité, conclus-je ; c'est vous qui aurez pris ce médaillon.

Il leva les mains d'un air dégoûté.

— Lizzy Scratch est même pas capable de retrouver

tous ses marmots quand vient le soir, alors un petit bijou comme celui-là… Et depuis quand la parole de Lizzy est-elle digne de confiance, dites-moi ?

— Lizzy Scratch a fait particulièrement attention ce jour-là, répondis-je, parce qu'un meurtre avait été commis. Elle craignait de connaître le même sort si jamais elle osait garder pour elle un objet ayant appartenu à la servante.

Il jeta un regard désespéré à Eliza, mais n'obtint en échange qu'un sourire radieux ; puis, l'expression de son visage se modifia de nouveau.

— Je ne voudrais pas que vous pensiez que c'est le lieutenant qui a fait le coup, déclara-t-il. Je n'ai fait que reprendre une chose qui m'avait d'abord appartenu.

— C'est donc vous qui avez offert le médaillon à cette fille ?

— Du temps où je lui faisais la cour, l'été dernier, à Londres. C'est à cause de moi, et de mon passé avec Margie, que le lieutenant a eu l'idée de m'envoyer chercher ses affaires le jour où elle est morte…

La voix de Jack Lewis se brisa, un bref instant seulement, puis il se ressaisit de nouveau.

— Ce bon vieux Tom, poursuivit-il, il avait carrément peur qu'il y ait quelque chose là-dedans qui conduise le magistrat jusqu'à moi. Mon lieutenant est un homme loyal ; si je lui reconnais une qualité, c'est bien celle-là.

Il s'assit sur l'une des chaises du colonel Buchanan et se prit la tête entre les mains.

— Avez-vous revu Marguerite lors de votre séjour à Scargrave ? lui demandai-je d'une voix douce.

Stoïque, Jack Lewis releva vers moi un visage grave et soutint mon regard sans ciller.

— Je lui envoyais des petits mots et on se retrouvait dans la grange à foin. Mais, que Dieu me garde, ce n'est pas moi qui l'ai égorgée, miss. Non, ce n'est pas moi qui ai fait ça. Margie n'était pas mauvaise fille, malgré ses façons bizarres ; elle se sentait comme qui dirait seule, et elle avait juste besoin de se faire cajoler un peu.

— Donc, vous avez couru chez Lizzy Scratch le jour où la femme de chambre est morte et déguerpi avec le médaillon.

Jack Lewis hocha la tête et détourna les yeux.

— Les bras m'en sont tombés quand j'ai vu qu'il était encore dans ses affaires, mais mon visage, lui, a dû s'illuminer comme un soleil. Je me suis dit que j'allais me faire pincer et qu'on m'accuserait du meurtre si je le laissais là, alors je l'ai mis dans ma poche et j'en ai parlé à personne.

— J'ai bien l'impression, Jane, que les choses se présentent plutôt mal pour votre pauvre lieutenant, déclara Eliza, comme la calèche de Henry nous ramenait en cahotant vers Portman Square. Très mal, même. Le colonel Buchanan avait ce regard que je ne connais que trop bien. Il a l'intention de faire un exemple avec lui et de satisfaire ainsi son sens de la discipline. Le colonel ne pourra jamais empêcher les jeux d'argent, ni même les duels qui en résultent souvent ; en revanche, il a les moyens de faire en sorte que ses officiers se souviennent de Tom Hearst, ce qui les fera peut-être hésiter à l'avenir au moment de jeter les dés.

— À dire vrai, je ne me soucie guère de tout cela, lui répondis-je sans mentir. J'ai à l'esprit une nouvelle et dangereuse hypothèse qui me tourmente au plus haut point. À son arrivée à Scargrave, Tom Hcarst devait sûrement être travaillé par l'idée que toute sa vie était compromise – son brevet, son éventuel mariage avec Fanny, et son *honneur*. Cette chose plus précieuse que tout pour les officiers. Aurait-il empoisonné son oncle pour sauver son honneur ? Et fait en sorte d'incriminer les héritiers, afin d'assurer à son frère George la jouissance de la fortune du comte ? Fitzroy éliminé – souvenez-vous, le lieutenant Hearst avait une rancune contre son cousin, d'après le colonel –, ses chances de convaincre madame Delahoussaye de lui accorder la main de Fanny et ses trente milles livres de dot seraient dès lors bien meilleures. George Hearst devenu comte de Scargrave, Tom ne manquerait plus d'argent pour régler toutes ses dettes. Et ses supérieurs hésiteraient sans doute à révoquer le frère d'un pair, alors qu'ils n'auraient aucun scrupule à casser un soldat endetté parent d'un simple clergyman.

Je m'interrompis et contemplai la pluie qui s'était mise à tomber derrière les fenêtres de la voiture ; une dame, en robe prune et chapeau à plume assorti, hâtait frénétiquement le pas sur le trottoir, agrippée à son ombrelle ouverte, pauvre rempart contre les éléments. Je craignis que les roues de l'attelage n'éclaboussassent de désastreuse façon ses belles bottines à notre passage.

— Cette hypothèse est franchement horrible, Eliza, et par trop plausible en même temps, ajoutai-je.

— Mais comment Hearst s'y serait-il pris pour le tuer ?

— Par l'intermédiaire de son ordonnance, répondis-je, me détournant du spectacle de la rue pour regarder Eliza. Il avait fait la connaissance de la femme de chambre l'été dernier, et lui avait offert un médaillon ; lors de leur séjour à Scargrave cet hiver, il était plus que probable qu'ils reprendraient leur liaison. Le lieutenant a peut-être ordonné à Jack Lewis de confier les noix à la bonne, afin qu'elle les dépose avec les autres mets sur le plateau du comte. Il se peut même qu'il ait directement traité avec Marguerite – en lui proposant quelque chose qui devait lui faire particulièrement envie, pour qu'en échange elle acceptât de trahir sa maîtresse. Elle a certainement écrit ces lettres accusant Isobel et Fitzroy Payne dans un autre but que celui de les faire chanter ; sir William ne comprenait pas pourquoi elle n'avait aucune exigence pécuniaire. Seulement ce n'était pas de la comtesse qu'elle attendait sa récompense, ni sous forme d'argent que celle-ci devait se présenter. Peut-être le lieutenant lui avait-il promis son mariage avec l'ordonnance, et son aide pour les faire passer sans risque à la Barbade ?

— Au lieu de quoi, il l'a tuée.

— Elle en savait trop, Eliza. Il lui a donc tranché la gorge alors qu'elle attendait, croyait-elle, son amant Jack Lewis. Mais c'est le lieutenant qui est entré dans la grange ce matin-là, et c'est lui qui a commis le crime ; Jack est seulement allé récupérer les effets de Marguerite. Tom Hearst savait qu'il pouvait compter sur le silence de son ordonnance ; vous avez vu combien le malheureux était terrifié à l'idée qu'on puisse établir un lien entre lui et la mort de la bonne.

— Il est d'ailleurs surprenant qu'il soit encore en vie, dit Eliza d'un ton songeur.

— Le lieutenant Hearst m'a dit un jour qu'il devait la vie à cet homme ; dans ces circonstances, on peut comprendre que même lui – avec son précieux sens de l'honneur – se sente l'obligé de Lewis. Tout se tient de façon très convaincante, n'êtes-vous pas d'accord ?

— Jane, que comptez-vous faire ?

— Je vais commencer par faire mander Mr Cranley. Peut-être que *lui* saura obliger notre homme à passer aux aveux ; car en vérité, Eliza, nous n'avons pas la plus petite preuve.

Nous étions arrivées à Portman Square et le cocher d'Eliza arrêta l'attelage devant les portes de Scargrave House.

— Voulez-vous entrer prendre un petit rafraîchissement, Eliza ? lui demandai-je.

— J'avoue qu'il me déplairait fort de rater le *dénouement* *, répondit-elle avec animation, si toutefois vous vous sentez capable de supporter ma compagnie une heure de plus, Jane.

— Votre compagnie sera la seule supportable. À partir de maintenant, nous pénétrons en territoire ennemi, ma chère.

Elle pria son cocher de l'attendre et nous gravîmes les marches du perron, pour être accueillies dans le hall d'entrée par un indescriptible et incroyable concert de cris et de gémissements. Des servantes couraient en tous sens, trop accaparées par leurs missions respectives pour s'arrêter en chemin et nous fournir une explication ; mais les plaintes déchirantes que nous entendions provenaient du salon, et nous nous y précipitâmes aussitôt.

Mr Cranley, debout devant le manteau de la cheminée et figé dans une attitude de désarroi impuissant, fut le premier que j'aperçus en ouvrant la porte ; madame Delahoussaye était assise sur le sofa devant lui, les bras autour des épaules de sa fille. Fanny était effondrée de chagrin. Ses boucles blondes retombaient en désordre autour de son visage et ses yeux rouges et bouffis ruisselaient de larmes.

— Mais que se passe-t-il ? m'écriai-je, oubliant mon devoir de politesse vis-à-vis d'Eliza devant cette scène.

Madame leva les yeux et secoua brièvement la tête pour me faire comprendre de m'abstenir de toute question ; et, visiblement soulagé, Mr Cranley se hâta de traverser la pièce pour nous rejoindre et nous reconduire dans le hall.

— J'ai bien peur d'être l'agent de l'affliction de miss Delahoussaye, nous dit-il, mais il n'y avait personne d'autre pour leur apporter la nouvelle, et il fallait bien qu'elles l'apprennent.

— Quelle nouvelle ? m'enquis-je, avec un mauvais pressentiment.

— À propos du lieutenant Hearst, répondit l'avocat. (Il hésita un instant avant de poursuivre :) Je viens juste de l'annoncer à son frère. Un événement… tragique.

— Il n'est pas… blessé ? fis-je.

— Hélas, il est mort.

Eliza et moi eûmes le même regard horrifié.

— Mais *comment* ? ! m'écriai-je.

— Il s'est tiré une balle dans la tête, dit Mr Cranley, ce matin, au beau milieu de Hyde Park.

Mr Cranley nous expliqua qu'un homme était venu le trouver ce matin, porteur d'un message du lieutenant lui fixant rendez-vous ; l'avocat s'était présenté au lieu et à l'heure dits pour découvrir le gentleman effondré sur une chaise du parc avec, à la tempe, une profonde plaie d'où ruisselait le sang.

— Et il n'est pas possible que ce soit un meurtre? Vous êtes certain qu'il s'est lui-même donné la mort? demandai-je.

— Tout à fait certain, répondit l'avocat. Un mendiant qui vit dans le parc et avait trouvé refuge sous un buisson à proximité l'a vu se suicider.

— Ainsi, il vous avait fixé ce rendez-vous pour que vous découvriez son corps.

— Et que je récupère ceci, déclara Mr Cranley en exhibant une feuille de papier blanche repliée et scellée par un cachet de cire rouge. Elle porte votre nom, miss Austen.

Je lui pris la lettre des mains, les doigts un peu tremblants à la vue de mon nom, tracé à la hâte d'une main énergique – et qui désormais n'écrirait jamais plus.

— Mais que pouvait-il bien avoir à me dire?

— C'est peut-être une confession, supputa Eliza.

Je brisai le cachet de cire et dépliai la rigide feuille de papier.

Saint-James, Londres,
le 4 janvier 1803

Ma chère miss Austen,

Ou, plutôt, ma chère Jane – car c'est toujours ainsi que je penserai à vous, faute de pouvoir chasser de ma mémoire le souvenir de moments si précieux qu'ils me hantent encore cette nuit, qui sera la dernière de ma vie de mortel. S'il m'était accordé une ultime heure de bonheur, je la voudrais passer à Scargrave House, appuyé dans l'embrasure de la porte de ma chambre, à guetter votre apparition dans un rayon de lune, pour revoir votre visage encadré par vos cheveux dénoués. C'était il y a bien peu de temps, et pourtant cette rencontre me semble déjà appartenir à une autre vie. Jamais plus je n'aurai l'occasion de renouer connaissance avec vous, réconciliation qui eût pu nous être profitable à tous deux – mais je m'oublie. Vous m'aviez repoussé il y a fort longtemps déjà, et par la faute de ma déplorable conduite.

Ceux qui tiennent mon avenir entre leurs mains feront connaître leur décision demain matin. Mais j'ai d'ores et déjà appris par un des hommes de leur entourage qu'elle causera d'irrémédiables torts à ma prospérité, à ma réputation et, le plus important peut-être, à mon honneur. Sachant qu'un homme dont le nom est terni a peu de chances de retrouver un jour fortune et considération – et moins de chances encore de jamais obtenir la main de Fanny Delahoussaye – j'ai résolu d'emprunter la seule voie honorable qui, dans ces circonstances, s'offre à un gentleman. Eussé-je été un coquin, je me serais débrouillé pour obtenir une place sur un bateau sûr en partance pour quelque terre lointaine où j'aurais tenté l'aventure ; mais je ne suis qu'un soldat, après tout, qui se doit d'être fidèle à son devoir quoi qu'il advienne.

Je vous demande donc de m'accorder une unique et dernière faveur, miss Austen : je voudrais que vous veilliez sur Fanny. Elle m'a dit que vous étiez dans le secret de notre triste histoire. Sa fortune, si elle parvient à la sauver des griffes de son indigne mère, devrait la protéger un tant soit peu des calomnies ; mais il faut à tout prix empêcher Madame de s'en emparer. Je m'en remets à votre bonté.

Adieu, ma chère Jane ; si nous nous étions rencontrés plus tôt, j'aurais peut-être encore pu, grâce à vous, sauver mon honneur. Mais ni vous ni moi ne sommes responsables des caprices du Destin.

Je demeure, etc.,
Lt. Thomas Hearst.

— Par tous les diables, l'abominable lâche ! m'exclamai-je, oubliant mes bonnes manières sous l'emprise de la colère et me laissant aller à employer des expressions dignes de mes marins de frères. Il a préféré se suicider plutôt que de se voir signifier sa cassation ; mourir dans la fleur de la jeunesse. Quel gâchis stupide ! Et pour quoi ? Pour *l'honneur !* Les réactions des hommes dépassent l'entendement.

Furieuse, je froissai la lettre dans la paume de ma main et, tournant le dos à Eliza et Mr Cranley, fis quelques pas qui résonnèrent bruyamment dans le vestibule dallé de marbre.

— Mais reconnaît-il avoir assassiné le comte et la femme de chambre ? s'enquit Eliza.

— Son suicide ressemble en tout cas fort à un aveu, observa Mr Cranley.

Je me hâtai de le détromper :

— Le lieutenant ne fait aucune allusion aux meurtres, ni au meurtrier pour le compte duquel il aurait éventuellement agi. Maintenant qu'il est mort, nos présomptions le concernant ne seront jamais confirmées.

Des tendres mots de Tom Hearst à mon égard, je ne leur dis rien ; je n'étais pas moi-même sûre de les vraiment comprendre.

— Même si nous sommes plus que jamais convaincus de sa culpabilité parce qu'il avait tout à la fois le mobile et l'opportunité de commettre ces crimes, nous n'en aurons jamais la moindre preuve, soulignai-je.

— Son geste pourra malgré tout servir à étayer les arguments de notre défense, rétorqua Mr Cranley, manifestement plein d'espoir.

— Quelle pitié, soupira Eliza, faisant la moue et tapotant d'un doigt élégant sa bouche vermeille. Puisqu'il prévoyait de mettre fin à ses jours, le pauvre homme aurait volontiers accepté de reconnaître sa culpabilité, ce qui eût permis de blanchir les inculpés. Son geste dénote un certain égoïsme, ne trouvez-vous pas, Jane ?

— Le suicide est par définition un acte égoïste, répondis-je d'une voix tremblante d'émotion ; ce n'est qu'une question de degré. Et je crains que cette pauvre Fanny ne soit, en l'occurrence, la plus cruellement affectée par le geste du lieutenant.

— Miss Delahoussaye était-elle... était-elle... bafouilla Mr Cranley qui, incapable de poursuivre, devint cramoisi.

— Elle n'était pas officiellement fiancée, dis-je prudemment, mais je crois bien qu'elle était déjà fort attachée à ce jeune homme.

— Voyant sa douleur, je m'en suis bien douté, déclara l'avocat, l'air penaud. Elle est folle de chagrin et inconsolable.

— Vous vous apercevrez, Mr Cranley, lui répondis-je gentiment, qu'en ce qui concerne miss Delahoussaye, le temps sera votre allié.

21

Le fidéicommis

5 janvier 1803, suite

Après qu'Eliza nous eut fait ses adieux, je priai Mr Cranley de bien vouloir m'attendre dans la bibliothèque et m'en retournai, non sans une certaine appréhension, auprès des Delahoussaye. Fanny et Madame formaient le centre d'un petit groupe empressé, comprenant Simmons, le majordome, et deux des premières servantes de la hiérarchie domestique, armées de bassines fumantes et de compresses prêtes à l'emploi. Mais à mon entrée, la pauvre Fanny leva vers moi un visage trempé de larmes et, s'arrachant à l'étreinte de sa mère, me tendit la main.

— Oh, miss Austen ! s'écria-t-elle en s'agrippant à mes doigts. Quelle affreuse nouvelle, n'est-ce pas ? Personne d'autre que vous ne peut mieux comprendre à quel point c'est affreux !

— Je vous assure que vous avez tort de vous mettre dans des états pareils, Fanny, déclara Madame d'un ton réprobateur. Tom Hearst ne vaut guère une telle démonstration de chagrin, comme le prouve la manière dont il a choisi de quitter ce bas monde. Si je ne craignais de vous affliger davantage, je me *réjouirais* de sa disparition.

La seule réponse de Fanny fut une nouvelle grimace de désespoir, à la grande consternation de Madame qui leva les bras au ciel.

— Et nous voici maintenant édifiées, miss Austen,

sur la valeur des *romans*, lança-t-elle, me laissant interdite. Car c'est bien la faute de cette littérature bon marché dont nous inondent les éditeurs si ma fille est affligée de cette excessive et déplorable sensibilité. Elle aime à se donner des airs de demoiselle romantique et n'a pas pour deux sous de bon sens ; mais peut-être pouvons-nous espérer quelque amélioration avec le temps, maintenant que la pernicieuse influence du lieutenant a cessé pour toujours.

— Et le lieutenant lisait-il des *romans*, Madame ? m'enquis-je, exaspérée.

Je cessai de lui prêter attention pour me pencher vers celle qui en méritait bien davantage : la pauvre Fanny s'accrochait pitoyablement à moi et avait réussi à détremper ma robe de laine grise à force de sanglots. Sa mère renifla de mépris et se leva sans mot dire.

— Je n'arrive à rien avec elle, miss Austen, lança-t-elle en se frayant un passage entre les femmes de chambre ; peut-être aurez-vous plus de chance que moi. Vous me trouverez dans ma chambre, si Fanny revient à la raison.

Tapotant la malheureuse créature dans le dos, j'entrepris de la consoler en lui murmurant toutes les gentilles bêtises qui parviennent d'ordinaire à calmer les chagrins d'enfant, et ordonnai aux servantes de nous laisser et d'emporter leurs bassines. Les pleurs de Fanny commencèrent à diminuer, entrecoupés de hoquets et de reniflements, puis elle essuya ses yeux du revers de sa main potelée.

— Que vais-je devenir ? murmura-t-elle d'une voix brisée. J'ai bien peur, miss Austen, d'être complètement perdue, maintenant que Tom Hearst est mort !

Voyant poindre dans le bleu de ses yeux un nouveau

nuage qui menaçait de crever, je résolus de lui parler sans détour et de lui désigner la seule personne de confiance susceptible de l'aider.

— Nous ferons face aux événements de notre mieux, Fanny, ma chérie, en espérant qu'Isobel sera rapidement innocentée. Si la comtesse recouvre sa liberté, sachez qu'elle vous soutiendra contre votre mère et qu'à elle vous pourrez confier tous vos malheurs. N'ayez aucun scrupule à en attribuer la faute à Tom Hearst ; il s'est tout de même permis d'abuser de vous sans se soucier des conséquences, et c'est à lui d'assumer la responsabilité de ses actes, tout mort qu'il soit. Mais ne soufflez mot de tout ceci à Madame pour le moment, et remettez-vous-en à l'excellent jugement d'Isobel, quand elle sera de retour parmi nous. Elle prendra les mesures nécessaires pour assurer votre bien-être et préserver votre réputation. Votre secret a donc survécu à la visite chez la couturière ? m'enquis-je en jaugeant du regard la rondeur de son ventre.

Fanny hocha la tête, inconsolable.

— Je vais avoir de fort jolies toilettes, miss Austen, répondit-elle, mais toutes de couleur noire, hélas. (Ses yeux s'embuèrent de nouveau.) Et que Tom Hearst ne pourra même pas admirer !

Je reconduisis Fanny à sa chambre et lui dis de tâcher de se reposer un peu ; puis, en proie à une certaine appréhension, je me hâtai de rejoindre Mr Cranley qui m'attendait patiemment en bas.

— Mr Cranley ! m'écriai-je en entrant dans la pièce, faisant sursauter l'avocat qui était manifestement plongé dans de sombres pensées. Votre loyauté est celle d'un vrai gentleman, dans la confusion qui règne actuellement dans cette maison ! Mais, je vous en prie, dites-moi vite ce que vous avez appris.

Il m'avança une chaise et s'abstint de tout préambule :

— Danson m'a remis l'ensemble de la correspondance du comte. Une liste récapitulant les dates d'envoi de ses lettres ainsi que leurs destinataires doit en principe se trouver parmi ces papiers – car lord Scargrave tenait fort méticuleusement le compte de ses dettes postales [1], précisa-t-il. Serait-ce trop vous demander, miss Austen, que de bien vouloir m'assister dans ma tâche ? J'aimerais que quelqu'un soit témoin de mes éventuelles découvertes.

— Je suis toute disposée à répondre à votre désir, Mr Cranley, acquiesçai-je.

— Les lettres du comte sont enfermées dans ce secrétaire de voyage.

Mr Cranley se leva et traversa la pièce pour aller chercher une petite mallette de bois dont le couvercle, une fois rabattu, faisait commodément office de tablette pour écrire sur ses genoux.

— Danson m'a permis de l'apporter ici.

Le secrétaire contenait dix-neuf lettres en tout, noircies d'une écriture volontaire et régulière, la plus ancienne étant datée du jour où avait eu lieu le bal de Scargrave – journée qui, plus que jamais, me paraissait

1. Les frais postaux étaient particulièrement coûteux au XIXe siècle, car les lettres étaient affranchies en fonction du nombre de miles qu'elles devaient parcourir. La feuille de papier sur laquelle était écrite la lettre était repliée puis scellée à la cire – si bien qu'une missive de deux feuillets était facturée le double du prix. Et surtout, les frais d'envoi étaient à la charge du destinataire et non de l'expéditeur ; le compte méticuleux que lord Scargrave tient des frais d'envoi de son courrier montre qu'il gardait scrupuleusement trace de toutes ses dettes envers ses correspondants.

appartenir à un lointain passé. Il s'agissait uniquement de lettres d'affaires, ce dont nous nous aperçûmes aussitôt ; un décompte rapide du nombre de missives enregistrées par le comte sur sa liste nous apprit qu'il en avait envoyé une de plus, et que la collection de brouillons que renfermait présentement le petit secrétaire était donc incomplète.

— Formidable ! s'écria Mr Cranley. Vous aviez vu juste, miss Austen. Le brouillon a bien été rédigé durant la période difficile qui suivit la disparition du dernier comte de Scargrave ; puis recopié, et la lettre postée ; mais avant que le valet de Fitzroy Payne ait eu le temps de le classer avec les autres documents ce soir-là, quelqu'un l'a subtilisé afin de fabriquer le faux trouvé sur la bonne.

— À moins que ce brouillon-ci ait tout simplement fini à la corbeille, rétorquai-je, sentant que la réserve s'imposait. Il arrive parfois que l'on déroge à ses habitudes, vous savez.

Nous comparâmes les différents brouillons et la liste des envois et constatâmes que la lettre manquante était l'une de celles que le comte avait expédiées à ses notaires de Bond Street ; Mr Cranley jeta un coup d'œil à sa montre, fit mander un fiacre, et nous partîmes dans l'instant.

Mayhew, Mayhew & Crabb était un respectable établissement, ainsi qu'il sied à un cabinet notarial gérant les biens de la pairie ; la plaque fixée sur la porte vert sapin était en cuivre et le seuil de marbre d'une irréprochable propreté. À la vue du nom de l'étude, je tressaillis en me remémorant subitement la responsabilité dont Isobel m'avait chargée avant de quitter le manoir –

je devais confier son testament à un certain Hezekiah Mayhew. J'avais traîné à le faire, dans l'espoir que si Isobel venait à être libérée, ce genre de chose resterait en souffrance pendant encore une décennie ou deux ; mais maintenant que nous nous trouvions devant la porte des notaires, je me rappelais que j'avais avec moi le document – je le gardais au fond de mon réticule pendant la journée et le glissais sous mon oreiller durant la nuit. Je pris donc le parti de remettre immédiatement le testament à Mr Mayhew, si toutefois ce dernier nous recevait.

L'on nous conduisit à une antichambre douillette, où un feu ronflant projetait sa lueur rougeoyante sur plusieurs chaises confortables ; Mr Cranley n'avait pas plus tôt transmis sa carte que Mr Hezekiah Mayhew en personne surgit dans la pièce pour se mettre à notre disposition. C'était un homme corpulent, d'environ 70 ans et complètement voûté, arborant un crâne chauve et brillant, qui avait manifestement perdu son dernier cheveu depuis fort longtemps, et des sourcils blancs abondamment fournis qui essayaient de compenser la différence.

— Mr Cranley, dit le notaire en s'inclinant profondément vers l'avocat, c'est un grand plaisir de vous recevoir dans mon humble établissement.

— Tout l'honneur est pour moi, répondit Mr Cranley, et je ne saurais trop vous remercier de vous en être remis à moi pour résoudre les difficultés de la comtesse.

— L'étude gère les affaires de la famille Scargrave depuis dix-huit ans, au moins, observa Mr Mayhew, haussant un sourcil à l'intention de Cranley, mais jamais encore nous n'avions connu pareille tragédie.

J'ai tout simplement choisi le meilleur et le plus fiable des avocats que je connaissais.

Ses yeux bruns empreints de gravité se tournèrent vers moi.

— Et vous-même, madame, vous êtes… ?

— Miss Jane Austen. Je suis une amie de la comtesse.

— Miss Austen est exagérément modeste en ce qui la concerne, intervint avec tact Mr Cranley. Elle est la meilleure amie que la comtesse pouvait espérer, et elle se dépense sans compter pour œuvrer à la défense du nouveau comte de Scargrave.

— C'est une bonne chose, une très bonne chose, vraiment, déclara Mr Mayhew en me jetant un regard pénétrant. L'expérience m'a appris que les amis sont souvent à l'image de la mode féminine. Ils vont et viennent au gré des saisons et sont rarement faits d'une étoffe qui supporte l'usure du temps. Je suis ravi d'apprendre que la vôtre est d'une qualité supérieure.

Sur ces mots, il nous invita à le suivre dans son cabinet privé. Mr Cranley m'avança une chaise et s'en adjugea de lui-même une autre devant le grand bureau du notaire.

— Est-ce la comtesse qui vous envoie ? s'enquit Mr Mayhew en nous englobant tous les deux du regard.

— Pas exactement, répondis-je, bien qu'elle m'ait chargée de vous confier la garde de *ceci*, Mr Mayhew.

Je lui tendis le parchemin cacheté qui renfermait les derniers vœux de la comtesse et me sentis allégée d'avoir transmis ce fardeau à un autre.

— Je vous demanderais, ajoutai-je, de bien vouloir nous permettre d'abuser encore un peu de votre temps, avant de prendre acte du contenu de ce document.

— Il est donc d'autres affaires, plus urgentes, dont vous souhaiteriez discuter ? supputa le notaire, en haussant la masse touffue de ses deux sourcils.

— Nous sommes venus pour évoquer le cas du comte, aujourd'hui, déclara Mr Cranley.

— Bien qu'il soit difficile de séparer les deux, coupai-je. Prouver l'innocence de l'un plaiderait inévitablement en faveur de celle de l'autre.

— Certes, certes. Je vous en prie, éclairez-moi sur le motif de votre visite, dit Mr Mayhew.

Il s'arma d'une feuille de papier et d'une plume, et posa une antique paire de lunettes sur son nez.

Nous lui expliquâmes alors toute l'histoire de la correspondance de Fitzroy Payne et nous eûmes le plaisir de constater que le vieux Mayhew avait encore l'esprit vif. Il comprit immédiatement la portée de nos questions ; il se fit apporter le dossier où était rangée sa correspondance et en sortit les copies définitives de plusieurs lettres dont nous avions déjà lu les brouillons un peu plus tôt dans le secrétaire de Danson, afin que nous les pussions examiner.

À notre grande joie, nous en découvrîmes une dont nous n'avions point retrouvé le brouillon.

Scargrave Manor,
Hertfordshire,
le 22 décembre 1802.

Mon cher Mayhew,

Je désirerais avoir votre avis au sujet d'une affaire relative à Crosswinds, la propriété de la comtesse à la Barbade. Vous vous rappellerez que mon oncle, feu lord Scargrave, s'efforçait, quand la mort l'a surpris, de contrer l'assaut financier que lord Harold Trowbridge avait lancé contre les plantations de son épouse, Isobel Payne. Son décès, et les inquiétudes que la comtesse nourrissait quant à son avenir personnel et sa sécurité matérielle, ont conduit cette dernière à renoncer à l'espoir de jamais l'emporter sur lord Harold – si bien qu'elle a récemment signé un document produit par ledit gentleman, par lequel elle s'engage à lui céder la propriété contre la décharge d'une dette considérable.

Je me suis avisé il y a peu, en feuilletant les papiers de mon oncle – lesquels comprenaient son contrat de mariage avec la comtesse –, qu'il existe probablement une entrave légale à l'accord de la comtesse avec lord Harold. Elle n'avait pas conscience de ce fait lorsqu'elle a accepté de se soumettre aux exigences de Trowbridge, et j'imagine que vous le comprendrez, sachant combien les femmes s'y entendent peu en matière d'affaires juridiques. En résumé, la comtesse a hérité des plantations en question de par sa filiation maternelle, *même si c'était son père qui en assumait la surveillance et la gestion ; et celles-ci sont donc censées revenir en vertu de ce principe à l'une de ses* parentes – *miss Fanny Delahoussaye, selon toutes probabilités – au cas où elle viendrait elle-même à décéder. En fait, la propriété avait été placée sous le régime de la séparation des biens*[1] *dans le contrat de mariage,*

1. La séparation des biens était une clause du contrat de mariage stipulée dès les fiançailles, surtout si la future épouse était une héritière. Le bien désigné – investissements ou terre – devait être administré par fidéicommis, et ses revenus profitaient à la femme en question ; mais ni elle, ni son mari, ni ses créditeurs n'avaient le moindre droit sur la propriété en elle-même. Ce type de legs était habituellement transmis à ses filles – et non à ses fils – à sa mort.

avec administration par fidéicommis, comme du temps où la comtesse était mineure. Le transfert de ce bien à lord Harold doit être, par conséquent, nul et non avenu ; mais il est possible qu'il ait trouvé le moyen de contourner la loi pour parvenir à ses fins et réussi à surmonter jusqu'à cet obstacle. J'aimerais beaucoup entendre votre opinion sur cette affaire.

J'ai l'intention de venir à Londres le lendemain de Noël ; retrouvons-nous à l'endroit habituel : la bibliothèque du « Forbearance Club ». Nous pourrons déjeuner ensemble, discuter de ces choses et d'autres, et peut-être trouver le moyen de faire avorter les projets de lord Harold.

Avec mes sentiments respectueux,
Fitzroy, comte de Scargrave.

Je relevai les yeux vers Mr Cranley lorsque j'eus fini de lire ; le fameux « retrouvons-nous à l'endroit habituel » appartenait bel et bien à cette lettre, exigeant la comparaison avec le fragment retrouvé dans le corsage de la bonne. Mais le contenu de la missive me causait en soi un vif émoi – lord Harold s'était tant et si bien acharné sur Isobel que son escroquerie se retournait contre lui.

— Partagez-vous l'opinion du comte, Mr Mayhew ? demandai-je au notaire. Est-il vraiment impossible à la comtesse de céder son domaine des Antilles à un tiers ?

Hezekiah Mayhew, tournant vers moi ses yeux marron et chassieux, cligna les paupières d'un air malin et s'éclaircit la gorge.

— J'ai examiné attentivement le problème, miss

Austen, et je puis vous dire qu'il est loin d'être simple. C'est même un sacré problème pour la comtesse et le comte.

Il se tut et regarda Mr Cranley.

— Mon cher monsieur, s'empressa de dire l'avocat, la survie du comte dépend peut-être de toute cette histoire ; mais nous ne le saurons pas tant que nous n'en connaîtrons pas le fin mot. Je vous en prie, poursuivez.

— Tout bien-fonds représente, nécessairement, un certain capital, répondit Mr Mayhew. Ainsi que nous le savons tous, ceux-ci perdent parfois leur valeur, contre toute attente. Les titres peuvent dégringoler, les banques et leurs succursales faire faillite ; et la propriété foncière – en particulier s'il s'agit de terres produisant des revenus agricoles – se dévaluer fortement. Les clauses du fidéicommis établi à la mort de la mère de la comtesse, Amélie Delahoussaye Collins, précisent que dans le cas où Crosswinds aurait perdu de sa valeur au point de causer une situation de faillite, les fidéicommissaires seront en droit d'envisager la vente de la propriété pour satisfaire les créditeurs.

Le notaire souleva son imposante bedaine pour prendre sa pipe en terre, qui reposait à portée de main sur la surface polie du bureau. Puis, avisant ma personne – cela ne se faisait pas de fumer en présence d'une dame –, la remit à sa place avec un léger soupir et une grimace résignée.

— Et l'on en est presque arrivé à ce stade, ajouta-t-il à l'intention de Mr Cranley.

— Les terres de la comtesse ont-elles vraiment perdu toute valeur ? s'enquit l'avocat.

— Les terres, non, mais les récoltes qu'elles produisent, assurément, répondit sans ambages Mr Mayhew.

Du temps de John Collins, le père de la comtesse, décision avait été prise de remplacer les champs de canne à sucre par des plantations de café.

Les gros sourcils blancs se froncèrent d'inquiétante manière et Hezekiah Mayhew se tourna vers moi afin de m'instruire sur le sujet :

— Il faut plusieurs années, miss Austen, pour que les plants de café arrivent à maturité ; pour peu qu'une maladie les affecte pendant leur croissance, et c'est malheureusement ce qui arriva à ceux-ci, il les faut arracher et en replanter d'autres. Par deux fois John Collins se trouva confronté à ce fléau ; et par deux fois il lui fallut trouver un capital supplémentaire pour compenser ses pertes. Quand enfin il obtint une récolte vendable, les cours du café s'étaient effondrés du fait de l'accroissement de la production du Brésil ; les grains de Collins ne valaient même plus la somme d'argent qu'il avait investie pour les faire pousser. Les révoltes des esclaves avaient également engendré de grosses pertes – humaines, parmi la main-d'œuvre, et matérielles, récoltes et bâtiments ayant été détruits dans des incendies ; le coût de nouvelles constructions et plantations obligea Mr Collins à avoir recours à des investisseurs extérieurs ; et, à sa mort, ses capitaux s'avérèrent insuffisants à satisfaire ses créditeurs. Bien que la propriété demeurât légalement en fidéicommis de par le contrat de mariage de la comtesse, la question de savoir si ses administrateurs ne pourraient pas passer outre cette clause et revendre la propriété reste posée.

Les mains sur la chaîne de sa montre de gousset, le notaire se renfonça dans sa chaise qui protesta en gémissant.

— Mais la comtesse, elle seule, ne pourrait pas

prendre l'initiative de revendre ses terres ? insista Mr Cranley.

— Il lui faut pour cela l'accord écrit de ses fidéicommissaires.

— Et qui sont ces hommes ? m'enquis-je d'une voix vibrante de curiosité.

Le visage parcheminé de Mr Mayhew se fendit d'un sourire.

— Je crains de m'être mal exprimé, miss Austen, par la faute de l'habitude, déclara le notaire. En fait, il n'y a qu'un seul fidéicommissaire, et il ne s'agit point d'un homme – situation peu commune, il est vrai, mais conforme aux vœux de la famille de la comtesse. À l'origine, le patrimoine était géré par des banquiers français, voyez-vous, fondateurs du tout premier établissement financier à la Martinique ; ils formaient une sorte de clan fermé, refusant de confier la moindre de leurs affaires à un intervenant extérieur. Ces gens étaient issus d'une même parentèle et, quand tous eurent disparus, il ne resta qu'un seul membre de la famille pour prendre la relève : une femme, la tante de la comtesse, madame Hortense Delahoussaye. C'est donc elle l'actuelle dépositaire du fidéicommis.

— Si je comprends bien, Mr Mayhew, lui dis-je, lord Harold n'a donc besoin que de l'agrément de cette dame, c'est bien cela ?

— Effectivement, répondit gravement le notaire.

— Mais il ne l'a pas encore obtenu ? demandai-je, me penchant vers lui avec inquiétude.

Une lueur d'intérêt s'alluma au fond des yeux du perspicace Hezekiah Mayhew.

— Pas à ma connaissance, nous confia-t-il. Le destin de la comtesse étant encore incertain, il est probable que madame Delahoussaye aura préféré attendre encore un peu avant de prendre une quelconque décision.

Cela me semblait même plus que probable, connaissant le caractère de la dame. Sa fille Fanny serait l'heureuse héritière du domaine – même grevé de dettes – d'Isobel, si mon amie devait être pendue pour le meurtre de son mari ; et si l'orgueil familial était aussi farouche que Mr Mayhew le pensait pour tout ce qui touchait à leur patrimoine, Madame mobiliserait sans hésiter toutes les ressources matérielles en sa possession pour lever les créances et remettre en état les plantations. Mais pourquoi n'avait-elle point proposé son aide à Isobel, qui se trouvait dans une situation désespérée ?

L'idée encore en germe dans mon esprit prit soudain forme. Je me levai précipitamment. Bien que l'heure fût déjà bien avancée, chaque minute était précieuse ; nous ne disposions plus que de quatre jours avant l'ouverture du procès à la Chambre des lords.

— Pardonnez-moi, Mr Mayhew, dis-je en lui tendant la main ; vous avez été la gentillesse même, et vous nous avez grandement aidés ; mais Mr Cranley et moi-même avons à régler une affaire urgente qui ne peut attendre. Je suis très honorée d'avoir fait votre connaissance, sir – et je suis persuadée que votre clairvoyance permettra toujours à la comtesse d'échapper aux griffes de ses ennemis.

— Il est peu probable qu'elle ait besoin de mon aide, miss Austen, répondit Hezekiah Mayhew d'un ton sec, puisqu'elle peut déjà compter sur la vôtre.

Mr Cranley me quitta devant la porte du notaire après m'avoir appelé un fiacre et partit de son côté, pressé de regagner sa chambre à la « Lincoln's Inn » pour y préparer la défense de mes amis. Le trajet jusqu'à Scargrave House fut bref ; Fanny se reposait dans sa chambre à l'étage, toutes lumières éteintes, et sa mère était assise au coin du feu sur le sofa du salon.

— Ma chère miss Austen, lança Madame, se levant brusquement lorsque je fis mon entrée dans la pièce, je n'arrivais pas à *imaginer* où vous aviez bien pu passer – et toute la maisonnée était en grand émoi ! À l'avenir, s'il vous prend de nouveau l'envie de partir à l'improviste toute seule, vous serez bien avisée de dire à la cuisinière l'heure à laquelle vous comptez être de retour, de telle sorte que le dîner, au moins, ne fasse pas l'objet d'infinies conjectures.

— Je n'étais point seule, Madame, répondis-je. J'étais avec Mr Cranley ; nous sommes allés voir les notaires de Scargrave.

— Avec Mr Cranley ?

Le visage de Madame se décomposa, arbora une expression méprisante, et son regard s'attarda avec insistance sur toute la longueur de ma robe de laine grise, comme si celle-ci eût été transparente.

— Je suppose que vous avez décidé de vous jeter à la tête de cet avocat. C'est plutôt un brave garçon, il est vrai, tout à fait convenable pour une personne de votre condition.

Je me sentis rougir. *Me jeter à la tête de l'avocat* !

— C'est une expression, madame Delahoussaye, dont j'ai particulièrement horreur ! m'écriai-je, avec peut-être un peu trop de feu. Sa connotation est grossière et vénale, et eût-elle été interprétée correctement dès l'origine, elle aurait depuis longtemps perdu toute son ingénuité. J'ai accompagné Mr Cranley pour affaires, voilà tout.

Je tournai les talons, décidée à aller m'habiller pour le dîner, car je sentais qu'il me serait difficile de contenir mon humeur si je restais plus longtemps dans cette pièce ; mais Madame m'interpella :

— Pour *affaires ?* Mais depuis quand les *dames* s'intéressent-elles à ce genre de choses, dites-moi ?

Je me retournai lentement et la regardai droit dans les yeux avant de répliquer :

— C'est à Madame de répondre à cette question, pas à moi.

La dureté de sa physionomie revêche s'atténua, laissant affleurer une expression circonspecte.

— Qu'entendez-vous par là *exactement*, miss Austen ?

— J'ai cru comprendre que les affaires étaient justement votre domaine de prédilection, Madame. En particulier celles qui touchent au patrimoine de votre famille.

Elle tressaillit à ces mots et me parut soudain bien nerveuse ; voyant que, pour une fois, elle restait sans voix, je résolus d'en profiter.

— Mr Cranley et moi-même venons tout juste d'apprendre votre implication dans les affaires de la comtesse, poursuivis-je. Apparemment, c'est *vous* qu'Isobel doit solliciter pour obtenir la protection financière dont elle a besoin.

— Moi ! s'écria la mégère, reprenant contenance. Mais je ne lui serais d'aucun secours, je vous assure !

— C'est l'évidence même, ses difficultés ne vous inspirent que de l'indifférence, rétorquai-je d'un ton amer. De toute manière, il est peut-être déjà trop tard pour lui offrir aide et protection.

Madame ne répondit rien à ces paroles de reproche.

Les yeux étincelants, elle se leva, passa devant moi et quitta la pièce ; quelques instants après je sortis à mon tour. Je me sentais extrêmement lasse et il me tardait de prendre mon dîner ; mais je n'avais guère envie de devoir changer de robe et songeai donc à me faire monter un plateau pour souper dans ma chambre au coin du feu, peu désireuse de supporter encore une heure durant la compagnie de madame Delahoussaye dans la salle à manger glaciale. Mais je venais à peine de retrouver le confort de ma chambre et de défaire l'interminable rangée de boutons qui fermaient le dos de ma robe, qu'un bruit de pas précipités dans le couloir attira mon attention. Je coulai un regard derrière ma porte et vis madame Delahoussaye disparaître en bas de l'escalier, vêtue d'une pèlerine et coiffée d'un chapeau fort élégant. Comme elle n'avait assurément pas besoin de l'une ni de l'autre pour se rendre dans la salle à manger de Scargrave, j'en conclus rapidement qu'elle avait décidé, en dépit de l'heure tardive, d'aller rendre visite à quelqu'un.

Seule sur le palier de ma chambre, ma robe déboutonnée, je réfléchis rapidement. Madame était peut-être tout simplement partie chercher quelque médicament pour Fanny chez l'apothicaire du quartier ; mais non – pour ce genre de course, elle aurait envoyé un domestique. Seule une affaire urgente pouvait obliger Madame à sortir à cette heure-ci, et je ne doutais plus guère que les paroles courroucées que j'avais laissé échapper un peu plus tôt dans le salon ne fussent à l'origine de cette escapade inopinée. J'empoignai ma pelisse et mon bonnet et me précipitai à mon tour dans l'escalier, en retenant d'une main le dos défait de ma robe. J'arrivai juste à temps derrière la fenêtre du salon pour voir Madame, manifestement très pressée, monter dans la calèche de Scargrave.

Elle obligea mon fiacre, lancé à sa poursuite, à une course effrénée, rendue d'autant plus difficile par l'ordre que j'avais donné au cocher de faire tout son possible pour que notre proie ne nous repérât point. Le trajet jusqu'à Wilborough House n'avait en soi rien de très compliqué ; mais à cette heure-ci, tous les commerçants et gentlemen de Londres se hâtaient vers leurs foyers ou leurs clubs privés de Pall Mall pour dîner, si bien que la circulation était particulièrement dense. La bousculade des attelages et des chevaux, la hargne des cochers et des charretiers qui s'invectivaient à qui mieux mieux, revendiquant leur virilité et leur droit à passer, rendaient toute manœuvre pour nous frayer un chemin atrocement pénible, sinon mouvementée ; et le souci constant de ne pas perdre de vue la voiture de Scargrave, sans pour autant nous faire remarquer de sa passagère, ajoutait une petite touche d'angoisse au supplice.

Néanmoins, Madame arriva bientôt à destination, ordonna à son cocher de l'attendre, et gravit précipitamment les marches du majestueux escalier de marbre. Je me rappelai que, lors du séjour de lord Harold à Scargrave Manor, elle avait prétendu ne connaître ni le duc ni la duchesse de Wilborough ; sa visite, à une heure pareille, aurait dû grandement m'étonner. Mais à la voir s'enfuir, ainsi vêtue, j'avais soupçonné qu'elle finirait par se faire déposer ici ; et je ne doutais plus de la raison pour laquelle elle venait ainsi rendre hommage à des personnes d'un rang tellement supérieur au sien. Madame ne se souciait guère de Wilborough, pas plus que de son épouse : c'était le frère du duc qu'elle venait voir, lord Harold Trowbridge, le complice de tous ses crimes.

22

De l'utilité des frères

7 janvier 1803

Lorsque je confiai à mon frère Henry le soin de glaner autant d'informations que possible sur les finances de la famille Scargrave, il s'était mis à la tâche avec sa diligence coutumière ; il obtint si promptement des résultats qu'il revint dès ce matin, porteur de nouvelles d'importance. Comme il ne restait que deux jours avant qu'Isobel comparût à la Chambre des lords, je brûlais d'impatience d'apprendre ce que Henry avait à me confier.

— Ma chère Jane, déclara-t-il en s'asseyant sur une chaise confortable dans la bibliothèque du défunt comte – la seule pièce où je me sentais à l'abri des oreilles indiscrètes, grâce aux murs bardés de lourds panneaux de bois et de rayonnages de livres s'étageant du sol au plafond ; j'ai la nette impression que vous vous êtes installée chez de drôles de gens.

— Vous me surprenez, Henry, répondis-je. Le meurtre n'est donc point l'un de ces jeux destinés à distraire les hôtes que l'on reçoit dans sa maison de campagne pour les fêtes de Noël ?

— Dans les grandes familles comme celle des Scargrave, je suppose que l'on peut faire un jeu de tout. Se voler les uns les autres est certainement une de leur distraction préférée, répondit gravement mon frère.

— Ce qui, pour eux, doit être bien pire que la mort.

— Et la précipite parfois, ajouta Henry dont les grands yeux gris se mirent à pétiller ; son nouveau rôle dans la tragédie de Scargrave semblait bien lui plaire.

— Commencez donc par le commencement, je vous prie, lui intimai-je avec une certaine brusquerie de ton.

— Évoquons donc d'abord le cas de Fitzroy Payne.

— Je suis tout ouïe, fis-je.

— Eh bien, sa situation financière n'est ni aussi florissante qu'il le pourrait désirer, ni aussi désastreuse qu'on vous l'a dit.

— Sir William ne l'entendra pas de cette oreille, faites-lui confiance.

— Sir William n'aura pas le choix, rétorqua-t-il. Les faits sont les suivants : le nouveau comte de Scargrave possède une immense propriété aux Antilles, acquise par son père et administrée par un homme qui ne mérite guère la confiance que la famille Payne a placée en lui. Bref, les plantations sont dans une situation critique…

— Comme le sont actuellement nombre de propriétés agricoles de ce genre, à ce que je sais.

— En effet, acquiesça-t-il. Ce n'est pas le moment de se lancer dans la production de sucre, cette année.

— Ni dans celle du café, je crois bien.

— Jane ! Seriez-vous devenue actionnaire d'une entreprise que je devrais connaître de par mon métier ? Allez-vous vous abonner à un journal londonien à votre retour à Bath et vous mettre à tenir des propos sibyllins sur la Bourse à l'heure du petit déjeuner ?

Je souris à sa plaisanterie et l'invitai à poursuivre.

— La propriété conserve, néanmoins, une valeur substantielle, et il n'est besoin que d'une injection de capital et de nouveaux administrateurs pour en faire une affaire prospère. Le comte espérait employer une partie des biens légués par son oncle à cette seule et unique fin ; c'est un fait que sir William devra souligner à la Chambre des lords.

— Et ses dettes personnelles ?

— Fitzroy Payne vit sur les rentes du domaine de son père dans le Derbyshire, qui s'élèvent à près de trois mille livres par an – revenu respectable, certes, mais insuffisant pour se maintenir au niveau des gens chics de la haute société à laquelle il se flatte d'appartenir, déclara Henry, qui me regarda d'un air de doute et hésita un instant avant d'ajouter : Payne a certaines habitudes extrêmement dispendieuses, chère petite sœur.

Je devinai qu'il songeait à la rumeur concernant la maîtresse du gentleman et je me hâtai de le rassurer à ce sujet.

— Vous pouvez à cet égard faire exception de la fameuse Mrs Hammond, lui dis-je. J'ai rencontré cette dame.

— Vous me stupéfiez, Jane ! s'exclama-t-il en levant les bras au ciel. Je ferai de mon mieux pour cacher à notre mère la nature de vos fréquentations actuelles.

— Mrs Hammond était sa nourrice, protestai-je. Lord Scargrave veille sur elle maintenant qu'elle est à la retraite, c'est tout.

— Sapristi ! Je m'attendais à quelque chose d'un peu plus sulfureux de la part du comte. Mais peu importe. Ses attelages, son cheval, ses appartements à Londres, l'entretien de sa propriété du Derbyshire ont déjà absorbé toute sa fortune – et même davantage, je le crains. Je ne suis pas parvenu à découvrir, cependant, s'il a ou pas des dettes d'honneur, dues au jeu ; mais j'ai appris qu'il a remboursé celles de quelqu'un d'autre, il y a quelques mois de cela.

— Le lieutenant Hearst ? fis-je, prise d'un douloureux serrement de cœur.

— Le plus doué de tous pour ce qui était de voler les autres membres de la famille, acquiesça Henry. Les affaires de ce gentleman auraient pu faire l'objet d'un amusant procès, s'il n'avait fait en sorte de nous priver de ce plaisir. Le lieutenant a dilapidé le peu de bien que son frère avait hérité de leur père – et si le pauvre George Hearst désirait acquérir un bénéfice quelque part, c'est chose impossible à présent pour un individu aussi démuni que lui. J'espère que le défunt comte lui a légué une cure à Scargrave dans son testament.

— Je crois que oui, répondis-je, mais les circonstances lui interdisent hélas de l'accepter.

Demeurer à Scargrave avec sa femme serait pour lui une forme de purgatoire terrestre ; de toute évidence, la langue acérée et la mémoire des gens des environs ne l'épargneraient pas. Mais c'était le problème de George Hearst.

— Que savez-vous d'autre sur lord Scargrave ? demandai-je à mon frère.

— Il est en tous lieux considéré comme un homme élégant et bienséant, que l'on juge cependant un peu fier et froid ; les gens le respectent, mais n'éprouvent pas de réelle sympathie pour lui, ce qui risque hélas de le desservir auprès de l'opinion publique, quelle que soit l'issue du procès. Son cœur suscitait moult espoirs et convoitises auparavant parmi les mères et les filles de la haute société londonienne ; mais je devine qu'il est maintenant l'objet d'affreux soupçons et que sa cote s'est effondrée sur le marché du mariage. Vous pourriez en profiter pour vous l'approprier à moindre coût, Jane, ce qui serait, soit dit en passant, une bonne affaire, d'autant que avez pris tous vos renseignements sur lui ; je vous donnerais mon consentement à la place de notre père, puisque vous avez pris votre frère comme confident.

— Je crains, Henry, que le comte n'ait déjà offert son cœur à une autre, lui dis-je, et que tout le monde ne vienne à l'apprendre dans très peu de temps.

— Quelle malchance pour vous, Jane, répondit mon frère. S'il relançait l'affaire des plantations, vous bénéficieriez, en tant qu'épouse, d'un joli petit pécule pour vos menues dépenses – et Eliza vous dira qu'il n'y a rien de tel que d'être comtesse.

Comme toujours, le fait de prononcer le nom de son exubérante épouse eut le don de ramener le sourire sur les lèvres de mon frère. Il avait accepté de fort bonne grâce qu'Eliza conservât son titre.

— Maintenant, parlez-moi de madame Delahoussaye, fis-je d'une voix pressante, trahissant ma vive curiosité.

Henry joignit les mains devant sa bouche d'un air pensif, tout à fait à la manière de notre père, mimétisme dont il n'avait même pas conscience.

— Bien que sa fille possède trente mille livres de dot, pour l'instant placées en fidéicommis, la brave dame, elle, n'a pas un sou en poche, ni la possibilité d'emprunter de l'argent, déclara-t-il tranquillement, sans vraiment mesurer la portée de ses propos. Matériellement, elle est complètement dépendante de sa nièce Isobel, ce qui explique qu'elle lui tienne si fidèlement compagnie, et elle a donc tout à perdre si la comtesse devait effectivement connaître un grave revers de fortune.

— Mais comment est-ce possible? m'écriai-je. Je croyais que Madame jouissait d'une aisance confortable.

— Je crains qu'il ne faille en effet parler de sa richesse à l'imparfait, Jane. En fait, son banquier – le vieux Robeson, du comptoir de Londres – m'a fait part de son vif désir de mener une enquête approfondie sur la situation financière de madame Delahoussaye, autrement dit, de procéder à ce que j'appellerais une vérification de comptes. Robeson soupçonne des irrégularités dans les dispositions de certaines rentes provenant d'un patrimoine en fidéicommis dont Madame a la charge, mais il n'a pas voulu m'en dire davantage par respect pour la vie privée de sa cliente, malgré tous les verres de porto que je lui ai fait boire.

Je remerciai chaleureusement Henry de s'être ainsi dévoué à ma cause et jurai que jamais je ne serais capable de le récompenser assez de sa bonté ; puis il me quitta, me laissant avec nombre de pensées à méditer. Je ne parviens pas à m'expliquer l'attitude de madame Delahoussaye ; ses motivations, entre son propre besoin d'argent et les perspectives de fortune de sa fille, me paraissent bien embrouillées ; d'après Henry, Madame aurait tout à perdre à passer la corde autour du cou d'Isobel… et pourtant, pourtant ! Elle nous cache quelque chose d'important, j'en suis intimement convaincue.

Je pense que lord Harold n'est pas étranger aux

manigances de Madame ; aucun des deux n'est l'ami d'Isobel ni ne se soucie de son sort. Mais comment les démasquer ? Je suis paniquée par la proximité du procès, qui doit s'ouvrir après-demain, et je dois en outre supporter les éternelles récriminations de Fanny sur l'état de sa toilette. Elle a rapidement surmonté son chagrin et cessé de pleurer le galant lieutenant pour harceler tous les commerçants de la ville, et ma seule consolation est de me dire qu'au moins le procès mettra bientôt un terme à cette débauche de fanfreluches – ainsi qu'à ma cohabitation, pour le meilleur ou pour le pire, avec les gens de Scargrave. Je crains fort de devoir m'en retourner à Bath le cœur bien lourd, faute d'avoir réussi à arracher à son triste sort une très chère et innocente amie.

Plus tard, ce même jour

Sir William est venu et reparti – une brève visite, à seule fin de m'informer que l'accusation me fera appeler à la barre pour témoigner. Le magistrat veut que j'atteste avoir découvert le corps de la bonne et tout le reste, même si l'idée de devoir jouer ce rôle ne m'enchante guère. J'ai lu dans les yeux de mon vieil ami qu'il regrettait de m'imposer si cruelle obligation et comprenait mon déchirement intérieur ; mais sir William est inflexible quand il estime avoir raison et mes piètres tentatives d'échappatoires ne m'ont rien rapporté.

— La majesté de la salle et de l'assemblée vont m'intimider et me rendre muette, protestai-je. Ne pourriez-vous pas présenter mes expériences à ma place ?

Les bons yeux bruns de sir William ne pouvaient soutenir mon regard.

— Cela est impossible, ma chère. C'est vous seule qui êtes l'auteur de la découverte du mouchoir, de Marguerite, et du bout de papier à l'intérieur de son corsage. Eussiez-vous réfréné votre curiosité, ajouta-t-il avec un petit sourire qui atténua la gravité de son expression, ou mis en veilleuse les lumières de votre intelligence, vous ne seriez pas dans l'embarras aujourd'hui.

J'étais donc condamnée à prendre place dans la rangée de sièges réservés aux témoins, juste en dessous de la galerie destinée aux dames de la noblesse – et à m'exprimer devant l'assemblée des lords, sans me couvrir de honte. Certes, je m'y attendais, mais le seul fait d'y penser à présent me rend vraiment malade ; affronter le regard d'Isobel et de lord Scargrave installés sur le banc des accusés et prononcer les paroles qui ne pourront que les condamner me fait d'avance horreur. Et pourtant, je n'ai guère le choix. Je prêterai serment et il me faudra bien dire la vérité, telle que je me la rappelle, même si l'amitié – non, la simple décence humaine, me souffle le contraire.

Sir William repartit peu après, ayant une autre course urgente à faire. Je lui fis au revoir de la main comme il descendait l'escalier de marbre pour regagner son attelage, et le vis secouer la tête devant le triste spectacle des armes de la famille Payne, drapées de noir et hissées au-dessus de chacune des hautes fenêtres de la façade. Scargrave House saluait ainsi le décès de Tom Hearst – mais d'autres deuils encore menaçaient la demeure.

Nulle autre cérémonie ne rendra hommage au défunt lieutenant : comme il s'agit d'un suicide, il sera enterré demain à une croisée de chemin à quelque distance à l'ouest de la ville, un pieu fiché en plein cœur. Je tremble d'y songer ; car voir disparaître ainsi dans l'indifférence générale, sans cérémonie religieuse ni sépulture décente, la mémoire d'un homme, quel que puisse être le poids de tous ses péchés, est à tout point de vue horrible. Son frère doit accompagner le convoi mortuaire. Le pauvre Jack Lewis, complètement abattu et démoralisé, sera lui aussi de la partie, ainsi que le brave Mr Cranley – singulière marque de sympathie de la part de l'avocat pour la famille endeuillée, que je crois due à son désir de prodiguer un peu de réconfort à la sotte Fanny Delahoussaye.

Mr Cranley semble être en proie à une inquiétude croissante à chacune de ses visites ; d'après ses propos laconiques, j'ai appris que sa défense reposera essentiellement sur la possibilité que la lettre de Fitzroy Payne ait pu être volée et le mouchoir d'Isobel subtilisé. Car, en vérité, il n'a aucun autre suspect à présenter à la cour ; malgré mon vif désir de voir lord Harold Trowbridge assigné en justice, je suis bien incapable de dire sous quel chef d'accusation cela se pourrait faire. Il n'est aucune preuve qui permette d'associer quiconque, sinon le comte et la comtesse, aux deux meurtres ; et je ne cesse de me retourner et de m'agiter la nuit dans mon lit, à me torturer l'esprit quant à la raison d'une éventuelle collusion entre madame Delahoussaye et lord Harold. Mais aujourd'hui, il m'est venu à l'idée de solliciter l'aide de mon frère Frank.

Frank est capitaine de la Royal Navy depuis deux ans, et actuellement en poste à Ramsgate, parmi les lignes de défense de la côte. Tant que mon frère sera là pour l'empêcher, je ne crois pas que les Français de Bonaparte parviendront jamais à envahir notre petite île ; tout en rassemblant les troupes des Sea Fencibles[1] autour de Pegwell Bay, mon cher Frank pourrait fort bien s'occuper l'esprit en réfléchissant pour le compte de sa sœur à l'utilité d'un mouillage privé en eaux profondes à la Barbade. Le fait que lord Harold ait récemment séjourné en France et se soit démené pour acquérir ce genre de port aux Antilles mérite réflexion ; il y a un mystère là-dessous, et je compte bien que Frank saura le déchiffrer. Je lui ai écrit ce matin à ce sujet et suis impatiente de recevoir sa réponse.

À présent, je dois aller inspecter ma garde-robe, car je ne possède assurément rien qui soit assez beau pour une allocution à la barre des témoins de la galerie royale. Et que dirai-je alors ? *Rien que la vérité*, m'a rappelé sir William ce matin, en montant dans sa voiture – mais le problème est qu'il n'y a pas de différence entre ce qu'il croit être vrai et ce que je *sais* être faux.

23

Une fatale confrontation

9 janvier 1803

En dépit des tragiques circonstances qui motivent l'événement, je dois reconnaître que la parade de l'aris-

1. Troupes de pêcheurs et de villageois, équipées de bateaux, constituant une sorte de milice côtière prête à intervenir pour parer à l'éventualité d'une invasion.

tocratie britannique à la Chambre des lords, réunie au grand complet pour l'occasion – ce genre de procès ne se produisant guère plus d'une fois par génération – n'a pas son pareil en solennité et en grandeur. Escorté par des hérauts et des chevaliers de l'ordre de la Jarretière, le majestueux cortège fit son entrée, les jeunes barons en tête et le plus ancien des ducs fermant la marche ; deux cents hommes et quelques, vêtus de robes indiquant leurs rangs respectifs parmi la pairie, défilèrent ainsi deux par deux et se répandirent dans les tribunes réparties de part et d'autre de la barre de la galerie royale. Au sommet de l'estrade trônait le fauteuil destiné au lord président des débats.

Au-dessous étaient disposés les bancs réservés aux dames de la noblesse ; c'est ici qu'Isobel aurait pris place, eût-elle connu destinée plus clémente. Venaient ensuite les sièges de Mr Cranley et sir William, puis ceux des témoins, où je me retrouvais donc. Lizzy Scratch était à ma droite, propre comme un sou neuf pour l'occasion, et semblait se trouver dans son élément, malgré l'incongruité de sa condition au sein de cette noble assemblée ; je redoutais qu'elle ne se sentît encore d'humeur à donner un ton théâtral à ses déclarations une fois devant la barre. Le Dr Philip Pettigrew était assis à ma gauche, et il avait à côté de lui le savant de Cambridge au visage angélique, le Dr Percival Grant.

Madame Delahoussaye et sa fille avaient pris place au-dessus, dans la galerie du public ; un simple coup d'œil me permit de les repérer. Miss Fanny avait opté pour le mystère vaporeux d'un voile, dont les flots de gaze noire ruisselaient sur ses boucles blondes. Le réseau de soie était suffisamment fin pour laisser transparaître l'éclat de ses yeux bleus et de ses dents blanches, tout en la nimbant de l'ombre discrète que recommandait son intéressante situation. Je savais qu'elle regrettait de ne pas jouer un plus grand rôle dans le présent drame – ou du moins de ne pas figurer comme nous autres sur le devant de la scène, ce qui lui eût permis d'exhiber sa toilette ; pour ma part, j'eusse accepté avec joie d'échanger ma place contre la sienne.

Une cloche solennelle sonna l'heure ; tout le monde se leva ; l'huissier d'armes proclama la séance ouverte en réclamant le silence. Le greffier de la Couronne s'agenouilla alors pour présenter la Commission frappée du Grand Sceau au lord président des débats, qui la lui rendit ; après quoi, le greffier en lut le contenu à voix haute, avec une lenteur extrême, et déclama ensuite le *God Save the King*.

Il nous fallut encore endurer un récapitulatif des attributs donnant autorité à la Chambre des lords à mener le procès, chaque pair étant juge de fait et de par la loi ; l'on cita nombre de précédents relatifs à leur charge puis l'on rappela moult poussiéreux préceptes de la *Common Law* pour l'édification de l'assemblée ; enfin, quand je crus avoir presque atteint les limites de ma patience, l'on nous rapporta la décision des assises d'intenter à Fitzroy Payne et la comtesse un procès pour meurtre.

— Les jurés ayant prêté serment à Sa Majesté le Roi jugeront la très gracieuse lady Isobel Amelie Collins Payne, comtesse de Scargrave, pairesse du royaume, accusée d'avoir, le 11 décembre de l'an de grâce 1802, en la paroisse de Scargrave, assassiné Frederick William Payne, septième comte de Scargrave. Nous jugerons également le très gracieux Fitzroy Gerald

Payne, vicomte Payne, comte de Scargrave, pair du royaume, accusé d'avoir, le 24 décembre de l'an de grâce 1802, en la paroisse de Scargrave, assassiné la dénommée Marguerite Dumas, femme de chambre, native de la Barbade.

Suite à la proclamation de l'huissier d'armes, l'huissier à Verge noire fit alors entrer la comtesse, puis le comte, et les escorta individuellement à la barre, où ils s'agenouillèrent jusqu'à ce que le lord président des débats leur permît de se relever.

Le visage d'Isobel était pâle et ses yeux, autrefois si brillants, avaient perdu tout leur éclat ; bien que lavée de la crasse et de l'odeur de Newgate, elle arborait encore une mine défaite qui submergeait la fraîcheur de ses 22 ans et trahissait son grand tourment intérieur. Les stigmates du supplice enduré ne gâtaient cependant point sa beauté, à laquelle ils conféraient même une sorte de langueur romantique. En arrivant, j'avais appris que lors de son transfert de la prison jusqu'ici, la populace avait jeté des pierres sur son passage en la traitant de meurtrière et de traînée ; l'opinion publique avait promptement rendu sa sentence, sans même attendre de savoir ce que mon amie avait à dire pour sa défense.

Lord Scargrave conservait comme à son habitude un parfait empire sur sa personne, ne laissant paraître qu'une gravité accrue, les mâchoires serrées et le regard fixe. On le conduisit avec Isobel aux tabourets placés derrière la barre, où tous deux seraient confinés pour la durée des débats, et l'on procéda à la lecture des charges pesant contre eux. Après leur avoir signifié leur mise en accusation, le greffier des parlements leur demanda s'ils plaidaient coupable ou non coupable, ce à quoi il répondirent l'un après l'autre : « non coupable » – Isobel, portant la main à sa gorge, émit tout juste un murmure, tandis que la voix de Fitzroy Payne retentit dans toute la salle. Le regard hautain, il relevait altièrement sa tête argentée ; le connaissant un peu, je n'ignorais pas qu'il essayait tout simplement de faire bonne figure, mais je ne savais aussi que trop bien comment les autres jugeraient cette attitude. *Fier et froid*, dirait-on de lui ; tous les efforts qu'il déployait pour rester maître de sa personne jouaient finalement contre lui.

Sir William se leva et, à la vue de son visage ridé et bienveillant, je me sentis de nouveau écrasée par le poids de mon devoir de témoin. Le procureur était mon ami, et l'accusée aussi était mon amie ; à eux deux, ils tournaient en dérision la loyauté de mes sentiments.

Le magistrat avait vraiment fière allure dans son habit gris sombre de belle laine, orné d'une double rangée de boutons dorés ; il portait autour du cou la plus haute des cravates blanches qu'il m'avait jamais été donné de voir : les coins de son col lui remontaient presque jusqu'aux oreilles. Une toge de soie noire, passée par-dessus le tout, complétait sa mise ; ses traits âgés reflétaient l'usure terrible de toute une vie consacrée à la Justice ; et sa tête, coiffée d'une perruque, pouvait presque passer pour celle de Jehovah, venu départager les coupables des innocents. Je ne pus m'empêcher de frissonner lorsque ses yeux marron se posèrent sur moi, bien que son regard, me sembla-t-il, se fût radouci à la vue de mon visage blême. Je compris subitement pourquoi le nom de *sir William Reynolds* était chaque fois accueilli avec une inquiétude teintée de respect parmi ses adversaires du barreau.

Il était interdit à sir William d'appeler Isobel à la

barre en tant que témoin ; et les seules personnes capables d'attester qu'elle était seule avec son mari le soir du décès de ce dernier n'étaient plus de ce monde. Sir William dut donc se contenter de monologuer devant l'assemblée des lords, ayant la permission de donner lecture du témoignage justificatif figurant dans le rapport écrit de l'enquête préliminaire. Il conclut en disant que le fait que la comtesse était la seule à avoir survécu à cette soirée serait le premier point qu'il retiendrait. Après quoi il appela le Dr Pettigrew.

Le malheureux jeune homme prêta serment, déclina son identité et son lieu de naissance, reconnut avoir prodigué ses soins de médecin au septième comte de Scargrave depuis trois ans environ, et être venu à son chevet le soir de son agonie. On l'invita ensuite à se rasseoir et le Dr Percival Grant vint le remplacer ; ce dernier certifia que les graines présentées à l'assemblée des pairs étaient bien des noix de la Barbade, graines toxiques ordinairement utilisées comme médicament et purgatif par les natifs de l'île où Isobel avait vu le jour. Ce fut alors à mon tour d'être appelée à la barre.

Les jambes en coton et les mains agitées de furieux tremblements, je craignis bien d'avoir l'air de faire un geste d'au revoir à l'assemblée lorsque je dus lever la paume de ma senestre et jurer de dire la vérité – avec l'aide de Dieu. Chaque fois que je suis obligée de m'exprimer ou de faire une démonstration en public – au piano, notamment – une vive rougeur envahit mes joues et ma gorge ; pour parer à cette disgrâce, j'avais choisi de mettre ma robe brune en épaisse toile de laine à col montant, mais je dois bien avouer que cela ne changea pas grand-chose. Sir William, lorsqu'il m'adressa la parole, s'efforça à plus de gentillesse qu'avec les autres témoins ; je le perçus bien à l'intonation de sa voix et le maudis intérieurement. À cause de la modération de son propos, les lords qui devaient juger Isobel et Fitzroy Payne allaient sûrement me prendre pour une gourde – et n'accorderaient de ce fait guère de valeur au témoignage que j'apporterais peut-être à Mr Cranley le lendemain.

Je déclinai mon identité, déclarai être célibataire et résider à Bath.

— Vous êtes une grande amie de la comtesse, n'est-ce pas ? s'enquit sir William.

— Tout comme je suis la vôtre, sir, répondis-je.

— Et vous êtes arrivée à Scargrave Manor le soir même du décès du comte ?

— En effet.

— Et quelle raison motivait votre visite en cette demeure, je vous prie ?

Sir William fronçait furieusement les sourcils, comme si le fait d'être reçue à Scargrave était particulièrement louche.

— Je devais assister au bal donné en l'honneur du mariage de la comtesse et séjourner au manoir quelques semaines, dis-je, m'efforçant de parler assez fort pour que ma voix portât dans toute la salle ; cependant, voyant le nombre de têtes argentées et de regards hébétés parmi l'assemblée, je doutais que même le fracas du Jugement dernier parvînt à troubler la quiétude des pairs.

— Et quelle était l'humeur de madame la comtesse lors de cette fameuse soirée ?

J'hésitai avant de répondre et regardai Isobel. Elle agrippait à deux mains la rambarde du box des accusés et gardait obstinément la tête tournée du côté opposé à

Fitzroy Payne. Nul n'offrait plus belle image de dignité dans la salle, ni vision plus déchirante. Mais mon amie était pâle comme la mort et je redoutais de la voir défaillir.

— La comtesse était pleine d'entrain, dis-je à sir William, comme toute jeune épouse ne manquerait pas de l'être dans ces circonstances – elle a ouvert le bal au bras de son mari, mangé de bon appétit l'assiette qu'il lui avait apportée, et circulé parmi ses nombreux invités pour recevoir les vœux de bonheur de chacun. Je n'avais jamais vu madame la comtesse si resplendissante de santé et de beauté…

J'hésitai un instant à poursuivre, puis rassemblai mon courage et regardai sir William droit dans les yeux.

— … jusqu'à l'arrivée de lord Harold Trowbridge, ajoutai-je, qui a eu le don d'assombrir son humeur joyeuse.

Sir William tressaillit et plissa les paupières.

— Veuillez-vous en tenir à la question, s'il vous plaît, miss Austen, dit-il.

— Mais c'est ce que je fais, sir, protestai-je. Vous m'interrogiez sur l'humeur de la comtesse ; pour expliquer que celle-ci se dégrada à partir de sa rencontre avec lord Harold – dégradation si sévère, d'ailleurs, que la comtesse dut quitter la salle quelques instants pour se remettre –, il me faut naturellement préciser au préalable que son moral était au plus haut au début de la soirée.

Un gentleman courtaud, au visage rouge brique, arborant une robe de soie galonnée de quatre bandes d'hermine sur l'épaule – une robe de duc –, jaillit du banc des pairs, éructant de colère :

— Bon sang, Reynolds, tâchez de savoir ce que cette

femme a voulu dire ! Je ne supporterai pas que l'on calomnie Harry devant toute la galerie !

Le duc de Wilborough en personne, « pauvre Bertie » pour les intimes. Mes paroles avaient au moins affecté le frère de Trowbridge. Je balayai du regard la rangée des auditeurs de la galerie et finis par trouver celui que je cherchais ; derrière le masque parfaitement serein de son maigre visage au hâle sombre, lord Harold me fixait de ses yeux insondables. Je frémis et détournai les miens, épouvantée à l'idée de ce que j'avais failli dire. Mais la vie d'Isobel était en jeu ; et si je devais provoquer une émeute dans la Chambre des lords pour la libérer, je me devais aussi de le faire sans état d'âme.

Le lord président des débats rappela la salle à l'ordre, avec un regard courroucé et une grimace renfrognée à mon intention, puis invita sir William à m'interroger sur lord Harold Trowbridge.

Un petit sourire étira les commissures des lèvres du magistrat ; et pendant un instant, il me sembla qu'il applaudissait silencieusement mon audace.

— Miss Austen, avez-vous assisté à cette rencontre entre lord Harold et lady Scargrave ? s'enquit alors sir William.

— Oui.

— Et qu'avez-vous observé ?

— Lord Harold a réclamé avec beaucoup d'insistance à la comtesse un entretien pour certaine affaire les concernant, et délibérément ignoré la prière qu'elle lui faisait de bien vouloir attendre le lendemain. On vint ensuite le mander dans la bibliothèque du comte, ce qui permit à lady Scargrave d'être enfin soulagée de sa présence ; mais l'épisode l'avait grandement troublée.

— Et après le départ de lord Harold, madame la comtesse a-t-elle fait des commentaires sur cette scène ?

— Oui. Elle a déclaré que lord Harold ne cessait de la harceler et qu'elle ne serait jamais débarrassée de lui.

Un nouveau hoquet jaillit du banc des pairs, mais je l'ignorai et poursuivis :

— Après le décès du comte, en proie à un grand abattement, la comtesse s'est ouverte à moi, et m'a révélé toute l'affaire – sans le comte, elle devenait une proie encore plus facile pour lord Harold. La perte de son mari était par conséquent un terrible coup dur.

— Miss Austen, m'avertit sir William, tâchez je vous prie de vous en tenir aux faits et veuillez laisser le jugement de cette affaire à l'assemblée.

— Oui, sir William.

Mon vieil ami se tourna vers le lord président des débats.

— Je vous demanderais une suspension de séance, milord, afin de faire quérir et comparaître lord Harold Trowbridge à la barre comme témoin. Il serait plus sage d'entendre *sa* version des faits concernant son affaire avec la comtesse, plutôt que celle de miss Austen.

— Accordé, déclara le lord président des débats, laissant retomber son marteau.

L'on me permit alors de disposer, mais sir William n'avait réussi à aborder aucun des points pour lesquels on avait requis mon témoignage – ni la découverte du mouchoir d'Isobel, ni celle du corps de la femme de chambre, ni même celle du bout de papier où l'on reconnaissait l'écriture de Fitzroy Payne.

— Vous avez pris un gros risque, miss Austen,

déclara gravement Mr Cranley tout en me tendant une tasse de thé dans l'antichambre réservée aux témoins, car nous ignorons ce que lord Harold est susceptible de raconter à la barre et sommes donc impuissants à le contrer. De même, nous sommes bien incapables de démontrer l'existence d'une quelconque complicité entre lui et la servante – ce qui serait pourtant nécessaire, si nous insinuons qu'il pourrait être responsable du décès du comte.

— Je vous présente mes excuses, Mr Cranley, dis-je d'un ton penaud entre deux gorgées de thé réconfortantes. J'avoue que je n'ai pas songé aux conséquences de mes propos sur le moment. Je voulais seulement que l'assemblée cessât de tenir pour acquise la culpabilité d'Isobel. Vous savez bien que sir William n'est pas obligé d'exposer les faits qui n'étayent pas son argumentation ; et j'étais résolue à faire savoir qu'Isobel dépendait de la fortune de son mari et qu'il était donc bien improbable qu'elle l'ait assassiné, puisqu'à la mort du comte, tout devait revenir à son héritier. Mais je n'ai pas réussi à dire tout cela.

— Sir William peut facilement vous rétorquer que la fortune de l'héritier serait loin d'être perdue pour Isobel, remarqua l'avocat, en précisant à l'assemblée que les deux inculpés étaient amants.

— Et comment pourrait-il utiliser cet argument sans preuve ? Seule la femme de chambre le savait ; et elle est morte.

— Tout Londres le soupçonne ; j'en ai moi-même entendu parler en trois endroits différents, au cours de la semaine dernière. Mais ce ne sont pour l'instant que des ragots. Le plus grand danger vient de vous, en fait.

— Je ne révélerai jamais ce genre de chose en

public, même si je sais que c'est vrai ! protestai-je avec énergie.

— Sir William pourrait vous le demander, miss Austen, quand vous reviendrez à la barre ; et vous devrez dire la vérité puisque vous avez prêté serment.

Je compris alors que j'avais encore beaucoup à apprendre des subtilités de la loi et, tout en regrettant de tout cœur que l'un de mes frères ne fût pas versé dans une profession juridique, me jurai d'être plus prudente à l'avenir. Mais je n'eus guère le loisir de méditer plus avant mes bonnes résolutions – une cloche retentit, annonçant la reprise des débats, et nous dûmes regagner nos sièges dans la salle de l'assemblée. Je notai la mine soucieuse de Mr Cranley lorsqu'il se rassit à sa place et m'en voulus de n'avoir pas su tenir ma langue.

Mais je cessai bientôt de songer à ma petite personne car la grande silhouette de lord Harold Trowbridge traversait à grands pas les rangs de l'assemblée, sous l'escorte des huissiers de la Cour. Il se déplaçait avec la grâce athlétique qui lui était coutumière, fort d'une aisance qui semblait ne jamais lui faire défaut, regardant droit devant lui vers le fond de la salle. Cependant, en arrivant au box des témoins, il tourna les yeux vers moi et soutint mon regard avec une expression amusée. Il semblait réjoui que j'eusse tenté de mettre en évidence sa triste réputation. Mais le lord président des débats requit de nouveau notre attention.

Sir William s'éclaircit la gorge et consulta rapidement ses notes. Je savais qu'il n'estimait guère lord Harold Trowbridge et je me demandais ce que mon vieil ami ressentait à l'idée de devoir maintenant, par la force des choses, faire appel aux lumières de cet homme.

— Est-il vrai, lord Harold, que vous avez eu une

conversation avec la comtesse en présence de miss Austen, le soir du décès du comte ?

— Oui, confirma l'intéressé.

— Voudriez-vous nous exposer l'objet de cette discussion ?

— Nous avons parlé affaires, répondit laconiquement Trowbridge.

Sir William fronça les sourcils.

— Affaires ne concernant que la comtesse, et point son époux ? s'enquit-il.

— Le domaine que je désirais acquérir appartenait à la comtesse, exclusivement, aussi n'avais-je besoin que de son seul consentement pour le lui racheter.

— Et quelle réponse vous a faite lady Scargrave ?

— Elle m'a presque signifié de prendre la porte, reconnut Trowbridge, un petit sourire aux lèvres.

— La comtesse n'était donc point disposée à accepter votre offre ?

— La comtesse la repoussait depuis fort longtemps déjà.

Je sentis l'espoir renaître dans mon cœur. Sous serment, même un être comme lord Harold pouvait peut-être dire la vérité. Je jetai un coup d'œil à Isobel et vis qu'elle fixait intensément son ennemi, comme hypnotisée ; Fitzroy Payne, lui, regardait dans le vague, l'esprit apparemment ailleurs.

— Et pourquoi cela ? demanda sir William.

— Parce qu'elle ne désirait point se défaire de son domaine.

— Quel domaine ?

— Le domaine que je désirais racheter.

Il prend un malin plaisir à jouer au plus fin, pensai-je en mon for intérieur, en observant les paupières tombantes de Trowbridge ; il évite systématiquement d'en dire trop ou pas assez, et il aura fait tourner sir William en bourrique avant d'avoir laissé échapper une parole qui lui puisse nuire.

Mais mon vieil ami le magistrat se pencha en avant d'un air décidé et fixa son témoin droit dans les yeux en lui posant une nouvelle question :

— Lord Harold, le comte était-il *lui aussi* opposé à vos projets concernant le domaine de son épouse ?

— Non, répondit Trowbridge.

Je tressaillis de surprise, suffoquée. L'horrible mensonge ! Je regardai Isobel et la vis chanceler sur son siège.

— Monsieur le comte désirait-il conclure la vente ? s'enquit encore sir William.

— Les désirs de lord Scargrave concordaient en tout point avec les miens, déclara tranquillement le gredin – et, sur ces paroles, j'entendis Isobel pousser un petit soupir étranglé.

Je tournai la tête et la vis glisser de son tabouret, évanouie ; comme je le craignais, l'épreuve était trop dure et avait eu raison d'elle.

Un murmure s'éleva dans l'assemblée et sir William interrompit l'interrogatoire de lord Harold. Fitzroy Payne bondit sur ses pieds pour porter secours à la comtesse, plein de sollicitude – attitude que les pairs ne manqueraient pas non plus de relever. Le greffier le retint et l'on releva Isobel ; on lui frotta les poignets, on lui fit respirer des sels, et elle finit rapidement par ouvrir les yeux ; mais elle avait si mauvaise mine que le lord président des débats ordonna qu'on la transportât hors de la salle et décida d'ajourner le procès.

— Mais que peut-il bien manigancer ? demandai-je à Mr Cranley – question que je lui avais déjà posée plusieurs fois tout en faisant les cent pas devant la cheminée du salon de Scargrave House.

Nous étions seuls dans la pièce et tuions les heures en attendant le dîner – pour lequel nous ne nous sentions que peu d'appétit. Sa parade à la Chambre des lords semblait avoir épuisé Fanny Delahoussaye qui était montée à l'étage se reposer, à la grande déception de Mr Cranley. Madame n'avait aucune raison de rechercher ma compagnie – à dire vrai, elle m'évitait depuis notre altercation de l'autre jour. Mais je ne me souciais guère de ménager les susceptibilités des Delahoussaye.

— Trowbridge a délibérément menti à la barre, déclarai-je à l'avocat, et devrait être dénoncé pour parjure !

Mon ton trahissait mon indignation, particulièrement vive. Je n'ai nul besoin de souligner que je me sentais responsable de la comparution du gredin en tant que témoin ; mon sentiment de culpabilité et mes remords renforçaient la furieuse envie que j'avais d'ôter à Trowbridge son sourire insolent.

— Mais comment pourrions-nous prouver son parjure ? observa fort raisonnablement Mr Cranley. Nous n'avons que la parole de la comtesse pour attester que son mari était au contraire désireux de contrer l'offensive de lord Harold. Trowbridge le sait fort bien, ce qui lui permet de mentir sans crainte d'être démasqué. Il pourra raconter à la Cour tout ce qu'il lui plaira, tandis que la comtesse n'aura que le droit de l'écouter et de défaillir.

— C'est l'homme le plus ignoble qui soit, rétorquai-je amèrement, tout en m'effondrant dans un fauteuil avec encore moins de grâce qu'à mon habitude. Non content d'avoir supprimé son époux, son seul protecteur, Trowbridge veut en outre envoyer Isobel à la potence, faute de pouvoir s'approprier son domaine par d'autres moyens.

— Encore faudrait-il qu'il obtienne le consentement de Madame, me rappela Mr Cranley. Mais peut-être la supprimera-t-il elle aussi.

— Ce n'est pas vraiment indispensable : à la mort d'Isobel, Fanny héritera du fameux domaine et, comme Madame en est l'unique fidéicommissaire, personne ne viendra empêcher cette dernière de le céder à lord Harold si elle le désire. Elle sera trop heureuse de se débarrasser de cet encombrant fardeau et aura tôt fait d'oublier Crosswinds.

— Mais elle doit bien savoir que les intentions du défunt comte n'étaient point celles que Trowbridge prétend, dit Mr Cranley d'un ton songeur. Je la ferai peut-être appeler à la barre quand je présenterai ma défense à la Cour, pour qu'elle atteste que feu lord Scargrave était en fait opposé aux projets de lord Harold.

— Ce faisant, vous nous feriez à votre tour prendre un gros risque, l'avertis-je. Nous ne savons pas si Madame est de mèche avec lord Harold ou pas. Une seule chose est sûre : elle s'est rendue à Wilborough House. Il est donc possible qu'elle lui ait déjà donné son consentement ; auquel cas, craignant de nuire à son partenaire, elle serait bien capable de nier publiquement avoir jamais su les intentions du défunt comte.

— J'ai peur que vous n'ayez raison, reconnut Mr Cranley, qui se leva en poussant un gros soupir. À présent, miss Austen, je dois vous dire adieu. La nuit sera courte et une dure journée nous attend ; je vais travailler tard ce soir pour préparer ma défense, au cas où l'on me demanderait de la présenter dès demain.

L'avocat avait les traits tirés ; et, sur son visage, je vis se refléter un désespoir identique au mien.

— Avons-nous une petite chance ? m'enquis-je d'une voix hésitante.

Il me regarda droit dans les yeux et mit un temps avant de me répondre :

— On a toujours sa chance dans un procès. Si je n'en étais pas convaincu, j'aurais définitivement quitté le barreau, et ce, depuis fort longtemps.

— Ne me ménagez pas, Mr Cranley ; je ne suis plus une enfant.

— Fort bien, déclara-t-il. Il y a très peu d'espoir que nous l'emportions, miss Austen. Mais c'est néanmoins une raison suffisante pour persévérer.

Ce fut une bien triste soirée à Portman Square ; je dînai en compagnie des Delahoussaye et de Mr George Hearst – plus mélancolique encore qu'à son habitude depuis le suicide de son frère. Tous se taisaient à l'exception de Fanny qui, ayant entendu un propos flatteur sur son compte dans la galerie, était en proie à une vive excitation ; car l'auteur du compliment était un marquis, et la sotte jeune fille accordait à l'opinion de l'homme une valeur proportionnelle à la hauteur de son rang. Si jamais elle attirait le regard d'un duc ou deux le lendemain, j'allais être forcée de prendre mes repas dans ma chambre.

Nous désertâmes ensuite la salle à manger, abandonnant Mr Hearst à son porto et son cigare, pour aller, comme il sied aux dames, prendre le thé au salon.

Fanny déclara qu'elle se sentait légèrement indisposée – ce qui était bien possible, étant donné le fardeau qu'elle portait en son sein – et s'en retourna gaiement dans sa chambre, l'esprit sans nul doute peuplé de visions enchanteresses de pairs en robes à galons d'hermine. Je m'étais pour ma part absorbée dans des travaux d'aiguille, afin de rassembler mes pensées ; pendant le souper, j'avais en effet pris une dangereuse résolution, qu'il s'agissait maintenant de mettre à exécution, car je sentais bien que jamais meilleure occasion ne se représenterait.

— Madame, dis-je, rompant le silence.

La mère de Fanny leva les yeux de son livre avec une froideur propre à décourager toute tentative de discussion.

— Oui, miss Austen ?

— Quelles réflexions vous inspirent les événements de la journée ? m'enquis-je.

Madame Delahoussaye pinça les lèvres et se replongea dans son livre.

— Je ne crois pas avoir tellement envie de parler de cela, répondit-elle.

— C'est bien malheureux, dis-je, car j'avais espéré que vous pourriez m'éclairer un peu sur l'extraordinaire attitude de lord Harold.

— Que pourrais-je bien, moi, savoir de lord Harold que vous ne sachiez point vous-même ? Étant donné vos surprenantes révélations à la barre des témoins, j'aurais cru que vous connaissiez intimement cet homme depuis plusieurs mois au moins.

— Que voulez-vous dire par là, Madame ?

Elle referma son livre d'un geste sec.

— Que vous n'aviez pas à mêler un gentleman

comme lui à cette histoire et que votre impudence outrepasse les limites de votre rang, jeune fille ! lança-t-elle en se levant brusquement, prête à partir.

— Mais lord Harold s'est impliqué tout seul dans cette histoire, protestai-je, feignant l'ahurissement.

— Ça, c'est *vous* qui le dites.

Madame alla droit à la porte du salon et posa la main sur le bouton, décidée à quitter la pièce. Je me renfonçai dans mon fauteuil et la toisai, amusée par tant de hâte.

— Je m'étonne que vous défendiez avec tant de feu cet homme alors que vous prétendez ne pas le connaître, Madame.

Elle tourna la tête avec la vivacité d'une vipère.

— Ce n'est point lord Harold que je cherchais à défendre, miss Austen, mais ma chère Isobel ; car j'ai bien peur que ses amis ne soient aujourd'hui devenus ses pires ennemis.

— Je me réjouis d'apprendre que vous aspirez désormais à protéger la comtesse, dis-je avec un reniflement de mépris.

— Sachez qu'il n'est rien qui me tienne plus à cœur, répliqua-t-elle d'un ton glacial, s'apprêtant de nouveau à tourner le bouton de la porte.

Je tirai l'aiguille de mon canevas d'un geste vif.

— C'est donc *pour elle* que vous êtes allée à Wilborough House rendre visite à lord Harold il y a quelques jours ?

Sa main lâcha la poignée et retomba mollement, comme soudain privée de sensibilité.

— Je ne suis jamais allée là-bas. Qu'irais-je donc faire chez cet homme ?

— C'est ce que je me demande moi aussi, répondis-je. Vous avez toujours prétendu qu'il était votre ennemi. Aussi, lorsque ma sœur Eliza me raconta l'autre jour que vous étiez allée le voir – elle est, comme vous savez, une amie intime de la duchesse –, ma curiosité fut naturellement piquée au vif. Mais puisque vous me dites que vous ne lui avez pas rendu visite, il est probable que ma sœur se sera trompée. Sans doute était-ce la carte *d'une autre* madame Delahoussaye qu'elle a aperçue.

Madame ne daigna pas me faire l'honneur d'une réponse ; ses narines frémissantes me firent même croire un instant qu'elle allait subitement fondre sur moi et me sauter à la gorge. Mais sa maîtrise fut admirable ; elle me gratifia d'un hochement de tête glacial et s'esquiva.

J'estimais si peu Madame qu'il m'était bien égal qu'elle eût mauvaise opinion de moi ; je voulais uniquement lui faire peur, qu'elle craignît d'être mêlée au scandale. Et j'étais très satisfaite de l'effet produit par mes questions.

Je n'avais pas eu une minute de repos de toute la journée – ni même le temps de me changer avant le dîner, la cloche ayant retenti juste après le départ de Mr Cranley. Aussi, ne tardai-je pas à suivre madame Delahoussaye dans l'escalier, que je gravis à pas lents, accusant la fatigue et pleine d'inquiétude à la pensée du lendemain et du rôle que j'allais devoir jouer. Mais en arrivant à ma chambre, j'eus la bonne surprise de découvrir qu'une lettre de mon frère Franck m'y attendait.

Ramsgate,
le 8 janvier 1803.

Ma très chère Jane,

Votre lettre est arrivée par le courrier de ce matin, et j'étais tellement content de la recevoir que sa brièveté et son manque de lisibilité ne me sont pas vraiment apparus lors de la première lecture que j'en fis. Quand je saisis, néanmoins, que votre unique préoccupation concernait l'utilité des mouillages en eaux profondes aux colonies – pas un mot de vos distractions présentes ni de vos travaux d'écriture, pas la moindre question sur la santé ou le bonheur de votre frère –, je me suis dit que vous deviez certainement être malade. J'avais presque résolu de quitter mon poste pour me précipiter à votre chevet à Londres, quand je m'avisai de relire votre lettre. Quelle que soit la cause de votre curieuse requête, votre ton trahissait un indéniable caractère d'urgence ; aussi décidai-je de ne point en rire et de vous répondre promptement.

Vous croyez que lord Harold souhaite acquérir le port pour satisfaire quelque noir dessein, et que la dame dont dépend la vente souhaite uniquement se débarrasser d'un domaine grevé de dettes, sans chercher à savoir pourquoi le gentleman s'y intéresse. Le fait que Trowbridge ait séjourné en France est particulièrement intéressant, car j'ai appris – chose qui doit rester entre nous, Jane – qu'une bataille navale pourrait éclater dans très peu de temps dans les eaux auxquelles vous faites précisément allusion, si jamais Napoléon décidait de lancer contre nous sa flotte qui mouille actuellement à la Martinique – la nôtre étant ancrée dans les ports de la Barbade. Étant donné ses relations parmi les hautes sphères du pouvoir, il est fort probable que Trowbridge soit au courant de cette menace et agisse en fait pour le compte du gouvernement de Sa Majesté ; l'accès au port de cette dame constituerait en effet un atout stratégique essentiel. Je n'en sais guère plus ; mais vous n'ignorez pas, ma chère Jane, que la trêve entre Napoléon et notre roi n'est tout au plus qu'une pause pour permettre aux deux armées de souffler un peu. L'offensive reprendra tôt ou tard, et sur plusieurs fronts, j'en ai peur ; le Corse va essayer de contester le droit de notre flotte à contrôler les mers, et il importe que nous réussissions à nous faire respecter.

Écrivez-moi de nouveau quand vous aurez autre chose en tête que des questions de stratégie militaire ; mais sachez que vous pouvez, comme toujours, compter sans réserve sur l'amour de votre très cher frère,

Frank.

24

Le Roi-Soleil détrôné

9 janvier 1803, suite

Je suis atterrée par mon propre désarroi intérieur, car je sais, à présent, pourquoi lord Scargrave est mort assassiné, pourquoi Isobel et Fitzroy Payne doivent être sacrifiés : parce que la haute trahison ne s'embarrasse d'aucun scrupule. Il est impossible que lord Harold agisse pour le compte de Sa Majesté ; il est par trop fourbe pour ne point préférer se mettre au service du plus offrant. Non, Trowbridge doit agir pour le compte de Napoléon lui-même et projeter de trahir la Barbade – et la marine anglaise – avec l'obligeante assistance de madame Delahoussaye.

Frank avait dit que les Français menaçaient de lancer leur assaut depuis la Martinique, l'île dont est originaire Joséphine, l'épouse de Bonaparte. Les Delahoussaye eux-mêmes avaient été, par le passé, une puissante famille de la colonie française, et je ne doutais guère que le cœur de Madame n'appartînt encore à la France, pour aussi anglaise que sa frivole fille fût devenue. Madame avait ourdi d'arracher Crosswinds à Isobel, en grevant la propriété de lourdes dettes, en en détournant les rentes et revenus à son profit et, pour finir, quand le mariage de mon amie laissa augurer le rétablissement de sa situation financière, en usant du meurtre. La femme de chambre Marguerite était elle-même créole d'origine française, et faisait partie de la domesticité des Delahoussaye avant d'entrer au service d'Isobel – à seule fin de l'espionner pour le compte de Madame. Il va sans dire qu'elle était plus fidèle à la mère de Fanny qu'à sa maîtresse ; et elle avait sans nul doute été fort bien payée pour les services rendus à la première. Marguerite se rendit encore très utile quand l'heure fut venue d'empoisonner le comte, en déposant les noix dans son assiette ; et elle remplit une dernière fois consciencieusement sa tâche en se présentant ponctuellement à son rendez-vous avec la mort.

Je me rappelais l'empressement de Madame à remplacer Isobel dans ses devoirs de châtelaine en s'arrogeant les responsabilités de Mrs Hodges, et la manière dont elle avait banni le pauvre Danson de la bibliothèque du comte en insistant pour remettre elle-même de l'ordre dans le fatras de paperasses. Elle avait certainement vu la lettre de Fitzroy Payne adressée à Hezekiah Mayhew, informant le notaire de la victoire de lord Harold sur Isobel. Craignant de voir ses manigances découvertes, Madame avait dû dérober la missive, sans même s'apercevoir, peut-être, préoccupée comme elle devait l'être par le souci de dissimuler la preuve de sa duplicité, qu'il ne s'agissait que d'un brouillon – et que la copie avait déjà été postée.

Plus tard, Madame avait saisi l'opportunité de se débarrasser de ce fouineur de Fitzroy en glissant un fragment de sa lettre dans le corsage de la bonne juste après sa mort, en lieu et place du billet qu'elle avait elle-même dû faire parvenir à la malheureuse pour arranger le fatal rendez-vous. Histoire de faire bonne mesure, elle avait également déposé le mouchoir d'Isobel près de l'entrée du paddock.

Il n'était pas nécessaire que lord Harold demeurât à Scargrave ni même dans le pays ; sa complice pouvait fort bien se débrouiller toute seule en son absence. Pendant ce temps-là, lui s'était probablement chargé d'informer Napoléon que le port était entre ses mains et avait reçu du tyran la récompense de sa trahison.

Je pris une feuille de papier et ma plume et griffonnai un mot à l'intention de Mr Cranley ; puis j'enfilai ma robe de chambre, me hâtai de redescendre et demandai à un valet de pied de bien vouloir porter mon message chez l'avocat.

Ceci étant fait, il ne me restait plus qu'à attendre.

J'aurais certes eu bien du mal à trouver le sommeil cette nuit, mais les bruits et craquements de la vieille demeure, amplifiés par le silence, semblant répondre aux battements sourds de mon cœur et au souffle saccadé de ma poitrine, me tinrent en éveil ; couchée en chien de fusil dans mon lit à baldaquin, j'hésitai même à faire le moindre mouvement, de peur que le bruissement des draps ne trahît l'atroce certitude qui m'étreignait quant à la culpabilité de Madame. Si j'avais pu boire une potion magique capable de me rendre invisible, je l'eusse avalée d'un seul trait ; mais je ne pouvais malheureusement que me terrer sous les couvertures, à endurer l'angoisse de ceux qui en savent trop.

Soudain, je me sentis incapable de supporter plus longtemps les épaisses ténèbres dont m'enveloppaient les lourdes draperies de soie ; je tirai donc les rideaux du lit et allumai ma chandelle, l'oreille à l'affût du roulement d'un attelage dans la rue obscure.

Les cloches de Westminster égrenèrent douze coups dans le silence de la nuit – minuit, l'heure du crime, venait de sonner.

C'est alors que je l'entendis : le heurt sourd de souliers à talons hauts, se rapprochant à pas lents et mesurés dans le couloir. Toutes les fibres de mon corps se pétrifièrent comme si le vent glacial de janvier s'était subitement engouffré dans ma chambre ; j'étais paralysée, incapable du moindre mouvement. Je reconnaissais fort bien ce bruit familier. Ainsi les spectres pouvaient changer de demeure ? Le premier comte de Scargrave était donc en droit de hanter la maison en ville tout comme le manoir à la campagne ? Ou bien s'agissait-il de Tom Hearst, revenu de sa tombe sans stèle malgré le pieu qui lui transperçait le cœur, pour réclamer un autre baiser au clair de lune ?

Je vis la flamme de ma chandelle se coucher par deux fois et, un peu plus loin dans la pénombre où se diffusait sa faible lueur, la poignée de ma porte tourner lentement. Une main fantomatique allait l'ouvrir d'un instant à l'autre et je voulus crier – mais j'avais la gorge tellement nouée par la peur qu'il ne s'en échappa qu'un petit bruit étranglé. La bande sombre le long du montant s'élargit inexorablement, le battant pivota sur ses gonds en gémissant – et le fantôme du premier comte de Scargrave surgit devant moi, dans toute la splendeur du Roi-Soleil, vêtu de son superbe costume incrusté de poussière et terni par les ans, des toiles d'araignée accrochées aux boucles de sa perruque et à ses doigts couverts de bagues.

Mais les toiles d'araignée n'étaient qu'un artifice de fils gris et le comte n'était ni un fantôme ni un homme ; je me souvins de la visite que le spectre avait faite dans la chambre de Fitzroy Payne au manoir, quelques semaines plus tôt, et je compris soudain qui avait caché les maudites noix dans son étui à pistolets.

— Madame…, murmurai-je.

Je voyais ses yeux briller dans l'ombre, reflétant la flamme de ma chandelle. Elle me retourna un horrible sourire puis, vive comme un chat, referma la porte derrière elle, gagna mon lit d'un bond et m'enroula prestement une écharpe de soie autour du cou. J'agrippai l'étoffe à deux mains et me débattis comme un beau diable pour me dégager, mais en vain ; la rage qui l'animait décuplait ses forces. Des gerbes de fleurs lumineuses m'emplirent les yeux tandis qu'un voile obscur m'obscurcissait peu à peu la vue ; mes doigts griffaient désespérément les siens, les labourant de fins sillons ensanglantés. Mais nous demeurions toutes deux silencieuses : l'on n'entendait que mes râles étranglés et ses grognements bestiaux – l'âpreté de la lutte nous empêchant l'une et l'autre de pousser plaintes ou cris de triomphe.

Je commençais à glisser de mes oreillers, par la faute du moelleux matelas de plume qui se dérobait sous moi en ce moment critique où j'aurais eu besoin d'une solide assise, et elle en profita pour me renverser sur le dos et me poser un genou en travers de la poitrine sur laquelle elle s'arc-bouta cruellement. Je ne pouvais la déloger ; de sa position avantageuse, elle parviendrait à m'achever en très peu de temps. Je me mis alors à prier comme je n'avais encore jamais prié de ma vie, implorant sans m'arrêter mon Sauveur par cette simple litanie : *Seigneur Dieu, Seigneur Dieu, Seigneur Dieu…* et ce, même lorsque je sentis que mes forces commençaient à m'abandonner. Discernant dans un brouillard l'ombre mouvante de son grotesque déguisement projetée par ma chandelle sur le mur, il me prit subitement l'absurde envie de rire ; mais il ne sortit de ma gorge qu'un pitoyable sanglot.

Dans un fracas amplifié par le silence de notre furieux corps-à-corps, la porte s'ouvrit brusquement, et je vis la silhouette d'un homme se découper sur le mur. *Mr Cranley*, me dis-je, sentant renaître l'espoir – avant de m'apercevoir que tout espoir était vain. Car l'homme qui venait d'entrer était lord Harold Trowbridge ; et, voyant son profil diabolique et ses paupières tombantes, je compris avec une certitude désespérée qu'il était là pour achever le travail que Madame avait commencé. Tout tourna autour de moi ; je râlai, quêtant l'air ; et finis par m'abandonner au vertige irrésistible d'un horrible trou noir.

— Miss Austen ! me répétait une voix douce à l'oreille. Miss Austen !

Je battis les paupières et ouvris les yeux, pour croiser le regard grave de Mr Cranley, qui était penché sur moi. Je repris vite conscience et me redressai brusquement ; madame Delahoussaye, attachée sur une chaise, me lorgnait d'un air mauvais ; prise de panique, j'eusse sauté sur-le-champ de mon lit pour m'enfuir, si l'avocat ne m'avait pas retenue.

— Tâchez de ne pas parler, me dit-il. J'ai bien peur que votre gorge ne soit sérieusement contusionnée.

— Vous êtes venu, croassai-je, tournant vers lui un regard soulagé.

— Essayez de lui faire avaler un peu de brandy, dit une voix pleine d'inquiétude, que je reconnus avec joie comme étant celle de sir William.

Mr Cranley me prit le bras pour m'aider à m'asseoir et se retourna pour prendre la flasque que lui tendait une main – laquelle se trouvait appartenir à lord Harold.

Je repoussai le brandy et, suffoquant et crachotant, m'écartai d'eux avec une brusquerie qui me fit chanceler.

— Assassin ! m'écriai-je. Cet homme voulait me tuer ! Il est de mèche avec Madame !

— Lord Harold est celui qui vous a sauvée, Jane, me détrompa gentiment sir William, se hâtant de venir me rejoindre à son tour près du lit. Il est parvenu à maîtriser cette femme juste à temps. Car *nous* serions arrivés trop tard, je le crains.

— En fait, quand j'ai reçu votre billet, Trowbridge

se trouvait avec moi dans mes appartements et était justement en train de me faire des révélations qui devraient beaucoup vous intéresser, ajouta Mr Cranley. Il a immédiatement compris que vous étiez en danger et s'est précipité à votre secours, tandis que de mon côté je partais chercher sir William. Nous pensions qu'il valait mieux qu'un homme du Banc du Roi fût présent pour recevoir les aveux de Madame – si toutefois nous arrivions à temps pour la prendre sur le fait alors qu'elle s'apprêtait à commettre un nouveau meurtre.

— Je ne comprends pas, dis-je avec ma nouvelle voix bizarre. Si lord Harold est devenu notre allié, comment se fait-il qu'il essaye depuis si longtemps d'envoyer Isobel à l'échafaud ? Et pourquoi donc a-t-il *menti* à la barre de la galerie royale ?

Mr Cranley échangea un regard avec sir William au-dessus de ma tête, et les yeux de sir William se tournèrent à leur tour vers lord Harold.

— Il faut le lui dire, milord, déclara le magistrat.

L'homme que je croyais être un fieffé gredin tira alors une chaise pour venir s'asseoir près de mon lit.

— Ma chère miss Austen, commença Harold Trowbridge, je vous ai dit un jour que j'étais un démon et vous un ange. Mais j'aurais mieux fait d'ajouter que nos deux esprits travaillaient en réalité à des fins similaires – bien que je m'efforçasse pour ma part de dissimuler et vous d'éclairer certaines choses.

Je me redressai sur mes coudes pour protester.

— Vous prétendez maintenant que la propriété de la comtesse ne vous a jamais intéressé ? Ou que la mort prématurée de son époux n'est pas survenue fort à propos pour vous ?

— Sa propriété m'intéresse toujours, et aujourd'hui

plus que jamais, répondit-il en me considérant d'un œil amusé derrières ses lourdes paupières, mais pour des raisons que vous ne savez pas et dont je vais bientôt m'expliquer ; en ce qui concerne le comte, sachez que cela fait de nombreuses années que je considère Frederick comme un ami. Je n'ai point tué lord Scargrave, miss Austen ; à dire vrai, j'eusse même préféré me tuer pour lui. Car c'était le comte qui dirigeait chacune de mes actions.

J'avoue que la confusion envahit mon esprit à ces révélations.

— Pourriez-vous être plus clair, lord Harold ? lui demandai-je.

Il poussa un gros soupir, trahissant pour la première fois une émotion autre que son éternel flegme, et me regarda droit dans les yeux.

— Tout puîné – même le fils cadet d'un duc – se doit d'avoir une profession, miss Austen ; et j'ai pour ma part choisi celle que les Français désignent sous le nom d'*espionnage*.

— Vous êtes un espion ! murmurai-je, stupéfaite.

— Si vous voulez. Je travaille pour des gens dont la vertueuse réputation m'interdit de citer les noms ; j'offre de temps à autre mes services à la Couronne ; en fait, j'interviens lorsque la loi ne peut pas – ou ne *veut* pas – intervenir.

Trowbridge se tut un instant pour prendre le temps de la réflexion, comme s'il lui fallait choisir avec soin des mots appropriés à son auditoire.

— Ces derniers mois – depuis presque un an, en fait – j'étais au service du comte, reprit-il, qui m'avait chargé de découvrir la véritable nature des difficultés financières de son épouse. Frederick, lord Scargrave, était un ami de longue date du père d'Isobel ; à la mort de ce gentleman, il reçut une lettre cachetée de ses notaires, lui demandant de veiller sur l'unique enfant de John Collins. Isobel vint chez le comte à son arrivée en Angleterre ; il fut immédiatement subjugué par sa beauté ; et le devoir dont l'avait chargé son ami ne tarda pas à se muer en sentiment amoureux.

» Il apprit peu de temps après les difficultés financières d'Isobel ; et, dans son innocence en affaires, elle lui raconta à ce sujet bien des choses qui lui donnèrent motif à soupçons. Frederick pensait qu'elle était victime d'un complot au sein de sa propre famille, mais il n'en parvenait pas à déterminer l'origine ; et je puis aussi vous dire qu'il craignait pour la vie de sa protégée. Aussi lui proposa-t-il de l'épouser et de se faire le champion de sa cause, se disant que c'était là la meilleure des protections qu'il lui pouvait offrir. Le comte ne voulait pas comprendre qu'en tant qu'époux, il représentait une sérieuse menace pour les ennemis d'Isobel, bien que je lui en eusse plus d'une fois fait la remarque ; mais le pouvoir et la détermination de Frederick étaient tels qu'il refusa stupidement de croire qu'il pourrait lui-même un jour devenir leur victime.

» Sur ordre du comte, et financé par lui, j'entrepris alors de racheter les dettes de Crosswinds, auprès de divers créanciers éparpillés sur le Continent, et approchai la comtesse en me présentant sous les traits de son principal créditeur, la pressant de me céder la propriété afin de la décharger de sa lourde obligation. Le comte espérait que, ce faisant, j'obligerais les ennemis d'Isobel à se manifester et à dévoiler leurs desseins ; et, à ma grande tristesse, je dois reconnaître qu'il avait raison sur ce point. Il me fit mander à Scargrave le soir du bal ;

je renouvelai ostensiblement mon offre à la comtesse, de telle sorte que ses amis et sa famille pussent l'entendre – et cette nuit-là, comme par hasard, son principal protecteur fut sournoisement assassiné.

— Est-ce possible ? fis-je, me tournant vers sir William.

— C'est hélas l'entière vérité, déclara mon vieil ami d'un air mécontent. Lord Harold a en sa possession des documents signés par le comte, attestant de la mission et des moyens que ce dernier lui avait confiés ; il détient également l'ensemble des reconnaissances de dettes de Crosswinds – dettes dont la comtesse est maintenant, fort heureusement, libérée.

— Nous discutions justement de ces choses, et d'autres, dans mes appartements cette nuit, ajouta Mr Cranley.

— Je ne suis rentré de France que depuis quelques jours seulement, si bien qu'il m'était impossible d'empêcher le procès à l'encontre des Payne à la Chambre des lords, enchaîna lord Harold. Mais je me dois de justifier mes elliptiques déclarations à la barre cet après-midi. Je ne pouvais, même sous serment, me permettre d'abattre mon jeu alors que Madame était sur le point de se laisser prendre à son propre piège ; pas plus que je n'avais le droit d'expédier injustement la comtesse et lord Scargrave à l'échafaud, ajouta-t-il – et un petit sourire étira ses lèvres minces, chose rare chez lui. Vous m'avez mis dans une situation périlleuse, miss Austen ; mais je n'en attendais pas moins de vous. Vous êtes vraiment un adversaire de valeur.

Mais je n'avais pas encore tout à fait pardonné à l'espion.

— J'eusse nettement préféré que nous unissions nos

efforts, milord, rétorquai-je vertement, portant la main à ma gorge douloureuse. Était-ce vraiment chose impossible ?

— Cela risquait de vous exposer à de graves dangers, comme celui dont vous venez tout juste de réchapper, répondit-il en jetant un coup d'œil à Madame.

La harpie avait l'air franchement ridicule à présent, toute meurtrière qu'elle était ; son costume était déchiré, sa perruque de travers et sa figure pleine de fausses toiles d'araignées. Mais au fond de ses prunelles luisait toujours cette sinistre étincelle trahissant la noirceur de son âme. Même lord Harold sembla un peu affecté par cette vision. Il cessa de regarder Madame et reprit son récit avec un soulagement manifeste :

— Je demeurai à Scargrave le temps nécessaire pour vérifier que Madame était, de fait, la principale intéressée dans l'affaire de Crosswinds – comme elle était la dépositaire du fidéicommis, la chose n'avait somme toute rien de bien surprenant. Néanmoins, je n'avais aucune preuve de ses méfaits, jusqu'au jour de mon départ, où je fis ma sortie après avoir réussi à décider la comtesse à signer un papier sans valeur – ultime et impertinente révérence destinée à détourner l'attention. Car j'avais atteint mon véritable objectif la veille au soir : Madame était en effet venue me trouver afin de me faire une alléchante proposition.

L'on entendit alors un raclement de gorge dans le coin de la pièce et, avec une rage haineuse, la dame ligotée cracha. Le jet de salive atterrit sur le sol, manquant de peu lord Harold ; ironiquement, avec une grâce infinie, il écrasa la chose sous sa botte.

— Elle m'annonça que je pouvais m'acharner tant qu'il me plairait sur la comtesse, poursuivit-il, mais que je n'obtiendrais jamais légalement la propriété que je désirais acquérir sans son propre consentement – moyennant, naturellement, une généreuse compensation. Suite à ses questions elliptiques concernant mes motivations, je finis par comprendre que Madame croyait que je m'intéressais au port – jusqu'à cet instant, j'ignorais que le mouillage avait tant de valeur. Mais je ne me doutais pas, alors, qu'elle avait déjà formé des projets pour ce port, autrement plus destructeurs, et pour le compte d'un client nettement plus dangereux. Je ne savais rien de la véritable nature de ses intentions et je me suis dit qu'elle désirait simplement m'extorquer une somme princière en échange de son accord pour la vente. Elle dit qu'elle me laissait réfléchir à son prix, lequel était exorbitant, et nous convînmes de nous retrouver à Londres, où elle me rejoindrait après les fêtes.

» Je quittai donc Scargrave le jour suivant, et consultai mon frère – qui, sous ses dehors stupides, est un homme plein de probité et de bon sens, fort apprécié au ministère de la Guerre. Bertie, estimant que cela pourrait m'être utile, me proposa alors de l'accompagner dans une mission dont il venait tout juste de recevoir l'ordre : il devait engager avec ses homologues français des pourparlers relatifs au déploiement de la flotte napoléonienne. Lors de ce séjour en France, me dit-il, j'aurais l'opportunité de glaner tous les renseignements possibles sur les ports en eaux profondes aux Antilles ; aussi acceptai-je volontiers son offre.

» Il ne me fallut guère de temps, une fois arrivé là-bas, pour comprendre pourquoi Madame s'était montrée si circonspecte dans ses négociations avec moi – et pourquoi le port appartenant à sa propriété revêtait tant de valeur. Elle n'ourdissait rien moins que de trahir la marine britannique – et elle entendait même se faire payer deux fois pour cela. Après m'avoir cédé ce précieux mouillage, elle l'offrirait tout aussi volontiers à Bonaparte – faisant confiance à la marine française pour m'ôter toute envie de réclamer mon dû. Je revins en toute hâte en Angleterre, décidé à jouer au plus fin avec elle, jusqu'à ce qu'elle commette une imprudence qui permît de l'incriminer ; elle ne tarda pas à se présenter à Wilborough House, désireuse de connaître ma décision. Je notai qu'elle était en proie à une vive impatience, que je jugeai être due à la peur ; mais je me demandais bien ce qui avait pu provoquer cette soudaine inquiétude – alors que le procès de sa nièce allait bientôt arriver à son terme et que je m'étais soigneusement gardé de lui laisser voir mes propres soupçons. Mais Mr Cranley m'a appris, il y a peu, que c'était vous, miss Austen, qui l'aviez perturbée.

— Malheureusement, je l'ai percée à jour trop tard et je n'avais aucune preuve, reconnus-je.

— Et si elle ne s'en était pas prise à vous, nous n'en aurions toujours pas, déclara sir William.

Il y eut un bruissement dans le coin de la pièce et tous nos regards convergèrent vers la meurtrière. Elle se débattait rageusement dans ses liens et ses yeux, fixés sur moi, jetaient des éclairs.

— Sale petite fouineuse ! s'écria-t-elle. Sans vous, j'y serais arrivée ! Mais je vous assure, miss Austen, que je ne regrette rien de tout ce que j'ai fait, si ce n'est de ne pas avoir réussi à vous étrangler tout à l'heure. Quant à vous, le vieux, dit-elle en tournant les yeux vers sir William avec un sourire cruel, vous vous croyez peut-être très malin maintenant que vous m'avez attrapée ; mais nous savons bien l'un et l'autre qui a été le plus malin des deux dans cette histoire. C'est *moi* qui ai chargé la femme de chambre d'empoisonner le comte et qui l'ai ensuite égorgée pour être sûre qu'elle se taise ; quand je pense que vous vous êtes laissé prendre à mes faux indices – le mouchoir, le billet tracé de la main de Payne – et que vous avez imputé mes crimes à d'autres ! (Madame laissa fuser un rire aigu avant de poursuivre :) Comme je riais, toute seule dans ma chambre le soir ! Vous êtes tous plus bêtes les uns que les autres. C'est vraiment par le plus pur des hasards que vous avez réussi à me démasquer. Le fait que j'aie échoué au bout du compte ne change rien à l'affaire – dans ce genre de moment crucial, l'on perd ou l'on gagne sur un simple coup de dés.

— Ainsi que vous l'aura sans nul doute appris votre patron Bonaparte, rétorqua sèchement sir William. Il n'ignorait pas qu'au bout du compte, ce serait vous, Madame, qui vous balanceriez au bout d'une corde, tandis que lui vous survivrait et aurait l'opportunité de relancer les dés.

Il se retourna vers moi et me tapota la main, les yeux emplis d'une chaleur qui rajeunissait son visage plein de rides.

— Grâce aux déclarations de lord Harold, nous pourrons traduire cette dame en justice pour haute trahison, ma chère Jane, mais elles ne nous auraient pas permis d'élucider la tragédie de Scargrave Manor. Pour cela, nous avions besoin de vos lumières. Je regrette seulement que vous ayez couru de si graves dangers pour obtenir la libération de la comtesse.

Ne sachant que répondre, j'abordai la question qui me tenait le plus à cœur.

— Isobel va donc être libérée ? m'enquis-je, dévisageant les gentlemen tour à tour.

— Dès l'aube, m'assura sir William, et Fitzroy Payne aussi.

Un sentiment de joie exquise me submergea et je fermai les yeux un instant ; mais je les rouvris subitement pour fixer Mr Cranley.

— Pauvre de vous ! m'exclamai-je. Vous voilà privé de votre plaidoirie à la Chambre des lords !

— Cela eût fort bien pu ruiner ma carrière, répondit le brave homme avec une ironie désabusée, car il est certain que je n'avais pas de défense digne de ce nom à présenter.

25

Épilogue de Jane

20 mars 1803,
4, Sydney Place, Bath

Madame Delahoussaye est passée en cour d'assises il y a quelques jours à peine et j'ai eu des nouvelles de son procès par sir William ; comme prévu, les débats furent courts et le verdict sans appel. Elle a rejoint son Créateur aujourd'hui même. J'aurais pu m'apitoyer sur son sort si elle n'avait point montré une parfaite indifférence à l'égard d'Isobel lorsque celle-ci endurait une épreuve similaire ; et puis, l'atroce rictus de la sotte Marguerite Dumas, venue sans le vouloir à la rencontre de sa propre mort, me hante encore – jamais ce souvenir ne s'effacera de ma mémoire. Il neige aujourd'hui, une neige tardive pour la saison, qui me ramène en pensée malgré moi dans la pénombre de la grange du paddock, me donne à revoir tout ce sang noir répandu sur la paille ; tout en songeant qu'il est heureux que Madame ne soit désormais plus de ce monde, je prie néanmoins pour le salut de son âme.

Je me suis complètement remise de ma propre mésaventure ; les marques sur ma gorge ont disparu ; et j'ai résolu d'éviter toute demande en mariage à l'avenir, de peur que mon refus n'entraîne une nouvelle avalanche de meurtres dans quelque autre manoir ou maison de campagne. Les membres de ce qui reste de la famille Scargrave ne sont pas aussi pessimistes ; et comme dans tout bon roman de mœurs, tels qu'en écrivent nos contemporains, cette histoire s'acheva par une série de mariages. La pauvre Fanny Delahoussaye fut la première à embrasser la félicité de l'état conjugal – elle s'enfuit à Gretna Green avec Mr Cranley alors que sa mère se trouvait encore derrière les barreaux de Newgate, et annonce maintenant à qui veut l'entendre la nouvelle de sa grossesse sans rougir. Quant à son serment de ne jamais épouser un avocat, c'est chose qu'elle a fort heureusement bannie de sa mémoire.

Mr George Hearst a hérité d'un fort beau bénéfice à Scargrave comme stipulé dans le testament du comte, qu'il a su habilement échanger contre une autre cure située à Newcastle. Il s'est donc établi dans le Nord avec sa Rosie, qui semble posséder de prometteuses dispositions pour devenir une épouse de pasteur accomplie, si l'on veille un tant soit peu à son éducation et qu'on l'entoure de gentilles attentions.

Bien que Fitzroy Payne ait retrouvé toute l'estime d'Isobel – revirement si brutal qu'elle doit encore en rougir de contrition et de honte –, la comtesse et lui ne sont pas unis par les liens du mariage. Les blessures de leurs récentes épreuves sont encore trop sensibles. Et puis il faudrait aussi braver le poids de l'opinion publique ; bien qu'ils aient légitimement échappé à la corde et aux calomnies qui pleuvaient sur eux lors des semaines précédant leur procès, ils font toujours aujourd'hui l'objet de nombreuses spéculations. Isobel fuit résolument toute société, tandis que le comte consacre son temps à la quête d'un nouveau régisseur pour ses propriétés antillaises. Il a formé le projet de partir pour les îles au mois de mai et instamment prié Isobel de l'accompagner dans son voyage ; mon amie ne lui a pas encore dit non.

Isobel habite la maison londonienne de son défunt époux, les mauvais souvenirs qu'elle garde du Hertfordshire et de Scargrave Manor étant encore trop vifs pour le moment. Elle est libérée de sa dette, ainsi que lord Harold nous l'avait dit ; celui-ci lui a remis une grosse liasse de reconnaissances de dettes annulées quelques jours après sa libération. La trahison de sa tante, envers et contre toute la générosité de Frederick à l'égard de cette dernière, a laissé mon amie bien abattue et fort triste ; mais elle est jeune, riche et belle, et ne pourra renoncer aux plaisirs de la vie bien longtemps. Peu à peu, l'oubli fera valoir ses droits, et je crois qu'Isobel retrouvera bonheur et gaieté grâce à la jeunesse et au tempérament de Fitzroy.

Et lord Harold Trowbridge ? Curieux personnage. Je ne compris qu'après avoir pris congé de lui tout l'honneur que signifiait sa grande estime à mon égard – sentiment réciproque d'ailleurs. L'homme suscite incompréhension, méfiance et antipathie chez autrui, à l'exception de ceux qui ont besoin de ses services ; mais il est néanmoins craint et respecté. J'ai dit un jour que je préférais passer une heure entourée de gens de sulfureuse réputation plutôt que deux minutes parmi les médiocres ; et mon goût, une fois de plus, s'est avéré des plus sûrs.

J'ai ici une lettre de Trowbridge – *À l'ange gardien*, a-t-il écrit – ne contenant qu'une seule et unique phrase : *Ma chère miss Austen, nous pourrions faire de ceci une maxime : seule une femme est capable de deviner le machiavélisme d'une autre femme.*